UM AMOR DE CIDADE PEQUENA

Outros livros de B.K. Borison

Um namorado de Natal

B.K. BORISON

UM AMOR DE CIDADE PEQUENA

Tradução
Carolina Candido

2ª edição

Rio de Janeiro-RJ / São Paulo-SP, 2025

VERUS EDITORA

Título original
In The Weeds - Lovelight Series

ISBN: 978-65-5924-309-9

Verus Editora Ltda.
Rua Argentina, 171, São Cristóvão, Rio de Janeiro/RJ, 20921-380
www.veruseditora.com.br

CIP-BRASIL. CATALOGAÇÃO NA FONTE
SINDICATO NACIONAL DOS EDITORES DE LIVROS, RJ

B739a

Borison, B.K.
Um amor de cidade pequena / B.K. Borison ; tradução Carolina Candido. - 2. ed. - Rio de Janeiro : Verus, 2025.

Tradução de: In the Weeds
ISBN 978-65-5924-309-9

1. Romance americano. I. Candido, Carolina. II. Título.

24-91867 CDD: 813
CDU: 82-31(73)

Gabriela Faray Ferreira Lopes - Bibliotecária - CRB-7/6643

Revisado segundo o Acordo Ortográfico da Língua Portuguesa de 1990.

Seja um leitor preferencial Record.
Cadastre-se no site www.record.com.br e receba informações sobre nossos lançamentos e nossas promoções.

Atendimento e venda direta ao leitor:
sac@record.com.br

Para todos que estão à procura da felicidade.
Espero que saibam o tamanho da sua coragem.

PRÓLOGO

BECKETT

Agosto

ELA ESTÁ SENTADA no bar quando entro, o calor sufocante do verão às minhas costas. Minha camisa molhada da chuva está grudada no corpo, e os olhos dela se fixam em todas as partes — um sorriso curvando os cantos da boca.

Pernas compridas em um shortinho curto. Cabelos pretos e lisos que vão até a cintura. Batom vermelho na boca carnuda. Quando a porta se fecha, ela se vira no banquinho e me olha como se eu a tivesse feito esperar. Ergue uma das sobrancelhas, parecendo estar puta da vida por isso.

— Desculpa — digo e me sento no banco ao lado dela, sem saber ao certo por que estou me desculpando ou como decidi me sentar ali. Estou dividido entre querer fazer e fazer de fato, a umidade de fora se prolongando em mim.

Ela pisca, os cílios se agitando como se estivesse entretida, e o calor grudento parece se estender no espaço entre nós.

— Pelo quê?

Eu... não faço ideia. Esfrego o maxilar com a palma da mão e me ocupo analisando o cardápio de bebidas, o calor inexplicável da vergonha queimando minhas bochechas. Nunca achei que tivesse algum charme, mas costumo ser melhor nesse tipo de coisa.

Aponto com a cabeça para o copo meio vazio dela.

— Está bebendo o quê? — pergunto. Ela comprime os lábios para esconder o sorriso e balança o copo para a frente e para trás.

— Tequila.

Devo ter feito uma careta, porque ela ri e ergue o queixo, os olhos escuros fixos em mim.

— Que foi? Não curte?

Balanço a cabeça e ela apoia o copo no balcão entre nós, então o vira de novo e de novo com as lindas mãos. A sobrancelha um tanto erguida na testa.

— Pode ser que você só não tenha bebido do jeito certo.

— Pode ser — concordo. Ponho os dedos em cima dos dela para fazer a mão parar de se mover e trago o copo até a boca. Me certifico de pousar os lábios na marca de batom vermelho que ela deixou.

Fumaça. Limão. Um pouco de sal.

Apoio o copo no balcão e passo a língua pelo lábio inferior.

— Nada mau — comento.

Ela sorri para mim, os olhos escuros se arrastando por meu maxilar como unhas.

— Nada mau mesmo.

Ela tem uma cicatriz na parte de cima da coxa.

Não sei se percebe que, a cada vez que passo meu dedão em cima, ela estremece, a perna apoiada no meu quadril, onde está emaranhada em mim. Tem cheiro de limão e alecrim, e enfio o nariz no espaço logo abaixo da orelha, o perfume mais forte ali, arrastando meu rosto até dar um beijo na curva suave da garganta.

Ela murmura.

Não consigo parar de tocar sua pele, de sentir sua maciez contra mim. Os dedos dela estão mergulhados nos meus cabelos, e afundo meu rosto em seu pescoço com um gemido. Ela ri na minha clavícula.

Duas noites juntos e, oficialmente, nem consigo mais me reconhecer. Evie é como uma onda que vem e me derruba pelos tornozelos. Um empurrão breve e eficaz. Uma felicidade inevitável.

Passo o polegar na cicatriz de novo, mais devagar desta vez, e ela empurra o nariz no meu ombro.

— Eu não costumo fazer esse tipo de coisa — diz.

Olho para a mesa virada no canto, a cafeteira que, de alguma forma, conseguiu se manter no lugar após nossa entrada bastante entusiasmada no quarto. Não sei onde foi parar o prato de cerâmica com os cosméticos, mas os pequenos potes de plástico estão espalhados pelo carpete como estrelas caídas. Pontinhos brancos no chão azul-marinho.

Deslizo a mão pelas costas dela e abro bem os dedos, para envolvê-la em um único toque. Evie é quente sob meu toque, a pele de um marrom intenso e uniforme. Como uma garrafa de uísque na prateleira mais alta, a luz da tarde dançando por ela.

Eu me mexo embaixo do seu corpo, com um grunhido quando as coxas dela roçam em um lugar interessante.

— Quase destruir um quarto de hotel?

Ela movimenta a testa de um lado para o outro no meu pescoço enquanto ri e desliza por meus ombros, deitando em meu peito. Então se apoia em um braço e descansa o queixo na palma da mão.

— Não — Evie responde. Então leva a mão atrás da minha orelha e tira uma pena dos meus cabelos, olhando para o travesseiro meio rasgado que foi parar embaixo da minha cabeça sabe-se lá como. Estou surpreso por não ter arrancado os lençóis da cama na segunda vez — quando ela arranhou minhas costas com as unhas, as pernas compridas em volta dos meus quadris e os dentes cravados na minha clavícula. Evie suspira, baixo e devagar, os olhos procurando os meus, um sorriso confuso inclinando seus lábios quando enrolo uma mecha de seu cabelo em volta do dedo e puxo. Cerca de vinte minutos atrás, ele estava todo nos meus punhos, e ela parece se divertir por eu ter me contentado com uma mecha agora.

— Não sou de me distrair em viagens de trabalho — explica.

Nem eu. Na verdade, não sou de me distrair nunca. Ainda que prefira relacionamentos casuais, não estava planejando nada do tipo nesta viagem. O Congresso de Agricultura Orgânica do Nordeste não é exatamente um lugar de pegação. Ou ao menos não era.

O copo de tequila que dividimos no bar em que estávamos logo virou um shot. Depois do shot, Evie decidiu pedir a garrafa inteira. E da garrafa fomos para o momento em que lambi o sal em seu pulso, seus joelhos pressionados no meu embaixo do bar. Seguimos para o pequeno hotel no alto da colina, esbarrando em tudo que víamos pela frente, e caímos na cama como se tivéssemos sido feitos para isso.

E, ao que parece, não me importo tanto com a tequila quando posso sentir seu gosto vindo dela.

E agora estamos aqui, sem roupas e emaranhados pela segunda noite seguida. Eu disse a mim mesmo que não ia voltar àquele bar, não ia procurá-la. Mas não conseguia parar de pensar nela. Sua pele na minha. O gemido baixo e rouco quando deslizei a mão entre suas pernas. Os cabelos escuros espalhados nos travesseiros brancos e firmes.

Assim que o último palestrante terminou de falar no congresso, fui direto para lá, mergulhando como se ela estivesse cantando a maldita canção de uma sereia. E lá estava ela, sentada no mesmo banquinho, aquele mesmo sorriso iluminando cada centímetro do rosto.

Deslizo os dedos pelo braço dela, hipnotizado pelos arrepios seguidos causados pelo meu toque.

— Você se arrepende? — Eu me endireito, movendo-a com gentileza para fazer o mesmo. Ela se ajeita, as pernas compridas se encaixando ao redor dos meus quadris. — Da distração — completo.

O suor mal secou na minha pele, mas eu a quero de novo. Sinto que posso me arrepender disso a cada vez que olho para ela. Quero provar seu gosto na extensão de sua garganta, sentir seu corpo estremecer e se remexer embaixo de mim. Quero pressionar minha mão nas covinhas na base de sua coluna e sentir sua pele queimar como o inferno conforme ela se move contra mim.

Evie sorri e morde o lábio inferior como se soubesse no que estou pensando, traçando a linha da tatuagem em meu ombro. Ela dá um tapinha ali e tenho um vislumbre de nós dois no espelho acima da penteadeira, lençóis brancos retorcidos e pele que brilha como folhas de ouro, meu braço em volta da cintura dela. Nunca quis tirar uma foto de mim mesmo, mas a vontade surge quente e dilacerante agora, a pele nua dela tocando a minha. Seu rosto em meu pescoço e o contorno da bunda se deixando entrever.

Enfio o nariz embaixo de seu queixo e dou um único e demorado beijo acima da pulsação acelerada — encorajando-a, sem dizer nada, a responder à pergunta.

— Não. Acontece que você é uma distração das boas, Beck. Do melhor tipo, na verdade — ela responde em um sussurro, um segredo no escuro. Para de falar por alguns instantes e depois acrescenta: — Você se arrepende?

Não, eu não me arrependo. Por mais que devesse. Sorrio e passo os dentes pela linha da sua garganta, mordiscando a orelha e puxando uma única vez. Pelo espelho, observo todo o corpo de Evie estremecer, os quadris vindo de encontro aos meus.

— Gosto de distrações como você — digo enquanto a tomo pela cintura. Eu a guio para um ritmo suave em cima de mim até que estamos os dois arfando, as unhas dela arranhando meus cabelos.

— Você... — ela murmura e se ergue, ficando de joelhos, a mão no meu peito me guiando até que minhas costas estejam pressionadas contra a cabeceira da cama. Ela é mandona quando quer, e gosto que me diga exatamente quais são suas vontades, como quer que eu faça. A rouquidão de sua voz em meu ouvido ontem à noite me fez estremecer, as mãos apertando os quadris dela enquanto seguia cada uma de suas instruções.

Mais devagar.

Mais forte.

Isso, assim. Bem aí.

Minha cabeça bate na madeira com um baque surdo, e ela se ajeita no meu colo, reorganizando os lençóis até ficar pele com pele, um gemido baixo de desejo na minha garganta. Ela murmura algo que não decifro e então suspira, outro som que persigo com meus lábios nos dela. Ela se afasta e olha para mim com os olhos pesados.

— Você queria mais?

A pergunta me faz rir. Olho para ela e parece que tudo que sinto é desejo. Eu me inclino até encontrar sua boca, dou um beijo e depois a lambo, minha mão descendo da nuca para o maxilar. Eu a seguro ali até que as mãos dela se fechem em punhos nos meus cabelos, o corpo se mexendo impaciente em cima do meu.

Também posso ser mandão.

— Eu quero mais — digo, outra confissão, minha mão descendo entre nós para acariciar a pele macia entre suas pernas. — Eu quero tudo.

Acordo com o som distante de um trovão, a chuva tamborilando no vidro grosso. Uma brisa fresca entra pela janela aberta, e eu me contorço debaixo dos lençóis com um gemido, a mão procurando a pele aquecida pelo sono. Minha última lembrança é de Evie murmurando algo sobre o serviço de quarto, aconchegando-se ainda mais nos cobertores e adormecendo com as duas mãos me segurando pelo braço. Foi... gostoso. Diferente, mas gostoso.

Eu me apoio nos cotovelos e olho para a cama vazia ao meu lado. Fico surpreso por não ter ouvido Evie se movimentar pelo quarto — nem mesmo percebi quando se levantou da cama. Não costumo dormir tão pesado assim.

Meu olhar vai para o banheiro, a porta entreaberta, o vislumbre de uma toalha usada pendurada atrás. Pode ser que tenha saído para pegar café, mas não vejo a mala dela, e a mesinha de cabeceira está vazia. Analiso todo o espaço do quarto. Os únicos sinais de que Evie um dia esteve aqui são um copo meio cheio de água na penteadeira e um recibo amassado na mesa.

Desabo com a cara primeiro no travesseiro.

Ao menos essa é uma sensação familiar. Acordar sozinho.

— Idiota — digo para mim mesmo. Suspiro e dou um tapa na testa.

Sou mais esperto que isso.

Tenho coisas a fazer aqui, e nenhuma delas envolve me deixar distrair por uma mulher maravilhosa com pernas compridas.

Eu deito de costas e observo as nuvens de tempestade que se acumulam do lado de fora da janela. Só preciso me lembrar de que coisas são essas.

EVELYN

Novembro

BOM.

Eu não esperava isso.

Ando de um lado para o outro no quarto da única pousada em Inglewild, minha sombra me seguindo no papel de parede floral. Jenny, a proprietária, deve ter vindo aqui enquanto eu estava na fazenda, porque quando volto encontro velas e biscoitos, tão acolhedor e romântico.

Franzo a testa para uma vela marfim e repenso minhas opções.

Estava em uma pousada parecida naquele fim de semana em Maine. Havia flores no parapeito e um homem coberto de tatuagens na cama, em cima de mim, a boca no meu pescoço e a risada gutural na minha orelha. O mesmo homem que acabei de encontrar na fazenda em que, pelo jeito, ele deve trabalhar, e para a qual fui enviada para avaliar.

Eu. Não. Esperava. Isso.

Os biscoitos na brilhante bandeja de prata são tentadores. Pego um deles e desbloqueio o celular.

Josie atende no terceiro toque.

— Você chegou bem?

— Temos um problema — anuncio, a boca cheia de chocolate amargo e pasta de amendoim.

— Oh-oh. — A voz dela fica séria, o barulho de papéis sendo remexidos do outro lado da linha, o som de uma caneca sendo apoiada no descanso. Verifico as horas. Ainda é fim de tarde em Portland. Ela deve estar na oitava xícara de café. — O Sway reservou um daqueles negócios de escape room para você de novo?

Dois meses atrás, minha agência achou que me trancar em uma sala por quarenta e cinco minutos sozinha seria uma excelente fonte de conteúdo. Sem me preparar e sem me avisar. Ainda bem que não sou claustrofóbica.

— Não, mas obrigada por me lembrar. — Josie ri, e desabo nos pés da cama, de olho na bandeja de biscoitos. — Fui até a fazenda hoje.

— E aí? Você estava empolgada.

Eu *estava* empolgada. *Estou* empolgada. Uma fazenda de árvores de Natal um pouco depois da Costa Leste de Maryland, de propriedade e administrada por uma mulher chamada Stella. A história dela é adorável e romântica, e, apesar de ter visto pouco da fazenda hoje, achei o lugar mágico. Só não estava esperando que o principal agricultor dela fosse o mesmo homem com quem tive meu primeiro — e único — sexo casual três meses atrás.

Ele entrou naquele bar, os cabelos bagunçados, uma camisa branca com as mangas um pouco arregaçadas e olhos verdes como vidros do mar. Bastou me olhar para que eu sentisse borboletas no estômago.

— O Beckett está aqui.

— Quem?

— Você sabe — abaixo a voz —, o *Beckett*.

Ouço o remexer desajeitado da caneca e uma série de palavrões muito criativos.

— O Beckett de Maine? Aquele Beckett gostoso e tatuado? — Ela inspira entre os dentes, e quando fala de novo a voz está três oitavas mais alta. — Aquele do dia fora do comum, em que Evie finalmente se liberou e dormiu com alguém que acabou de conhecer? Esse *Beckett*?

Desisto e pego outro biscoito.

— Ele mesmo.

Eu estava sentada no sofá de Josie, enrolada como um burrito, quando contei sobre Beckett para ela, após muitas taças de sauvignon blanc. Não conseguia entender por que ainda estava pensando nele, tantos meses depois. Era para ser uma diversão passageira. Uma noite inofensiva. Sem exigências.

Não uma coisa para ser revivida em apresentações marcantes a cada noite, em meus delírios febris.

Josie ri, uma gargalhada aguda que me faz afastar o celular da orelha. Reviro os olhos.

— Muito obrigada pelo apoio.

— Desculpa, desculpa — diz ela, ainda sorrindo. Tenta se recuperar, mas deixa escapar outra risada. — O que ele faz aí? Está visitando?

— Não, ele trabalha aqui. É responsável pelas operações da fazenda. — Ele comanda o lugar com a proprietária, Stella, e a mulher que cuida da padaria, Layla.

Isso a faz rir de novo. Considero arremessar o celular pela janela.

— Acho que isso explica por que ele era tão bom com as mãos, não?

— Eu vou te demitir.

Eu nunca disse nada a Josie sobre as mãos de Beckett, mas me lembro delas com detalhes agora. Como a palma cobria minhas coxas por completo. Como, quando ele flexionava os dedos e os erguia, os bíceps faziam algo delicioso. Eram mãos exigentes, me guiando na posição perfeita. A pressão do dedão dele atrás da minha orelha. As linhas delicadas de uma constelação que iam do pulso até o cotovelo.

— Você nunca me demitiria — responde Josie. — Como ia fazer para se divertir?

Nomeei Josie como minha assistente pessoal desde que fizemos dezoito anos e decidi criar um canal no YouTube. O papel e cargo dela foram formalizados quando explodi nas redes sociais, mas seu trabalho como minha melhor amiga ainda é a maior prioridade. Sempre posso contar com ela para me falar a verdade.

É o que mais gosto e mais detesto nela.

— Ok, vamos recapitular. Você pegou um desconhecido supergostoso em agosto. Saiu sem dizer uma única palavra e agora, em novembro, encontrou com ele de novo enquanto analisava a fazenda em que ele trabalha para um concurso nas redes sociais. — Ela emite um som de quem está se divertindo, o que não acho nada engraçado. — Mas falando sério. Qual a chance de acontecer algo?

— Não faço ideia.

— E o que você vai fazer?

— De novo. Eu não faço ideia.

Puxo um fio solto na ponta da colcha. Não posso ir embora. O que vou dizer para a empresa que está me patrocinando? *Desculpa, não posso fazer esta viagem porque transei com um dos funcionários três meses atrás.* Eles têm sido bem legais nas reuniões, mas acho que isso não funcionaria.

E, além do mais, não costumo fugir dos meus problemas. Beckett foi uma escolha. Uma escolha da qual não me arrependo, apesar de as lembranças daquela noite terem grudado em mim feito chiclete. Eu estava falando a verdade quando disse que ele era uma distração e tanto. Pela primeira vez, estava fora de mim de tanto prazer. Eu ri. Eu me diverti.

Eu me senti eu mesma.

Mas vim aqui fazer o meu trabalho. A Stella merece. A Fazenda Lovelight é ainda melhor que tudo aquilo que ela descreveu na inscrição do concurso. Ela merece ser uma das finalistas nessa competição e merece o reconhecimento. Eu só preciso de um segundo para me recuperar. Para superar o choque de me encontrar com Beckett e seguir em frente.

— O plano é... — Não tenho um plano. Olho em volta do quarto em busca de inspiração. Acho que o plano é comer o restante dos biscoitos. Encontrar uma garrafa de vinho... em algum lugar.

Alguém bate na porta e eu respiro fundo. Encaro o olho mágico de onde estou com certa apreensão. Não preciso tentar adivinhar quem está do outro lado.

— Meu Deus, alguém acabou de bater na porta? — Josie está transtornada. — É ele?

Eu me levanto da cama e arrumo os cabelos. É claro que é ele.

— Preciso desligar, Josie.

— Muda para o FaceTime — exige ela —, esquece, deixa que eu faço isso. Evie, juro por Deus que se você deslig...

Eu desligo antes que ela possa terminar a ameaça e jogo o celular sobre a mesinha de cabeceira. Ele começa a tocar no mesmo instante com uma chamada de vídeo que ignoro, além de colocar um travesseiro em cima por precaução.

Vou devagar até a porta e hesito, a mão pairando na maçaneta. Quando Beckett entrou na padaria hoje mais cedo, senti aquele mesmo frio na barriga. Como da primeira vez que o vi. Foi como escancarar uma lembrança para dar mais uma olhada. Camisa de flanela em vez da camisa branca. Boné de beisebol virado para trás com uma árvore pequena bordada.

Olhos arregalados, surpresos.

Abro a porta como se estivesse arrancando um curativo e vejo Beckett com os braços apoiados no batente, as mãos segurando as bordas, como se estivesse se obrigando a ficar ali. Os dedos flexionam, e na mesma hora me lembro daquelas mãos segurando com força minhas coxas, Beckett de joelhos na minha frente, uma única mecha dos cabelos loiros escuros caindo na testa.

Engulo em seco.

— Oi — sussurro. Mal consigo olhar para ele, e minha voz soa como se eu tivesse engolido seis folhas de lixa. *Não sabe nem disfarçar, Evie.*

Limpo a garganta.

Ele pisca para mim, os olhos vagando um pouco preguiçosos, do topo da minha cabeça para o drapeado do suéter em meus ombros. Ele passa a língua pelo lábio inferior, e sinto que talvez fosse melhor eu agarrar o batente da porta também. Segurar a aldrava de latão como se minha vida dependesse disso.

Não sei o que me fez levar Beckett para o quarto naquela noite tempestuosa de verão tantos meses atrás. Nunca tive interesse em encontros casuais. Só que...

Eu o desejei assim que o vi entrar no bar.

Bom saber que o efeito que ele tem em mim não diminuiu nem um pouco.

— Oi — sussurra ele de volta. Beckett solta o ar pelo nariz e se afasta do batente, olhando por cima do ombro para o corredor vazio. Dou uma boa olhada em seu maxilar forte e preciso limpar a garganta de novo. — Posso entrar rapidinho?

Assinto e dou um passo para trás, deixando-o passar pela porta estreita. Ao que tudo indica, minhas vagas lembranças não fizeram justiça ao tamanho dele. Parece grande demais parado no meio do cômodo, com as mãos nos bolsos, fingindo analisar a pintura de um lago pendurada acima da mesa. Fecho a porta e tento não pensar na última vez que estivemos fechados em um quarto.

Cortinas brancas e leves. Lençóis retorcidos. Uma mão quente espalmada no meio das minhas costas. A voz dele no meu ouvido, me dizendo quanto eu era gostosa. Que *queria mais.*

Balanço a cabeça e me apoio na penteadeira, as pernas cruzadas na altura dos tornozelos. Não estou me ajudando, nem um pouco.

— Você queria conversar?

Ele assente, ainda distraído pela pintura. Então me olha de canto de olho.

— Influenciadora digital, é?

Não gosto do tom de voz dele, a acusação implícita que percebo. Não falei o que eu fazia, mas ele também não me disse nada. Estávamos muito focados em… outras coisas durante o tempo que passamos juntos. Ele não me reconheceu quando entrou no bar, e isso foi uma surpresa agradável. Uma novidade.

Por mais ridículo que possa parecer, os homens não costumam me desejar por minha causa. Geralmente, quando um homem me aborda, é porque vê alguma vantagem — quer uma foto dele em uma das minhas redes, uma menção ao seu produto. Certa vez, um cara me perguntou se eu topava gravar um vídeo fazendo sexo.

Então, quando Beckett entrou naquele bar minúsculo com os braços tatuados e o olhar que pousou em mim com admiração em vez de cobiça, aproveitei a chance. Quis algo *para mim*.

Todo o bem que aquilo me faria.

— Fazendeiro, é? — Imito o tom indiferente e observo os cantos da boca dele virando para baixo, os punhos cerrados nas laterais do corpo.

— Fiquei surpreso, só isso — responde, ainda com o tom levemente sarcástico. Como se mal pudesse acreditar que precisa ter essa conversa comigo. Como se trabalhar com redes sociais fosse a coisa mais vil e repulsiva que ele poderia imaginar. Ele solta o ar pelo nariz e esfrega os nós dos dedos no maxilar. — Eu não esperava te ver de novo.

Obviamente, eu também não esperava vê-lo, considerando que saí correndo da padaria da fazenda esta tarde como se o lugar estivesse pegando fogo. Mas isso não significa que vou agir como uma idiota.

Ele me observa com atenção, os olhos estreitos. Queria que a bandeja de biscoitos estivesse mais perto.

— Você sabia? — pergunta ele.

— Sabia do quê?

— Que eu trabalhava aqui?

Franzo a testa e ergo o queixo. Ele acha que fiz de propósito? Que vim até o lugar que ele trabalha para… o quê? Assediá-lo? Envergonhá-lo?

— Claro que não — respondo, a voz firme. — Também achei que nunca mais ia ver você de novo.

Ele sorri, e não é um sorriso divertido.

— Bom, você deixou isso bastante claro, Evie.

Eu pisco para ele.

— Desculpa — acrescenta, a voz rouca. Não é um pedido sincero. — Você deve preferir que eu te chame de Evelyn.

Algo em meu peito aperta com o tom afiado naquelas palavras. Ele parece frustrado, desconfortável. Está muito quieto no canto da mesa, uma expressão dura no olhar. Não sei por que dói para ele me chamar de Evelyn, mas percebo que dói.

Mas nada disso importa. Não importa que Beckett esteja me olhando como se eu fosse alguma coisa presa na sola de seu sapato.

Isso não muda nada entre nós. Não muda o que aconteceu antes e não muda o que está acontecendo agora.

É só que… com ele, eu fui a Evie.

E foi bom.

O silêncio aumenta entre nós até parecer que há um peso em meus ombros. Beckett não parece estar com pressa para quebrar esse silêncio. Ele tira o chapéu enquanto resmunga e passa a palma da mão para a frente e para trás sobre a nuca. Nos cabelos, até que metade deles estejam espetados.

— Olha, eu não… — Ele inclina a cabeça para trás e olha para o teto, virando o pescoço para o lado em um alongamento tenso. Suspira e se endireita, me encarando com um olhar que de alguma forma canaliza aborrecimento e irritação ao mesmo tempo. Não sei o que achar desse olhar. Não sei o que achar de tudo isso. Essa versão dele é muito diferente do homem com palavras suaves e toques cuidadosos, a risada silenciosa e rouca no escuro. — Desculpa. Eu não vim aqui por causa de nós dois. — Cerra o maxilar com tanta força que fico surpresa por ele conseguir falar. — Vim aqui para… para pedir que você fique.

Não consigo segurar o som que escapa da minha boca. Se é assim que ele acha que vai me convencer a ficar, odiaria saber como Beckett agiria se quisesse me fazer ir embora.

— Você precisa melhorar esse discurso.

— Evelyn.

— Estou falando sério.

Ele franze ainda mais a testa.

— Esse concurso é muito importante para a Stella. E para mim também. A fazenda precisa da sua ajuda, e eu gostaria que você nos desse uma chance de verdade.

Outro puxão doloroso no meu peito.

— E você acha que eu não ia dar?

— Você fugiu de mim mais cedo — ressalta, um leve sorriso se formando no canto da boca. Odeio perceber que isso faz uma onda de calor subir pela minha espinha. — Quer dizer, você literalmente saiu correndo da padaria quando me viu.

Olho para os meus pés. Não me orgulho daquela reação. Mas não sabia o que fazer.

— Eu sei.

Um tipo diferente de silêncio paira no ar.

— Eu queria uma garantia... — diz, a voz baixa. Ele se movimenta, hesitante, desconfortável. — Bom, de que você vai ficar.

— E como seria isso? — pergunto na direção dele. Quando não responde, suspiro e olho nos olhos dele. A testa franzida, uma pequena linha entre as sobrancelhas se aprofundando. — Como eu iria garantir?

Eu poderia escrever um haicai para ele. Fazer um bolo e assinar na cobertura de creme de manteiga. Sei que está inseguro pelo jeito como fui embora, mas foi só uma noite — tudo bem, duas —, um único fim de semana juntos. Não devo nada a ele.

Seus olhos brilham em um tom mais escuro. Pela primeira vez desde que entrou no quarto, Beckett sustenta meu olhar. Há uma atração palpável entre nós. Sinto com tanta intensidade quanto um toque em meu braço. Na parte inferior das minhas costas.

— Uma promessa — responde.

— Você quer que eu faça um juramento de sangue?

Ele faz um som nada divertido.

Reviro os olhos.

— Estou aqui para fazer o meu trabalho, Beckett. Não vou deixar nada atrapalhar isso. A Stella merece o meu melhor. Não tenho a mínima intenção de estragar isso.

Sempre dou o meu melhor. Por mais que ele ache meu trabalho ridículo, sei da influência que tenho em meus seguidores. Posso trazer visibilidade para a fazenda — clientes, mais atenção, mais movimento, mais do que eles jamais viram.

— Então você promete?

Assinto, de repente morta de cansaço. Quero comer o restante de biscoitos da bandeja e ir para a cama, nessa ordem.

Quero que o fantasma das trepadas casuais do passado encontre a saída mais próxima.

— Prometo. Eu vou estar aqui amanhã. Podemos começar de novo.

— Você não vai embora? — pergunta, e eu me lembro de uma manhã nublada e cinzenta, uma tempestade se aproximando da costa. O braço dele esticado sob os travesseiros, a pele nua das costas e a curvatura da coluna. O barulho suave da porta fechando atrás de mim, minha mala aos meus pés.

Respiro fundo e solto o ar devagar. Não é culpa dele não acreditar em mim. Aparentemente, Beckett é do tipo que guarda rancor. Pego outro biscoito da bandeja.

— Eu vou ficar.

— Bem provado — respondeu.

— Você quer [illegible].

[illegible]

[illegible]

— [illegible]

[illegible]

— E [illegible]

[illegible]

[illegible]

— [illegible]

— [illegible]

[illegible]

— [illegible]

1

BECKETT

Março

— *Você tem planos de voltar para a cama?*

A voz está rouca de sono, e ela tem um chupão bem na base da garganta, um roxo-escuro que não consigo parar de encarar. Ela estica os braços acima da cabeça e o lençol desliza um centímetro, os seios volumosos surgindo por baixo dele. Quero pegar aquele lençol com os dentes e arrastá-lo para baixo até que ela fique nua embaixo de mim. Quero centenas de outras coisas também. Balanço a cabeça de onde estou sentado à mesa no canto da sala e tomo outro gole de café.

Controle-se, *digo a mim mesmo.* Faça o favor de se controlar.

Ela sorri para mim.

— Humm, já entendi. — Ela abaixa as mãos, uma remexendo nos cabelos, a outra deslizando para debaixo dos lençóis. Uma sobrancelha arqueada em convite. — Você gosta de assistir.

Tenho certeza que gostaria de qualquer coisa com Evie. Quero aqueles cabelos pretos e sedosos envoltos no meu punho, aquela boca sorridente no meu pescoço. Ontem à noite ela passou bons minutos traçando a tatuagem no meu bíceps com a boca, e eu também quero isso. Quero retribuir o favor com as sardas na parte interna do pulso e as marcas nos quadris.

Eu me afasto da mesa e coloco a xícara de lado. Dou um passo em direção à cama e observo o movimento de sua mão. Ela a passa na barriga, um sorriso malicioso em seu lindo rosto. Apoio o joelho na cama e encontro seu tornozelo, o pé descalço pendurado na beirada.

— Eu adoro assistir — digo a ela enquanto agarro sua coxa e abro espaço para meu corpo entre as longas pernas. Dou um beijo na parte interna de seu joelho e todo o seu corpo estremece. Deixo outro beijo logo acima. — Mas gosto ainda mais de tocar.

Um dedo empurra meu peito enquanto sou violentamente arrancado do meu devaneio favorito.

— Você está prestando atenção?

Meu joelho oscila e a bota fica presa na cadeira à minha frente, fazendo Becky Gardener balançar precariamente para o lado. Ela se segura na cadeira, os nós dos dedos brancos pela força, e me encara feio por cima do ombro. Olho com atenção para minhas botas enquanto murmuro um pedido de desculpas.

— Estou prestando atenção — digo a Stella e afasto a mão dela.

Mais ou menos. Não muita. Tem gente demais nesta sala. Todos os donos de negócios da cidade estão espremidos no espaço de conferências da sala de recreação, uma sala antiga que tenho certeza de que é usada para guardar decorações de Páscoa, se o coelho um tanto assustador de um metro e oitenta no canto dos fundos servir de pista. Tem cheiro de café requentado e spray de cabelo, e as mulheres não pararam de rir desde que passaram pela porta. É como ficar sentado de pernas cruzadas no meio de um desfile, enquanto a fanfarra passa ao meu redor. Meus ombros estão tensos com tanto barulho, o desconforto como uma coceira no pescoço.

Eu não paro de olhar para o coelho.

Não costumo comparecer a esse tipo de coisa, mas Stella insistiu. *Você quis ser sócio*, disse ela. *É isso que os sócios fazem.*

Achei que ser sócio significava poder comprar o fertilizante mais sofisticado sem ter que consultar ninguém, e não participar de reuniões que não serviam para nada. Tem um motivo pelo qual escolhi um trabalho em que poderia passar setenta e cinco por cento do meu dia fora.

Sozinho. No silêncio.

Tenho dificuldade em falar com as pessoas. Dificuldade em encontrar as palavras certas, na sequência certa e no momento certo. Cada vez que venho à cidade, sinto que todos estão olhando diretamente para mim. Sei que parte disso é fruto da minha imaginação — e parte é por Cindy Croswell fingindo cair no corredor da farmácia só para que eu tenha que ajudá-la a se levantar. Ou Becky Gardener, da escola, me perguntando se posso organizar uma excursão enquanto me olha como se eu fosse um bife malpassado com batatas de acompanhamento. Não faço ideia do que acontece grande parte das vezes em que vou até a cidade, mas sinto que as pessoas enlouquecem.

— Você não está prestando atenção — Layla cantarola à minha direita, com as pernas cruzadas e a mão remexendo na tigela gigante de pipoca que trouxe com ela. Layla administra a padaria da fazenda, enquanto Stella cuida do turismo e do marketing. Como Inglewild é do tamanho de um selo postal e Stella tem um desejo profundo de fazer da Fazenda Lovelight *o alicerce da comunidade*, ela agora espera que estejamos envolvidos em muitos dos negócios da cidade.

Eu nem sei qual é o propósito da reunião.

— De onde surgiu essa pipoca? — Desvio do assunto.

Olho para a bolsa gigantesca enfiada embaixo da cadeira de Layla. Sei que ela tem alguns brownies e metade de uma caixa de biscoitos lá dentro. Ela diz que a reunião bimestral de proprietários de pequenas empresas em Inglewild é uma chatice sem comida, e fico tentado a concordar. Não que ela tenha oferecido para compartilhar.

Layla balança um dedo bem na frente do meu rosto e ignora a pergunta.

— Você está com aquela expressão sonhadora. Está pensando na Evelyn.

— Não — minto. Suspiro e remexo os ombros, desesperado para aliviar a tensão neles. — Estava pensando na colheita da pimenta — acrescento.

Estou distraído. Estou assim desde duas noites tempestuosas de agosto. A pele escorregadia de suor. Os cabelos escuros como a noite. Evie St. James cheirava a sal marinho e tinha gosto de frutas cítricas.

Depois disso, não consigo manter a cabeça no lugar.

Layla revira os olhos e leva outro punhado de pipocas à boca.

— Ahã, tá bom. Acredito.

Stella se estende por cima de mim e arranca a tigela das mãos de Layla.

— Eles estão se preparando para começar. Seria bom se pudéssemos fingir um pouco de profissionalismo.

Eu ergo a sobrancelhas.

— Para a reunião municipal?

— Sim, para a reunião municipal. Da que estamos participando neste momento.

— Ah, sim. Sempre muito profissional.

Na última reunião municipal, Pete Crawford tentou obstruir Georgie Simmons durante uma votação sobre novas restrições de estacionamento em frente à cooperativa. Ele reencenou *Velocidade máxima*, com adereços e vozes.

Stella me olha feio e se volta para a frente da sala, a tigela de pipocas na dobra do braço. Layla se aproxima e apoia o queixo no meu ombro. Suspiro e olho para as pesadas vigas de madeira que cortam o teto de uma extremidade a outra e rezo por paciência. Há um balão vazio preso ali, provavelmente desde o evento do Dia dos Namorados que a cidade realizou no mês passado. Alguma coisa de encontros rápidos, acho. Minhas irmãs tentaram me obrigar a ir, e eu me tranquei em casa e desliguei o celular. Olho para o balão e franzo a testa. Um coração vermelho desbotado, murcho e preso, o barbante enrolado muitas vezes.

— Vocês se falaram desde que ela foi embora? — pergunta Layla.

Algumas vezes. Uma mensagem indiferente enviada no meio da noite, depois de muitas cervejas. Uma resposta genérica. Uma foto dela em um campo aberto, em algum lugar do mundo, com uma mensagem que dizia: *Não é tão bonito quanto a sua fazenda, mas ainda assim é bem legal.* Deixei o celular cair no chão sujo quando a mensagem chegou, o polegar traçando as palavras como se fossem a pele dela.

Uma influenciadora nas redes sociais. E uma bem importante, ao que parece. Ainda estou tentando entender. Mais de um milhão de seguidores. Eu a procurei certa noite, quando o silêncio da minha casa parecia sufocante, meu polegar batendo na tela do celular. Verifiquei a conta dela e não conseguia parar de olhar para aquele pequeno número no topo.

Nunca mais fui fuçar na conta dela.

Eu já tive encontros de sexo casual. Muitos deles. Mas não consigo tirar Evie da cabeça. Pensar nela é como uma fome no fundo do estômago, uma eletricidade logo abaixo da pele. Passamos duas noites juntos em Bar Harbor. Eu não deveria... não sei por que ainda a vejo quando fecho os olhos.

Envolvida nos lençóis. Os cabelos no meu rosto. Aquele meio sorriso que me deixou louco.

— Eu estava pensando em pimentas — repito, comprometido com a mentira. É melhor não dar a mão para Layla. Ela vai levar o braço inteiro e a camisa que você estiver vestindo. Eu cresci com três irmãs. Sei quando estão prestes a enfiar o nariz onde não são chamadas, assim como sei quando o vento vai mudar.

— Pela sua cara, você não está pensando em pimentas. Está pensando na Evelyn.

— Pare de olhar para a minha cara.

— Pare de fazer essa cara que está fazendo que eu paro de olhar.

Eu suspiro.

— Só acho uma pena, é isso. — Layla se estende por cima de mim e pega outro punhado de pipocas, e uma delas cai no meu colo. Dou um peteleco no grão, que bate bem na nuca de Becky Gardener. *Caramba*. Estremeço e afundo ainda mais na cadeira. — Vocês dois pareciam se dar bem.

O que parecíamos fazer era ficar um rodeando o outro, como dois filhotes de gato ariscos. Depois de visitá-la na pousada, prometi dar espaço o bastante para que ela fizesse seu trabalho. Essa promessa foi mais difícil de ser cumprida do que eu esperava. Vê-la parada entre fileiras e mais fileiras de árvores da fazenda, com um sorriso no rosto, as mãos passando pelos galhos — bom, foi como ser acertado por um taco de beisebol no rosto. Repetidas vezes. Mas o concurso era importante demais para Stella, e eu não estragaria nossas chances por causa de uma... de uma...

Paixonite? Um flerte?

Nem sei dizer.

Tudo o que sei é que foi desafiante ficar perto dela. Eu não conseguia parar de pensar no meu corpo emaranhado com o dela. O gosto de sua pele, logo abaixo da orelha. A sensação de ter aquele cabelo roçando meu queixo, ombros, entre minhas pernas. Eu me peguei querendo fazê-la rir, querendo falar com ela.

Posso contar nos dedos de uma mão as pessoas com quem *quero* conversar. Mas Evelyn e eu demos um jeito, estabelecemos uma rotina enquanto ela estava aqui. Conversa cordial e acenos educados. Uma única fatia de pão de abobrinha compartilhada em uma tarde tranquila — com espaço suficiente entre nós. A mesma corrente elétrica que nos uniu em um bar no Maine se uniu lentamente em um fio tênue de conexão.

Então ela foi embora. De novo.

E, para meu azar, ainda não descobri como parar de pensar nela.

— Que tipo de pimenta?

Balanço a cabeça, tentando me libertar da imagem de Evelyn parada entre dois carvalhos imponentes nos limites da propriedade, o rosto de perfil, olhando para o céu. O sol jogando tons dourados cintilantes em sua pele, as folhas tremulando de leve ao seu redor. Limpo a garganta e ajusto minha posição na cadeira dobrável, o joelho batendo no de Layla. Sou grande demais para estas cadeiras, e há gente demais na sala.

— Quê?

— Que tipo de pimenta você plantou? Não vi nenhuma plaquinha indicando pimenta no campo.

Sinto minha nuca esquentar.

— Você nunca vai para os campos.

— Estou nos campos todos os dias.

Ela anda através dos campos, claro, a caminho da padaria, que fica bem no meio deles. Mas nunca vai até a área de plantação. A não ser que precise de alguma coisa. Coço o queixo, frustrado. Aposto minhas poucas economias que ela vai encontrar algo para ir me pedir amanhã de manhã.

— Pimentão — falo com os dentes cerrados.

Merda, agora preciso plantar pimentões. Layla cantarola, os olhos brilhando de malícia.

— De que cor?

— O quê?

— Qual a cor do *pimentão* — ela dá uma ênfase irritante nas palavras — que você plantou?

— Ele plantou pimentões-vermelhos nos campos do sudeste, em duas fileiras, ao lado das abobrinhas. Abobrinhas que você não vai receber se não prestar atenção — retruca Stella.

Layla e eu olhamos para ela em estado de choque. Stella não costuma ficar irritada assim. Isso sem mencionar que... não é verdade. E Stella e eu sabemos.

Um pouco do aço em seus ombros derrete e ela se larga na cadeira, devolvendo a tigela de pipoca para Layla.

— Desculpe. Estou estressada.

— Dá para notar — responde Layla rindo, voltando a remexer nos lanches. Seus olhos encontram os meus e ela sustenta o olhar, estreitando até que tudo que consigo ver é um vislumbre de avelã. Ela ainda tem um pouco de geleia no cabelo, dos doces que fez mais cedo. Morango, pelo que parece. Ela aponta o dedo bem entre minhas sobrancelhas e me dá um único peteleco bem ali. — Não pense que vou me esquecer disso.

Eu afasto a mão dela. Pouco me importa se ela vai insistir nesse assunto pelos próximos seis meses. Vai soar como ruído para mim.

Volto minha atenção para Stella e encosto minha bota na dela. Minha sócia para de bater o pé, que ela balança em ansiedade, e faz uma cara feia.

— Desculpa.

— Não precisa pedir desculpa. — Dou de ombros e examino a sala. — O Luka não vem?

Se Luka estivesse aqui, ele passaria a mão nas costas dela e a faria derreter como manteiga. Eles eram assim antes de ficarem juntos, e levaram um tempo ridiculamente longo para ver o que estava bem na frente deles. Não ganhei o prêmio da aposta que estava rolando na cidade, mas foi por pouco. Gus, do corpo de bombeiros, não parou de falar disso e chegou a fazer uma placa para pendurar acima da área das viaturas no quartel. O MELHOR CUPIDO DE INGLEWILD, dizia, como se ele tivesse algo a ver com Luka e Stella se rodeando por quase uma década. Deslizo ainda mais no assento e tento arrumar as pernas para caber na maldita cadeira.

— Ele vem — explica, olhando para a porta e esperando como se pudesse fazê-lo aparecer por pura força de vontade. Ela afasta com uma mão os cachos pretos emaranhados de seu rosto. — Mas está atrasado.

— Logo ele vai estar por aqui então — garanto a ela. Tenho certeza que Luka não perderia esta reunião por nada. Mesmo que a pequena mãe italiana e todas as irmãs ferozes dela estivessem bloqueando a porta. Se ele disse que viria, deve chegar em breve.

— Ei. — Baixo a voz e me inclino mais para perto, consciente de Layla ainda comendo à minha direita. Ela começou a jogar as pipocas para o alto e pegar com a boca. Conseguiu pegar todas. — Eu não plantei pimentão.

Isso parece fazer Stella relaxar um pouco, um sorriso tímido aparecendo no canto da boca.

— Eu sei.

— Então por que mentiu?

— Porque parecia que você precisava de uma saída. E eu entendo um pouco de resolver os sentimentos primeiro antes de compartilhar com os outros. — A porta da sala se abre e Luka entra, procurando com o olhar. Os cabelos espetados vão em todas as direções, a camisa bagunçada, meio enfiada dentro da calça jeans. Parece que ele veio direto da fronteira de Delaware para cá. Stella dá um suspiro e abre um sorriso enorme. Um sorriso em resposta surge no rosto de Luka no segundo em que ele a encontra no meio da multidão. Observá-los juntos é como enfiar um cupcake com tudo na minha cara.

— Além disso... — Stella não desvia o olhar de Luka enquanto ele tenta ultrapassar as fileiras de pessoas para chegar ao assento vazio ao lado dela. Ele derruba uma cadeira dobrável e quase faz Cindy Croswell cair no chão junto. — Bom, já faz um tempinho que quero pimentões na fazenda.

— Ah, sim. Entendi agora.

— Os pimentões recheados do Luka são muito bons. — Ela ri quando Luka a encontra. Ele passa a mão por baixo dos cabelos dela no mesmo instante, fazendo seus ombros estremecerem um pouco enquanto se inclina para ele. Desvio os olhos para a frente da sala, onde o xerife Jones está se preparando no púlpito de madeira, mas não deixo de ouvir o murmúrio baixo entre eles, a maneira como Stella dobra seu corpo para cima dele. Como Luka engancha o pé na parte inferior da cadeira para puxá-la um pouco mais para perto.

Não é a primeira vez que sinto inveja deles. Nunca vivi algo do tipo com alguém. Nunca me aproximei de uma pessoa, ansioso para sentir o toque dos meus dedos em sua pele, vendo-a se inclinar para mais perto de mim.

Penso em meu polegar em um lábio carnudo, vermelho como uma cereja, e me remexo na cadeira. O metal range ameaçador embaixo de mim.

Eu ficaria muito feliz se conseguisse parar de pensar na Evelyn.

Layla se inclina por cima de mim, a tigela pressionando minhas costelas.

— O armário do almoxarifado está livre se vocês dois quiserem privacidade.

Dou risada. Stella resmunga. Luka se inclina para a frente e coloca a mão na tigela de pipocas.

— Ele tem tranca?

A gargalhada de Layla é alta o bastante para atrair a atenção da frente da sala. Algumas das senhoras interrompem a conversa para nos olhar, e Alex, da livraria, ergue seu café em saudação. Percebo o delegado Caleb Alvarez parado logo atrás do xerife, um sorriso apertado nos lábios, o olhar fixo em Layla.

Chamo a atenção de Stella, que sorri.

— Tudo bem, vamos dar início à reunião. — O xerife Dane Jones limpa a garganta e depois limpa a garganta de novo, a conversa na sala diminuindo enquanto todos se acomodam. — Primeira ordem do dia. Sra. Beatrice, o Departamento de Polícia agradeceria se a senhora parasse de tentar rebocar sozinha os carros parados em frente ao café. Você não tem o equipamento certo, e usar seu veículo como arma de pancada resultou em algumas reclamações.

— Ela tentou me matar — Sam Montez grita do fundo da sala, o chapéu caindo para o lado enquanto pula da cadeira. — Estacionei o carro por um minuto, dois no máximo, e ela tentou me matar!

Escondo meu sorriso atrás do punho. Sam tem o péssimo hábito de estacionar em fila dupla. Geralmente não é um problema nas ruas da nossa pequena cidade, mas é irritante mesmo assim. Mal consigo distinguir o topo da cabeça da sra. Beatrice no fim da primeira fila, os cabelos grisalhos presos em um coque bagunçado. Ela murmura algo que não consigo entender. Dane franze a testa, e Caleb praticamente se engasga com a própria língua.

— Bom, não precisa fazer ameaças. Se alguém estiver bloqueando a área de descarga, você pode ligar para mim ou para o Caleb.

Ela murmura mais alguma coisa e Shirley, do salão, fica boquiaberta. Dane aperta a ponte do nariz entre o polegar e o indicador.

— Bea, o que eu falei sobre fazer ameaça de violência física na frente de um policial? Sam, sente-se.

Sam se senta na cadeira e coloca o chapéu. Luka estende a mão para pegar outro punhado de pipocas da tigela de Layla.

— Você não estava brincando sobre esta reunião, Lalá.

— Elas não são sempre assim — diz Stella, aceitando um bocado da pipoca que ele oferece.

— São, sim — Layla e eu respondemos em uníssono.

— Dando sequência… — Dane olha para a pilha de papéis no púlpito e solta um gemido abafado. Ele encara Caleb com uma expressão suplicante. Caleb dá de ombros e Dane se vira para a sala. — Sra. Beatrice, se a senhora pudesse, por gentileza, retirar os cartazes de PROCURADO da vitrine da loja, seria ótimo.

Desta vez, não sou o único que tem que segurar o riso. A sala irrompe em um murmúrio baixo e Caleb se vira para esconder a risada, de costas para o público, os ombros chacoalhando. A sra. Beatrice tem colocado cartazes de PROCURADO em suas janelas há meses, desde que pegou dois turistas no banheiro usando a pia de maneiras novas e criativas.

Dane inclina a cabeça para ouvir o que a sra. Beatrice tem a dizer sobre o assunto.

— Concordo que indecência pública é crime, mas, repito, basta ligar para mim ou para o Caleb. — Ele ergue a mão para interromper a resposta dela e olha para o púlpito, ansioso para continuar. Mas o que quer que tenha visto ali o faz dobrar toda a pilha de papéis com um resmungo. — Tudo bem, Beatrice, obviamente você e eu precisamos ter uma conversinha particular. Vamos deixar os outros sete tópicos para mais tarde.

— Você acha que alguém reclamou da recusa da sra. Beatrice em comprar leite de amêndoa? — sussurra Layla. Na verdade, ela comprou. Mas colocou em uma vasilha que dizia suco hipster.

— Deve ter alguma coisa a respeito de Karen e o incidente com o café com leite — respondo. É raro que eu vá até a cidade durante as tardes, mas estava passando por acaso no dia em que a sra. Beatrice se recusou a servir Karen Wilkes por ela ter sido rude com os garçons. De alguma forma, um café com leite se espalhou por toda a jaqueta de pele sintética de Karen. Não posso dizer que a culpo por isso.

— Tudo bem. — A voz de Dane ecoa pela sala e todos se acomodam de novo. — Próximo. A pizzaria é, hum… — Ele hesita, passando a ponta dos dedos no bigode e no queixo. Ele bate uma única vez ali e olha ao redor da sala. — O Matty gostaria que todos vocês soubessem que vai ter um dia especial este mês. Metade dos lucros das quartas-feiras vai para a escola primária, para financiar as viagens científicas.

A mão de Stella dispara no ar. Dane parece querer sair pela porta e andar sem parar.

— Sim, Stella?

— Agora é uma boa hora para compartilhar que acho que vocês dois são o casal mais fofo que já vi e dar meus parabéns por enfim estarem morando juntos?

— Gostei da guirlanda que vocês colocaram na porta — acrescenta Mabel Brewster de algum lugar no meio da sala. — E o bebedouro no jardim da frente. Não sabia que você tinha tanto talento para jardinagem, xerife.

O restante da sala explode em uma série de comentários e perguntas sobre a vida amorosa do xerife.

— Você viu os dois no mercado dos fazendeiros? Juro que nunca vi Dane Jones sorrir tanto.

— Quer dizer que ele sorriu uma vez? Porque acho que esse é o recorde permanente.

— Eles estavam de *mãos* dadas. Ele comprou *flores* para o Matty.

— Cadê o Matty? Você não pode mantê-lo trancado só porque agora vocês dois são um casal.

Afundo ainda mais na cadeira, o ruído das conversas ficando cada vez mais alto, aos poucos tomando conta de mim. É como um zumbido na minha cabeça, nos ouvidos. Pressiono fundo o polegar na palma da mão e tento focar ali.

Dane parece prestes a explodir na frente da sala, as bochechas com um tom vermelho flamejante acima da barba, as mãos mexendo no chapéu enfiado debaixo do braço.

Cutuco Stella com o cotovelo.

— Não tem medo que isso se vire contra você?

— Como assim?

Faço um gesto indicando ela e Luka.

— Quando vocês vão morar juntos?

— Ah... — Ela balança a mão, despreocupada. — Assim que descobrirmos como abrir mais espaço na minha casa. Não acho que o Luka esteja pronto para mim e toda a minha gloriosa bagunça.

Stella mora em um chalé que fica em um canto da fazenda, uma casinha repleta de revistas velhas e canecas de café meio vazias. Parece que uma senhorinha acumuladora de oitenta anos vive ali, e não há nada que Luka possa fazer a respeito. Um dia eu os ouvi discutir por causa de um pano de prato com gnomos. Stella não queria jogar fora porque, aparentemente, é uma boa forma de puxar conversa.

— Vamos morar juntos quando pudermos construir um quarto ou dois, para que ele tenha um lugar para chorar quando eu não dobrar as camisetas dele direito. — Ela dá de ombros, ajeitando o braço de Luka apoiado ali. Ele a belisca de leve, sem olhar, e o sorriso discreto dela se amplia. — Eu fico feliz em compartilhar isso com quem perguntar. Tudo isso... E o Dane precisa saber que o amamos. Que nós amamos *os dois*. Ele me disse que não se achava suficiente para o Matty. Estava com medo de arriscar. — Ela se inclina para Luka, a têmpora encostada no queixo dele. — O Dane merece saber que a cidade toda torce por ele. Que estamos felizes por ele estar feliz.

Tudo isso soa muito lindo, mas parece que Dane está prestes a derreter no lugar.

— Mesmo que isso atrapalhe o rumo da reunião?

Ela sorri. Luka grita algo sobre pratos de porcelana combinando. Há uma comemoração em resposta por toda a pequena sala e Dane pressiona o punho na testa.

— Melhor ainda se atrapalhar.

Eu me recosto na cadeira com uma risada e cruzo os braços, puxo o boné de beisebol até os olhos e estico as pernas o máximo que posso. Pela minha experiência, é melhor esperar até que isso acabe.

Fecho os olhos, respiro fundo e penso em pimentas.

2

EVELYN

— Hm, oi. — Ele limpa a garganta acima de mim, a voz rouca. — Está esperando alguém?

Ergo os olhos do celular para a figura alta apoiada na beirada da mesa, a testa franzida retorcendo os lábios para baixo. Acho que, desde que cheguei aqui, não o vi sorrir — nas poucas ocasiões em que o vi, é claro. Deve estar se escondendo nos celeiros a cada vez que dou uma volta pela fazenda.

Isso me deixa triste.

Um pouco irritada também.

— Não. — Empurro o assento vazio à minha frente com a bota.

Um convite silencioso.

Ele espera um pouco e depois se acomoda no pequeno assento em frente ao meu. Eu o observo por cima da borda da minha caneca de café. Cotovelos apoiados na mesa, ombros curvados. O corpo inclinado para a frente enquanto olha para a mesa, como se nela estivessem guardados todos os segredos do universo. Os minutos se passam e ele não diz uma palavra.

— Então… — Apoio o queixo na mão e dou um gole no café, fazendo barulho. Mantenho a voz baixa e animada, contrastando com a estranha tensão que

revira minhas entranhas. Minha mãe diz que não me deixo afetar pelo humor dos outros. Que consigo iluminar até a mais escura das tempestades.

Com Beckett, sinto que nós dois somos a tal nuvem de tempestade. Juntos, somos uma monção.

— Como está o seu dia?

Ele olha para mim, com um pedaço de pão de abobrinha perfeitamente posicionado na ponta do garfo.

— O quê?

— O seu dia — repito. Se quisesse ficar sentado em silêncio, poderia ter ido até qualquer uma das mesas vazias encostadas na parede. Em vez disso, veio sentar aqui comigo. — Como andam as coisas?

— Ah... — Ele se remexe na cadeira e contorna a borda do prato de porcelana com o polegar. — Está tudo bem — murmura. Olhos azul-esverdeados olham para mim e depois para baixo de novo. Outra pausa estranha, o silêncio se estendendo um pouco além do que deveria. Não dá para acreditar que este é o mesmo homem que chegou em mim em um bar, que parou ao meu lado. Ele se aproximou até que eu pudesse sentir o cheiro da chuva de verão em sua pele e me perguntou o que eu estava bebendo. — E o seu?

— Bom. — Quero arremessar o prato do outro lado da padaria, nem que seja para arrancar alguma reação dele. Espero que diga mais alguma coisa e, quando não o faz, suspiro. — A Stella vai me levar para um passeio pelos campos mais tarde.

Ele faz um som de quem está vagamente interessado.

— É mesmo muito lindo aqui.

Outro som baixinho.

Tá certo, tudo bem.

Desabo no banco e cruzo os braços, me ocupando em olhar pela janela à minha esquerda, que vai do chão ao teto. Desse ângulo posso ver um casal de crianças entrando e saindo de entre as árvores... um pequeno esquilo escondido no mato, cavando um buraco na terra. A padaria fica escondida em um dos campos, uma surpresa para os visitantes encontrarem quando estão em busca da árvore perfeita. Aqui dentro, a condensação se acumula na parte inferior das janelas, uma moldura perfeita de branco-acinzentado. Galhos de árvores roçam nas janelas. Parece que estou em um daqueles cartões de Natal antigos, e aposto que deve ser quase mágico quando neva.

— Sabe, eu estava passando pelos campos de morangos mais cedo.

Eu volto a olhar para ele, que ainda encara aquele prato estúpido.

— Ah, é? Eu não sabia que vocês tinham campos de morangos aqui.

Beckett me ignora, a garganta subindo e descendo em um movimento quando engole em seco. Estoico. Solitário. A milhões de quilômetros de distância.

— Parece que ouvi alguns deles chorando.

— O quê?

— Os morangos — explica. — Ouvi alguns deles chorando.

Eu pisco para ele.

— Não faço ideia do que você está falando.

— É porque... — Um sorriso discreto surge no canto de sua boca, introvertido. Repuxa seu lábio inferior enquanto ele se mexe na cadeira, e eu me lembro, visceralmente, da sensação de ter aquele sorriso escondido entre meu ombro e pescoço. Ele olha para mim, e é como o momento depois de uma tempestade, quando o sol decide aparecer por trás das nuvens pesadas, a chuva ainda escorrendo do telhado, das árvores, da caixa de correio na esquina. — É porque os pais deles se envolveram numa batida, eu acho.

Demoro um segundo para entender. Uma piada.

Beckett acabou de fazer uma piada.

Uma bem terrível, ainda por cima.

Uma risada surpresa irrompe de mim, animada e alta. Algumas pessoas se viram para olhar.

Mas estou muito ocupada olhando para Beckett, o sorriso largo e livre em seu rosto. Um pouco selvagem. Muito lindo.

Pressiono o punho nos lábios, encantada com seus olhos brilhantes. Ele baixa a cabeça e dá outra mordida no pão de abobrinha.

— Foi uma piada idiota — digo a ele.

— Sim. — Seu sorriso se transforma em algo suave. Algo que já senti antes com a palma da mão na calada da noite. — Foi mesmo.

Sou arrancada do meu devaneio com um chute forte na canela.

Pulo na cadeira, o joelho batendo na parte de baixo da mesa de madeira que se estende por toda a sala. Josie me lança um olhar de seu lugar à minha frente, as sobrancelhas erguidas. Não consegui evitar que meus pensamentos vagassem desde que me sentei para esta reunião e, se o hematoma se formando em minha perna servir de indicação, ela percebeu isso.

— Como você se sente em relação à dança?

Minha agente do dia, Kirstyn, bate a caneta em um bloco de notas rosa-claro. Rosa-peônia. Rosa tipo o céu-logo-antes-de-o-sol-bater-na-água. Sway não acredita em atribuir um agente específico a um cliente. Em vez disso, tenho uma frota rotativa de consultores jovens, atraentes e modernos à minha disposição. Kirstyn e sua forte nuvem de perfume me fizeram desejar Derrick e seu esmalte fluorescente. Ou Shelly e seus lenços enormes.

Kirstyn franze os lábios, aborrecida.

— Você ouviu o que eu disse?

Josie morde o lábio inferior e arregala os olhos. *Bom*, parece dizer. *Você ouviu?*

Não ouvi. Estava muito ocupada me lembrando de uma tarde tranquila de novembro em uma padaria ensolarada. Eu me pergunto o que Beckett pensaria de um lugar como este. Imagino-o aqui, oprimido e confuso, estreitando os olhos para os cartazes na lousa do lado de fora de cada espaço de trabalho. Olhando para os potes de conserva na cozinha aberta. Fazendo cara feia para a água com pepino e toalhas quentes para as mãos, uma cortesia.

Balanço a cabeça.

— Desculpe. — Limpo a garganta e seguro a xícara de chá com as duas mãos. — Poderia repetir o que disse?

Kirstyn joga os cabelos loiros brilhantes para trás do ombro. Ela está usando óculos grandes com uma armação fina dourada. Uma coleção de pulseiras dança em seu pulso. Ela tira a chaleira verde-menta da bandeja no centro da mesa e a oferece para mim. Eu balanço a cabeça.

— Dançar — diz, colocando a chaleira de volta na mesa enquanto faz beicinho. — Sabe, como aqueles desafios que vemos por toda parte?

Ela aponta para o celular virado para cima, ao lado da bandeja — um fluxo coeso de influenciadores fazendo dancinhas. Tento me ver ali, presa em todo aquele conteúdo. Só de imaginar, já sinto uma pontada de ansiedade. Tenho quase certeza de que a última vez que fiz qualquer tipo de movimento coreografado foi aos treze anos, no porão da casa dos meus pais, cantando Backstreet Boys a plenos pulmões com Josie e um guarda-chuva fazendo papel de microfone.

— Já ouvi falar desses desafios — ofereço, sem muita hesitação. Sei aonde isso vai chegar.

Esse não era o objetivo, sussurra uma voz no fundo da minha mente. Uma voz que está ficando cada vez mais alta, um fio constante de dúvida. Mas, se não era esse o meu objetivo, então o que era? O que eu deveria estar fazendo? Passei a vida inteira gerindo minha plataforma, construindo meu público.

Desvio o olhar do celular para a janela, a calçada movimentada abaixo, me distraindo com as pessoas na rua. Observo enquanto todos passam uns pelos outros sem olhar para cima — sempre em frente, sem pensar, sem parar. Uma rajada de vento desce pela calçada e ergue a ponta de uma echarpe vermelha cintilante. Por um segundo, a mulher agarrada a ela parece estar voando, a mão tentando segurar as pontas. Consegue segurar no momento em que passa por uma pequena loja de empanadas — um prédio rosa brilhante com um fio de luzes no topo, espremido entre uma loja de caixas e um banco suntuoso. Uma mulher baixinha de pele marrom-clara ri na janela e joga um guardanapo em alguém do outro lado do balcão. Um sorriso surge no canto da minha boca. Posso ouvir a alegria dela daqui.

— Evie? — Sinto a bota de Josie embaixo da mesa, cutucando a minha. — Você está bem?

— Desculpe — repito. Balanço a cabeça e me forço a prestar atenção em Kirstyn de novo. Estou pura confusão hoje. Preciso de um café bem forte e um cochilo de seis dias. — Estou, sim. Estou ouvindo. Me explique o que você tem em mente.

— Achamos que você deveria adicionar um pouco de coreografia aos seus vídeos. — Kirstyn repete devagar, enunciando cada palavra. Ouso adivinhar que, depois de hoje, não verei Kirstyn de novo. — O Sway acredita que o movimento e a dança tornariam seu conteúdo mais acessível.

Josie se vira devagar para olhar para Kirstyn. Se olhares matassem, tenho certeza de que Kirstyn teria sido reduzida a uma pilha de cinzas. Movimento e dança. Bato a unha na borda da xícara.

— E qual é a sugestão?

O leve retorcer de seus lábios se transforma em rugas entre as sobrancelhas.

— Dança — repete ela, o primeiro sinal de frustração que escapa de seus lábios delineados com delicadeza. — Movimento...

Eu balanço a mão.

— Sim, o movimento vai tornar meu conteúdo mais acessível. Mas, como imagino que você saiba, meu conteúdo é em grande parte aspiracional. Focado em viagens. — Franzo as sobrancelhas. — A sugestão é que eu faça a dancinha de "Yah Trick Yah" no corredor de uma livraria de cidade pequena?

Josie dá uma risada irônica. Kirstyn ignora completamente meu sarcasmo.

— Seria incrível — responde, as mãos gananciosas alcançando o computador. Começa a digitar freneticamente, as unhas rosa-choque dançando no teclado. — Que ideia incrível. Não acredito que não pensamos nisso.

Uma dor maçante surge na base da minha cabeça.

— Isso não foi... — Suspiro e olho pela janela, em direção à loja de empanadas. A mulher rindo na janela não está mais lá. — Eu estava brincando.

— Ah, bom. — Kirstyn não tira os olhos do computador. — É uma boa ideia. Talvez você possa mandar ver na sua próxima viagem.

Josie arregala os olhos para mim. *Mandar ver*, murmura. Ela imita um movimento de dança do início dos anos 90. Tenho certeza de que *mandamos ver* em nossa apresentação de Backstreet Boys.

Não perco meu tempo respondendo à sugestão. Em vez disso, tento mudar de assunto. Estou muito cansada.

— Qual é minha próxima viagem?

Metade de mim espera que Kirstyn me diga que a próxima viagem é para casa, para o apartamento minúsculo e quase vazio que alugo aqui na baía de San Francisco. Eu nem sei por que assinei um contrato de aluguel, para começo de conversa. Acho que, nos últimos três meses, passei um total de seis noites lá. Mas queria muito criar raízes, e um apartamento parecia a resposta certa.

— Ah, claro. E lá vamos nós.

Minha parceria com Sway começou porque eu queria ajudar mais pessoas, contar mais histórias, acessar mais comunidades em que pequenas empresas tentavam divulgar seus negócios. Como Peter em Spokane, um veterano aposentado com um food truck de queijo grelhado e — sem dúvida alguma — a melhor sopa de tomate que já experimentei. Eliza e sua loja de roupas em Sacramento, que transformava roupas de fast fashion em peças sustentáveis. Stella, da Fazenda Lovelight, que trabalha duro para criar um país das maravilhas de inverno. As pessoas que visito têm tudo de que precisam para causar impacto. Eu só... dou uma ajudinha. Impulsiono.

Gerenciar essa conta estava ficando um pouco pesado para nós duas. Passávamos mais tempo cuidando do lado administrativo que da parte criativa. Minha parceria com Sway tinha a intenção de tornar tudo isso mais fácil. Mas, para ser sincera, tem sido uma dor de cabeça atrás da outra.

— Sua próxima viagem é esta — anuncia Kirstyn com toda a eloquência que aprendi a esperar de Sway.

O ruído denuncia a tela branca que começa a descer do teto. Ela se liga e uma explosão de cores e batidas altas e pesadas preenchem o ambiente. Josie pula na cadeira, em um esforço para evitar que a xícara de chá tombe.

Corpos cobertos de joias dançam, os braços erguidos no ar. Uma mulher com botas peludas que vão até as coxas e um macacão roxo brilhante de lantejoulas balança em uma videira acima de — estreito os olhos para a tela — uma piscina cheia de gelatina vermelha e reluzente.

— Puta merda — sussurra Josie.

Minha dor de cabeça fica mais forte.

— Por que você está me mostrando o Burning Man?

— Não é o Burning Man. É o Okeechobee Music and Arts Festival — explica Kirstyn, quase transbordando de excitação. Consigo sentir o tilintar das pulseiras dela em meus dentes. — É um festival criado recentemente, e o Sway acha que vai ser muito bom para a evolução da sua marca.

O Sway acha. Aperto a ponte do nariz.

— Para a evolução da minha marca.

— Isso.

— Esse festival é administrado por uma pequena empresa? — Estou distraída com os corpos seminus investindo uns contra os outros e se remexendo na tela, e as luzes estroboscópicas tornam minha dor de cabeça ainda pior. Olho pela janela de vidro industrial para o restante do escritório, em que funcionários se espalham em um espaço de co-working. Um cara que está sentado no canto, usando uma boina, balança a cabeça ao ritmo da música. Uma mulher com a ponta dos cabelos rosa-choque parece cantarolar baixinho. Nenhum deles aparenta se incomodar com a rave de três mulheres acontecendo na sala de conferências 2. — Ele tem uma história interessante?

Talvez eu tenha deixado alguma informação passar.

— Você vai ser patrocinada pela CoverGirl — conta ela. A tela muda para um vídeo que gravei cerca de um mês atrás e postei em uma das minhas contas, em que seguro um tubo de máscara para cílios laranja brilhante, uma rajada de vento soprando meus cabelos sobre o rosto. Acho que apareço usando o produto por menos de um segundo. O pequeno número no canto direito inferior está destacado. Mais de quatro milhões de visualizações. Eu estremeço.

Tinha ficado angustiada com esse vídeo, incomodada com a divulgação tão direta de um produto. Grande parte da minha renda vem de publicidades pagas, é claro, mas ela fica sobretudo no meu blog, em espaços reservados para anúncios. Em um lugar que as pessoas esperam que esteja. Mas Sway insistiu que poderia ser um bom experimento para divulgar mais conteúdo de marca, e eu estava cansada, distraída. Cedi e postei um vídeo ridículo em que promovia uma máscara para cílios.

E olhe aonde cheguei. Um patrocínio da CoverGirl.

Deveria estar muito feliz.

Por que não estou feliz?

Porque esse não era o meu objetivo.

Eu não deveria estar em pânico com parcerias, promoções e festivais de música. Passei todo esse tempo criando conteúdo e separando pedaços de mim mesma para consumo público, e o que tenho para mostrar? Um apartamento vazio e milhões de estranhos seguindo cada movimento que faço.

Estou muito cansada.

— Acho que preciso de uma pausa. — As palavras escapam da minha boca com um suspiro silencioso, ganhando força à medida que se instalam no espaço entre nós três. Ergo os ombros e respiro fundo. Levanto o queixo. — Vou tirar um tempo pra mim.

Josie comemora discretamente do lado da mesa em que está.

— Vou agendar um spa completo no hotel em que você vai ficar em Okeechobee — avisa Kirstyn. Mas algo me diz que Okeechobee não é conhecida por seus spas. — Ah! Se você quiser estender a viagem e começar em Miami, aposto que seria possível conseguir alguns patrocínios de baladas.

Balanço a cabeça e coloco minha xícara de volta no pires de porcelana ornamentado. Com certeza não quero ir a uma balada em Miami.

— Não, eu quis dizer dar um tempo mesmo. De tudo... isso.

Kirstyn pisca para mim por trás da tela. Posso ver os corpos dançantes de Okeechobee refletidos em suas lentes enormes. É desorientador, como algo de *Alice no País das Maravilhas*. Ela fica boquiaberta, com as mãos perfeitamente imóveis pairando logo acima do teclado.

— Tipo ficar ausente um tempo?

— Isso. — Eis uma bela forma de explicar. Tenho dinheiro o suficiente na minha conta para umas miniférias, resultado dos muitos anos de planejamento financeiro meticuloso. A renda de um influenciador dificilmente é estável, e sempre temi que toda essa atenção fosse embora tão rápido quanto veio. As redes sociais são muito inconstantes.

Talvez algum tempo longe seja exatamente do que preciso. Espaço para ajustar o foco, realinhar.

Eu me viro e olho por cima do ombro, através das grandes janelas, para a loja de empanadas abaixo. Começo a juntar minhas coisas.

Intervalo para comer empanadas.

— Mas você vai postar conteúdo, certo? — Há um leve tom de desconforto na voz de Kirstyn enquanto ela desliza da cadeira, me seguindo até a porta aberta. Josie fica de pé em um pulo, os cabelos cacheados balançando com ela, o orgulho silencioso em seus enormes olhos castanhos. Está pronta para ir embora desde que chegamos aqui. Acho que nem deve ter trazido o computador.

Kirstyn nos segue, segurando-se na beirada da janela de vidro industrial como se estivesse prestes a saltar de um avião.

— Você não vai, tipo, sumir de vez?

Dou de ombros.

— Ainda não decidi muito bem. — Mas, após ouvi-la perguntar, ignorar completamente minhas redes sociais por algumas semanas parece incrível. Eu me encolho na jaqueta e enfio as mãos para dentro das mangas. — Ainda tenho algum conteúdo de marca para entregar?

Ela praticamente corre até a mesa, folheando seu caderno rosa.

— Não. — Há consternação em seu rosto. — Nada que você seja obrigada a postar. Mas a Ray-Ban demonstrou certo interesse, se você quiser...

— Está ótimo assim, obrigada. — Tento suavizar o tom após recusar tão rápido. — Olha, Kirstyn. Fico muito grata pelo seu trabalho nesta apresentação, mas acho que talvez seja a hora de dar um passo para trás. Entrar no modo de planejamento por algumas semanas.

Ela fica pálida.

— Semanas?

Preciso entender o que faço, por que, de repente, parece que estou sempre tentando me enfiar em um suéter pequeno demais. Fico à espera de que essa sensação desapareça, mas ela não vai embora. Só piora cada vez mais.

— Vou te manter atualizada, tá? Dou um toque. E pode ficar à vontade para me mandar mais opções de trabalho, mas... — olho para a tela, as luzes estroboscópicas e a pintura facial — aquilo ali não combina comigo. Estou procurando por algo diferente.

Kirstyn assente.

— Isso pode ser feito. Podemos apoiar algo diferente. Envio opções em sua caixa de entrada esta noite.

Começo a sair em direção ao elevador. Josie já está apertando agressivamente o botão com o polegar.

— Não vou analisar nada esta noite, então não precisa se apressar. Estou falando sério, preciso de uma pausa.

Ela me segue como um cordeirinho. Algumas pessoas que ocupam as mesas no centro da sala se ergueram em seus assentos, observando enquanto passamos. Há uma mulher com uma grande franja, os dentes quase alcançando o lábio inferior. Tem um homem em pé atrás dela, vestindo uma camisa de manga curta, a palma da mão apoiada na testa. Sinto como se tivesse acabado de virar uma mesa e chutado a mãe deles. Estão todos chocados, preocupados. Aceno para eles com o que espero ser um sorriso tranquilizador. Eles me encaram de volta, inexpressivos.

— É sempre um prazer, pessoal! — Josie acena por cima do ombro, sem se preocupar em sair da frente do elevador. As portas se abrem e Kirstyn para ao nosso lado.

— Seus seguidores vão sentir sua falta — exclama ela enquanto entro no pequeno espaço, com papel de parede de samambaia do chão ao teto. Há um espelho com moldura dourada no alto e um tapete branco felpudo no chão. É o elevador mais ridículo em que já entrei. — Todo mundo vai se perguntar onde você foi parar.

O alerta não causa o resultado que ela espera. Quando muito, me dá vontade de jogar meu celular no poço do elevador. Eles vão se perguntar e depois encontrar outra pessoa para seguir. Outra conta. Outra coleção de reels e posts e... danças. As portas do elevador começam a fechar. Dou um sorriso tranquilizador para ela.

— A gente se fala em breve.

NO FIM DAS contas, as empanadas são maravilhosas.

— Achei que o rosto dela fosse derreter — brinca Josie com a boca cheia de espinafre e queijo. Ela faz uma careta, a palma das mãos pressionada no rosto em uma tentativa, creio eu, de ilustrar um semblante derretendo. É difícil dizer exatamente o que ela está fazendo. Dou risada enquanto mordo outro pedaço dessa delícia macia e amanteigada. — Ela ficou chocada mesmo por você não querer usar pintura corporal.

— Foi estranho, né? Acho que eles não entendem... — Não *me* entendem, quase digo. Um comentário injusto, considerando que nem mesmo eu me entendo hoje em dia. — Não acho que eles entendam o tipo de conteúdo que eu procuro.

— É óbvio. Estou orgulhosa de você por se posicionar. Passei os últimos seis meses esperando que isso acontecesse. — Ela remexe a cesta vazia entre nós. — Precisamos de mais empanadas.

A senhora atrás do balcão ri quando saio da pequena mesa e me aproximo para pedir uma terceira rodada.

— Ainda estão com fome? — A risada dela é alta e barulhenta, tão mágica quanto eu pensava.

— Dê uma *croqueta* para ela — diz uma senhora mais velha sentada ao balcão, meio escondida atrás de uma planta gigante, os longos cabelos grisalhos envolvidos em um lenço de seda roxo brilhante. Ela está comendo um pedaço de bolo desde que nos sentamos, com uma pequena xícara de café cubano. — *Jamón*.

— Vou querer duas. — Sorrio para a mulher e olho para o cardápio escrito a mão. — E um *pastelito*. — Olho para Josie e ela ergue dois dedos. — Na verdade, vamos querer dois desses.

Penso se deveria tomar um café, mas tenho certeza de que, se for tão forte quanto o cheiro, vou ficar muito elétrica. Volto para a mesa aconchegante no canto e pego o que sobrou da minha empanada, tirando o celular do bolso e colocando-o sobre a mesa. Olho para minha tela de bloqueio, uma foto dos meus pais abraçados em frente à pequena boutique deles nos arredores de Portland. Sorrisos radiantes. LOJA DE VARIEDADES ST. JAMES pintado a mão na vitrine.

Não sei como cheguei até aqui, vinda de lá.

— Adoro essa foto — Josie diz com um sorriso. — Eles parecem tão felizes.

— Parecem mesmo. — Sorrio, olhando para o rosto da minha mãe. — E estão. — Temos o mesmo sorriso, o mesmo nariz franzido quando rimos. Eu me pergunto o que ela está fazendo agora. Se está reabastecendo os doces que guarda em uma pequena cesta nos fundos da loja para as crianças que conseguem encontrá-los, ou se está limpando as janelas com o mesmo pano rosa-choque surrado que sempre usa. Uma pontada de saudade me atinge bem no peito.

— Evie.

— Hum? — Ergo os olhos do celular e olho para minha amiga, para o rosto da pessoa que me conhece melhor que ninguém. Ela inclina a cabeça e me dá um sorriso suave.

— O que está acontecendo? Parece que você está... meio distante. Seus pensamentos parecem estar em outro lugar. — Baixo o queixo e pressiono dois dedos acima da sobrancelha enquanto Josie se apressa em explicar. — Não necessariamente de um jeito ruim. Você só parece distraída, acho.

Essa pausa é menos uma ideia e mais uma necessidade. Acordo todas as manhãs com uma sensação de vazio no peito, os batimentos acelerados, ansiosa, o que piora ainda mais conforme continuo indo dormir em uma cama que não é a minha, olhando para um quarto que não é o meu. Passo mais tempo em hotéis que no pequeno apartamento que alugo. Verifico minhas redes sociais e sinto uma pressão crescente no peito. Eu me sinto uma mentirosa. Uma falsa.

— Não faço ideia do que estou fazendo — suspiro.

Josie franze a testa.

— Isso nunca foi verdade.

— Tem sido mais verdade do que você pensa — murmuro. Eu me tornei excelente em fingir que está tudo bem.

Vasculho nossa cesta vazia, passando os dedos na borda do papel gorduroso amassado no fundo. Pego uma migalha com o dedo e a lambo.

— Eu só estou deixando acontecer.

Sorrindo para a câmera. Escrevendo legendas vigorosas. Fazendo minha vida parecer uma grande aventura maravilhosa quando, na verdade, estou com a cabeça cheia.

Eu me tornei obcecada por números, pelo desempenho dos meus posts. Estou mais interessada na estética de uma história que na história em si. Na última viagem, esqueci o nome da cidade em que eu estava. Duas vezes.

— Há quanto tempo está se sentindo assim?

A sensação surgiu devagar, como a névoa que aos poucos deixa de encobrir a água. Nos últimos tempos, tudo tem parecido... fora do lugar... e não sei por quê. Achei que o blog seria um trampolim para algo maior, e não a base para o restante da minha carreira. Agora, no entanto, tenho tudo o que sempre quis de um trabalho. Sou bem-sucedida, requisitada.

E me sinto terrivelmente só.

Acho que me sinto desconectada. Silenciada. Longe de tudo que parece real. A culpa surge e desvio o olhar para a mesa.

Pobre influenciadora de redes sociais, triste por ter muitos seguidores e poucos amigos. Eu me sinto uma impostora. Como o pior tipo de fraude.

— Tenho mentido para todos. Quando posto algum conteúdo, estou só... Josie, eu estou fingindo.

— Fingindo o quê?

Tudo, penso. *Tudo, o tempo todo.*

A dona da loja de empanadas vem até a nossa mesa com um prato repleto de coisas deliciosas e fritas nas mãos. Ela o coloca na ponta da mesa e grita algo em espanhol por cima do ombro, outra gargalhada alta ecoando pelo espaço. Meu coração parece aquecer. Um pouco da magia da vida real.

— Não quero postar conteúdo — digo para Josie, ainda distraída. Ela coloca um pastelito na boca.

— Então não poste.

— Estou cansada de viajar.

— Tire um tempo de folga.

— Não quero perder tudo que me esforcei para conquistar.

— Você não vai perder.

— Sinto que me esqueci de como ser feliz — sussurro meu pensamento mais secreto. Aquele que passa pela minha cabeça como um fio de fumaça quando estou deitada de costas, olhando para o teto do quarto de hotel em que vou passar a noite, sem conseguir dormir. A mente a mil por hora. Os pensamentos acelerados.

— Você já se sentiu bem com isso antes? — pergunta Josie. — Antes de você explodir na internet e ficar famosa, quer dizer. Você gostava de gravar vídeos?

Eu gostava. Algumas das melhores lembranças que tenho são de passear com a câmera antiga do meu pai. Passava meus sábados sentada em um banco na feira do produtor, só ouvindo as pessoas conversarem. Perdi um pouco disso, parece. Em algum lugar ao longo do caminho.

Josie pega uma croqueta e me estuda.

— Acho que vai ser bom pra você. A maioria das pessoas passa por algo assim. Você quer dar uma pausa e avaliar se esse ainda é o caminho certo. Sou uma grande defensora da autorreflexão. — Ela ergue a croqueta num brinde, bate uma vez na minha testa. — Seja você mesma, garota.

— Você não acha que estou sendo ridícula?

— Acho que você está sendo só um pouco ridícula. E digo isso principalmente pela forma que está falando de si mesma. Nada do que você tem aconteceu por acaso. Você trabalha duro e não para quieta um instante. Acho que essa é a raiz do problema. Você vai de um lugar para outro sem encontrar onde fincar raízes. Seu corpinho lindo está exausto. E seu cérebro também.

Dou uma mordida na croqueta, o sabor salgado como uma explosão na minha língua.

— Fico feliz quando posso comer croquetas — murmuro com a boca cheia.

Josie sorri.

— Bom, poderíamos mandar você para um tour gastronômico. — Ela se recosta no sofá com um suspiro de satisfação. Acaricia a barriga uma vez e retorce a boca, pensativa. — Falando sério, quando foi a última vez que você se sentiu como se não estivesse trabalhando? Qual foi o último lugar onde você se sentiu feliz?

A resposta aparece no mesmo instante. Botas pisando em folhas. Céu sem nuvens, tão azul quanto um lago na montanha. Estradas de terra e um grande celeiro vermelho à beira da estrada. Fileiras e mais fileiras de árvores, folhas de pinheiro nos meus cabelos.

Uma piada estúpida sobre morangos em uma tarde ensolarada. Um prato de pão de abobrinha em cima da mesa.

Eu me sinto mais confortável, endireito os ombros com a primeira respiração profunda no que parecem meses.

— Acho que eu sei a resposta.

Minha amiga balança a cabeça, com um brilho de satisfação nos olhos.

— Então vamos começar por aí.

3

BECKETT

— Só queria dizer... — Jeremy Roughman se inclina na traseira do trator, a luz do sol começando a brilhar no horizonte. Ouço a voz dele e preciso reunir todas as minhas forças para não me virar e voltar para minha casa, nos limites da propriedade — ... que estou muito animado por você ter decidido me aceitar como aprendiz.

Eu não decidi aceitá-lo como aprendiz. O xerife Jones me encurralou no corredor de produtos de papel da farmácia e gentilmente me ameaçou com o serviço de ficar encarregado da faixa de pedestres na escola primária até que concordei em aceitá-lo como aprendiz. Ao que parece, Jeremy tem dificuldades em ficar mais de meio segundo longe de confusão, e, se a sra. Beatrice o pegar beijando outra garota em seu beco, é provável que faça algo que resulte em um mandado de prisão.

— Sei que os pais dele ficariam agradecidos — disse Dane, e eu quase me arremessei contra a prateleira de papel-toalha. — Ele só precisa de um direcionamento.

E agora estou eu dando um direcionamento. Está amanhecendo, o céu em um misto de rosa brilhante e ouro polido, nuvens no centro dele como uma pincelada reluzente. Ainda sinto o toque do inverno tão cedo pela manhã, e fico grato por minha camisa térmica e pela gata agarrada em meu pescoço, cochilando com o queixo em meu ombro.

Olho para Barney, sentado no banco do motorista do trator — seu velho chapéu de abas largas caído sobre os olhos. Ele sorri para mim com a boca cheia de donut.

— Muito animado, chefe? — diz. Ele enfia massa frita e açúcar de confeiteiro na boca. — Mal consegui dormir ontem à noite de tanta empolgação.

Reviro os olhos e pego a pá apoiada no pneu. Apesar de todas as provocações, Barney torna meu trabalho mais fácil. Ele é uma enciclopédia ambulante de colheitas e solo, doenças comedoras de plantas e... a escalação do ano de 1990 do Baltimore Orioles, time de beisebol. Essa última parte não tem utilidade alguma para mim, mas o restante em muito me ajuda. Trabalho com ele desde que assumi o turno do meu pai na fazenda de hortifrútis, há quase duas décadas. Quando Stella me recrutou e avisei que não trabalharia mais lá, Barney fez o mesmo. Ele deu um tapinha nas minhas costas e disse que não poderia permitir que eu estragasse uma fazenda nova sozinho.

Entrego a pá para Jeremy, que a segura entre o polegar e o indicador, longe da jaqueta estilo universitário. Eu nem sabia que ainda se usavam coisas do tipo, mas Inglewild sempre me pareceu ter parado no tempo. Empinadora dá um miado melancólico bem no meu ouvido, e eu acaricio a cabeça macia.

— Hoje vamos cinzelar — digo a Jeremy.

— Cara, não consigo cinzelar com uma pá. — Jeremy tenta me entregar o objeto. — Achei que ia, tipo... dar conselhos de onde colocar as coisas e tal. Trazer uma nova perspectiva para a estética deste lugar.

Reúno toda a pouca paciência que tenho.

— A estética do lugar?

Ele joga os cabelos para trás e ergue o queixo.

— Não foi por isso que você me trouxe?

Eu não o trouxe para cá. Fui ameaçado em frente a uma pilha de papel--toalha. Cruzo os braços e apoio o corpo na lateral do trator. Empinadora aproveita a oportunidade para pular do meu ombro para o topo da cabine, acomodando-se no espaço ao lado do banco. Ela gosta de passear com Barney de manhã e, quando dá na telha, andar de volta para casa.

Faço o possível para ignorar Barney, que se chacoalha em uma risada silenciosa em cima do trator.

— O que você sabe sobre agricultura, Jeremy?

Ele passa a mão pelos cabelos e estreita os olhos para o horizonte.

— Sei algumas coisas.

— Vamos ouvir, então.

— Bom — ele se remexe no lugar, enfia as mãos nos bolsos da jaqueta só para voltar a tirá-las —, é óbvio que você planta coisas.

— Óbvio.

— E cuida delas.

— Claro.

— Na verdade, tenho algumas ideias de coisas que vocês podem plantar. O que acha de maco...

— Não termine de me contar a sua ideia — rosno. Já ouvi piadas sobre maconha suficientes para uma vida inteira. Viro a cabeça para a traseira do trator. — Talvez a gente possa falar de outras coisas para plantar na semana que vem. — Barney faz um barulho como se tivesse engasgado. — Enquanto isso, temos uma tradição. O membro mais novo da equipe fica encarregado das pedras. Você vai seguir o Barney e retirar as pedras da camada superficial do solo para jogar naquele balde ao lado. Isso vai facilitar o nosso trabalho quando formos arar e plantar na próxima semana ou na outra.

Fiquei encarregado das pedras por quatro verões seguidos na Fazenda Parson. Também me encarreguei disso quando éramos só Barney e eu para preparar os campos. Vai ser bom não ter que fazer esse trabalho agora. Olho para os sapatos de Jeremy.

Nike novo, um branco imaculado.

Sinto uma pontada de remorso. Ele não tem culpa de não saber o que esperar daqui. Eu me lembro do meu primeiro dia na fazenda, quando era criança, muito magro e fora da minha zona de conforto, com dificuldades para acompanhar os outros ao meu redor. Era como tentar pegar a coreografia de uma dança que já estava acontecendo, sem ouvir a maldita música. Eu me lembro das risadas quando escorreguei na terra atrás do trator, o sol batendo no pescoço e formando bolhas em minha pele.

— Você tem um chapéu, garoto?

Ele balança a cabeça, ainda olhando para a pá em sua mão. Procuro em uma das mochilas penduradas no banco e tiro um boné de beisebol velho, desbotado e rasgado de um lado. Eu o jogo para ele. O boné o atinge no peito e cai no chão. Ele olha para o chapéu como se preferisse morrer a colocar aquilo em seus cabelos penteados com perfeição.

Dou de ombros e Barney ri, ligando o motor e engatando o trator.

— Vai jantar com seu pai hoje à noite? — Barney grita acima do barulho do motor.

Eu confirmo. Temos jantar em família todas as terças-feiras à noite, uma tradição que existe há muito tempo.

— Diga a ele que mandei um oi. E ele me deve cento e quarenta e sete dólares depois da nossa última noite de pôquer.

Reviro os olhos e balanço a mão para ele. Barney e meu pai jogam pôquer juntos todos os sábados à noite, tradição que existe há tanto tempo quanto nosso jantar em família. Tenho certeza de que nenhum dos dois jamais liquidou a dívida entre eles.

Jeremy me olha com tristeza enquanto Barney começa o lento trajeto até o extremo dos campos a oeste, as rodas do trator balançando. É um trabalho lento, mas importante, e passaremos as próximas semanas preparando os campos para as mudas que vêm do norte. As árvores que plantamos vão levar ao menos cinco anos para crescerem, mas é assim que uma fazenda de árvores funciona.

É uma questão de paciência.

— Aonde você vai? — Jeremy grita do outro lado do campo, parando para pegar o chapéu do chão. Se não for mais rápido, vai passar o restante da semana removendo pedras.

— Dar uma olhada na estética — respondo em um grito.

HÁ MUITO COM que me ocupar enquanto o trabalho está em andamento nos campos. Stella e eu decidimos, após a primeira temporada, que não dependeríamos apenas de árvores de Natal para nos sustentar durante o ano. Na entressafra, fazemos experiências com tipos de plantações diferentes. Abóboras no outono. Algumas frutas no verão.

Aparentemente, na primavera teremos pimentões.

Salvatore me encontra perto do celeiro enquanto caminho até os campos de hortifrúti, um sorriso radiante em seu rosto envelhecido. Ele me dá um tapinha no ombro e me guia em direção às enormes portas de correr, em vez dos campos.

— Tive um pequeno contratempo — conta, com aquele sorriso ainda estampado no rosto. No verão passado tivemos uma tempestade que transformou todos os campos em poços de lama. Ele deu dois passos para fora do trator e escorregou, coberto da cabeça aos pés com a lama espessa. Seu sorriso era tão largo que eu só conseguia ver o branco dos dentes através da terra. Parte de mim acredita que ele não consegue mais mudar essa expressão. Nunca vi alguém sorrir tanto em toda a minha maldita vida.

— Não sei quantos contratempos vou aguentar nesta temporada, Sal.

— Bah. — Ele me lança um olhar malicioso enquanto entramos no celeiro. — Acho que você vai gostar deste.

Susie, uma das lavradoras que ajuda na colheita, acena do outro lado do espaço aberto. Metade do celeiro é usada para as visitas ao Papai Noel durante as festas de fim de ano, enquanto a outra metade é para armazenamento. Ela está parada bem perto da divisória central, os braços embalando... alguma coisa.

— Você encontrou mais gatinhos? — pergunto. No outono passado, Stella descobriu uma família inteira de gatos escondida atrás de um dos gigantescos quebra-nozes de madeira. Todos os quatro moram comigo agora, um pequeno exército de pelos macios e opiniões obstinadas a respeito da qualidade dos meus lençóis. Acordo todas as manhãs com um ou outro deitado em meu peito, ronronando.

— Melhor — responde Sal. Eu me aproximo e tenho um pequeno vislumbre de algo amarelo. Susie abre a toalha que está segurando e dentro dela está um patinho, pouco maior que a palma da minha mão, com uma faixa de penugem escura bem no topo da cabeça. Ele olha para mim e dá um grasnado fraco, as asas se agitando quando seu casulo é desfeito.

— Ah, merda. — Essa coisa é muito fofa. — Você acha que ele foi abandonado?

— Parece que sim. — Sal se remexe no lugar. — Nem sinal da mãe.

Não sei muito sobre patos, mas presumo que os filhotes não consigam sobreviver muito tempo sem a mãe por perto. Olho para o filhote e esfrego os nós dos dedos no queixo.

— Vou levá-lo para a cidade. Dar uma passadinha no dr. Colson para ver o que pode ser feito.

Estendo as mãos para pegar o embrulho. Evito ir até a cidade sempre que posso, mas, de todo modo, preciso passar na loja de ferragens para pedir algumas encomendas. Christopher, o proprietário, se recusa a fazer qualquer coisa pelo telefone e não atende se eu ligar muitas vezes. Posso deixar esse carinha no veterinário, fazer o pedido e voltar antes do almoço.

O patinho grasna para mim, o bico cutucando as costas da minha mão. Passo um dedo no topo de sua cabeça, na penugem incrivelmente macia.

Tento me controlar de todas as formas que posso enquanto olhamos um para o outro. É óbvio que meu cérebro já começou a fazer planos. Tem uma tela de arame na estufa. Eu poderia colocá-la ao redor da cozinha. Fazer uma cerca.

Suspiro enquanto observo a bolinha amarela cochilar na segurança das minhas mãos. Não posso adotar outro animal. Eu não sei nada de patos.

Você também não sabia nada de gatos. Isso não impediu nada.

O patinho dá outro grasnado discreto e se aninha ainda mais. Eu suspiro. Não vou adotar outro animal.

Ouço o clique de uma câmera e, quando olho para a frente, vejo Sal e seu maldito sorriso, o celular apontado para mim. Franzo a testa e ele tira outra foto, com uma risada baixinha.

— O que você está fazendo?

— Foi ideia da Stella, para um calendário — responde, ainda rindo. Há quase um ano, Stella vem promovendo a ideia de um calendário da fazenda, só com fotos minhas e de Luka nos campos, em uma tentativa de tentar aumentar os lucros. Não preciso dizer que essa ideia não me agrada nem um pouco. — Você tá dando uma pinta meio Branca de Neve, amigo.

Saio porta afora sem dizer mais nada.

— Bom — o dr. Colson segura o patinho na palma da mão, empurrando os óculos no nariz com os nós dos dedos —, é um patinho, é, sim.

Eu me remexo no lugar, reprimindo a vontade de revirar os olhos. Estou abusando das minhas capacidades de socialização hoje, e ainda não é nem meio-dia. Preciso jantar com minha família esta noite, e minhas irmãs não são conhecidas por serem calmas e tranquilas.

— Claro que é — consigo dizer, cerrando os dentes quando o dr. Colson olha para mim por cima dos óculos. Ele gira na cadeira e, com cuidado, coloca o pato de volta na caixa de papelão em que eu o tinha acomodado. O patinho grasna e se aproxima de mim, encolhendo-se em um dos cantos, mordiscando minha mão com seu bico minúsculo.

Não dê um nome para ele, digo a mim mesmo. Se eu der um nome para ele, vou levá-lo para casa e acho que um bando de gatos e um filhote de pato não seriam os melhores companheiros. *Não ouse dar um nome para ele.*

— Vou fazer algumas ligações e ver se tem algum resgate por perto que possa acolhê-lo, mas patos são complicados. Ele terá que ser aceito por uma nova mãe.

Respiro fundo pelo nariz.

— E se não for?

— Se não for, temo que o pequenino não consiga sobreviver. A não ser que alguém o adote como animalzinho de estimação.

Ele me lança um olhar significativo.

Porra.

— Isso é uma possibilidade? Ter um patinho como animal de estimação?

Dr. Colson assente.

— Com o devido cuidado e atenção, com certeza. Vai exigir um pouco de esforço no começo, mas patos podem ser excelentes animais de estimação. — Ele me olha com um sorriso malicioso. — Fazendas são um ótimo ambiente para eles.

— Acho que fazendas com uma família de gatos sanguinários não são o melhor dos ambientes — resmungo. Empinadora me trouxe três ratos de presente no fim de semana passado. Ela os alinhou na porta da frente como uma oferta de sacrifício. Foi, ao mesmo tempo, nojento e cativante.

— Me lembre de te enviar um daqueles vídeos do TikTok que todas as crianças compartilham — diz dr. Colson. Ele se levanta com um sorriso zombeteiro e me dá um tapinha nas costas. Seus joelhos o incomodam desde que completou sessenta anos. — A Sheila da recepção está sempre me mostrando vídeos novos. Acho que tem uma conta toda dedicada a gatos e patos.

Eu não saberia dizer. Não tenho nenhum interesse em redes sociais.

Não procurei Evelyn de novo, não desde aquela primeira vez. Nem mesmo depois de ela postar seu vídeo agora viral em que Luka e Stella fingem se amar e, ao mesmo tempo, fingem desesperadamente não se amar. Luka ficou tão feliz por virar uma celebridade de internet que passou semanas autografando qualquer coisa que estivesse ao seu alcance. Da terceira vez que assinou uma batata com um marcador permanente, quebrei a caneta ao meio, bem na cara dele.

— Não posso adotar um pato — digo. Talvez, se se eu disser em voz alta as minhas intenções, elas vão se tornar verdadeiras. Minha irmã Nessa já me disse isso ao menos setenta e cinco vezes. Suspiro. — Você pode mantê-lo aqui por algum tempo? Me ligar se tiver notícias do resgate?

Dr. Colson assente. O pato solta um grasnado. Aperto o alto do nariz.

Não posso adotar este pato.

— Você vai adotar um pato?

— Porra — xingo para mim mesmo quando minha irmã Nova surge na janela do meu carro. Estou só um pouco atrasado para o jantar em família na casa dos meus pais, mas acho que ela decidiu me esperar na porta da frente. Ela sobe na barra lateral do veículo e enfia o braço pela minha janela aberta antes mesmo que eu consiga parar a caminhonete. Com um metro e meio de altura e usando seu preto padrão da cabeça aos pés, fico surpreso por não tê-la atropelado.

Ela me cutuca uma vez na bochecha enquanto estaciono. Afasto a mão dela e pego a torta no banco do passageiro.

— Como você ficou sabendo do pato?

Não dê nome ao pato. Você não vai dar um nome ao pato.

— A rede de comunicação secreta.

A rede de comunicação secreta de Inglewild só deveria ser usada em casos de emergência, mas nos últimos seis meses se transformou em uma rede para compartilhar fofocas da cidade. Duas semanas atrás, Alex Alvarez, da livraria, me ligou para dizer que o xerife Jones e Matty foram vistos escolhendo bulbos de tulipas na estufa para o jardim dos fundos deles. Quando perguntei por que ele estava me ligando para falar de bulbos de tulipas, ele murmurou "rede de comunicação" e desligou.

Não dei continuidade ao assunto na rede de comunicação naquele dia. Desde então, não recebi mais nenhuma ligação. Acho que devem ter me removido.

— Ele vai adotar um pato? — Harper grita da porta, pendurada no parapeito da varanda da frente, com um pano de prato no ombro e uma colher de pau na mão. Saio da caminhonete com um suspiro, tomando cuidado para não fazer Nova voar porta afora.

— Não vou adotar um pato. — Passo o braço por cima do ombro de Nova e bagunço seus cabelos enquanto subimos a rampa que leva à varanda. Algumas tábuas rangem sob minhas botas e eu paro, observando. Estendo a mão e empurro o corrimão, a madeira balançando levemente com meu controle.

— Se você quiser, posso ajudar a consertar isso esta semana — diz Nova, me incentivando a continuar andando e me guiando com gentileza para dentro da casa. Ela deve saber que estou a três segundos de pegar a caixa de ferramentas na caminhonete e reconstruir essa coisa toda. A culpa dói como uma ferroada. Já faz muito tempo que não pergunto aos meus pais se precisam de alguma ajuda.

— Pode parar — adverte Harper assim que pisamos na varanda. Ela me bate uma vez com a colher. De todas as minhas irmãs, ela é a que mais se parece comigo. Cabelo loiro-escuro, olhos azul-esverdeados, quase sempre de cara feia. É dois anos mais nova, mas poderia muito bem ser minha irmã gêmea. — Você já está se martirizando antes mesmo de entrar em casa. Deve ser algum tipo de recorde.

— Não. Lembra a véspera de Natal dois anos atrás? Ele esqueceu a manteiga que a mamãe pediu para trazer e quase arrancou a caixa do correio da calçada a caminho do supermercado. Não tinha nem saído do banco de motorista e já estava se torturando.

— Ou quando esqueceu o recital de dança da Nessa. Achei que ele ia afundar no chão. — Os lábios de Harper se curvam nos cantos e ela olha para mim. — E você nem tinha perdido o recital. Só entendeu a data errada. Estava se remoendo de culpa porque *correu o risco* de não cumprir o combinado com alguém.

Elas se entregam a um ataque de risos histéricos, e eu as empurro para dentro de casa. Não é um bom presságio para mim que a provocação já tenha começado. Grande parte das vezes, posso contar com Nova para me defender, mas, ao que tudo indica, esta noite não será assim.

O cheiro de alho e de alecrim flutua pelo corredor, vindo da cozinha, enquanto me livro das botas. Pão fresco e um toque de mel. Ouço um murmúrio baixo de minha mãe e Nessa conversando, meu pai girando para trás na cadeira para enfiar a cabeça no corredor enquanto Nova e Harper me seguem.

— Você vai adotar um pato? — ele grita.

Reviro os olhos e tiro a jaqueta. Penso em voltar para a caminhonete e pedir para que minha mãe leve o jantar para mim. É bem provável que ela concorde. Nova me segura pelo pulso antes que eu possa me virar na direção da porta e me puxa pelo corredor até a cozinha, me direcionando para a ilha central. Seu aperto é de uma força assustadora para alguém tão pequeno. Ela me segura até que meu braço esteja exposto à luz, o punho da manga erguido para que possa ver a tatuagem que cobre cada centímetro da minha pele.

— Posso pegar uma bebida antes? — imploro.

— Não.

Ela não se preocupa em olhar para cima enquanto traça uma das videiras que começam no meu cotovelo e descem até o pulso. Adicionou alguns botões de flores há cerca de duas semanas, que estão quase cicatrizados.

— Estão bem bonitas — diz, virando meu pulso e cutucando minha pele com um distanciamento quase clínico. Começou a me tatuar quando tinha dezesseis anos e decidiu que queria ser artista. Ela foi aprendiz em um estúdio no litoral, mas ninguém permitiria que uma adolescente praticasse na própria pele. Então eu me ofereci. Todas as tatuagens que tenho nos braços foram feitas por ela, e é interessante ver a evolução entre meu braço esquerdo e o direito. Agora que é uma das artistas mais procuradas da Costa Leste, está revisando seu trabalho, acrescentando detalhes e corrigindo antigos erros.

— Quero consertar essa aí — anuncia, cutucando uma pequena folha de carvalho na parte interna do meu pulso. As bordas estão ligeiramente borradas por causa da pressão da pistola, uma nítida oscilação nas linhas. Tiro meu braço do alcance dela e desenrolo as mangas da camisa.

— Não. — Eu gosto assim. Foi uma das primeiras que fiz com ela, e estava tão orgulhosa quando pressionou aquele pano frio sobre minha pele, limpando o excesso de tinta. É uma lembrança boa e não quero alterá-la. — Pode me encher o saco para mudar alguma coisa depois da torta.

— E você pode vir cumprimentar a sua mãe — reclama minha mãe por cima do ombro, mexendo algo que cheira a canela e mel. Vou até o fogão e dou um beijo na nuca dela.

— Oi, mãe. — Pego uma lasca de cenoura assada na frigideira, apreciando a crocância e a doçura que vem a seguir.

— São da fazenda? — pergunto. Eu já sei a resposta. As cenouras são da fazenda, o pão foi feito pela Nessa, a música é uma playlist que Harper fez durante o verão, e o delicado buquê de flores silvestres desenhado na parte de trás do braço é de Nova. Meu pai entalhou a colher que ela está usando, e toda a cozinha está repleta de pequenos pedaços da minha família. O amor dos meus pais por todos nós, misturado com tomilho, manteiga e torta, até que toda a tensão que costumo sentir em uma sala cheia de gente esteja de volta comigo, enfiada no bolso do meu casaco. Voltarei a pegá-la mais tarde, tenho certeza, mas por enquanto estou bem.

Estou em casa.

A comida é servida e, em poucos minutos, a conversa se dissolve em uma discussão animada a respeito de algum programa de namoro, o volume da voz das minhas irmãs e do meu pai aumentando até que todos estejam gritando uns com os outros.

Quando meu pai sofreu o acidente, ficava sentado no quarto escuro o dia inteiro, todos os dias, preso em uma depressão quase tão incapacitante quanto a queda que o paralisou da cintura para baixo. Nessa começou a fazer companhia para ele, sentada na beirada da cama. Colocou algum programa de televisão sobre comportamento e rotina de donas de casa e ele fingia não estar interessado.

Agora eles assistem juntos toda semana.

Harper olha para mim do outro lado da mesa enquanto Nessa grita alguma coisa sobre chardonnay.

— Você quer seus protetores de ouvido?

Assinto, grato por ela ter oferecido e por eu não ter que perguntar. Ela abre uma gaveta no armário de pratos de porcelana atrás de si e tira um par de protetores de ouvido cor-de-rosa fofos. Achei que Nessa estivesse zombando quando os comprou para mim, três anos atrás, mas ela insistiu que seriam de grande ajuda.

Sempre tive dificuldade com barulho em excesso. Faz meus dentes rangerem, faz com que eu me sinta como se estivesse sendo picado por agulhas. Os protetores de ouvido amortecem o som sem eliminá-lo por completo. Ainda posso ouvir o que está acontecendo ao meu redor, sem uma onda avassaladora de tensão.

E eles nunca deixam de fazer minha mãe sorrir.

Eu os deslizo pela cabeça e meu peito relaxa um pouco, pois, agora que o barulho diminuiu, posso participar da conversa. Nessa tem uma exposição em junho, a maior da qual já participou. E aparentemente Nova tem falado com o irmão de Stella, Charlie, para fazer uma tatuagem de escorpião na bunda dele.

Olho feio para ela.

— Por que você e o Charlie estão trocando mensagens sobre a bunda dele?

Nova dá de ombros, sem se importar.

— Eu não estou. Ele está me mandando mensagens sobre a bunda dele.

— Certo. Então por que ele está mandando mensagens sobre a bunda dele?

— Porque ele quer fazer um escorpião lá. Eu não sei.

Harper quase não fala durante o jantar, estranhamente quieta, reorganizando a comida no prato. Faço uma nota mental para investigar isso mais tarde no mesmo instante em que meu pai recomeça a contar, todo dramático, o fracasso da safra de trigo de 1976, como faz toda semana. Coloco uma cenoura no prato e minha mente começa a divagar.

Imagino Evelyn sentada à mesa, na cadeira de encosto reto com flores esculpidas nos braços, bem ao lado de Nessa. Imagino seu sorriso, a pele cintilante e a maneira como acaricia o lábio inferior com o polegar quando está pensando no que quer dizer, os olhos brilhando de malícia. Será que riria das piadas ridículas do meu pai? Dançaria pela cozinha com Nessa durante a limpeza? Não consigo parar de imaginá-la em todos os lugares que vou.

— Beck? — meu pai me chama. — Tudo bem com você?

Eu assinto. Não sei o que se passa pela minha cabeça ultimamente. Um monte de bobagens. Preciso dormir mais ou algo assim. Coloco um pedaço de batata na boca.

— Tudo bem — digo.

Meu pai me lança um olhar cético e fica me observando, preocupado, durante o restante do jantar. Consigo ignorar até o fim da noite, quando estou satisfeito depois de comer tantas tortas e tentando equilibrar três potes com sobras. Visto minha jaqueta no corredor, e ele me encurrala, seus movimentos estranhamente silenciosos, apesar da cadeira de rodas.

— Beckett.

— Caramba. — Meu corpo inteiro tomba para o lado, o cotovelo pousando no relógio antigo que minha mãe comprou quando eu tinha seis anos. Um dos potes cai no chão. — Você precisa de uma campainha. Que susto grande, pai.

— Paralisado ou não, sempre tenho alguma vantagem sobre vocês, crianças. — Ele pega o pote e o equilibra no colo. — Vamos... Eu acompanho você.

Concordo e ele aperta meu braço uma vez, um lembrete silencioso da pergunta que me fez durante o jantar. Deve ter decidido me acompanhar até o carro só para fazer mais perguntas. Minha mãe e irmãs sabem que não adianta tentar me fazer falar durante o jantar. Enquanto elas preferem um interrogatório impulsivo, meu pai tem uma abordagem mais sutil.

Saímos para a varanda da frente e descemos a rampa. Franzo a testa ao perceber que a cadeira de rodas dele parece saltar sobre as frágeis tábuas. Ele segura uma das rodas com firmeza enquanto manobra. Não deveria ter que se virar de um lado para o outro nesta coisa.

— Na próxima semana eu passo aqui para consertar — digo.

Ele me observa por cima do ombro, os olhos refletindo a luz acima da garagem.

— Consertar o quê?

— A rampa. — Chuto uma das tábuas que se destacou cerca de dois centímetros, encostada na parte de trás da cadeira de rodas. — Está caindo aos pedaços.

— Pfff. — Ele balança a mão. — Só está assim porque apostei com a sua mãe que eu conseguia subir e descer em menos de trinta segundos. Essa coisa não foi construída para esse tipo de manobra. — Ele olha para mim e solta as rodas, deixando que a cadeira desça toda a rampa. Entra na garagem com um som suave. — Além disso, eu tenho braços, não tenho?

— Tem.

— Bom. Então deixe minha rampa em paz. Está ótima assim. — Ele estreita os olhos para mim, o mesmo olhar que sempre faz quando está tentando resolver um quebra-cabeça. Sobrancelhas franzidas, nariz enrugado, lábios curvados para baixo. Meu pai fazia a mesma cara quando Harper mentia sobre seus planos para a noite, depois saía pela janela e se esgueirava pela estrada para as festas da fogueira, em vez de ficar no quarto estudando.

— Você está bem, garoto?

Abro o lado do passageiro da caminhonete e um pequeno rato de feltro cai na calçada. Metade de mim espera que Cupido ou Raposa apareçam atrás dele. De todos os gatos, esses dois são os que causam mais problemas. Stella os encontrou revirando uma caixa de biscoitos em um dos armários da cozinha há duas semanas.

— Estou bem — digo a ele, colocando o pote no chão. Guardo o rato no bolso e me encosto na caminhonete. — O que tá pegando? Está tudo bem com você?

Ele balança a cabeça, engole em seco e depois se inclina para trás para olhar para o céu. Sigo seu olhar e olho para cima, no mesmo instante vejo as Plêiades, um aglomerado de estrelas em forma de ponto de interrogação. Tudo está iluminado esta noite, nenhuma nuvem a vista. Claro o suficiente para que você possa ver a ligeira diferenciação na cor. Azul-pálido. Branco--crocante. Amarelo-vivo e brilhante.

— Você não parava de falar das estrelas quando era criança. — Meu pai ri, o pescoço ainda esticado para trás e o rosto virado para cima. Ignoro as estrelas e olho para ele, observando a maneira como suas mãos se enrolam nos braços da cadeira. — Queria ir para aquele acampamento espacial. Você lembra?

Eu lembro. Vi a propaganda e imediatamente comecei a economizar o dinheiro que ganhava na cidade. Devorava toda e qualquer coisa que via sobre astronautas. Lancei uma campanha individual para que houvesse uma semana dedicada ao tema espacial nas aulas de estudos avançados da escola primária e fiz Nova e Nessa construírem uma nave espacial com latas de lixo velhas no quintal. Queria um daqueles emblemas que eles distribuíam, bordado ASTRONAUTAS JÚNIOR. Queria comer sorvete espacial.

Coisas bobas. Coisas de criança.

Mas, conforme crescia, comecei a prestar atenção no que precisava estudar. Peguei livros da biblioteca sobre engenharia, matemática — as malditas ciências biológicas. A escola deixou de ser chata e passou a ser um caminho. Um desafio.

Mas nunca fui para esse acampamento e nunca fiz uma única aula de engenharia. Meu pai caiu de uma escada enquanto consertava algumas telhas na fazenda. Um dos degraus entortou e a escada tombou para a esquerda, fazendo meu pai cair no chão de uma altura de quinze metros. Um acidente horrível.

Eu me lembro exatamente do par de sapatos que estava usando quando minha mãe recebeu a ligação. All Star vermelhos com os cadarços dos dois pés desamarrados, metade do tênis para fora do pé enquanto estava sentado à mesa da cozinha, tentando fazer o dever de casa de inglês. O telefone tocou duas vezes e minha mãe atendeu com uma xícara de café na mão, o aparelho preso entre o ombro e a orelha. Eu me lembro do som discreto que ela fez. Uma inspiração brusca. Um "Onde ele está?" dito baixinho. O vidro quebrado no chão da cozinha.

— O que foi, pai?

Ele respira fundo e esfrega a palma das mãos nos joelhos.

— Eu só — ele engole o restante da frase e se vira das estrelas para olhar para mim — quero saber se você está feliz.

— Claro que estou feliz — respondo. Ele me estuda, procurando a hesitação em minhas palavras. — Por que não estaria?

Adoro trabalhar na Lovelight. Adoro minha cabana nos confins do terreno e as manhãs frescas, quando sou apenas eu, minha respiração e o sol que surge no horizonte. Céus de algodão-doce e as folhas das árvores farfalhando enquanto os raios solares as despertam. Gosto da quietude, do silêncio. Layla em sua padaria, o cheiro de pão quentinho serpenteando pelos carvalhos altos. Stella em seu escritório, papelada por toda parte e uma gaveta cheia de aromatizadores de papelão em formato de pinheiro que ela acha que ninguém sabe. Sal com cestas enfiadas nos braços e Barney no trator. Cada pessoa que encontra o caminho até lá pelo estreito caminho de terra, logo após a curva. Através dos arcos, subindo pelo caminho de cascalho. O grande celeiro vermelho perto da estrada e as fileiras e mais fileiras de árvores, esperando por um lar.

É exatamente onde eu deveria estar. As mãos na terra e os pés no chão. Nunca duvidei disso nem por um segundo.

Enraizado.

— Sinto que fiz uma escolha no seu lugar, só isso. Você tinha quinze anos e eu…

Saio da caminhonete e o seguro pelos ombros, do jeito que ele fazia comigo. Eu o sacudo uma vez.

— A escolha foi minha — digo a ele.

Ele coloca a mão sobre a minha. Aperta com força.

— Tem certeza?

— Tenho certeza.

4

EVELYN

— MEU DEUS, EVELYN. Eu sinto muito.

Jenny parece estar à beira das lágrimas, atrás da pequena mesa na Pousada Inglewild com um grande roupão fofo envolvendo seu corpo magro. Estava trancando a casa para ir dormir quando parei no meio-fio com meu carro alugado e ela correu para me deixar entrar, com roupão e tudo.

— É que... você fez um trabalho tão bom para nós na última vez que esteve aqui. Estamos sempre lotados. E tem um festival de pipas na praia neste fim de semana e...

Eu a fiz entrar em parafuso. Ela abre o livro de registros e examina as páginas como se fosse encontrar algo diferente do computador no canto de sua pequena escrivaninha. Engole em seco e olha para mim antes de continuar, balançando para a frente e para trás. Já é ruim o suficiente que eu a tenha feito ficar além do expediente. Agora estou prestes a fazê-la ter um colapso nervoso.

Estendo a mão e seguro a dela na minha, para evitar que arranque as páginas do livro de registros.

— Jenny. Não tem problema.

Não é como se eu tivesse reservado esta viagem com antecedência. Ou pensado mais do que...

Eu estava feliz naquele campo com minhas botas afundando na lama, e talvez devesse voltar e ver se consigo encontrar a felicidade de novo.

Uma ideia ridícula. Puro capricho. Pareceu genial após seis empanadas e Josie batendo os punhos na mesa enquanto eu reservava a passagem. Puxo minha mão e prendo os cabelos em um rabo de cavalo. Estou me sentindo suada e pegajosa depois da viagem de avião, a camisa grudada nas costas. Olho para o livro de registros com pesar. Que droga. Estava ansiosa por um longo banho nas enormes banheiras com pezinhos que Jenny tem em todas as suítes.

— Não tem problema — repito, tentando me convencer disso. É só encontrar outro lugar para ficar. Tranquilo. — Você pode me indicar outro lugar?

Jenny engole em seco e olha para a mesa. Ela murmura alguma coisa, com as mãos cerradas na ponta do livro.

— Como é?

Ela exala.

— Com o festival de pipas — começa ela devagar —, está tudo lotado. Nem sei dizer se as grandes redes de hotéis perto da praia vão ter quarto disponível.

Merda. Bom. Tudo bem. Eu não sabia que as pessoas gostavam tanto de pipas, mas não tem problema. É o preço que pago por ser tão impulsiva, parece. Ter entrado naquele voo sem reservar um quarto antes. Nem liguei para Stella para saber se era uma boa hora para visitar a fazenda.

Mas eu me conheço. Sei que, se esperasse um dia, teria me convencido a não fazer essa viagem. Teria encontrado outra coisa com que me ocupar — um novo projeto, uma nova tarefa — e em uma semana, um mês, um ano, provavelmente ainda estaria presa nessa mesma rotina, nesse ciclo interminável de ambivalência torpe.

Franzo a testa e olho por uma das grandes janelas que dão para a rua principal, os semáforos envoltos em videiras de um verde intenso, começando a florescer. Mabel, a mulher deslumbrante e um pouco assustadora que cuida do paisagismo da cidade, deve tê-las instalado para dar as boas-vindas à primavera. Da última vez que estive aqui, havia guirlandas penduradas em todas as portas da frente, cordões e luzes amarradas com cuidado de um poste a outro, uma fileira perfeita de casas de gengibre embrulhadas em enfeites e luzes que guiavam até a Lovelight, nos limites da cidade.

Fico feliz que as pessoas enfim tenham descoberto esta joia de cidade. Só queria que não fosse bem quando eu precisava dela também.

— Alguma outra ideia de onde eu poderia ficar?

Talvez eu dê uma olhada nos folhetos locais amanhã de manhã para ver se alguém tem um espaço que esteja disposto a alugar. Não faço ideia de quanto tempo pretendo ficar, mas sei que esta parece ser minha melhor chance de voltar a ser quem eu era. De descobrir o que há de errado.

O rosto de Jenny se ilumina pela primeira vez desde que ela desceu os degraus da frente com um par de chinelos azuis brilhantes.

— Ah! Eu poderia usar a rede de comunicação. — Tão rápido quanto se animou, ela volta a ficar chateada. — Droga. Não podemos usar depois das sete a não ser que seja uma emergência mesmo.

— Vocês têm uma rede de comunicação?

Ela balança a mão acima da cabeça, como se estivesse invocando os espíritos para explicar o misticismo de tudo isso.

— É como fazemos as novidades correrem pela cidade. Eu poderia usar para descobrir se alguém tem um lugar em que você possa ficar.

— Mas você não pode usar depois das sete?

Ela balança a cabeça, triste.

— As pessoas têm... abusado desse sistema ultimamente. Gus ligou para a cidade toda na terça passada, dez da noite, para perguntar se alguém tinha tortilhas extras para a noite do taco no quartel. O xerife quase acabou com o sistema todo. Caleb precisou interferir e criar o toque de recolher para que a gente pudesse salvar a rede de comunicação.

— Ah, graças a Deus. — Pela gravidade do tom dela, parece a resposta certa.

Ela assente.

— Vou usar amanhã cedo, faço umas pesquisas pra você. Enquanto isso, acho que pode encontrar um quarto vago na Lovelight.

Não posso afirmar com certeza, mas me parece que um sorriso surge no canto da boca de Jenny. Um olhar pensativo faz suas sobrancelhas se unirem.

— Lá costumava ser um retiro de caça, parece.

Eu me lembro de Stella ter dito algo parecido quando estive na cidade. Também me lembro de sua casinha margeando o canteiro de abóboras, toda parte repleta de várias bugigangas. Luka na cozinha com os braços estendidos, ocupando o espaço sem muito esforço. Não quero aparecer na porta dela no meio da noite e perguntar se posso dormir lá. Ainda mais se Luka estiver com ela.

— Obrigada — respondo. Não tenho intenção alguma de dirigir até a Lovelight esta noite. Não até eu tomar um banho, retocar o batom e ter uma conversa motivacional comigo mesma. Não estou ansiosa para ver Beckett de novo. Eu só...

Não quero que ele me veja e pense que estou... que estou pedindo alguma coisa. Não foi por causa dele que voltei para cá.

Voltei por causa dos campos. Quero me sentar na grama alta e olhar para o céu, tentar encontrar o lugar dentro de mim que está trancado ou enferrujado ou seja lá o que tem acontecido comigo nos últimos tempos. Quero consertar isso. Estou cansada de me sentir assim.

Vim para Inglewild porque preciso de um tempo. Quero ficar sentada em silêncio, sem fazer nada. Tenho dezessete e-mails em minha caixa de entrada, enviados antes da viagem — cortesia de Sway —, e não li nenhum deles. A ansiedade me agarra pela garganta toda vez que vejo o pequeno número vermelho na tela. Desliguei meu celular na terceira vez que o peguei e o enfiei bem fundo na bolsa. Talvez eu consiga um número temporário enquanto estiver aqui. Levar a sério esse papo de sumir do mapa.

Agradeço a Jenny pelo seu tempo e asseguro mais quatro vezes que está tudo bem antes de sair pela porta da frente e descer os degraus de mármore até o carro que aluguei, estacionado na calçada. Uma rajada de vento faz meu rabo de cavalo e a ponta do casaco se erguerem, notas de madressilva e jasmim das flores enlaçadas no poste de luz invadindo meu olfato. Olho para o banco de trás enquanto estou na porta do motorista.

Já dormi no carro — durante viagens longas e de última hora. Certa vez, quando estava dirigindo pelo Colorado, o carro que aluguei morreu em altitudes mais elevadas e precisei empurrá-lo para o acostamento da estrada e esperar até de manhã, quando fosse mais seguro que um caminhão de reboque viesse me buscar. Dormi no banco traseiro, levemente apavorada com a possibilidade de um urso vir espiar pelo para-brisa.

Vou precisar encontrar um lugar mais reservado. Onde Jenny não possa me ver. Nem o xerife. Ou qualquer pessoa que possa ligar para o xerife. Não estou a fim de começar esta viagem fazendo circular pela cidade a fofoca de que Evelyn St. James estava dormindo no banco de trás do carro.

Também não quero que uma foto minha toda encolhida no banco traseiro de um carro e usando o suéter como cobertor viralize.

Mordo o lábio inferior. Talvez essa não seja a melhor das ideias, no fim das contas.

Ainda estou debatendo sobre minhas escolhas quando ouço passos na calçada do outro lado da rua. Olho para cima no mesmo momento em que o olhar de Beckett encontra o meu, e é como naquela noite no bar, quando ele abriu caminho pela porta da frente e olhou diretamente para mim, aqueles malditos olhos varrendo meu rosto e descendo pelos meus ombros. Um olhar como um toque, uma carícia na cavidade da minha garganta.

Ele está paralisado do outro lado da rua, um pé na calçada e outro no meio-fio. Jaqueta de veludo cotelê. Camisa de flanela aberta embaixo. Jeans escuros e botas de trabalho pesadas. Ele tem uma caixa da padaria da sra. Beatrice na mão esquerda, totalmente branca, uma fita estreita em um lindo laço no topo. Concentro-me na caixa e não em seu rosto, e observo sua mão apertar o embrulho.

Sinto vontade de rir. Ele se parece com todas as coisas decadentes que já experimentei. Flanela e barba por fazer e uma caixa com delícias assadas na mão. Faz sentido que eu o tenha encontrado assim, em uma rua deserta, só nós dois e as pétalas de flores, minhas costas cedendo com o peso de toda a minha exaustão. Estou começando a descobrir que as coisas são assim comigo e com Beckett. Vamos sempre ao encontro um do outro.

— Não conte pra Layla. — É a primeira coisa que me diz. Sua voz é profunda, tão rouca quanto me lembro. Mordo o lábio para disfarçar o sorriso, e ele revira os olhos, como se estivesse frustrado consigo mesmo antes de voltar a me olhar. Ele se afasta do meio-fio e atravessa a rua.

Olho para a caixa em sua mão.

— Só se você dividir.

Ele bufa e aperta a caixa com mais força.

— Não vai rolar.

— Você não está em posição de negociar.

— É o que vamos ver.

Fico na ponta dos pés e tento dar uma olhada através do plástico fino em cima.

— Afinal, o que a sra. Beatrice faz melhor que a Layla?

Ele parece extremamente desconfortável por ter sido pego. Ou talvez seja apenas a surpresa de ver seu caso de uma noite só aparecer de repente, de novo, no lugar em que mora.

Eu estremeço.

— Desculpe, não importa. — Massageio a dor de cabeça que começa a se formar entre minhas sobrancelhas. — Escute, eu deveria ter...

— Biscoitos amanteigados — confessa. Ele para a cerca de um metro de mim e estuda meu carro. Seus olhos disparam por cima do meu ombro, para a pousada, e depois de volta para o carro. Ele se concentra em mim com aquela intensidade singular que sempre parece carregar, seja lambendo um fio de sal do meu pulso ou trocando o pneu de um trator.

Engulo em seco. Nenhuma dessas imagens ajuda com a forte pulsação de calor na minha barriga, uma única batida forte.

Beckett está um gato.

Ele sempre foi um gato.

— Ela faz esses biscoitos para mim desde que eu era criança. Os da Layla não chegam nem perto. — Ele estreita os olhos. — Mas, se você contar para ela, vou dizer que é mentira.

Assinto solenemente enquanto tento disfarçar o sorriso.

— Pode deixar.

Ele concorda.

— Bom. — Ele olha para o carro de novo. Eu me pergunto se Jenny está espiando de trás de sua mesa e se o acontecimento configura uma emergência para a rede de comunicação. Presenciei como esta cidade lidou com Stella e Luka juntos. Sou capaz de apostar o meu carro alugado que eles foram objeto de várias discussões na rede de comunicação. Beckett bate os nós dos dedos uma vez no metal do veículo. — Vai ficar por aqui?

Eu concordo.

— Sim.

— A Stella não me contou que você vinha.

— E nem poderia — digo devagar, e lá se vai a tentativa de suavizar a situação —, porque eu não sabia que viria pra cá até hoje de manhã.

— Tem alguma coisa por perto?

Por *coisa*, presumo que ele se refira a um perfil ou destaque de alguma pequena empresa. Não tenho e, sobretudo, não quero falar dos meus problemas recentes no meio da rua. E com certeza não quero abordar o assunto com Beckett, entre tantas pessoas. Ele já acha que meu trabalho é estúpido, e não quero que pense que vim aqui como uma desculpa elaborada para vê-lo.

Não vim.

Balanço a cabeça e esfrego as mãos nos braços, desejando ter trazido uma jaqueta um pouco mais grossa. Esqueci que a Costa Leste começa a sair do inverno em março, as manhãs e noites ainda trazendo um pouquinho dele. Aperto um pouco mais o casaco fino de lã e me balanço no lugar. Os olhos de Beckett se estreitam, mas ele não diz nada, a caixa em sua mão range em protesto pela forma como ele a segura.

— Precisa de ajuda com as malas?

— O quê?

— As malas — repete, apontando para a pousada. — Você precisa de ajuda para levar pra dentro?

— Ah, não. É... — Se Jenny está assistindo agora, ela tem uma aula magistral sobre interações estranhas e desconfortáveis. Aponto com o polegar por cima do ombro. — A Jenny não tem um quarto vago para hoje. Parece que está acontecendo um festival de pipas na praia.

Beckett franze a testa, uma linha pesada de confusão.

— Festival de pipas? Existem festivais de pipas?

Dou risada. Pensei exatamente a mesma coisa.

— Parece que sim.

— E o que você vai fazer?

— Como é?

Ele respira fundo, olhando para o céu, soltando uma nuvem branca de vapor que o vento leva embora. Está ficando cansado.

— Você vai ficar na praia? — Inglewild fica a cerca de vinte e cinco minutos de carro da costa, um longo trecho de rodovia até lá. Mais terras agrícolas, algumas compras em outlets e uma barraca de sorvete de creme com a qual tive vários sonhos recorrentes.

— Eu ia... — Não posso contar que planejava dormir no carro, no beco atrás do café. Procuro uma explicação alternativa e apropriada para meu plano. Um que não existe. — Ia dar um jeito.

Ele me considera, em silêncio. Ainda não consigo superar o fato de Beckett ser tão diferente aqui quando o comparo com o homem que conheci no Maine. Ele estava descontraído e à vontade. Quieto, mas charmoso. Seus sorrisos eram fáceis e frequentes. Aqui, agora, parados a um metro de distância na calçada, as luzes da rua e a lua o pintam envolto em sombras. Ele parece rígido, indiferente e desconfortável. Tem uma expressão austera, cada linha do rosto franzida, desde o conjunto das sobrancelhas até a inclinação descendente dos lábios carnudos.

Eu me pergunto quanto disso é minha culpa.

— Você não tinha nada em mente.

Meu queixo cai no peito e olho fixamente para as botas dele. Tem um pouco de lama grudada em uma delas, bem na ponta. Penso nele no campo, com o chapéu virado para trás e as mangas arregaçadas até os cotovelos. Isso afrouxa algo dentro de mim e me permite ser um pouco honesta. Eu suspiro.

— Esta viagem não foi... planejada. Eu vim aqui por puro capricho. Josie, minha assistente, me perguntou qual o último lugar onde fui feliz e... não sei. — Dou de ombros, me sentindo boba e pequena em uma rua com um homem que provavelmente nunca pensou em mim depois de nossa noite de sexo casual.

— Foi aqui — oferece.

Não é uma pergunta. Pisco para ele e meus ombros descem das orelhas quando vejo a forma como seu rosto se suavizou, uma leveza em seus olhos cor de mar que eu não via desde aquela noite com uma garrafa de tequila em nossa mesa.

— Foi aqui — confirmo.

Seus lábios se curvam para cima nos cantos. Só um pouquinho. Eu não teria notado se não estivéssemos bem embaixo de um poste de luz. Inclino a cabeça com a mudança em sua expressão, curiosa.

— O que foi?

Ele balança a cabeça e passa a caixa de biscoitos amanteigados para a mão direita.

— Nada, só uma coisa que meu pai me perguntou esta noite. — Ele estende a mão, com a palma para cima. — Vamos.

Olho para a mão dele como se, ao abrir os dedos, revelasse que tinha um filhote de cobra ali.

— Para onde?

Ele aponta com a cabeça para trás e mal consigo distinguir a carroceria de sua caminhonete estacionada na esquina.

— Tenho três quartos sobrando em casa. Pode ficar em um deles até saber o que vai fazer.

Parece uma… péssima ideia. Da última vez que estive aqui, mal conseguíamos olhar um para o outro. Acho que o maior tempo que passamos juntos — só nós dois — foi uma manhã na padaria, quando ele contou uma piada estúpida sobre morangos. Não conversamos muito além disso. Ele fez comentários sobre o tempo. Eu fiz algumas perguntas sobre as árvores. Ele me observou em silêncio enquanto comia o pão de abobrinha, devagar, virando o garfo e me oferecendo uma mordida, empurrando o prato sobre a mesa com as costas da mão.

Foram provavelmente vinte minutos de coexistência pacífica. Não sei se estar na mesma casa agora seja bom para qualquer um de nós.

— Não sei. — Eu me movo e me encolho ainda mais quando o vento chega mais forte. A expressão de Beckett se aprofunda. — Não vai ser estranho?

— Não precisa ser — murmura. — É uma cabana grande. E nós somos dois adultos maduros.

Ergo as sobrancelhas, lembrando quando ele apareceu nesta mesma pousada, meses atrás, e basicamente me acusou de ser uma idiota com um trabalho ridículo. Ele se encolhe e esfrega a mão na nuca.

— Pelo menos eu acho que podemos ser adultos maduros — conserta.

Rio pelo nariz, mas não faço nenhum movimento para pegar sua mão, de novo estendida para mim. Depois de outro momento de indecisão, ele a puxa de volta, os dedos longos agora contornando as bordas da caixa. O papelão cede um pouco, como se estivesse por um fio. Pobre caixa.

— A gente pode recomeçar, se você quiser — oferece. Ele engole em seco, e vejo a frustração estampada em seu rosto, a tensão em seu maxilar, a inclinação de seus lábios. Ele é mesmo muito lindo, até quando faz uma careta para mim como se alguém tivesse enfiado um limão na sua boca. — A gente pode... Se você quiser, a gente pode fingir que é a primeira vez que nos vemos.

— E você está me convidando para ficar na sua casa, em um canto isolado de uma fazenda? Tudo bem, entendi, assassino em série.

Um sorriso se contorce em seus lábios.

— Sim, acho que você está certa.

Sem mencionar que não tenho certeza se conseguiria esquecê-lo, se tentasse. Não há fingimento entre nós, não mais.

Desvio o olhar para as trepadeiras floridas enlaçadas no poste de luz. Verde, branco, amarelo e o roxo mais claro que já vi. Quero tocar cada flor e sentir a suavidade, pressionar o nariz nas pétalas. Quando eu era criança e corria pela floresta atrás da casa dos meus pais, costumava colher flores de madressilva dos arbustos, arrancar os caules e lamber o néctar. O doce puro e pegajoso, as pétalas no meu cabelo. Lama em meus joelhos e mãos e em todos os lugares intermediários.

Seria conveniente ficar na fazenda. Eu sei que a casa de Beckett, nos limites da propriedade, é maior que a de Stella. Já a vi uma vez, enquanto explorava o lugar em minha última viagem. A grande chaminé de pedra, a varanda frontal envolvente. É uma casa linda. Stella disse que ali era o alojamento do retiro de caça que costumava acontecer na Lovelight. Eu poderia me hospedar em um de seus quartos vagos hoje à noite e esperar o que a rede de comunicação vai conseguir amanhã.

Com a agenda de trabalho de Beckett, é bem provável que a gente não se veja.

Olho para ele, meu olhar preso na protuberância de sua clavícula, quase invisível através da abertura da camisa. Eu me lembro de ter cravado os dentes naquele exato lugar, traçando o polegar sobre as marcas que deixei.

Arrasto meus olhos de volta para os dele.

— Tem certeza que não tem problema?

O silêncio paira entre nós por um instante. Ele não desvia o olhar.

— Tenho. E você?

Penso a respeito por um segundo e depois concordo, devagar. Parece uma má ideia, mas estou sem opções.

O vento assobia através da velha cerca que margeia os jardins à beira da estrada. Uma mecha de cabelo cai sobre a testa e ele a afasta com a palma da mão. Olho para a caixa.

— Você vai dividir os biscoitos comigo?

Ele se vira e segue em direção à caminhonete.

— Claro que não.

5

BECKETT

Perdi a droga do juízo.

Não tem outro jeito de explicar.

Não a tinha visto ali quando saí pela porta dos fundos do café, uma caixa de biscoitos embaixo do braço e ainda pensando na conversa com meu pai na rampa de entrada da casa dele. Fazia quase dez anos que meu pai não mencionava o acidente. E também não falava do que aconteceu depois. Estava tão ocupado tentando decifrar esse ponto em particular que não a notei até estar no meio-fio, em direção à caminhonete no fim da rua.

O que vi primeiro foram os cabelos dela ao vento, balançando acima dos ombros. Preto bem escuro, cachos na ponta. O restante da imagem se formou a seguir. As maçãs do rosto marcadas e o lábio inferior, macio e carnudo, preso entre os dentes enquanto ela analisava o carro, parecendo descobrir um amassado na lateral que nunca tinha visto.

Vê-la parada ali com um casaco fino demais, um tremor encolhido da cabeça aos pés, foi como segurar um fio desencapado. Já fiz isso uma vez, quando estava substituindo as lâmpadas que serpenteavam pelos campos da fazenda. O choque subiu pelo meu braço, um movimento agudo e vibrante.

Levei um segundo para recuperar o fôlego.

— Você é um grande babaca, Beckett Porter. — Enfio outro biscoito na boca, bufando, e observo os faróis atrás de mim subirem e descerem enquanto entramos na fazenda. A manteiga e o açúcar não estão me ajudando nem um pouco. Olho através da janela do passageiro enquanto passo pela casa de Stella, margeando o canteiro de abóboras, e fico aliviado quando vejo tudo fechado. A última coisa que preciso agora é de Stella e Luka com um par de binóculos nas mãos, botando lenha na rede de comunicação.

Fingir que é a primeira vez que nos vemos. Que coisa idiota de se dizer. Como se eu pudesse me esquecer da imagem dela toda emaranhada nos lençóis. O sorriso com gosto de limão e sal.

Piso no acelerador e resmungo. Idiota. Não faço ideia de por que convidei Evelyn — a mesma mulher que me abandonou em um quarto de hotel sem dizer uma palavra — para ficar em casa pelo tempo que quisesse. O lugar é grande, claro, mas não tanto assim.

Viro pela estrada sinuosa de terra que leva à minha cabana, o caminho marcado por "lanternas solares tremeluzentes". Instalei no mês passado, quando Luka se perdeu tentando atravessar os campos entre minha casa e a de Stella, após tomar algumas tantas cervejas. Stella ligou meia hora depois que ele saiu, perguntando para onde tinha ido, e eu o encontrei vagando pelos campos do sudeste, perto das cenouras.

Entro na garagem e desligo o motor, observando três cabecinhas peludas aparecerem na janela, uma após a outra. Não consigo deixar de sorrir, apesar da tensão que vibra em meu pescoço. É bom ter motivos para voltar para casa, por mais que eles destruam meus móveis.

Evelyn está ocupada tirando uma mochila enorme do banco de trás do carro enquanto saio da caminhonete.

— Precisa de ajuda?

Ela balança a cabeça e pega uma mala com rodinhas também. Tento não pensar demais no que está acontecendo. Se ela quer deixar no ar o que está fazendo aqui e por quanto tempo vai ficar, problema dela. Sempre sinto que as pessoas na minha vida gostam de guardar informações o tempo todo. Que diferença faz mais uma?

Três gatos disputam minha atenção assim que abro a porta e os coloco em meus braços, deixando-os subir pela jaqueta e pousar nos meus ombros. Eles ainda são pequenininhos, não cresceram muito desde que os encontramos encolhidos no canto do celeiro. Cometa, Cupido, Raposa. Pareceu um pouco exagerado quando escolhi os nomes, mas é apropriado para uma família de gatos que vive em uma fazenda de árvores de Natal. Olho ao redor da sala de estar e vejo Empinadora esticada em frente à lareira, com a cabeça apoiada na pedra. Ela abre um olho e balança preguiçosamente a pata no ar, o olá mais empolgado que já recebi dela. É bom ver que conseguiu voltar para casa depois do passeio matinal no trator.

A porta se fecha atrás de mim e vejo Evelyn colocar as malas perto do batente, entrando hesitante no espaço. Os quatro gatos param o que estão fazendo e olham para ela, como se tivesse jogado um punhado de ração no ar como confete.

Ela pisca, os olhos escuros arregalados.

— Eu não... — Ela olha ao redor da sala. Um sorriso relaxa cada pedaço de seu corpo quando Empinadora decide que ela não é uma ameaça, alonga o corpo e volta a dormir no mesmo instante. Ela olha para mim. — Eu não estava esperando por isso.

Eu me sinto envergonhado. Olho ao redor para tentar perceber o que há de inesperado no lugar. É bastante simples no mobiliário e na decoração. Sofás grandes e enormes de segunda mão, usados e muito amados, com alguns cobertores jogados no encosto. Os gatinhos passaram por uma fase de arranhar, e eu prefiro que o estofado não esfarele em mim a cada vez que me sento. Um tapete vermelho-escuro por baixo para manter o chão aquecido no inverno. Prateleiras de cada lado da lareira, os livros empilhados aleatoriamente. Um quadro gigante no meio — um campo de flores silvestres pintado por Nova, vermelhas e amarelas e um rosa-pálido, bem pálido.

Minha caneca de café desta manhã ainda está na mesa, e eu a pego no caminho para a cozinha, colocando as sobras do jantar na geladeira.

— Quer comer alguma coisa?

Quase não consigo ouvir o não suave da resposta, os pés a levando até uma das grandes janelas que dão para os campos. De manhã, a luz do sol ocupa a sala toda, as colinas se estendendo atrás da casa em uma colcha de retalhos verde e dourada. Agora, a escuridão cobre tudo além da varanda de madeira. Em vez de fileiras e mais fileiras de árvores verdes e robustas, só vejo o reflexo de Evelyn. A ponta dos dedos na boca e as maçãs do rosto salientes.

Engulo em seco.

— Vou mostrar o seu quarto. — Fecho a porta da geladeira e recolho os pedaços de mim espalhados ao redor. Vai ser apenas uma noite, acho, então ela vai embora. Rumo à próxima aventura, a próxima coisa empolgante que tem a fazer. Sou só uma parada. Eu *mal* sou uma parada. Uma que ela nunca quis fazer.

Preciso me lembrar disso.

Saio da cozinha e sigo pelo corredor que leva aos quartos. A casa fica inteira no primeiro andar. O piso de cima é um espaço de armazenamento gigante e não reformado, com tábuas antigas que rangem à menor pressão. Minha irmã Nessa às vezes o usa para ensaios de dança, quando seu estúdio de sempre está alugado ou ocupado. Achei que ela fosse derrubar o teto e cair da última vez que esteve aqui, o suave tamborilar de seus pés interrompido por ruídos fortes enquanto ela praticava salto após salto. Os gatos não gostaram nem um pouquinho.

Abro a porta do primeiro quarto à esquerda e acendo a luz com o cotovelo, pegando Cometa de seu lugar no meu pescoço só para manter as mãos ocupadas. Aliso a cabeça da gatinha e confiro no banheiro da suíte para ter certeza de que Nova ou Harper não deixaram toalhas molhadas amontoadas no canto. Todos os quartos são suítes. Um lembrete, creio, de quando esta casa enorme costumava ser uma pousada.

Não é de admirar que isso não tenha dado certo. As únicas caças que já vi por aqui foram alguns esquilos e um cervo rebelde. E uma raposa que Stella chama de Guinevere.

— Você tem uma pousada clandestina aqui?

Evelyn se joga no colchão com um discreto suspiro de felicidade, e imediatamente desvio o olhar para o baú lotado de lençóis e cobertores extras no pé da cama.

— Às vezes parece que sim — murmuro. Se uma das minhas irmãs não está aqui dormindo em um quarto de hóspedes, é Layla, que trabalha até tarde na padaria e fica cansada demais para dirigir sozinha para casa. Ou Luka, dizendo que precisa de um tempo com um cara e fingindo que vai ficar a noite inteira em vez de voltar para a casa de Stella antes da meia-noite. Ou Charlie, meio-irmão de Stella, roncando tão alto que faz as vigas balançarem.

— Os cobertores estão no baú — explico. Pego Raposa, que está em minha nuca, corajosamente tentando subir até o topo da minha cabeça. Cupido salta de mim para a cama, as patinhas rosadas amassando o travesseiro. Evelyn estende a mão e alisa as costas do gatinho. — E tem toalhas limpas no banheiro. Pode ficar à vontade e usar o que encontrar.

Eu me sinto estranho, desconfortável, fora de órbita e lutando para encontrar o caminho de volta. Limpo a garganta duas vezes.

— Vou acordar cedo, mas pode ficar à vontade.

— Não vou ficar no seu caminho muito tempo — declara ela baixinho. — A Jenny disse que vai usar a rede de comunicação amanhã. Encontrar um lugar em que eu possa ficar.

Isso não vai ajudar em nada. A rede de comunicação é, sem dúvida, a coisa mais inútil nesta cidade. Ignoro meu estômago se revirando e a onda de protesto que surge em resposta. Estou confuso. Não tenho motivos para querer que ela fique mais tempo que o necessário, mas, quando se trata de Evelyn, pareço sempre estar um pouco fora do meu estado normal.

— Tudo bem — é o que consigo dizer, recolhendo os gatos nos braços e me virando para ir embora. Tenho medo do que farei se ficar aqui mais um segundo. Se eu desse dois passos à frente, meus joelhos bateriam nos dela. Poderia colocar a mão na cintura e me inclinar sobre ela, prendendo-a no colchão com meus quadris. Ela é pura tentação assim, deitada na cama, o cabelo desarrumado pelo vento e tão quente.

Escolhi este quarto por um motivo. É o mais distante do meu, no lado oposto.

— Beckett?

Ergo os olhos de onde tento soltar as garras de Raposa do punho da minha manga e me concentro em Evelyn sob a luz da lua que entra pela janela.

Ela parece cansada, os cabelos começando a se soltar do rabo de cavalo, a camisa branca de botões amassada pela viagem, uma das mangas meio enrolada e a outra presa no cotovelo. Está deliciosamente cansada, um pouco bagunçada, e eu só queria poder bagunçá-la um pouco mais.

Ela olha para mim e eu afasto o desejo.

— Obrigada — diz, a voz em um sussurro suave.

Respiro fundo pelo nariz.

— Não tem problema.

Nem vai ter. Ela vai ficar aqui, encontrar o que precisa e seguir seu caminho. Tudo vai ficar bem.

Eu vou ficar bem.

6

BECKETT

O DIA AMANHECE e traz consigo uma dor de cabeça latejante e uma nuvem tempestuosa de maus presságios. Retiro tudo o que disse ontem à noite.

Evelyn aqui comigo é um problema.

Eu não vou ficar bem.

Passei a droga da noite em claro. Acordava assustado a cada ranger de piso, a cada arranhão de um galho de árvore na janela, a cada som que a casa fazia quando se acomodava ao meu redor. Quando por fim caí no sono, sonhei com Evelyn parada na frente da janela da sala, o luar na pele nua, aquelas covinhas na base das costas me tentando. Sonhei com minhas mãos acariciando a cintura dela e meus lábios subindo por seu pescoço.

Acordei frustrado, o desejo pulsando em minha corrente sanguínea. Resmungo e me arrasto para fora da cama, me forçando a tomar um banho para lá de frio. A última coisa que Evelyn precisa é de mim pensando nela dessa forma, quando está tentando se resolver.

Visto a calça jeans xingando. Dou uma topada com o dedão na beira da cômoda e na mesinha do corredor, sabe-se lá como. Queimo a mão na cafeteira e escorrego nos dois últimos degraus da varanda ao sair de casa.

Essa mulher está acabando comigo.

Ela disse que a viagem não tinha sido planejada, e não faço ideia do que isso quer dizer em relação ao tempo que vai ficar ou o que está programando fazer enquanto está por aqui. Ela falou alguma coisa... alguma coisa a respeito de se lembrar como ser feliz, os lábios curvados para baixo nos cantos, os olhos em algum lugar no chão. Era como se estivesse envergonhada, a voz fraca sumindo com o vento.

Ela não tem sido feliz? É difícil imaginar Evelyn sentindo outra coisa senão alegria absoluta. Explodindo de alegria — e essas coisas cheias de pores do sol e borboletas. Da última vez que esteve aqui, ela tinha um sorriso sempre estampado no rosto, a risada alta e alegre enquanto deslizava por entre as árvores. Mas é esse o grande lance da felicidade, acho. Você pode demonstrar o que quiser para o mundo sem, na verdade, sentir uma gota daquilo.

— Eu não sou mais um novato.

— Faz só dois dias que você está trabalhando aqui.

Ouço vozes vindas do canto do celeiro, um resmungo baixo em resposta antes de um suspiro pesado de irritação. Viro a esquina no momento em que Jeremy passa a mão pelos cabelos, com o quadril apoiado na lateral do trator. Fico feliz em ver que está de botas hoje, por mais que pareçam ter saído das páginas de uma revista.

— O Beckett disse que *novatos* removem as pedras. Eu não sou mais um novato.

— Um dia de trabalho na fazenda não serve pra tirar o título de *novato*. — Dou um tapinha no ombro dele que o faz pular cerca de três metros no ar. — Você é um novato até que outra pessoa passe a ser. — Entrego a pá para ele, que resmunga. — Não tem mais muita coisa pra fazer hoje.

Barney ri e passa as duas mãos pela cabeça calva.

— Ainda tem muita coisa pra fazer hoje, sim. E o bonitão aqui não trabalha com a pá.

— Esses braços foram feitos para amar, meu amigo. Não pra trabalhar — rebate Jeremy.

Barney e eu trocamos um olhar. Mordo o interior da minha bochecha com tanta força que quase sangra.

— Bom saber. — Pego outra pá e aceno em direção aos campos. — Vamos. Vou TE ajudar.

Um pouco de trabalho físico sem pensar em nada vai ser bom. O motor do trator liga e vejo um flash branco saltando pelo campo em nossa direção e logo Empinadora se acomoda em seu lugar, bem na frente do volante, e lança um olhar velado de desgosto em minha direção. Ela não se deitou em seu lugar de sempre ontem à noite, provavelmente ocupada demais gravando ameaças de morte no estofamento do meu sofá por ousar trazer outra mulher para casa.

Barney esfrega a cabeça e partimos. O serviço é lento, ainda mais com Jeremy trabalhando com a pá no ritmo de um passarinho, os braços soltos nas laterais do corpo e o jeito errado de manusear a ferramenta. Reviro os olhos e me perco no trabalho, minha mente vagando a cada movimento repetitivo.

Empurrar. Cavar. Jogar. Será que ela conseguiu dormir ontem? Empurrar. Cavar. Jogar. Eu a acordei esta manhã quando derrubei a caneca de café no chão da cozinha? Empurrar. Cavar. Jogar. Quanto tempo ela vai ficar? Empurrar. Cavar. Jogar. Por que ela não está feliz? Empurrar. Cavar. Jogar. Como posso ajudar?

Empurrar. Cavar. Jogar.

Ela quer minha ajuda?

Harper diz que tenho complexo de super-herói, que gosto de dar um jeito nos problemas dos outros para esquecer os meus, e ela deve estar certa. Não gosto de ver as pessoas passando por dificuldades.

Não gostei nem um pouco da expressão que vi no rosto de Evelyn ontem à noite, um misto de insegurança e hesitação.

— Certo, chefe. — Barney está me olhando, preocupado, o trator parado, o braço pendurado no encosto do banco. Olho para o campo e para o buraco que aparentemente estive cavando atrás do pneu esquerdo.

— Acho que você tem uma reunião agora de manhã para ir — declara Barney. Ele acena na direção do escritório de Stella, um fluxo constante de fumaça saindo pela chaminé. O sol já está bem acima do horizonte, o céu é de um azul-claro e brilhante. Jeremy está deitado de costas, com o peito arfante e a pá a cerca de seis metros atrás dele. Acho que deve ter arrancado duas pedras hoje.

— Não é você que faz parte do time de basquete? — grito.

Ele ergue uma mão cansada no ar.

— Sou reserva, cara. Só faço parte por causa das garotas.

Temos nossas reuniões de sócios em manhãs alternadas de quarta-feira. Acho que é uma tentativa de Stella de ser mais transparente, após ter escondido alguns detalhes do negócio no ano passado. Layla costuma assar alguma coisa, e meu estômago ronca de felicidade ao se lembrar disso. Olho para baixo com uma careta, para minha camiseta, coberta de sujeira e suor.

Layla faz a mesma careta assim que entro no minúsculo escritório, com pilhas aleatórias de papel em cada superfície plana. Stella gosta de dizer que tem um sistema, mas acho que é só disfarce. Tiro uma foto com o celular e envio para Luka. Ele vai se coçar por inteiro quando vir.

— Por que parece que você se rastejou até aqui? — Layla puxa o suéter por cima do nariz e chuta o assento ao lado dela até que haja uma distância saudável de mais de um metro entre meu assento e... todo o resto.

Stella franze a testa para ela.

— Não é tão ruim assim — diz. Dou mais um passo para dentro da sala e ela respira fundo. — Ai, meu Deus, Beckett. Isso é sangue?

É, e não faço ideia de como foi parar na manga da minha camisa. Ignoro as duas e desabo na cadeira, as pernas rangendo em protesto contra meu peso. Tenho quase certeza de que Stella encontrou essas cadeiras na beira da estrada e decidiu levá-las para casa com ela. Espio o pote em cima de uma pilha de faturas.

— Isso é bolo de cenoura?

Layla pega um muffin de cima e me entrega. Ela faz uma pausa, considera e depois me entrega outro. Eu estreito os olhos para ela. Não costuma oferecer extras de boa vontade.

— O que foi? — pergunto, desconfiado.

— O que foi, *Colheita maldita*? — dispara ela de volta.

Internamente debato esconder os últimos acontecimentos, mas elas vão saber em breve. Sobretudo porque o carro alugado de Evelyn está estacionado na minha garagem e as fofocas da fazenda são mais eficientes que a rede de comunicação da cidade. Para ser sincero, fico surpreso que Stella ainda não saiba. Dou uma mordida gigante no bolinho de cenoura e estico as pernas.

— A Evelyn está aqui.

Recebo dois olhares vazios em resposta. Layla passa as mãos pela saia vermelha brilhante que usa, com meia-calça preta térmica por baixo.

— Você se importa em repetir o que acabou de dizer?

Engulo em seco e pego o café que Stella deixou me esperando na beirada da mesa.

— A Evelyn está aqui.

— Em Inglewild?

Na minha cama extra. Embrulhada em lençóis com pequenas rosas. Em menos de meio segundo, meu cérebro toma algumas liberdades criativas com essa ideia, imaginando-a nua nos cobertores, a perna longa esticada. Eu limpo a garganta.

— Na minha casa — digo devagar. Arrasto cada palavra e vejo os olhos de Stella se arregalarem. Ela troca um olhar com Layla, que desaba na cadeira e ergue as sobrancelhas. O nariz de Stella se contrai e o ombro encosta na orelha antes de se acalmar de novo.

— Parem com essa merda — resmungo, terminando o primeiro muffin e passando para o próximo. — Eu sei que vocês estão falando de mim.

— A gente não falou nada.

— E nem precisam falar.

— Certo, vamos devagar. — Stella coloca as mãos na frente do rosto. Parece que fui chamado à sala da diretoria da escola, com ela atrás de sua mesa e Layla e eu nas duas cadeiras em frente. Meu celular vibra no braço da cadeira. Olho para ele e vejo uma mensagem de Luka.

LUKA

Furacão Stella.

Isso é bolo de cenoura?

— Pare de trocar mensagens com meu namorado e preste atenção.

Expiro devagar pelo nariz e tento mudar de assunto. Olho para Layla.

— Você não jantou com o Jacob ontem à noite?

Ela faz uma careta.

— Eu terminei com o Jacob há duas semanas. Saí com um cara que conheci em um aplicativo. — Ela balança a mão entre nós e me lança um olhar que diz que sabe exatamente o que estou fazendo. — Não tente me distrair. Não vou deixar essa coisa da Evelyn passar.

— Não era pra gente revisar os números do trimestre hoje?

— Boa tentativa — completa Stella. — Podemos discutir isso primeiro e depois passar para o relatório. Também quero falar sobre por que Jeremy Roughman está fazendo trabalho manual nos campos. Mas, primeiro, como a Evelyn foi parar na sua casa?

— Ela pegou um voo, imagino. E alugou um carro.

Stella não acha graça nenhuma.

— Beckett.

— Eu a encontrei na cidade ontem à noite — explico. Deixo de fora a parte em que a encontrei quando eu estava saindo do café, com uma caixa de biscoitos contrabandeados debaixo do braço. Não sei o que Layla faria se descobrisse que estou comprando biscoitos escondido da sra. Beatrice, mas acho que o resultado não ia ser nada bonito. Gosto do meu rosto do jeito que está. — A pousada estava lotada e ela não tinha outro lugar para ficar.

Layla me lança um olhar crítico, uma sobrancelha erguida no alto da testa.

— Então você a convidou pra ficar na sua casa?

— Convidei.

— Por quanto tempo?

Dou de ombros e pego a embalagem do meu segundo muffin. Tem gotas de chocolate, como se Layla de alguma forma soubesse que eu precisaria de força extra hoje.

— Não faço ideia. Ela disse alguma coisa sobre não ter planejado a viagem. — Não conto sobre Evelyn ter falado que o último lugar em que se sentiu feliz foi aqui na fazenda. Parece uma informação pessoal, e não quero compartilhar coisas que pertencem a ela. — Parece que a Jenny vai usar a rede de comunicação hoje para encontrar um lugar para ela ficar por mais tempo.

Ignoro o desconforto que se instala em meus ombros ao dizer isso É a mesma sensação de quando há muito barulho ao meu redor, meus dentes cerrados. Não gosto da ideia de Evelyn estar em nenhum outro lugar, e estou bem ciente de que isso faz de mim um grande idiota. Voraz por um castigo, provavelmente. Ela já deixou suas intenções bem claras no que diz respeito ao nosso relacionamento. Não consigo imaginar que estava nos planos de Evelyn ser colega de quarto do homem com quem teve um lance casual quando decidiu vir para cá.

Ela poderia ter me mandado uma mensagem. Ter me avisado. Será que achou que não precisaria se encontrar comigo? Será que era isso que esperava? Franzo as sobrancelhas.

Stella e Layla se ocupam com outra conversa silenciosa enquanto eu me concentro no restante do meu café da manhã. Bebo o café e tento colocar tudo em ordem dentro de mim. Meu cérebro continua pulando para Evelyn deitada de costas na cama do quarto de hóspedes, um dos travesseiros apoiado perto das pernas. Cometa cutucando seu queixo com o nariz. A cena se repetiu em minha mente a manhã toda e me fez sentir como se tivesse sido empurrado colina abaixo dentro de um barril. A sensação de fio desencapado, os cabelos em pé.

— Beck? — Stella está olhando para mim, o rosto marcado pela preocupação e a palma das mãos gentilmente em volta da caneca. Há um aromatizador em formato de pinheiro pendurado na luminária da mesa, e ela bate nele com o cotovelo quando baixa a cabeça para me ver melhor. — Você está bem?

— Estou.

E estou mesmo. Estou bem. Ter Evelyn na minha casa não é nada além do que eu consigo lidar. Se estar aqui vai ajudá-la a descobrir seus próximos passos ou o que quer que esteja fazendo, então posso aguentar. Provavelmente vai ser como da última vez, em que ficamos apenas nos rondando e por fim conseguimos nos ajustar. Dividir um pedaço de bolo e seguir em frente.

Ela estar na minha casa não precisa significar nada.

Layla tira outro muffin do pote e me entrega.

— Toma — declara —, você está com cara de quem precisa disso.

7

EVELYN

Está tão silencioso do outro lado da linha que verifico várias vezes se Josie não desligou na minha cara por acidente. Não esperava esse silêncio quando contei a ela. Na verdade, estava preparada para o oposto. Uma risada longa e irritante. Uma ou duas gargalhadas. Um grito estridente.

— Josie?

— Você vai ficar na casa dele? — A voz dela é baixa e, pela primeira vez, não consigo ouvir nenhum barulho de fundo. Josie está em constante movimento, muitas vezes parecendo que está em uma estação de trem e não em casa. No momento, ela parece estar dentro de um armário.

— Sim, vou ficar na casa dele. — Beckett deixou uma chave ao lado da máquina de café esta manhã. Um bilhete com uma caligrafia surpreendentemente elegante com o código da porta da garagem.

— Ele... — Josie solta um suspiro trêmulo. — Ele só tem uma cama?

— O quê? — Dou um pequeno sorriso para a garçonete, acenando em agradecimento quando ela coloca meu café com cuidado na mesa à minha frente. Ela dá um passo para trás, mas continua olhando para mim, com um sorriso excessivamente brilhante em seu rosto jovem. Sei que cara é essa. Já vi milhares de vezes antes. Aceno discreta e me viro ligeiramente na cadeira, baixando a voz. — Do que você está falando? Não, ele tem pelo menos duas camas, que eu saiba.

Talvez tenha mais. Eu não estava brincando quando disse que ele parecia ter uma pousada clandestina. O interior da cabana é gigantesco. Inesperadamente confortável. Uma coleção inteira de cobertores e travesseiros aconchegantes na sala de estar.

Josie continua respirando pesadamente ao telefone.

— O que ele usa para dormir? Calça de moletom? Elas são cinza?

— Você está bêbada?

— Por favor, Evie, me conta.

— Não faço ideia do que ele veste para dormir — respondo o mais baixo possível, consciente de que estou sentada bem no meio de um café de uma cidade que adora fofocar. Espio por cima do ombro a mesa atrás de mim e vejo dois dos bombeiros de Inglewild no que parece ser seu terceiro prato de rosquinhas de canela. — Eu não chutei a porta dele para olhar, Josie.

— Talvez você devesse — sussurra ela. — Mas falando sério... — suspiro aliviada —, preciso que você me diga com um nível insuportável de detalhes como o Beckett está agora? Você nunca mostrou uma foto dele, e essa imprecisão é irritante. Ele tem barbinha por fazer?

— O que deu em você?

— Toda essa situação é uma loucura e só estou tentando curtir. Você pelo menos bisbilhotou todos os pertences dele como um ser humano razoável?

— Não, mas não descartei essa opção para hoje à noite.

Eu notei algumas coisas. O que parecia ser um mapa celeste colado na porta da geladeira, um círculo desenhado em vermelho sobre um aglomerado de pequenos pontos com data e hora rabiscadas acima. O canto da sala de estar com quatro camas enormes e macias para gatos, com um cobertorzinho em cada uma. Cinco tipos diferentes de café moído na bancada da cozinha, todos usados pela metade e com as embalagens bem fechadas.

Não era o que eu esperava.

Ainda que, para ser sincera, não me permiti esperar nada de Beckett. Para além do joguinho de imaginá-lo em lugares aleatórios, perplexa com ele cuidando de vasos cheios de menta bem verdes ou carregando cestos de frutas, quase não me permito pensar nele. Lembrar é estar a meio caminho de querer, e construí coisas demais para me distrair com um homem lindo com tatuagens e mãos muito grandes.

Suponho que isso não importe muito agora. Sou toda distração.

— Você já deu uma olhada nas suas contas?

Um pico de ansiedade deixa minhas palmas quentes.

— Não. Tem algum problema?

Acho que nunca fiquei mais de quatro horas sem postar, uma compulsão de estar sempre um passo à frente. Josie cantarola e ouço o clique de um mouse enquanto ela faz algo no computador.

— Nada mau. Você está causando bastante agitação. Vi alguns blogs perguntando onde você estava. Tem toda uma coisa de "Onde foi parar Evelyn St. James" rolando agora.

— Tenho certeza que o Sway está amando isso.

— Tanto quanto pode quando a queridinha da internet está afastada. — Ela faz um som de quem está concentrada em algo, mais alguns cliques. — Também tenho verificado algumas de suas caixas de entrada enquanto você está ausente. Parece que o Sway tem rastreado algumas das mensagens. Você está pensando em postar enquanto está aí ou é um sumiço total?

— Ainda não decidi. — Eu deveria fazer uma pausa completa no trabalho. Não sei de que maneira percorrer minhas contas e postar conteúdo aleatório vai ajudar na perspectiva que desejo encontrar. Não quero fazer nada até me sentir bem de novo.

Mas estou ansiosa para abrir a câmera. É um reflexo, um hábito construído ao longo de quase uma década compartilhando minha vida com milhões de estranhos. Eu queria tirar uma foto quando abri a porta do quarto esta manhã, todos os quatro gatos sentados em fila, olhando para mim com a cabecinha inclinada, em uma consideração silenciosa. Quando saí na varanda da frente, o sol de um laranja lindo e brilhante no céu, os contornos da paisagem brilhando. Quando caminhei pelo beco estreito de onde estacionei a caminho daqui, trepadeiras floridas cruzando de um lado a outro entre os prédios, uma copa de flores desabrochando e pétalas flutuando. O cheiro de madressilvas fazendo cócegas em meu nariz.

— Você não precisa fazer nada — Josie me diz ao telefone. — Tem um motivo para ter decidido fazer essa pausa. Nem me lembro da última vez que você tirou férias de fato.

— Eu sei. — Passo o polegar pela borda do copo. — Mas talvez ajudasse se eu tentasse apenas contar histórias de novo. Foi assim que minha carreira começou, não foi?

Sem pressão. Sem expectativas. Só eu conversando com as pessoas. Ouvindo de novo.

— Acho que não faria mal — ela oferece. — Mas, por favor, espere um pouco. Vai beber um latte. — Ela para de falar por um instante. — Descubra se o Beckett dorme de moletom cinza.

Uma gargalhada escapa de mim e metade das pessoas no café se vira para olhar. Receber a atenção de estranhos é normal para mim. Achava emocionante quando era mais nova. Eu me lembro da primeira vez que alguém me reconheceu em público. Estava no supermercado analisando as laranjas e uma jovem de cabelos azuis brilhantes veio até mim e perguntou se eu era Evelyn St. James. Tinha visto meu vídeo sobre as fontes termais de Bagby e viajou para lá com as amigas. Lembro de me sentir impressionada. Lisonjeada. Extremamente feliz.

Mas agora a atenção parece um pouco com a pele aquecida pelo sol, quase queimada. Uma sensação quente de consciência e uma comichão que não parece certo coçar. Meus olhos se prendem à garçonete no canto, encolhida junto à mesa cheia de adolescentes. Os olhares se dispersam assim que faço contato visual e mordo o lábio inferior para disfarçar o sorriso. Aceno discretamente e eles se desfazem em sussurros animados. Uma garota mais corajosa, com óculos pretos grossos e cabelos trançados, acena de volta.

A campainha acima da porta toca e Jenny entra, uma pétala de flor presa nos cabelos. Ergo a mão para chamar a atenção dela e começo a mover minha coleção de pratos. Não consegui decidir o que pedir, então escolhi um pouco de tudo. Talvez eu tenha que me levantar para pegar outro salgado de salsicha e cream cheese.

Prendo o celular entre o ombro e a orelha e movo um pão doce com amêndoas em formato de pata de urso para o canto da mesa. Olho para ela por alguns instantes e depois dou uma mordida. Não há um doce sequer que eu não goste.

— Tenho que ir, Jô.

— Espero uma foto na minha caixa de entrada mais tarde.

Dou risada. Se eu enviasse uma foto de Beckett, ela estaria no próximo voo para Maryland.

— Claro, claro. Amo você.

— Eu também.

Jenny ergue as sobrancelhas enquanto desliza para o assento à minha frente. Entrego a ela um prato com um bolinho de cranberry, e ela se mexe feliz na cadeira.

— Namorado sentindo sua falta?

Meus lábios se contraem diante da busca discreta por fofocas. Ao menos duas cabeças se inclinam em nossa direção, pelo que consigo notar. Preciso lembrar que sempre há alguém ouvindo nesta cidade.

— Uma parceria de vida — explico, e Jenny me olha enquanto quebra seu bolinho ao meio. Eu não me preocupo em explicar. — Você ligou?

Ela assente.

— Não consegui encontrar nada, mas ainda é cedo. Tenho certeza que vamos resolver a situação hoje. — Ela passa a ponta do dedo pela borda do prato, o cabelo loiro cobrindo metade do rosto. Ela me faz lembrar minha mãe. As mesmas linhas nos olhos, o mesmo sorriso gentil.

A mesma incapacidade de esconder as segundas intenções.

— Por acaso você encontrou um lugar para ficar ontem à noite? Eu me sinto tão mal com o que aconteceu.

Eu sorrio e parto uma rosquinha de canela ao meio. A cobertura gruda no meu polegar. Tem gosto de açúcar e fofoca de cidade pequena.

— Tenho certeza que você viu tudo de trás da sua mesa, Jennifer Davis. Você acionou mesmo a rede de comunicação esta manhã ou é só conversa?

Ela pisca duas vezes, lenta e continuamente. Então começa a enfiar o restante do bolinho na boca.

— Não sei do que você está falando.

Apoio o queixo na mão.

— Uhum.

— Eu disse que...

— O festival de pipas, sim. — Não vi uma única pessoa nesta cidade com uma pipa.

— Vou continuar procurando — murmura com a boca cheia de massa e cranberry. Ofereço o copo de água que está ao meu lado, preocupada com a maneira compulsiva como ela continua engolindo. Jenny o pega com a mão trêmula e engole tudo em dois goles. — Você nunca sabe o que pode acontecer.

— Claro.

— A Betsey pode saber alguma coisa de um estúdio, mas parece que fica logo em cima da oficina mecânica. Deve ter cheiro de óleo.

— Deve ter mesmo.

— E eu sei que os McGivenses às vezes alugam o quarto de hóspedes, mas acho que eles estão hospedando um... estudante de intercâmbio.

— Faz sentido. — Não faz sentido nenhum.

— Mantenho você atualizada! — Ela se levanta da cadeira e dá um passo para trás, mais para perto da porta. Se antes eu achava que todo mundo estava olhando, não é nada comparado à atenção intensa e ávida que estamos atraindo agora. Dois dos funcionários espiam da cozinha, observando a interação. Acho que Gus, um dos bombeiros, está gravando tudo em seu celular. Jenny ri, alegre e nada natural. — Ótimo. Tchau, então!

Seu rabo de cavalo mal desapareceu de vista quando uma sombra pequena, mas robusta, aparece por cima do meu ombro.

— Aquela mulher é uma mentirosa — diz sra. Beatrice, com a voz sempre mais suave e doce do que eu esperava. Ouvi rumores a respeito dela cidade afora antes de conhecê-la pela primeira vez. Coisas como "Lembre-se de não olhar diretamente nos olhos dela" e "Você acha que ela vai fazer alguém chorar hoje?".

Então, quando entrei no café e vi uma mulher pequena com um avental floral e os longos cabelos presos em um coque cinza folgado, fiquei surpresa.

No entanto, eu a vi jogar uma lata vazia de café no xerife e as coisas fizeram um pouco mais de sentido.

— Sim, eu sei. — Suspiro. Penso em Beckett parado na porta de seu quarto de hóspedes ontem à noite, o corpo todo rígido, os lábios em uma linha fina. Ele parecia estar a sete segundos de sair pela janela. — Acho que vou ter que procurar sozinha. Ver se tem algum outro lugar para ficar.

A última coisa que quero é deixar Beckett desconfortável na própria casa.

— Vai ficar aqui por quanto tempo?

— Ainda não tenho certeza.

A sra. Beatrice cantarola, flexionando as mãos na cadeira. Ela não usa joias, mas tem uma pequena tatuagem de um pássaro canoro nas costas da mão, logo acima do pulso. Eu aceno com a cabeça.

— Que linda. — Traços delicados, um toque de vermelho nas asas estendidas. Parece que está prestes a subir pelo braço e pousar na dobra do cotovelo.

Ela olha para a tatuagem uma vez, um sorriso surgindo em sua boca.

— Foi a Nova quem fez.

— Nova?

— A irmã mais jovem do Beckett. — Eu pisco. Não sabia que ele tinha irmãs. — Eu disse a ela que queria PATROA em ambas as mãos, mas decidimos por isso.

— Bom... — Procuro as palavras certas. Ela ficaria bem fodona com tatuagens nos nós dos dedos, e a expressão em seu rosto diz que ela sabe disso. — Talvez você consiga convencê-la no futuro.

Ela balança a cabeça, mas não se move nem um centímetro. Ergo uma sobrancelha.

— Posso ajudar?

Um sorriso lento surge em seu rosto.

— Já que está perguntando...

A SRA. BEATRICE quer uma página no Instagram.

Ela viu uma das minhas postagens apresentando uma cafeteria na Carolina do Norte — fileiras e mais fileiras de grãos de café atrás do balcão e fitas coloridas penduradas no teto. Visitar aquele pequeno comércio foi como entrar em um arco-íris, com Bob Marley vindo dos alto-falantes e salpicando meu café com leite.

— Aquela coisa teve mais de duzentos mil comentários — diz ela ao lado da minha mesa, empurrando o celular na minha cara. — E os grãos parecem baratos.

Não sei o que constitui um grão barato, mas eu a incito. Tiramos algumas fotos dela atrás do balcão — um olhar feroz em cada uma delas — e configuramos os detalhes. Se a cafeteria do arco-íris tivesse um oposto, seria a da sra. B. Mas há certo charme nisso. Aplico um filtro em tons escuros e sorrio com o resultado: uma mulher feroz segurando um prato de scones, uma cafeteira fumegante no cotovelo. Ela parece algo saído de *Os bons companheiros*. No fim, talvez fosse interessante ter as tatuagens nos nós dos dedos.

— Você sabe que não pode usar esta conta para envergonhar as pessoas publicamente, certo?

Um sorriso secreto.

— Sem promessas.

Gus e Monty me cercam depois disso, perguntando se posso passar pelo corpo de bombeiros e ajudá-los com um vídeo. Curiosa e animada, não posso deixar de segui-los até as portas abertas, com música saindo do escritório dos fundos. Eu prossigo para vê-los coreografar uma dança surpreendentemente envolvente ao som de Jennifer Lopez. Depois, Monty explica, ofegante, que eles estão tentando arrecadar dinheiro para uma nova ambulância.

— E vocês estão tentando fazer isso usando… a dança? — Kirstyn ficaria encantada.

Monty pisca para mim, a testa úmida de suor.

— Temos que oferecer o que o público quer.

Vejo Mabel na porta do corpo de bombeiros, os braços cruzados e um sorriso marcando os cantos da boca. Está ocupada olhando para Gus como se ele fosse um dos lattes da sra. Beatrice.

— Evelyn — chama ela. Um pouco atordoada, Mabel desvia a atenção de Gus, que enxuga o suor da testa na camiseta e pisca para mim. — Preciso de ajuda com o meu site. Você se importa de passar na estufa por um segundo?

O dia segue nesse ritmo. Assim que termino com uma pessoa, outra aparece com uma pergunta ou uma tarefa ou... uma faixa para o mercado dos fazendeiros que precisa ser pendurada na fonte no centro da cidade. Não sei se é a vida de uma cidade pequena ou apenas o tipo de boas-vindas de Inglewild, mas fico maravilhada e fora de mim o dia inteiro. Sem ansiedade arranhando a garganta, sem sentir o estômago revirar. Não me pergunto nem uma vez se é aqui que devo estar, se poderia estar fazendo algo melhor ou diferente.

Estou aqui, debruçada sobre uma fonte de pedra com um pedaço de barbante preso entre os dentes.

— Como está? — pergunto a Alex, que aparentemente é o encarregado de pendurar as faixas, além de ser dono da livraria. Ele me faz um sinal de positivo da beirada da fonte, os óculos escorregando pelo nariz.

Desço da escada e inclino a cabeça para trás para ler as letras em negrito desenhadas a mão.

BEM-VINDA, PRIMAVERA

E, logo abaixo, em fonte menor:

AS ESTAÇÕES MUDAM E NÓS TAMBÉM

Estico os braços para o lado e mexo os dedos para a frente e para trás.

Nós também.

Paro na garagem de Beckett e fico alguns instantes sentada no carro, olhando para a casa. Esta cabana grande nos extremos do campo combina com ele. Telhas de madeira desbotadas e deformadas pelo clima e o passar do tempo. Uma árvore que parece antiga à esquerda, com os galhos se estendendo por cima do telhado. Uma ampla varanda que abraça a casa, algumas cadeiras de balanço ao lado da porta da frente. Uma única janela grande. A luz acesa no canto da sala.

Dou risada ao cruzar pela porta da frente, com uma garrafa de vinho debaixo do braço e uma família de gatos aparecendo aos meus pés. Eles serpenteiam pelas minhas pernas enquanto coloco a bolsa próximo a uma mesa de madeira desgastada, pintada de vermelho e com algumas lascas, com um velho boné de beisebol em cima. Esfrego o polegar na beirada e deixo meus olhos percorrerem as paredes, absorvendo tudo o que não notei na noite passada.

Estudo a coleção de fotos de família, todas de tamanhos diferentes e com molduras descombinadas. Eu me demoro em uma das fotos em particular. Beckett com três mulheres deslumbrantes que só podem ser suas irmãs, duas rindo enquanto Beckett e uma mulher com cabelos loiros cor de mel olham angustiados para a câmera. Eu sorrio enquanto olho para ele e imagino o som que faz quando está frustrado. O suspiro que fica preso no fundo de sua garganta.

Volto a olhar para a pintura em meio a todos os quadros, com as mesmas cores e pinceladas largas daquela acima da lareira. Um grande sol dourado pairando preguiçoso e pleno no céu.

Os gatos me seguem até o quarto de hóspedes e fazem um ninho com minhas camisetas enquanto coloco um suéter enorme, leggings surradas e meias grossas que puxo até um pouco abaixo dos joelhos. Se Beckett está em casa, está no mais absoluto silêncio. Não consigo ouvir nada além do apalpar suave de patinhas e o ruído de algodão e flanela sendo mexido.

Uma das gatas encosta a cabeça na minha coxa e eu coço seu queixo.

— Cadê o seu pai, hein?

A cozinha é tão arrumada quanto o restante da casa. Resisto à vontade de bisbilhotar, mas em vez disso absorvo tudo o que posso ver no balcão, que se estende até o centro do espaço. Uma nota aberta, alguns trocados bem ao lado. Livros empilhados na estante, páginas marcadas com orelhas. Alguns porta-copos fora do lugar na mesa de centro.

Pego um copo de um dos armários, que na verdade é um velho pote de geleia com pedaços do rótulo ainda grudados nas pontas. Esfrego o polegar nas uvas murchas impressas e abro a porta com o ombro, indo até a varanda dos fundos, onde há algumas cadeiras grandes e confortáveis.

Os grilos começam sua canção noturna quando fecho a porta silenciosamente atrás de mim, uma conversa em gorjeios por todo o amplo pátio. Não percebi ontem à noite, mas Beckett tem uma pequena estufa bem no limite do seu quintal, logo antes de as árvores começarem a se agrupar na floresta. Posso ver a forma das folhas através das janelas de vidro embaçadas, algumas caixas empilhadas e um longo banco no centro. Uma mesa ao fundo com vasos de cerâmica equilibrados em pilhas. Eu me pergunto o que ele cultiva ali, se gosta de ficar com as flores à noite depois de passar o dia inteiro com as árvores.

A luz minguante se move pela varanda e eu me sirvo de um pouco de vinho. Bebo um gole com cuidado e fico quieta, esperando o rangido da porta da frente, as botas na madeira. Mas, depois de passar um bom tempo observando o sol se pôr no céu, fica evidente que Beckett não vai voltar para casa naquele horário. Eu me reclino na cadeira com um suspiro, uma estranha decepção em meus pensamentos. Ele está evitando voltar para casa? Ou estará em outro lugar? Com outra pessoa?

Franzo a testa e enfio as pernas embaixo de mim na cadeira, observando as cores mudarem no céu. Algodão-doce rosa. Vermelho-vibrante. Um violeta profundo e indulgente. Fico sentada ali na varanda e espero.

No entanto, quando a noite alta começa a se aproximar e minha boca se abre em um bocejo, decido dar a missão por encerrada. Recolho meu copo e a garrafa aos meus pés e me volto para dentro da casa, arrumando algumas coisas no balcão antes de seguir pelo corredor até o quarto de hóspedes.

Fecho a porta ao entrar. Vou falar com Beckett amanhã.

8

EVELYN

BECKETT ESTÁ ME evitando.

Já se passaram três dias e não tive um único vislumbre dele. Sei que tem entrado e saído da casa. Sempre há café fresco na cafeteira e um bilhete escrito à mão para me informar o que tem na geladeira. Não sei como ele consegue fazer tudo isso em silêncio, mas não o vejo nenhuma vez. Nem mesmo quando tento ficar acordada até tarde na terceira noite, decidida a conversar com ele.

Em vez disso, adormeço no sofá, com dois gatos ronronando no colo. Acordo por volta da meia-noite com um cobertor em cima de mim e um copo de água fresca na mesinha de centro.

É irritante.

— Onde o Beckett está se escondendo? — pergunto a Layla, que está pressionando a massa na bancada com as mãos. Tenho passado meus dias com Layla e Stella, ajudando no que posso. Nenhuma delas pareceu surpresa ao me ver quando apareci pela primeira vez no escritório de Stella, então acredito que Beckett deva ter contado que estou aqui.

Ou a rede de comunicação.

Layla cantarola e continua espalhando intrincadas linhas de cobertura em um biscoito. Ela se inclina para trás, gira uma vez e depois se curva para continuar.

— Você não tem ficado na casa dele?

— Eu sim, mas ele não. — Layla solta outro som contemplativo. Pressiono os nós dos dedos em um pedaço teimoso de massa. — Ou ele é o homem mais quieto do mundo.

— Ele é bem quieto — oferece Layla. — Uma vez passei três semanas inteiras sem ouvi-lo dizer uma palavra. Só resmungos. — Ela se endireita, faz uma careta e resmunga de algum lugar no fundo do peito. É uma imitação muito boa de Beckett. — Ele deve estar tentando te dar mais espaço. Ele é assim.

— Ia ser melhor se ele não me evitasse na própria casa.

— Você poderia tentar dizer isso a ele.

Eu poderia. Se o visse em algum momento.

— Faz três dias que não vejo o Beckett.

Layla me olha por cima da bandeja de biscoitos, uma faixa de glacê azul brilhante no queixo.

— Ele trabalha aqui, não é? Vá atrás dele.

Meus antebraços e ombros estão doloridos quando decido sair da padaria. Descontei toda a minha frustração no processo de amassar e acho que desenrolei massa de torta o bastante para cobrir mais que a área cultivada da fazenda.

Ando pelos campos, passando a palma das mãos pelos galhos eriçados das árvores de Natal. A fazenda não é menos mágica agora que durante a temporada de férias, as árvores tão densas nos campos que não consigo ver os prédios ou a estrada estreita além delas. Sou só eu e as sempre-vivas, o sol alto no céu. Respiro fundo pelo nariz e sorrio.

Bálsamo. Cedro. Grama recém-cortada e flores de maçã.

Não encontro Beckett entre as árvores ou ao longo da cerca que divide o terreno em quadrantes organizados, então mudo de direção e vou para o celeiro. Avisto alguns agricultores que reconheço da minha última viagem e aceno para eles, então vejo um homem passando com o que parece ser uma cesta cheia de rabanetes. Protejo os olhos dos raios solares com a mão.

— Você viu o Beckett?

O homem assente e aponta para um celeiro menor atrás daquele que usam para a decoração de Natal, a porta mantida aberta por uma roda de trator descartada. *Finalmente*. Deixo todo o peso da minha frustração guiar o caminho até o galpão e deslizo pela porta, parte de mim esperando que Beckett vá sair correndo assim que me vir. Seria poético, de certa forma, se agora fosse ele a fugir de mim.

Mas ele não corre. Beckett nem ao menos me ouve. Passo pela porta para o pequeno espaço inundado pela luz da tarde e quase caio de cara no carrinho de mão à minha frente.

Beckett está sem camisa no meio do galpão, ambos os braços estendidos acima da cabeça enquanto enrola um grosso rolo de corda ao redor de dois pinos paralelos. Observo as tatuagens em seus braços mudarem e flexionarem a cada rotação das mãos. As constelações e planetas em seu braço esquerdo são um lindo complemento para as flores e vinhas em seu braço direito.

A pele lisa das costas não tem tatuagem alguma, a coluna forte flanqueada por músculos definidos. Seu corpo foi moldado pelo trabalho, endurecido e fortalecido pelos dias passados sob o sol e no campo. Eu me lembro de apertar meus dedos naquela pele quente, de sua cintura pressionada em mim, me prendendo embaixo dele.

Engulo em seco quando ele baixa os braços e movimenta os ombros para trás com um suspiro. Ele pega uma camiseta jogada na ponta de uma grande prateleira de metal, e eu limpo a garganta, desviando os olhos de seus ombros firmes.

— Então é aqui que você tem se escondido.

Beckett se assusta e bate a cabeça em uma cesta com ferramentas de jardim suspensa. Tenho um vislumbre do abdome tonificado quando ele se vira e puxa a camisa para baixo para se cobrir. O lembrete de que estive na cama com esse homem é como uma corda que nos une. Ele fica tenso e eu me balanço para a frente, me aproximando dele.

Ele esfrega os nós dos dedos atrás da orelha, os cabelos úmidos de suor espetados em todas as direções. O chapéu está em uma das prateleiras, um boné desbotado com o logotipo da Orioles, todo desgastado. Há uma marca vermelha em sua testa, onde o chapéu deveria estar apoiado antes. Fico olhando para ele, que retribui o olhar com os cílios baixos, a expressão tímida deixando suas bochechas rosadas.

Esse corpo com esse rosto.

Nunca tive a menor chance naquele bar, meses atrás.

Endireito a coluna, reúno toda a minha frustração e me seguro com firmeza a ela, com as duas mãos.

— Você tem dormido no celeiro? — A pergunta sai rápida como um chicote. Ao que parece, estou mais irritada do que pensava com esse fato.

— Não — responde. A voz grave soa uniforme e calma, mas ele não me olha nos olhos. — Tenho dormido em casa.

— Quando? — torno a perguntar.

— À noite.

Levo as mãos à cintura. Ele estreita os olhos, estudando a pilha de pneus sobressalentes atrás de mim como se fosse a coisa mais interessante que já viu.

— Beckett.

Ele retribui meu olhar com relutância.

— Eu tenho trabalho até tarde. Estou... — Ele hesita, e é tão óbvio que está procurando uma desculpa que preciso de todas as minhas forças para não revirar os olhos. — Eu tenho um projeto.

— Um projeto.

Ele se mexe como um homem que tem algo a esconder.

— Sim.

— Esse projeto é me evitar?

— Nãooo. — Ele pronuncia a palavra como se tivesse mil vogais no fim, olhando por cima do meu ombro para a porta aberta com determinação. Aposto que está fantasiando como seria correr para as colinas. — É... bom, é complicado.

Essa conversa é ridícula.

— Tente explicar.

Ele abre a boca, mas não diz nada. Acho que nunca vi alguém tão sem palavras.

— É um pato — consegue falar por fim.

Um grupo de agricultores passa pela porta aberta, as risadas se espalhando pelo pequeno espaço. Pisco para Beckett e ele olha de volta. Ele está falando sério?

— Um o quê?

— Estou tentando descobrir onde posso acomodar um pato — murmura. As palavras soam baixas demais, e tenho que me esforçar para ouvir o que ele diz.

— E você só pode fazer isso no meio da noite?

— Ah, eu não... — Ele deixa os braços caírem nas laterais do corpo. Eu me concentro na tatuagem de videira que se enrola em seu pulso e em torno do enorme antebraço, até o cotovelo. Há pequenas flores brancas ali, uma novidade desde a última vez que o vi. — Achei que você iria preferir assim.

— Achou que eu iria preferir que você ficasse escondido?

Ele concorda.

— Quando foi que eu te dei essa impressão?

Ele não diz nada em resposta, as mãos cerradas em punho.

Suspiro e pressiono dois dedos nas têmporas, a dor de cabeça sempre presente entre meus olhos.

— Tenho tentado falar com você — explico. — Encontrei um lugar para ficar em Rehoboth. Posso ir embora daqui dois dias, assim que estiver disponível.

Será difícil dirigir de um lado para o outro da costa, mas é melhor que... seja lá o que estiver acontecendo.

Seu rosto se contorce em confusão.

— Você vai embora?

Não entendo por que ele se importa, levando em consideração que me viu por vinte e oito minutos desde que cheguei e tem... se escondido em galpões de armazenamento, aparentemente. Concordo e enfio as mãos nos bolsos de trás, balançando nos calcanhares.

Ele me considera, em silêncio. Aqui, na luz fraca, seus olhos parecem verde-musgo. Escuro e profundo.

— Você encontrou a felicidade, então?

— O quê?

Ele dá um passo à frente e pega uma toalha, enxugando as mãos com movimentos rápidos e precisos. Todo o seu rosto é formado por linhas angulares, a careta distorcendo tudo.

— Quando você chegou aqui, disse alguma coisa sobre procurar a felicidade. Conseguiu encontrar?

Fico surpresa por ele se lembrar, mas acho que não deveria. Beckett sempre foi bom com os detalhes.

— Partes dela.

Gus e Monty dançando no corpo de bombeiros. Um enrolado de salsicha e cream cheese. O cheiro das flores de jasmim na estufa da Mabel.

Bilhetes escritos a mão ao lado da máquina de café.

Ele me olha com uma expressão julgadora.

— Você não parece ter tanta certeza.

— Porque eu não tenho — digo. Ainda não tenho respostas para as perguntas que sibilam em minha cabeça. Ainda não tenho uma solução para meu problema de esgotamento. — Mas não vou permitir que você fique fugindo da própria casa enquanto resolvo meus problemas.

Faço um movimento com o ombro.

— O lugar em Delaware vai servir.

Beckett joga a toalha na prateleira de metal e apoia as mãos na cintura. Sei que não está fazendo de propósito, mas seus braços flexionam com o movimento, os bíceps tatuados esticando as mangas da camiseta. Não tenho ideia do que o fez suar tanto, mas gostaria de escrever uma nota de agradecimento.

— Fique aqui — diz ele com a voz rouca, uma voz mandona que está acostumada a conseguir o que quer na fazenda. Ele esfrega o queixo, a ponta dos dedos deslizando na parte inferior do olho esquerdo. Parece cansado. — Fique em casa. Vou parar...

— De me evitar? De agir estranho? — Penso por um segundo, dizendo em voz alta uma suspeita que tive. — De dormir na estufa?

— Não tenho dormido na minha estufa.

Tá bom, então. Ele tem feito todas as outras coisas.

— Não vou ficar se for pra ser assim — digo calmamente, a vontade de discutir se esvaindo. — Não vim até aqui bagunçar a sua vida. Queria uma perspectiva nova e aqui parecia ser o lugar ideal para mim. — Já não estou mais tão certa. Tudo virou de cabeça para baixo desde que coloquei os pés em Inglewild.

— Fique — pede ele de novo e acena com a cabeça em direção à porta aberta. Parte da apreensão desaparece de seus olhos. Há uma suavidade ali, um pouco de compreensão. Por um segundo, Beckett volta a ser o homem que conheci no Maine. Aquele que enroscou os dedos nos meus cabelos e pressionou a boca na minha com doçura. Mas então ele pisca e o momento acaba.

Ele pega o chapéu da prateleira.

— Preciso resolver algumas coisas e depois vou pra casa. Não vou... — Um sorriso faz os cantos de sua boca se curvarem. — Não vou agir estranho.

Fiel à palavra, Beckett aparece cerca de uma hora depois. Ouço o barulho do cascalho na entrada da garagem e o som pesado de botas subindo os degraus da varanda antes de ele passar pela porta da frente, com uma expressão cautelosa no rosto quando me vê sentada à mesa da cozinha. Apoio o queixo na mão e observo enquanto ele tira as botas e as coloca com cuidado ao lado das minhas.

— Vou fazer sopa — declara.

Ele diz isso como se esperasse uma briga.

— Tá.

Ele dá dois passos lentos pelo corredor, mais perto da cozinha.

— É de siri, típica de Maryland.

— Parece ótimo.

Ele me olha enquanto abre a geladeira, um braço apoiado na porta, a palma da mão apoiada no freezer. Tento não notar a camisa esticando.

— Você não é alérgica a mariscos, é?

É estranho que eu saiba qual o som que esse homem faz quando goza e a marca que a ponta de seus dedos deixam na minha cintura, mas, quando se trata de coisas simples — alergias, proporção de café para creme, a maneira que gosta de dobrar as meias —, nós dois estamos no escuro.

Um tipo diferente de intimidade, suponho.

— Não sou alérgica a mariscos.

— Que bom.

Ele enfia a cabeça dentro da geladeira, começa a tirar coisas — tomates, cebolas, caldo de galinha, dois recipientes de carne de caranguejo, um talo de aipo — e empilha tudo no balcão. Coloca uma tábua de cortar, faca e cebola na minha frente.

— Você pode cortar isso?

Concordo e deixo o silêncio preencher o espaço entre nós. Uma panela chia no fogão. A faca batendo na tábua de corte. Beckett murmura algo sobre a qualidade "péssima" do aipo.

— Só pra constar — ofereço entre um corte e outro —, você está agindo um pouco estranho.

Um sorriso surge em sua boca e seus olhos se voltam para os meus. Parece uma oferta de paz, um passo na direção certa.

— Só pra constar, estou tentando não agir.

CONSEGUIMOS MANTER UM ritmo bom.

Beckett passa os dias na fazenda e eu vou para a cidade, entrando e saindo das lojas, observando turistas tomando sorvete, ajudando a sra. Beatrice a selecionar conteúdo para seus 137 seguidores apaixonados. Eu me desconecto de meu e-mail e de todas as minhas contas sociais e me permito respirar... pela primeira vez em muito tempo.

Nenhum plano. Sem programação.

Só eu e o que achar interessante fazer, seja ajudar a guardar novos livros de bolso na estante da livraria ou aprender a limpar a máquina de café expresso na cafeteria. Ignoro todo e qualquer padrão de produtividade. Estou me permitindo apenas existir.

À noite, retorno para a casa de Beckett e espero por ele à mesa da cozinha, ao meu lado um livro abandonado de palavras cruzadas que reivindiquei como meu. Beckett declara o que vai cozinhar assim que me vê e, em silêncio, me entrega uma tábua de cortar, uma tigela ou um descascador de batatas para ajudar. Todos os dias são exatamente iguais e há um conforto nessa rotina. Na forma como seus sorrisos começam a ficar mais evidentes a cada dia, pouco a pouco. No sonido baixo de sua voz acima do chiado da frigideira.

Nós nos sentamos à mesa, comemos nossa refeição e eu lavo a louça depois. É bom, se não um pouco confuso.

Esta noite, decido abalar esse ritmo.

Estou esperando na varanda dos fundos com duas tigelas fumegantes, aninhada na cadeira que começo a considerar minha, quando o ouço estacionar na entrada da garagem. A escada da varanda da frente range, o terceiro degrau de cima protestando enquanto ele sobe. A porta se fecha atrás dele e seus passos hesitam até parar abruptamente no corredor.

Uma voz hesitante.

— Evelyn?

— Aqui fora.

Ouço enquanto Beckett se move pela casa, um conforto nos sons dele se acomodando. Água da torneira. A jaqueta pendurada no gancho. A porta de tela é aberta e eu me viro para ele.

Parado ali daquele jeito, os dedos em torno do gargalo de uma garrafa de cerveja, o rosto virado para o meu — um pouco de terra na testa e nas costas da mão —, ele se parece com cada lampejo dos pensamentos ardentes que venho tendo nos últimos seis meses.

Um brilho suave e constante queimando minha pele.

— Você fez o jantar? — Ele se inclina um pouco para dar uma olhada na tigela. Aponto em direção ao assento vazio ao meu lado e ao prato que está esperando por ele na mesa no meio.

— Uhum — murmuro. — Uma das receitas de curry da minha mãe. Espero que você goste de comida apimentada.

Seus olhos brilham, algo quente e vivo. Uma lembrança, uma memória compartilhada. Sua boca logo abaixo da minha orelha e a mão enorme na minha coxa. Observo enquanto ele afasta a lembrança, a expressão se acomodando em algo enfadonho.

Pode não estar mais naquele barracão minúsculo, mas ainda está se escondendo de mim.

— Você está no meu lugar — declara.

Dou um longo gole na minha taça de vinho e mantenho contato visual. Não tenho a intenção de mudar de cadeira. Assim como o livro de palavras cruzadas e a toalha supermacia que pendurei no banheiro de hóspedes, este lugar agora é meu. Se ele quiser de volta, vai ter que brigar comigo.

Ele dá uma risada e se move ao meu redor para desabar na cadeira à minha esquerda. Dá um gemido ao se sentar, o longo corpo se esticando em uma curva preguiçosa, uma perna estendida. Ele apoia a cabeça no encosto da cadeira e pega a tigela, olhando para mim com uma espécie de suavidade confusa.

— Obrigado pela comida — diz ele. — É bom voltar para casa e ter a janta pronta.

— Você deveria se sentir honrado — digo, colocando uma garfada de comida na boca. — Só fiz este jantar para outras duas pessoas.

É raro que eu consiga cozinhar, e ainda mais raro que prepare receitas de família para outras pessoas. Guardo todas elas em um caderno muito querido no apartamento que nunca uso. É precioso demais para que eu o perca durante uma viagem, preenchido pela caligrafia da minha mãe e da vovó também. Três gerações cozinhando juntas — ajustando temperos para a mistura perfeita. Beckett não tinha muito do que eu precisava, mas improvisei.

Seus olhos se estreitam.

— Quem?

Eu engulo e pego meu copo.

— Como assim?

— Para quem mais você fez?

— Josie — respondo devagar. Penso por um segundo. — A mãe da Josie.

Ele relaxa na cadeira e pega a tigela, remexendo o arroz.

— Obrigado — murmura de novo, sem olhar para mim.

— Não precisa agradecer. — Eu o observo, o movimento do maxilar enquanto ele mastiga. — É o mínimo que posso fazer.

Eu me ofereci para pagar aluguel da hospedagem na minha quinta noite aqui. Beckett me lançou um olhar tão ofendido que não me preocupei em tocar no assunto de novo. Comemos em silêncio, e me pergunto se é isso que ele faz todas as noites depois de um longo dia no campo. Pôr do sol na varanda dos fundos, as meias ainda nos pés. As mangas da camisa de flanela arregaçadas e uma cerveja ao alcance da mão. Sinto uma vontade repentina e confusa de afastar os cabelos dele da testa. De levantar da minha cadeira e ir até ele, sentar em seu colo e acomodar minha cabeça sob seu queixo.

Acho que foi esse o problema naquele pequeno quarto de hotel no Maine. Era fácil demais me imaginar com Beck. Era fácil querer mais.

Limpo a garganta e decido abordar o motivo da pequena refeição.

— Não sei ao certo quanto tempo pretendo ficar.

Ele olha para mim, as sobrancelhas erguidas.

— Tá bom.

— Talvez mais algumas semanas, acho. — Isso deve ser tempo o bastante para eu colocar a cabeça no lugar. E se não for… bom, não adianta sofrer por antecipação.

Ele vira a cabeça para trás para olhar as árvores.

— Não tem problema.

— Tem certeza que não se importa?

Ele balança a cabeça, os dedos flexionando no garfo.

— Não se você fizer este frango mais vezes.

Hesito antes de continuar. Eu me sinto uma idiota por perguntar, mas não quero surpresas. É algo que eu deveria ter questionado antes, para ser sincera.

— Não tem ninguém que possa se chatear por eu estar aqui?

Ele se vira para olhar para mim de novo.

— Quem poderia se chatear? A Stella e a Layla sabem que você está aqui, é óbvio. — Ele espeta outro pedaço de frango. — Mas não contei o motivo.

Isso é bom, porque nem eu sei a resposta. Só sei que é bom sentar nesta cadeira confortável na varanda dos fundos da casa de Beckett, com os joelhos dobrados junto ao peito.

— Estou perguntando se você está saindo com alguém, Beckett. E se eu estar aqui na sua casa vai complicar as coisas pra você.

— Ah. — Um toque de cor dança em suas bochechas, exatamente do mesmo tom do sol se pondo no horizonte. — Não.

Não. É isso. Essa é a resposta dele. Leva a cerveja à boca e engole. Um, dois, três goles seguidos.

— Quais são seus planos para amanhã?

Tudo bem, então.

— Não tenho — respondo honestamente. Estico as pernas e flexiono os pés para a frente e para trás. Para a frente e para trás. Estreito os olhos e crio uma ilusão de ótica em que meu dedo do pé alcança o topo da estufa. — Achei que estava bem óbvio que eu não tenho planos.

— Você sempre tem planos — retruca ele. — Mesmo quando parece que não.

Nada mais justo. Tenho planos desde os dezesseis anos. O canal do YouTube, depois a faculdade, depois um programa na Pratt. Eu me desviei um pouco do plano quando meu sonho de trabalhar em uma publicação de grande nome não deu certo e decidi criar minha própria plataforma. Desde então, é o que tenho feito.

Não me permitindo respirar.

— Explorar novos territórios, talvez — respondo, forçando minha voz a ficar leve e ignorando o enorme desconforto que se instala toda vez que penso em trabalho. — Para alguém que posta fotos fofas o dia todo.

Ele faz um som baixinho. Um resmungo frustrado. Apoio o pé no chão da varanda e olho para ele.

— Pare de fazer isso — diz, por fim.

— O quê?

— De fazer você parecer menos do que é. — Ele não se preocupa em elaborar. Sua mão volta a encontrar a garrafa de cerveja e ele bate o polegar ali uma vez. Dá um suspiro cansado. — O que você está fazendo aqui, Evelyn?

— Senti falta das árvores — digo.

— Tente de novo.

— Você tem razão. Senti falta do chocolate quente com hortelã da Layla.

— Mais fácil de acreditar. — Ele se vira na cadeira até conseguir me olhar de um jeito que não deixa espaço para brincadeirinhas. Ele quer a verdade, toda a verdade. Agora. — O que você veio fazer aqui?

Pego a garrafa de vinho que está aos meus pés e me sirvo de uma taça que redefine o termo *dose dupla*.

— Não sei. Só sei que me sentia aprisionada e aqui foi o primeiro lugar que me veio à mente quando pensei em fazer uma pausa. Acho que estou procurando. — Penso em ficar em meio ao campo, com pinheiros ao meu redor. — Acho que estou reavaliando. Para ver se o que estou fazendo ainda é o que quero para mim.

Observo os galhos das árvores se movimentarem com a brisa, pequenos botões verdes começando a aparecer. Em breve tudo vai florescer, os campos repletos de cores. Eu sorrio. Aposto que se parecem com as luzes da árvore de Natal.

— Eu queria ser jornalista, sabe? Pensei que iria trabalhar para a *National Geographic* ou talvez para o *New York Times*. Fazer algo incrível. — A confissão sai boca afora com bastante facilidade, solta pelo vinho e pelo cheiro de terra fresca. Chuva de primavera e terra. — Eu queria muito viajar. Ver todos os lugares que um trabalho assim mostra. Entrei no programa de estudos de mídia da Pratt e pensei que isso era uma garantia. Tinha muita certeza que conseguiria um emprego bom depois de me formar. Mas não consegui. Toda entrevista que eu ia, recebia a mesma resposta quando mostrava meu portfólio. Caprichoso demais. Fofinho demais. — Dou de ombros e me lembro de uma entrevista dolorosa em que uma mulher de colarinho alto olhou meus braços de cima a baixo e me disse que eu não tinha a *aparência* certa para trabalhar diante das câmeras. — Pele marrom demais.

Beckett se remexe no assento, a madeira rangendo com seu peso, mas não olho para ele. Não consigo.

— Fui para casa me recuperar dessa derrota e meus pais estavam com problemas com a loja. São donos de uma loja em Portland. Eles vendem... todo tipo de coisa, na verdade. Tudo de origem e produção local. Eu tinha um canal no YouTube com um número decente de seguidores, tudo uma grande brincadeira. Mas fiz alguns vídeos para meus pais e... a coisa decolou. O restante é história.

Tudo cresceu como uma bola de neve a partir daí. O movimento da loja aumentou. Minhas contas nas redes sociais começaram a chamar atenção. Comecei a passear pelo meu antigo bairro, conversando com as pessoas. Perguntando de seus negócios e o que estavam fazendo. Suas paixões. Seus interesses. Apenas pessoas comuns fazendo coisas incríveis.

Não sei quando parei. Ou por quê.

Olho para Beckett de canto de olho quando ele não diz nada.

— Sei que você acha minha profissão uma bobagem, mas as redes sociais me ajudam a me conectar. É como ter uma conversa em grande escala. Estou tentando ajudar as pessoas mesmo.

Ele parece surpreso.

— O quê?

— Não fico só postando fotos o dia todo. Tem uma estratégia por trás disso. Um planejamento. — Um ciclo interminável de conteúdo. Um desejo esmagador de mais, mais, mais. Opiniões e críticas que ninguém pediu.

— Eu sei disso. — Ele me olha como se não entendesse as palavras que saem da minha boca. Como se eu tivesse acabado de pular da cadeira, vestindo uma fantasia de galinha e começado a dançar Macarena. — Não acho que o que você faz seja ridículo.

Eu pisco para ele.

— Acha, sim.

— Não acho, não.

— Acha, sim. Você disse.

— Quando?

— Quando eu estava hospedada aqui em novembro. Quando vim para avaliar a fazenda.

Quando ele descobriu quem eu era de fato e olhou para mim como se não valesse a pena perder tempo comigo.

Ele franze a testa.

— Eu nunca disse nada sobre o seu trabalho ser ridículo.

— Sim, você disse.

— Evelyn. Não, eu não disse. — Ele passa a mão pelo rosto. — Como eu poderia achar o seu trabalho ridículo? Olha o que você fez pela fazenda. Por esta cidade.

— Ah. — Tudo bem, então. Não tenho resposta para a defesa dele.

Olho para o quintal e tento lembrar os detalhes daquela conversa. Beckett interrompe com uma pergunta.

— Onde você está procurando?

— Pelo quê? — Quero apoiar o dedão entre as sobrancelhas dele até fazer aquela linha desaparecer. Ele passa tempo demais franzindo as sobrancelhas.

— Pela felicidade. Onde você acha que vai encontrar?

— Eu não sei. — Seguro o copo até a condensação fazer cosquinhas na minha mão. Estou ocupada demais pensando na minha resposta quando Beckett a encontra para mim.

— Porque acho que ainda está aí, em algum lugar. — Ele aponta na minha direção com a garrafa. — Você não brilharia desse jeito se ela não estivesse aí.

Ele termina de beber e coloca a garrafa aos seus pés, depois inclina a cabeça para olhar para os campos, como se não tivesse acabado de me atingir bem no peito com suas palavras.

— Tudo bem se você levar algum tempo para encontrá-la de novo. E tudo bem se você encontrar, só para perder depois um pouco aqui e ali. É a beleza disso tudo, não é? Ela vem e vai. Nem todos os dias são felizes, e nem deveriam ser. A graça está em tentar, acho.

Eu limpo as teias de aranha da minha garganta.

— Tentar ser feliz?

— Não. — Ele balança a cabeça uma vez. — Isso não dá certo. Tentar ser feliz é como... é como mandar uma flor florescer. — Ele cruza os tornozelos e passa a mão na barba por fazer. — Não tem como se fazer feliz. Mas você pode se abrir para a felicidade. Pode confiar em você mesma o bastante para sentir quando a encontrar.

Eu fico olhando para ele. Olhando e olhando e olhando.

— Você não é como eu esperava, Beckett Porter. — Não é agora. Nem da última vez que o vi. E nem naquela noite tempestuosa no Maine, quando ele entrou pela porta como se estivesse me procurando desde sempre.

Uma das gatas sai da casa e pula no colo de Beckett, acomodando-se em sua coxa com um grande bocejo. Ele apoia a mão pesada nas costas dela e acaricia com cuidado o pelo macio. Seu sorriso é quase tímido quando olha para mim.

— Digo o mesmo.

9

BECKETT

ACORDO DE BRUÇOS na cama, dois gatos aconchegados nas minhas costas e o celular vibrando na mesinha de cabeceira. Resmungo e resisto à vontade de jogar essa coisa maldita pela janela. Estava sonhando com Evelyn e aquelas meias que ela usava ontem à noite sentada na varanda — umas que vão até os joelhos. No meu sonho, ela estava apenas com aquelas meias, um sorriso tímido em sua boca vermelho-escura.

Sou metódico, e com Evelyn aqui posso sentir que estou criando novos hábitos. Estou acostumado a tê-la por perto agora — e eu gosto disso. Gosto de ouvi-la se movimentar do outro lado da casa no meio da noite, xingando baixinho quando se depara com alguma coisa no escuro. Gosto de ouvi-la conversar com os gatos, discutindo com Empinadora para ver quem tem direito ao lenço grande e fofo que amarra em volta do pescoço. Gosto dos sapatos dela no corredor e da bolsa em um dos ganchos perto da porta. O batom na bancada da cozinha e os elásticos de cabelo esquecidos na beirada da pia.

Rolo na cama, Cometa e Raposa protestando, então encontro outro lugar nos cobertores para me embrulhar. Enterro a palma das mãos nos olhos para afastar a imagem de Evelyn da minha mente.

Eu não deveria *gostar* de nada.

E, claro, não deveria gostar de sonhar com ela. Com certeza isso ultrapassa algum tipo de limite na frágil amizade que estamos construindo.

Mas meu cérebro não entendeu o recado. A cada noite, ele se abre para as fantasias mais tórridas. Evelyn na banheira gigante, espuma emoldurando seu pescoço. Evelyn na cozinha, debruçada na bancada. Evelyn encostada na estante perto da lareira, as mãos apoiadas na borda.

Meu celular vibra de novo e tateio sem olhar para a mesa de cabeceira. A luz da madrugada flerta com as arestas da janela em uma sombra cinza.

NESSA
Vamos precisar de você na competição de perguntas esta semana.
Não quero ouvir um pio nem desculpas.
Uma das categorias é botânica.

Eu franzo a testa para o celular.

BECKETT
O que você está fazendo acordada tão cedo?
E não.

Minha família tem uma equipe para a competição de perguntas que acontece todo mês no bar. Fico assustado com o nível de competitividade de todos eles. Harper quase jogou uma cadeira pela janela da frente do bar quando errou uma pergunta sobre Boyz II Men.

NESSA
Tenho um ensaio antes do trabalho.
Você tem setenta e duas horas para aceitar este fato. A Harper não vai poder participar.

Reviro meu cérebro à procura de uma desculpa decente.

BECKETT
Não estou inscrito.

Sei que todos os membros da equipe precisam estar inscritos no início da temporada da competição de perguntas. Caleb teve que intervir em uma disputa no ano passado, quando Gus e Monty levaram Luka para a categoria Bruce Willis sem autorização prévia.

Eu me sento na cama, as pernas penduradas para fora, sentindo as tábuas frias do piso sob meus pés. Tem feito um frio inesperado para março. Olho para a janela e depois para o celular, quando ele volta a tocar.

NESSA
Ah, meu querido irmão.
Inscrevemos você todos os anos por esse exato motivo.
Agora é sua hora de brilhar.
A categoria é BOTÂNICA.

BECKETT
O pai também é fazendeiro.

NESSA
Te vejo no fim de semana.

Não perco tempo respondendo. Sei que, se não aparecer para a competição, Nessa vai aparecer em casa — e Harper provavelmente vai vir junto — e me arrastar até lá enquanto esperneio. Já aconteceu antes, e é bem provável que volte a acontecer mais vezes.

Eu não gosto dessas competições. Não gosto de ficar em uma sala abarrotada de pessoas, o cheiro de cerveja e asinhas apimentadas no ar, uma televisão ligada em cada canto e um toca-discos velho em que qualquer um pode colocar música quando quiser. Por algum motivo louco, Jesse adora colocar ABBA para tocar. É muita coisa ao mesmo tempo, e sempre ao menos sete pessoas tentam falar comigo de uma só vez.

Eu continuo me preparando para o dia, partes do sonho ainda em meus pensamentos. Nele, eu estava traçando o contorno suave entre o ombro e o pescoço de Evelyn. Eu me arrasto pelo corredor enquanto coloco uma camisa de flanela e cedo ao desejo. Será que ela ainda teria gosto de frutas cítricas se eu pressionasse minha língua em sua pele? Ela ainda soluçaria meu nome?

O tilintar da cafeteira me distrai, um brilho quente de luz vindo da cozinha. Evelyn está de costas para mim no balcão, Empinadora esfregando a cabeça em sua canela. Evelyn cantarola e acaricia as costas da gata, sussurrando algo com uma risada enquanto Empinadora a empurra com mais força. Olho para a bancada. Duas canecas aguardando, o café fumegante.

Meu coração parece bater mais pesado.

— Bom dia — digo, e Evelyn se vira para me olhar por cima do ombro, os cabelos balançando em volta do rosto. Com os olhos ainda pesados e um bocejo que faz seu nariz se retorcer, ela é melhor que qualquer sonho que eu possa ter. Mais macia. Mais sonolenta.

Perfeita.

— Bom dia — responde, a voz um pouco rouca. Lembro que é assim que ela soa ao acordar, o corpo preguiçoso debaixo dos lençóis. Limpo a garganta e continuo fechando a camisa, o olhar dela grudado onde minhas mãos se ocupam dos botões, um vislumbre de pele exposta. Sinto o toque de seus olhos como a ponta de um dedo na minha pele, começando abaixo da clavícula e descendo devagar. Uma onda de calor emana da parte inferior das minhas costas.

— Por que já está acordada? — me obrigo a perguntar. Minha voz soa como se eu tivesse engolido um saco de pedras.

Ela passa a língua pelo lábio inferior enquanto vira de costas e pega as duas canecas na bancada. Queria que continuasse olhando para mim, que colocasse as mãos em minha camisa e cravasse as unhas na minha pele.

Ela me entrega uma caneca, a ponta dos dedos roçando os meus enquanto seguro a cerâmica quente.

— Vou com você hoje. — Ela ergue a caneca até a boca. — Queria ver o que você faz. Pode ser?

Assinto. Ela poderia me pedir para vestir uma fantasia de cachorro-quente e dançar merengue nos degraus da frente, e é bem provável que eu aceitasse.

— Sim, pode.

— Tem certeza? — pergunto pelo que parece ser a octogésima sétima vez desde que saímos da cabana há vinte minutos. Ela me olha por cima da pá como se também estivesse contando e nada feliz com isso.

— Porque você acha que não consigo lidar com trabalhos manuais.

Coço a nuca com força, olhando para os campos. Em breve as árvores estarão aqui para serem plantadas, e estamos a todo vapor para o Dia de Cavar. Prefiro cavar sem máquinas (*coisa de lunático*, como Layla gosta de dizer), e claro que Stella fez disso um evento. Música, lanches e um monte de gente que, para ser sincero, em nada ajuda nesse processo. Caleb pode ser um bom delegado, mas cava os buracos mais tortos que já vi em toda a minha vida.

Mas isso faz Stella feliz, então temos o Dia de Cavar.

Estamos medindo os espaços hoje, marcando a distância entre cada árvore. Será mais fácil para as pessoas cavarem se tudo já estiver sinalizado. Aprendi isso da maneira mais difícil, quando Charlie pensou que seria "legal" fazer a própria "floresta particular" no último campo que fizemos. Agora tenho vários aglomerados de árvores crescendo muito próximos uns dos outros, desequilibrando tudo.

— É só me dizer o que você precisa que eu faça — ordena Evelyn, e no mesmo instante meu cérebro dá sugestões cheias de detalhes. Ela estala os dedos em frente ao meu rosto. — Instruções, fazendeiro.

Hesito e seus olhos se estreitam. Esqueci o quão exigente ela pode ser.

Esqueci quanto gosto disso.

— Você não acha que uma mulher pode fazer o que um homem faz? — Se olhares matassem, eu estaria a sete palmos abaixo da terra.

— Não — respondo, divertido. — Uma mulher pode fazer o que um homem faz e ainda fazer com que pareça fácil.

Ela estreita ainda mais os olhos.

— Não brinque comigo.

— É sério. — Eu rio e um sorriso relutante floresce em seus lindos lábios. — Minha irmã poderia me detonar. Todas as minhas irmãs poderiam me detonar. E não tenho vergonha de dizer isso. Elas batiam nas crianças que zombavam de mim na escola.

O pobre Brian Hargraves não esperava a reação de Nessa. Em um segundo, ele estava jogando grãos de milho na minha cabeça enquanto eu caminhava em direção ao ônibus e, no seguinte, ela o jogou no chão como se fosse uma lutadora de MMA.

O sorriso some do rosto de Evelyn.

— As crianças zombavam de você na escola?

Ter dificuldades para conversar com outras pessoas, quando aliado com o trabalho na fazenda, me tornou um alvo fácil. Nunca foi nada muito malicioso. Leve o bastante para que eu ignorasse.

E todo mundo parou de falar merda quando de repente eu cresci quinze centímetros no meu primeiro ano, meu corpo ficando mais forte por causa das manhãs de trabalho na fazenda.

Limpo a garganta e aponto em direção ao campo de terra que se estende atrás de nós. Ele logo estará repleto de feixes verdes, as árvores mais jovens que já tivemos. Elas vão passar cinco anos crescendo, antes de estarem prontas para ir para outras casas, para serem exibidas em frente a lareiras e janelas enormes, decoradas com cordões e luzes.

— Cave um buraco raso a cada seis passos. — Olho para as longas pernas dela e repenso. Ela anda na ponta dos pés como uma modelo, e abafo outra risada. Juro que nunca ri tanto em toda minha vida. — Cinco passos e meio.

— Viu? — Ela ergue a pá por cima do ombro. — Não foi tão difícil assim, foi?

Ela sai correndo em direção ao outro lado do campo, o cabelo amarrado em um rabo de cavalo balançando. Observo enquanto ela para bem no limite do terreno, enfia a pá na terra e a joga com cuidado para o lado. Cinco passos e meio para a frente. Repete o movimento.

Não sei o que o fato de ficar excitado com uma mulher cavando buracos diz de mim. Acho que não deve ser nada de bom.

— Ah, meu bem. — Jeremy aparece de repente ao meu lado, e qualquer vestígio de excitação que estivesse em mim desaparece no mesmo instante. Cerro os dentes. — Temos alguém novo? Então não preciso mais remover pedras. Excelente.

Ele ergue o punho para eu bater, e eu o encaro.

— Você passou dois dias removendo pedras.

E só porque na terceira manhã ele disse que tinha machucado o pulso. Reclamou tanto que arranquei a pá de suas mãos.

— Dois dias a mais do eu que queria, cara.

Entrego minha pá para ele e aponto na direção oposta de onde Evelyn está trabalhando. A última coisa que ela precisa é de Jeremy ali... Jeremy perto dela. Ele estreita os olhos para ela ao longe, a coluna curvada sobre a pá. Ela pressiona a bota na lâmina, gira para baixo e ergue o instrumento acima do ombro. Emito um som de dor baixinho.

— Merda, cara. Meu Deus. Caramba. — Jeremy balança a pá nas mãos. — Aquela é... puta merda, cara... é a Evelyn St. James?

Não sei como conseguiu distingui-la de tão longe. Ela está com calças esportivas grossas que se moldam às suas curvas como uma segunda pele e uma camiseta branca enorme. Moletom gigantesco com o contorno de Half Dome estampado na parte de baixo. Não poderia ser mais discreta nem que tentasse.

As calças com certeza causam certa impressão, e tenho certeza de que estarão em destaque nos meus sonhos de hoje. Quero passar as mãos no material brilhante, puxar o cós com os dentes.

— Caramba. O que ela está fazendo aqui? Puta merda. — Jeremy se curva na cintura e apoia as mãos nos joelhos. — Você acha que ela gravaria um vídeo comigo? Caramba.

— Que som é esse que você está fazendo? — É um ruído sibilante, agudo e irregular. — Precisa de água?

— Preciso do meu celular. — Ofega, enfiando a mão no bolso da calça jeans e depois no casaco. Quando ele não consegue encontrar o que está procurando, vira os olhos em pânico na minha direção. — Cara, meu celular não tá aqui.

— Você costuma trazer o celular?

— Tem que postar no Insta, sabe como é?

Não sei. Não faço ideia do que ele está falando.

— Essa luz da manhã é do cacete. Minhas DMs estão cheias de minas gatas desde que comecei a trabalhar aqui. Acho que você mandou bem nessa. É por isso que todas as mulheres da cidade ficam maluquinhas quando você aparece lá?

— Ninguém fica maluco coisa nenhuma.

Quando muito, recebo olhares demais e alguns sussurros, mas deve ser porque raramente apareço por lá. E o convite de Nessa para a noite de competição de perguntas é como uma pedra em meu sapato.

— Tá bom, cara. Se você acha. — Ele me dá um tapa nas costas e olha para onde o carro da mãe está estacionado. — Eu já volto. Preciso pegar meu celular.

Eu o agarro pela nuca antes que possa se afastar e o empurro na direção oposta de Evelyn.

Ele emburra.

— Seu senso de responsabilidade é superinspirador e tudo, mas...

Balanço a cabeça.

— Cave alguns buracos e depois você vai passar o restante da manhã com a Stella, no escritório — digo, para encerrar o assunto.

Ele se anima ao ouvir isso.

— Ah, é?

É. Stella não acha que todo esse trabalho manual vai ser útil para transformar Jeremy em um jovem adulto íntegro. Ou em qualquer outra coisa. Quer que ele passe algum tempo no escritório com ela, ver como funciona a fazenda na parte administrativa. *Você mal deve falar com ele, né?*

Só quando não posso evitar, respondi.

Eu aponto para longe.

— Pode começar.

Ele me lança um olhar petulante.

— Já saquei. Vai colocar a mulher e o menor de idade pra trabalhar enquanto você relaxa. Já entendi, chefão. — Ele abre os dedos e aponta para os próprios olhos, depois para os meus, em um sinal de que está me vigiando de perto.

Moleque atrevido.

Jeremy se arrasta até seu quadrante do campo e eu dou uma olhada na direção de Evelyn. Observo enquanto ela passa as costas do braço pela testa, as mãos segurando a barra do moletom para erguê-lo. Um vislumbre de pele marrom, do cós daquelas calças apertadas.

Pego a pá descartada e me viro para o outro canto.

— Seus pais que ensinaram você a plantar?

A risada de Sal explode, as mãos ocupadas arrancando vagens do caule enquanto responde à pergunta de Evelyn.

— Não. Nem um pouco. Meu pai é mecânico e minha mãe mata tudo que toca. Ela não tem autorização para chegar perto das plantas quando vem me visitar.

Resmungo e esbarro com força demais em uma planta, algumas folhas saindo com a vagem. Tem sido assim o dia todo. Evelyn descobre a história de vida de cada pessoa que encontra, encantando-as com seus sorrisos e risadas até derreterem em suas mãos. Ela avistou Jeremy do outro lado do campo enquanto cavam esta manhã e acenou. Dez minutos, aquele espertinho de merda estava às gargalhadas com ela, nenhum dos dois cavando um buraco sequer. Barney apareceu com seu trator e, depois de cinco minutos de conversa, estava todo corado enquanto a convidava para uma noite de pôquer.

Ela é toda risadas e sorrisos fáceis. Interesse e carinho genuínos que fazem você se sentir como se estivesse flutuando nas nuvens. Essa é a magia de Evelyn, acho eu. Ela brilha tanto que faz todos ao seu redor brilharem também.

Quero sentir essa mesma luz. Mas tudo que consegui foram sorrisos hesitantes e um espaço mantido a todo cuidado entre nós.

Evelyn olha para as folhas e vagens estranguladas em minhas mãos. Ela tem terra até os cotovelos e na curva do maxilar, os cabelos se soltando do rabo de cavalo liso.

Está linda.

— Tudo bem? — pergunta.

Não resisto e estendo a mão, passando o polegar em uma linha teimosa de lama em seu queixo. Tudo ficaria bem se eu pudesse parar meu cérebro por meio segundo, me lembrar de que ela não veio para ficar. Ela já deixou essa mensagem bem clara nas últimas duas vezes que desapareceu da minha vida sem dizer uma palavra. Evelyn é como uma tempestade de primavera. Aparece sem avisar, faz tudo ao seu redor florescer e depois vai embora com o vento.

Mas não consigo evitar tocá-la. Roço os dedos na lateral de seu rosto e ela se acomoda, aproximando-se de mim. Quero pressionar meu polegar em seu queixo e fazê-la abrir a boca. Quero colocar minha mão em sua nuca e puxá-la para perto de mim. Quero sentir o calor surgir no fundo do meu peito quando levo minha boca à dela.

Mas me contento com o que tenho agora. Toques lentos e cuidadosos na pele quente. Deslizo meu polegar pela linha de sua garganta e esfrego com suavidade a terra que teima em não sair, para a frente e para trás. A pele dela é tão macia que é como tocar em seda. Ela engole em seco e eu olho em seus olhos. Nós nos encaramos, a respiração no mesmo ritmo, minha mão em sua garganta. Eu me pergunto se ela está pensando em quando a toquei naquele quarto de hotel. Se também está se lembrando disso.

Uma respiração profunda sacode meu peito e abaixo a mão.

Sal ergue as mãos, um *tsc* dito baixinho. Ele continua a manejar as plantas sem olhar para cima uma única vez.

— Não liga, ele é sempre assim.

Os olhos de Evelyn se voltam para mim, um segredo no sorriso que surge em sua boca. Até que enfim um sorriso que é só meu.

— Nem sempre — murmura, travessa, um toque de calor. Eu me lembro de outra vez que meu polegar estava em sua garganta, as pernas dela abraçando minha cintura e a palma da mão traçando minhas costas. Eu me remexo no lugar.

— Você ainda precisa da minha ajuda? — chamo Sal, quebrando nosso contato visual e jogando a vagem em um balde. Preciso de distância. Algum espaço para controlar... o que quer que esteja pressionando meu peito toda vez que olho para Evelyn. Tocá-la, sentir sua pele na minha. Isso não vai trazer resultados positivos para mim.

Observo o topo do chapéu de Sal enquanto ele continua a manusear a linha de plantas verdes brilhantes, bem no meio do campo.

— Está tranquilo aqui. Não tem mais muita coisa para fazer hoje.

Passo a palma das mãos na calça jeans, ambas as pernas com manchas de terra iguais. Evelyn segue Sal, com as mãos trabalhando nas folhas. Eu esfrego o salto da bota na terra e traço a curva de sua coluna com os olhos.

— Você quer ficar aqui ou voltar comigo?

Tiro o chapéu e passo a mão na nuca, bagunçando meus cabelos. *Voltar comigo* me faz sentir um peso no crânio, pressionado com força bem atrás dos meus olhos. Se eu pudesse tirar esse pensamento da cabeça e enterrá-lo embaixo da vagem, eu o faria.

— Eu vou ficar. Acho que estou encontrando um pouco de felicidade aqui. — Ela olha para as próprias mãos com um sorriso, a terra endurecida nos nós dos dedos. Seus olhos encontram os meus e seu sorriso se alarga. — Exatamente aqui, no meio do mato.

Tomo o banho mais longo e frio da minha vida.

Observar Evelyn nos campos hoje foi uma tortura. Ela se encaixa aqui, as botas cheias de terra e a mão protegendo os olhos do sol que nasce, me chamando através da vasta extensão de terra. Ela se encaixa na varanda dos fundos, com as pernas dobradas debaixo do corpo, o queixo apoiado nos joelhos, fazendo dezessete perguntas por minuto.

A Evelyn não veio para cá por sua causa, digo a mim mesmo enquanto estou debaixo da corrente de água fria. Fecho os olhos e ignoro a atração do desejo — o calor crescente em meu peito, que é muito mais perigoso que qualquer sentimento de luxúria. *Ela veio atrás de algo que não é você.*

Ela deve se encaixar em todo lugar por que passa. Essa é a magia de Evelyn.

Pode encontrar um recanto confortável para si mesma em cada cafeteria, barraca de comida e espelunca que visita.

Enquanto isso, eu me encaixo aqui. Só aqui. Neste pedaço de terra no qual posso passar dias inteiros sem precisar falar com ninguém.

Meu celular toca no balcão perto da pia e eu resmungo, batendo a cabeça na parede do chuveiro. Tenho planos de desaparecer na estufa hoje à noite, me perder na poda e no plantio até que a imagem sorridente de Evelyn ao lado do trator desapareça da minha mente. Até que eu possa olhar para ela e não… não sentir *tanto* desejo.

Bato a mão no registro de água do chuveiro e ele range em protesto. Se eu não tomar cuidado, esta casa estará caindo aos pedaços quando Evelyn decidir partir. Esse pensamento não ajuda em nada a aliviar meu humor sombrio, e, quando por fim consigo atender o celular, estou completamente agitado, um arrepio percorrendo meu corpo por causa da água gelada.

— Que foi?

Alguns segundos de silêncio.

— É assim que você atende sua irmãzinha?

Desligo o celular e o bato contra a cômoda. No mesmo instante, ele começa a tocar de novo. Respiro fundo enquanto visto minhas roupas e atendo no terceiro toque.

— Oi, Nessa. Como posso ajudar?

Ela cantarola.

— Bem melhor assim. — Ouço a melodia baixa de um piano ao fundo. Deve estar no estúdio. — Você não respondeu a minha mensagem sobre a competição de perguntas.

Eu resmungo e continuo sem responder. Pego uma camiseta na gaveta de cima da cômoda, velha e desbotada com um texugo furioso esticado no peito. É o mascote do Inglewild High. A mãe de Luka é diretora da Associação de Pais e Mestres do colégio e eu compro uma camiseta todo ano. Tenho medo do que pode acontecer se não o fizer.

— O que tá rolando com a Harper? — mudo de assunto, com dificuldade para vestir a calça jeans. Bato o joelho na cômoda e xingo para mim mesmo.

— Não vamos falar da Harper. Vamos falar da competição de perguntas.

Eu a ignoro.

— O que tá rolando com a Harper?

Há uma longa pausa.

— Não sei do que você está falando.

— Ela passou o jantar todo quieta e agora não vai participar da competição.

— Ela não tem se sentido muito bem — responde apressada. A música de fundo é interrompida abruptamente. — Coisas de mulher.

— Nessa.

— Que foi?

— Você não pode só falar *coisas de mulher* para que eu pare de perguntar. Alguma vez isso já funcionou? — Fecho a gaveta da cômoda com força, frustrado com essa conversa. Comigo. Com o universo. — O que tá rolando com a Harper?

— Tá bom. — Ela dá um suspiro pesado. — Você não pode ficar bravo.

Olho para o teto, implorando por paciência. Eu já estou bravo. Então não é mentira quando respondo:

— Não vou ficar bravo.

— E não pode fazer nada.

— Eu não vou fazer nada — solto por entre os dentes cerrados.

— Não mesmo? Porque da última vez que você disse isso...

— Vanessa.

Ela faz uma pausa e eu puxo minha camiseta pela cabeça.

— Ela estava saindo com o Carter de novo — conta ela devagar, cada palavra escapando com relutância. Uma onda quente de raiva me domina pela garganta. — E ele terminou com ela no fim de semana.

Eu sabia. *Eu sabia*, droga. Toda vez que a Harper fica com aquela expressão, é por causa do mesmo cara. Um mulherengo babaca com luzes loiras e uma porra de um colar de concha puka.

— O que ele falou pra ela?

Nessa suspira.

— Eu não...

Resmungo de frustração.

— Disse que ela não é um tipo de mulher pra namorar — sussurra, como se, ao dizer em voz baixa, eu não fosse me transformar em uma bola gigante de raiva. Tarde demais para isso. — Que ela é divertida e tal, mas que é só isso.

Respiro fundo. Expiro devagar. Toco no botão do alto-falante e abro minhas mensagens de texto.

— Já risquei o carro dele com chave duas vezes, mas acho que o Dane tá ligado que fui eu. — Nessa hesita. — O que você está fazendo?

— Mandando uma mensagem — respondo.

— Para quem você tá mandando mensagem?

— Para o Luka.

— Vocês não podem fazer aquela coisa de se camuflarem no mato e atacar o Carter com tacos de beisebol. Ele poderia ter um ataque cardíaco por causa disso, e o Dane disse que, se fizessem isso de novo, vai prender vocês dois. — Ela ri, divertida, tentando disfarçar. — Não tenho grana pra pagar sua fiança este mês.

Apoio as mãos na beirada da cômoda e flexiono os dedos duas vezes. Ela está certa. Dane ameaçou nos prender depois da última vez.

E tenho quase certeza de que usamos o que restava de tinta facial da Stella.

— Tá. — Fecho as mensagens de texto. De qualquer forma, Luka demoraria muito para chegar aqui.

— Tá? É só isso?

— Uhum — murmuro. Cometa e Raposa enfiam a cabeça no meu quarto, veem a expressão em meu rosto e fogem depressa.

— O que você tem em mente?

— Nada. — Mantenho minha voz cuidadosamente neutra. Estou pensando em ir até o bar e arremessar a cara de Carter em uma porção de batatas fritas quinze vezes seguidas. Depois vou comer um hambúrguer com uma cerveja e volto para casa. Talvez eu compre um daqueles sanduíches vegetarianos de que Evelyn parece gostar tanto.

— Tá. — Ela respira fundo. — Tá bom. Eu não acredito em você, mas tudo bem, então.

— Tá — repito, procurando as chaves do carro. Poderia jurar que as deixei em cima da cômoda. Saio do quarto, quase derrubando Evelyn no caminho para a cozinha. Ela agarra meus braços para evitar cair, um som assustado saindo dela.

— Merda, me desculpe.

— Não tem problema — responde, o nariz encostado no meu pescoço. Deslizo minha mão livre em suas costas até a parte inferior, a palma descendo pela coluna enquanto me certifico de que está firme. Respiro fundo quando meus dedos roçam a pele nua. A camisa dela deve ter ficado presa entre nós.

Ela responde com um suspiro trêmulo, a ponta dos dedos se enfiando devagar na minha pele. Ela ergue o nariz, a boca roçando logo abaixo da minha orelha. Todo o meu corpo fica rígido.

— Beckett Porter, tem uma *mulher* na sua casa? — a voz de Vanessa grita no celular, bem no meu ouvido.

— Tenho que ir, Ness.

— Não desligue, você...

Desligo o celular e o coloco no bolso, então me reclino para olhar para Evelyn, grudada em mim. Ela limpou a terra do rosto, e tudo o que resta é um brilho rosado de um dia passado ao ar livre, com os cabelos cacheados na ponta. Ajeito uma mecha atrás de sua orelha.

É a segunda vez hoje que não resisto à tentação de tocá-la. Eu me sinto dividido entre segurá-la a uma distância segura e puxá-la para mais perto. Um pêndulo que balança sem parar de um lado para o outro.

Dou um passo para trás e limpo a garganta. Pego minhas chaves do balcão da cozinha e tento fazer com que os sentimentos que se espalham dentro de mim voltem para seus respectivos lugares.

— Vai sair agora?

— Sim. — Meus lábios prolongam a última letra da palavra, a irritação tomando conta de mim quando penso em Carter. Aquele maldito idiota. Franzo a testa e olho para as duas cadeiras na varanda dos fundos, nossos planos para o jantar que, apesar de nunca terem sido discutidos, se tornaram um novo hábito. — Quer um sanduíche vegetariano enquanto estou fora?

— Você fica bravo com isso de sanduíche vegetariano, é? — Ela enfia o dedo na linha entre minhas sobrancelhas, e eu seguro seu pulso com força. Ela é tão pequena que meus dedos se sobrepõem com facilidade. — Por que você está com essa cara?

— Alguém foi babaca com a minha irmã — conto. Deixo nossas mãos caírem entre nós, balançando os braços para a frente e para trás uma vez. A pele dela é tão *macia.* — Eu vou cuidar disso.

Evelyn pisca para mim. Sem hesitar um segundo sequer, pega o moletom jogado sobre uma das cadeiras da sala de jantar. Ela o puxa pela cabeça, os braços entrando nas mangas, as mãos erguendo o longo rabo de cavalo para puxá-lo pela gola.

— O que você está fazendo? — pergunto, um pouco hipnotizado e bastante distraído com todo aquele cabelo.

Ela calça os sapatos que chutou no fim do corredor e aponta para a porta com um aceno de cabeça.

— Você acha que vou te deixar ir sozinho? — Ela balança a cabeça, decidida. — Quero o sanduíche vegetariano. Vou com você.

10

EVELYN

Ver o Beckett bravo é… uma experiência e tanto.

Antebraços flexionados, uma ruga profunda bem no centro da testa. Olhar endurecido e a boca formando uma linha fina e severa. Ele respira fundo repetidas vezes durante o caminho até a cidade, soltando o ar devagar. As mãos flexionadas no volante enquanto murmura algo a respeito de um "loiro aguado filhodaputa" bem baixinho.

Sendo bem sincera, está provocando um efeito em mim.

Não que haja algo que Beckett possa fazer que não tenha efeito sobre mim.

Vê-lo nos campos hoje de manhã foi como ter um copo de água um pouco fora do meu alcance. Os braços flexionando e relaxando conforme enfiava a pá no chão. Os ombros largos e a linha forte do maxilar. Não ajuda nem um pouco o fato de eu saber como é o corpo dele por baixo de todas aquelas roupas. A forma como seu peitoral definido se afunila para os quadris estreitos, os músculos marcados de seu abdome em que eu com certeza cravei os dentes quando estávamos juntos.

— Aonde nós estamos indo?

Ele diminui a velocidade da caminhonete quando chegamos à margem da cidade, uma placa de madeira pintada a mão nos dando as boas-vindas ao centro de Inglewild. Sorrio toda vez que a vejo. O centro deve ficar a cerca de dois quarteirões de distância do resto da cidade. Beckett vira à esquerda nos bombeiros e percorre a rua, o olhar focado no para-brisa. Tenho a sensação de que deveria fazer com ele algum tipo de meditação guiada, acalmá-lo antes que encontre quem quer que esteja procurando.

— Beckett — tento de novo —, aonde nós estamos indo?

Começo a achar que o plano dele é entrar com caminhonete e tudo na sala de estar de alguém.

— Ao bar — responde. Duas palavras. Nada além disso. Vejo seu maxilar se flexionar e estalar.

— Quem está no bar?

— Carter Dempsey.

Assinto como se conhecesse o dono do nome.

— E o que você vai fazer com Carter Dempsey?

Beckett passa a mão no câmbio e diminui a velocidade até pararmos. Em uma série de movimentos treinados, enfia a caminhonete gigantesca em um dos lugares disponíveis para estacionar ao longo da rua principal. Nunca fiquei tão excitada ao ver alguém fazer uma baliza antes. Beckett desliga o carro e olha para mim.

— Vou matá-lo.

Bom, tudo bem. Talvez isso não seja uma boa ideia. Ele abre a porta com um chute e atravessa a rua como se fosse assassinar alguém com a maior felicidade do mundo. Tenho dificuldade em tirar o cinto e segui-lo no mesmo passo. Preciso correr para alcançá-lo em sua caminhada furiosa.

— Você não prefere tomar um sorvete?

Ele abre a enorme porta de madeira com o ombro, mantendo-a aberta com a mão espalmada para que eu passe por baixo do braço.

— Não.

— Lançaram um sabor novo alguns dias atrás.

Um cone de waffle de chocolate, com pedacinhos crocantes de pasta de amendoim. Layla e eu comemos três cones, um seguido do outro. Beckett resmunga e vai em direção ao longo balcão que se estende no centro do espaço. Está escuro, mesmo durante o dia, e não há ninguém do outro lado, o lugar vazio, com exceção de um homem largado em um sofá no canto. Ele ergue uma das mãos em cumprimento enquanto Beck caminha pesado até o banquinho, empurrando outro com o pé, no que presumo ser um convite.

— O Jesse está trabalhando hoje?

— Não, é o Carter — o homem no canto responde. — Mas não faço ideia de onde ele está.

Sigo atrás de Beckett até o velho bar de mogno, catalogando os detalhes ornamentados em cobre espalhados pelo teto. Se Carter tiver um pingo de bom senso, vai fugir pelos fundos do bar. Eu me sento ao lado de Beckett, que me puxa para mais perto com o pé na parte de baixo do banco e me entrega um cardápio laminado.

Seguro o encarte com as duas mãos e olho para ele.

— Vamos comer antes ou depois de você cometer um crime?

O mais discreto dos sorrisos surge em sua boca.

— Depois.

— Imagino que deve ser difícil comer com as mãos cheias de sangue.

Os lábios dele se curvam ainda mais, e ele aponta com a cabeça para o banheiro.

— Tem sabonete aqui.

Certo. Olho para o cardápio, um dos cantos rasgados.

— O que você sugere?

Olhos verdes como o mar me encaram.

— Acho que você vai gostar desse negócio com beringela.

Murmuro e inclino a cabeça enquanto olho para a descrição à minha frente.

— É verdade. Mas hoje vou comer batatas fritas. — Eu me recuso a comer uma saladinha depois de um dia inteiro de trabalho manual. Ou, quem sabe, sempre.

— Tá bom.

Ele mantém a bota apoiada embaixo do meu banco enquanto esperamos, sem desviar o olhar da meia porta que leva à cozinha. Seu joelho bate na minha perna a cada instante, e é bom, apesar da tensão contínua em seus ombros. É bom compartilhar um espaço. Foi bom passar o dia todo nos campos com ele. Foi bom voltar para casa e ver a chaleira no fogão e os bolinhos da padaria em uma linda caixa verde no balcão da cozinha. Os gatos descansando nos móveis e as botas de Beckett largadas na porta. Foi bom vê-lo caminhando pelo corredor, os cabelos ainda molhados do banho, a calça jeans baixa na cintura, os olhos brilhando ao me ver. Foi bom estar pressionada em seu corpo, sua pele quente e a respiração em um vapor gentil contra minha orelha.

Eu sempre me senti atraída por Beckett. Isso não é segredo. Mas agora está mais evidente. Mais profundo. Gosto de passar meu tempo com ele, de ver as partes dele que tenta, a todo custo, esconder. Sua rotina, sua organização e seu comprometimento, ainda que relutante, com uma família de gatos órfãos. A lealdade e o jeito silencioso de cuidar.

Eu gosto *dele*.

Quanto mais tempo passo aqui, mais fácil fica de ignorar todo o restante. Não sei ainda se isso é bom ou ruim.

Após dez minutos sem que o misterioso Carter apareça, Beckett suspira e se levanta do banquinho, o corpo enorme saindo da posição em que estava encolhido. Eu o ouço murmurar algo parecido com "imbecil de merda" de novo. Ele dá a volta no bar.

— Quer uma cerveja?

— Sidra, se tiver.

Ele estreita os olhos para as torneiras. Sorrio enquanto ele se curva para mais próximo dos rótulos, a cabeça inclinada em confusão.

— Precisa de óculos?

Ele segura uma das torneiras, virando um copo e enchendo-o de bolhas âmbar. Não me responde.

— Porque parece que talvez você precise de óculos.

Penso em Beckett com um par de armações pretas grossas que caem no nariz enquanto se senta na grande poltrona de couro próxima à lareira, um dos gatos no colo e um livro no joelho. Sinto arrepios pelo corpo todo.

— Tenho um par de óculos que uso de vez em quando, mas só para ler — murmura. Pega outro corpo para servir a cerveja dele. Olha por cima do meu ombro, para o homem no canto. — Quer alguma coisa, Pete?

— Tequila com gelo, meu jovem.

Beckett assente e pega uma garrafa na prateleira de trás. Uma discreta onda de calor se desenrola na base da minha coluna quando Beckett pega um dos copos, os antebraços flexionados. Da última vez que bebi tequila, Beckett lambeu o sal no meu pulso, os dedos emaranhados em meus cabelos, puxando minha cabeça para trás até sentir o gosto da minha língua.

Ele olha para mim enquanto serve, os olhos repletos de cumplicidade.

Tento sorrir, apesar do nó que se formou em minha garganta.

— Me parece familiar. — Minha voz sai em um sussurro rouco.

É o mais perto que chegamos a falar daquele fim de semana. Ele concorda e desliza o copo de tequila pelo bar.

— Eu não vou levar pra você, Pete — avisa por cima do ombro.

O velho no canto ri.

— Eu imaginei. Parece que já está com as mãos ocupadas.

Beckett dá a volta no bar com a cerveja, andando devagar. Seu peito roça nos meus ombros quando passa atrás de mim. Sinto cada pedacinho do meu corpo que está em contato com o dele. Quando senta, fica mais perto que antes, a bota de novo apoiada na travessa do banco. Ele puxa uma vez, o metal emitindo um barulho estridente conforme arrasta no chão. Pete abafa uma risada na manga do casaco enquanto pega o copo e retorna ao seu isolamento no canto do bar. Eu me viro para olhar para Beckett e o observo passar a língua pelo lábio inferior.

— Não bebo tequila desde aquele dia — conta, e não acho que estejamos falando de álcool. O calor que antes brilhava em minha pele agora se transforma em um inferno. Abro ligeiramente as pernas no banco até poder pressionar o joelho na lateral da coxa de Beckett. Eu me permito olhar para ele, deliciando-me com todos os detalhes que consigo perceber quando estou tão perto. Eu os coloco na palma da mão como se fossem segredos. As sardas quase imperceptíveis que se espalham sob seu olho esquerdo. A linha reta do nariz, uma pequena depressão no centro. O cacho de cabelo atrás da orelha.

— Nem eu — respondo. Um sussurro. Uma confissão.

Observo a linha forte de sua garganta conforme engole em seco.

— Você...

Ele não termina. A porta atrás do bar se abre e um homem um pouco mais baixo que Beckett surge. Ele veste uma camiseta do Guns N' Roses rasgada na parte inferior e jeans claros, os braços cheios de copos limpos equilibrados no peito. Os cabelos loiro-claros caem em seu rosto quando passa pela porta, com uma toalha enfiada na alça do cinto. É bonito de um jeito despretensioso. Talvez fosse mais bonito se eu não tivesse Beckett sentado bem ao meu lado, com os punhos cerrados.

Esse deve ser Carter, então.

Ele hesita assim que seu olhar pousa em Beckett, seus olhos indo para a saída e de volta para o homem corpulento prestes a dar dois socos no balcão.

— Beckett — anuncia, prudência em sua voz, e com todos os motivos para tal. O calor que dominara a expressão de Beckett enquanto esperávamos já desapareceu, e o maxilar está tão cerrado que poderia quebrar. — Pelo que vejo, você já se serviu.

Ele aponta para as bebidas à nossa frente. Beckett não diz nada. Carter se remexe. Ele usa um daqueles colares de concha puka no pescoço. Achei que era exagero do Beckett.

— Quer mais alguma coisa?

Beckett continua em silêncio.

Carter suspira.

— Você vai ficar sentado aí?

Beckett dá um longo gole na cerveja, sem mover o olhar um centímetro sequer. Impaciente, o rosto de Carter se transforma em algo cruel. Não está mais bonito. Parece mesquinho e infantil, os cabelos tingidos assumindo um tom verde sob as luzes.

— A Harper contou...

— Não fale o nome dela — interrompe Beckett. Sinto um arrepio na coluna. Nunca ouvi aquele tom de voz saindo da boca dele antes, um aviso em cada sílaba.

Carter se irrita.

— Bom, se ela está abrindo a boca como uma...

Beckett estende a mão, rápido como um raio. Ele agarra Carter pela gola da camisa e o puxa por cima do balcão, até que o outro homem esteja praticamente pendurado ali, as mãos apoiadas na beirada para não cair de cara.

— Como uma o quê?

Carter balbucia.

— Anda, termine de falar. — Quando Carter não responde, Beckett o solta. Ele cambaleia até o outro lado do bar, as costas batendo na quina da mesa em que tinha colocado os copos limpos. Eles chacoalham com o impacto.

— Sei que já faz um tempinho desde a nossa última conversa, mas vou te explicar uma coisinha. Se eu ouvir você falar da minha irmã de novo, vou quebrar cada osso do seu corpo. — Beckett não desvia o olhar, nem por um segundo, a voz de uma calmaria ilusória diante da ameaça em cada uma das palavras. — Não fale dela. Não olhe para ela. Nem mesmo pense nela. Se eu descobrir que você entrou em contato com minha irmã para aprontar mais uma das suas, vou fazer com que pareça um acidente o que vai acontecer. Você entendeu?

Ele pega o cardápio que coloquei ao lado da minha bebida. Olha para ele uma vez. Carter se aproxima da porta que leva para os fundos.

— Eu quero um hambúrger. Ela vai querer o sanduíche de beringela. — Ele joga o cardápio por cima do bar e dispensa Carter com o olhar. — E não esqueça as batatas.

Pegamos a comida para viagem.

Beckett está quieto no caminho de volta para casa, porém relaxado, os dedos tamborilando no painel do carro. Giro o botão até encontrar uma emissora de rock clássico, a estática explodindo no meio de Fleetwood Mac. Abro a janela e desfaço o rabo de cavalo, o vento brincando com a ponta dos meus cabelos até parecer um furacão em meu rosto. Posso sentir o cheiro do sol e do suor do dia com um toque de xampu, os doces sinais de uma chuva de primavera nos campos pelos quais passamos. Tudo é verde e dourado e azul, um azul muito intenso. Dou risada e tiro os cabelos do rosto com a mão, observando Beckett, que pisa ainda mais forte no acelerador, um sorriso curvando sua boca. O sorriso invade seu rosto — as linhas entre os olhos se aprofundando, o lábio inferior um pouco torto.

Solto os cabelos de novo e fecho os olhos. Sinto como se estivesse flutuando, voando. Uma leve folga nas cordas antes tão apertadas em meus pulmões, a risada baixinha de Beckett como um sussurro que ecoa na cabine da caminhonete.

Felicidade.

A sensação continua conforme nos acomodados em nosso lugar de sempre, na varanda dos fundos da casa. Cupido nos faz companhia por pouco tempo antes de sair em disparada para a estufa. Aponto com a batata enquanto observo a gata que desaparece porta adentro.

— O que você cultiva ali?

Ele dá de ombros, as pernas cruzadas na altura dos tornozelos e metade de um hambúrguer na mão.

— Principalmente flores. Algumas precisam de um pouco de proteção para crescer no clima daqui, então construí a estufa.

— Que tipo de flores?

Ele endireita os ombros e se estica para pegar uma das batatas. Os nós de seus dedos encostam na parte de trás da minha mão, e eu quase deixo todo o recipiente cair no meu colo.

— Orquídeas, a maioria delas. Estou fazendo alguns experimentos com bicos-de-papagaio para o próximo inverno, mas vamos ver. — Ele mastiga uma batata enquanto pensa. — Acho que vou deixar o pato ali.

— E lá vem você com a história do pato de novo. Que pato é esse?

— Eu já te contei sobre ele. — Contou mesmo, mas achei que fosse brincadeira. — Encontramos um pato abandonado na fazenda. O veterinário da cidade ainda não conseguiu achar um lar para ele.

— É um filhote de pato?

Ele assente. Eu afundo um pouco mais na cadeira e enfio uma batata na boca, imaginando-o sentado nesta mesma cadeira com um filhotinho de pato no bolso da camisa.

É devastador.

— Você sempre quis ser fazendeiro?

Não consigo evitar as perguntas. Josie me diz que eu tenho um *espírito curioso* quando quer ser boazinha. Quando começo a irritá-la, a palavra é *intrometida*. Sinto que sempre tive migalhas de Beckett. Quero abri-lo ao meio e examinar cada detalhe.

Mas ele parece desconfortável com a atenção, remexendo-se na cadeira.

— Você não precisa... — digo.

— Não, não tem problema. — Ele enche a mão de batatas e se acomoda de novo no lugar com um suspiro, as pernas abertas, o anoitecer começando a dar as caras por entre as árvores. Está tudo de um anil profundo esta noite, os galhos das árvores formando um dossel azul-escuro que cobre o quintal. Parece que estamos nas páginas de um conto de fadas. Beckett olha para mim de canto de olhos, um toque de rosa na ponta das orelhas. Parece tão tímido e hesitante que o ar se esvai dos meus pulmões.

O príncipe. Ou talvez a donzela que precisa ser resgatada. Ainda não consegui me decidir.

— Não vale rir, tá bom?

— Não vou rir — respondo enfaticamente. Eu nunca riria de Beckett. Nunca mesmo.

Ele parece pensar, as palavras se revirando em sua mente enquanto estreita os olhos na direção dos campos.

— Eu queria ser... — ele ri um pouco, a palma da mão apoiada na nuca — eu queria ser astronauta.

Penso no mapa do céu que ele tem grudado na porta da geladeira, com horas e datas de eventos celestiais anotados nas margens. O livro das fases da lua no topo da prateleira.

— Acho que a maioria das crianças sonha em ser astronauta ao menos durante metade da infância. Vai ver eu estava só vivendo esse momento. Minha mãe me deu um traje espacial no meu aniversário de oito anos, e acho que passei um ano inteiro usando só isso. — Imagino um Beckett criança em um traje espacial, o capacete grande demais, os olhos azuis-esverdeados sorrindo através da viseira, e sinto meu coração apertar. — Eu achava que poderia trabalhar na NASA. Fazer pesquisa ou coisa do tipo. Não sei. Eu só queria olhar para as estrelas.

— E você poderia. — Stella me contou que Beckett construiu todo o sistema de irrigação da fazenda, um design inovador que ela tem tentado fazê-lo patentear. Teria sido um excelente engenheiro, se era isso que queria. — Por que não fez isso?

— Meu pai trabalhava na principal fornecedora de hortifrútis do estado. A Fazenda Parson. Fica a algumas cidades de distância. — Conheço o lugar. Já passei por lá ao entrar e sair de Inglewild. É uma fazenda gigantesca. Fileiras e mais fileiras de plantações que vão até onde a vista alcança. — Ele sofreu um acidente. Caiu de uma escada e, hm... ficou paralisado da cintura para baixo.

Respiro fundo, bruscamente.

— Beckett, eu sinto muito.

— Não tem por quê. — Ele afunda mais na cadeira com um resmungo. — Minha mãe não trabalhava na época. Começou a fazer faculdade de cosmetologia para tirar a licença quando meu pai melhorou. Levou algum tempo para que ele... lidasse com tudo. — Ele esfrega os dedos no queixo, absorto, relembrando. — A família Parson deu muito apoio durante esse processo. Pagaram as despesas do hospital, ajudaram nossa família de todas as formas que puderam. Eles me contrataram e pagavam o mesmo salário do meu pai, apesar de eu ter sido inútil durante as três primeiras temporadas, tenho certeza.

Eu o encaro.

— Você assumiu o lugar do seu pai na fazenda?

Ele concorda.

— Sim, quando eu tinha quinze anos. E desde então tenho trabalhado em fazendas.

Beckett deve perceber minha expressão, porque sua postura fica mais suave, uma expressão zelosa naquele rosto lindo.

— Não me olhe assim. Está tudo bem.

— Você era uma criança — consigo dizer, a garganta apertada demais. Uma pressão queimando atrás dos meus olhos. Penso naquele menino tão novinho com trajes espaciais olhando para as estrelas. — Tinha um sonho.

— Encontrei um sonho novo — responde, os cantos da boca se erguendo em um sorriso. Ele se reclina na cadeira e vira o rosto para olhar o céu noturno, as estrelas começando a surgir. — E pude manter as estrelas comigo.

DURMO ATÉ MAIS tarde na manhã seguinte, o corpo dolorido dos ombros até as panturrilhas. Músculos que eu nem sabia que existiam protestaram quando me levantei da cama e caminhei pelo corredor até a cozinha. Cometa e Cupido vieram logo atrás de mim, Raposa esperando pacientemente ao lado de uma caneca vazia próxima à máquina de café.

Tem um bilhete também, um pedaço simples de papel com um mapa rabiscado. Olho para ele, tentando entender o que Beckett desenhou ali. Vou presumir que esse esboço de uma casa feito a lápis, com um gato em cima, seja a cabana dele, o caminho delineado em volta de alguns dos pontos principais da fazenda.

O enorme carvalho que se divide no tronco. O caminho de abóboras próximo à casa de Stella. Os campos em que trabalhamos ontem. Todos eles levam a um enorme X no canto. Ele escreveu *um pouco de felicidade* em enormes letras de forma ao lado.

Eu sorrio.

— VOCÊ DESCOBRIU SE ele usa calças de moletom, sim ou não?

É assim que Josie atende o celular enquanto começo minha caça ao tesouro ao redor da fazenda. Eu fungo em meio a uma risada.

— Não.

Ela respira fundo e solta um suspiro longo e irritado.

— O que você está fazendo aí então?

Participando de uma caça ao tesouro por pedacinhos de felicidade, aparentemente. Contorno o caminho de abóboras e volto a olhar para o mapa Beckett desenhou uma linha pontilhada que cruza o próximo campo em um padrão de zigue-zague. Dou três passos enormes para a esquerda e, em seguida, viro para a direita. Olho para minhas botas e noto que este campo é mais pantanoso que o anterior, um trecho de terreno que parece mais sólido formando uma cruz logo no centro. Eu sorrio.

— Estou descobrindo — respondo. É isso mesmo, acho. Se não estou nos campos com Beckett, vou para algum lugar na cidade. Tive um fluxo estável de pedidos de consultorias desde que cheguei, e aceitei pagamentos na forma de lattes e livros de segunda mão. Tem funcionado para mim.

A sensação de ajudar outra pessoa não é mais sufocante. Não estou tão imersa em meus pensamentos, presa em um ciclo sem fim de análises exageradas de cada detalhe. Tudo parece mais devagar, mais relaxado.

E eu gosto.

— Vi que você postou outro dia.

Foi um vídeo curto. Um compilado de vídeos meus andando pela cidade. Croissant pela metade num prato lascado. Pétalas de flores voando pelo ar. Dane olhando para Matty por cima do balcão da pizzaria, totalmente arrebatado. Sandra McGivens dando uma gargalhada na calçada.

Fragmentos de um dia comum, extraordinário. Do jeito que eu costumava fazer.

— Além disso, a Kirstyn ligou. Eu mereço um aumento por não ter desligado com uma enxurrada de palavrões. Ela quer saber se você viu algum dos e-mails que ela mandou.

— Não vi. — Quanto mais tempo passo longe da minha caixa de entrada, mais fica claro que preciso pôr um fim no meu contrato com Sway. Acho que nunca mais vou conseguir participar de uma reunião a respeito do Okeechobee Music and Arts Festival. Já faz algum tempo que percebi essa verdade. O tempo sempre faz com que minhas decisões sejam mais fáceis de serem tomadas. — Possivelmente vamos parar de trabalhar com o Sway — explico para Josie.

Consigo sentir o alívio dela pelo celular.

— Graças a Deus. Posso ser eu a romper o contrato? Faço isso agorinha mesmo.

— Não — respondo com uma risada. — Vou marcar uma reunião quando voltar.

— E quando vai ser isso?

Paro no meio do campo enlameado que estou atravessando e olho para as colinas baixas, as árvores em fileiras. Consigo distinguir o som do trator a distância, a silhueta das pessoas trabalhando no campo. Eu me pergunto se Barney está perturbando Beckett. Se Empinadora está em seu trono na parte de trás do trator.

Ainda não estou pronta para ir embora deste lugar. Pela primeira vez em muito tempo, fico feliz em continuar onde estou.

— Eu não sei — respondo sem força. — Ainda não sei.

— Não tem problema — assegura Josie. — Fico feliz que você tenha ligado. Queria conversar a respeito de outra coisa também.

Começo a andar de novo.

— Do quê?

— Lembra quando eu disse que o Sway estava fazendo uma triagem das suas mensagens?

Não era algo exatamente inesperado, porque um dos grandes motivos pelos quais contratei os serviços deles foi para fazer isso. Queria que outra pessoa analisasse o potencial de futuros trabalhos. E também estava cansada dos trolls, dos comentários e das críticas que nunca acabavam.

— Lembro.

— Andei sondando para ver se tinha algo interessante, e tenho alguns lugares para você dar uma olhadinha, quando estiver pronta para voltar. O que mais chamou minha atenção foi um cara chamado Theo, da Coligação dos Pequenos Negócios Americanos. Ele já entrou em contato antes?

Eu me esforço tentando lembrar.

— Acho que não.

— Ele tem sido bem persistente. Disse que tentou contato por meio do Sway e não conseguiu deixar uma mensagem. Enfim, ele acha que você seria ideal para uma nova iniciativa que vão lançar. Acho que você poderia dar uma ligadinha pra ele.

— Seria uma espécie de parceria?

— Não exatamente. Acho que é uma vaga dentro da organização.

Isso seria um novo direcionamento. Eu não voltei a explorar o mercado de trabalho tradicional depois da série de entrevistas horríveis que fiz após a faculdade. Sempre gostei muito de ser minha própria chefe.

— Vou pensar a respeito. Me envie o contato dele.

— Pode deixar. Assim que você me mandar uma foto do seu senhorio gostosão.

Dou uma risada abafada e continuo atravessando, com cuidado, o campo repleto de lama.

— Ele não é meu senhorio.

— Interessante que você só tenha refutado essa parte da frase — provoca Josie. — Preciso ir. Vou encontrar minha mãe para correr.

Olho para o relógio. Não deve passar das seis da manhã na Costa Oeste. Mas Josie sempre gostou de acordar cedo.

— Vai com Deus.

Enfio o celular no bolso e continuo seguindo o mapa, rindo dos desenhos de Beckett. Rio das linhas onduladas que ele desenhou no papel, que deveriam representar os arbustos logo antes de uma depressão na paisagem esconder tudo de vista. Subo outra colina e vejo. Exatamente o que Beckett queria que eu encontrasse.

Um campo de flores silvestres que surgiam da base da colina, formando uma colcha de retalhos colorida. Azul e roxo e um toque de dourado intenso, uma visão de beleza tão calmante que não hesito em caminhar em meio às flores e me deitar de costas. Elas devem ter florescido durante os últimos dias de calor, ainda viçosas, apesar do frio. Resilientes. Incríveis.

Pétalas de flores fazem cócegas nas minhas bochechas, e fecho os olhos, suspirando. Um milagre silencioso e perfeito escondido entre as colinas.

Um pouco de felicidade, Beckett escreveu.

Seguro o papel com as duas mãos e o aperto contra o peito.

FICO DEITADA ENTRE as flores até que minha barriga começa a roncar, um lembrete de que passei quase a manhã toda aqui. Fico feliz por ter vestido um suéter extra antes de sair de casa, a terra fria nas minhas costas e o vento da manhã gelado o bastante para fazer sair fumacinha da boca, pequenas nuvens brancas acima de mim. Beckett disse que o tempo vai mudar em breve e que o inverno está um pouco mais teimoso este ano.

Não é o único teimoso, murmurou, com um olhar significativo na minha direção.

Suspiro e vejo os caules à minha volta dançarem ao sabor da brisa. Deitada no chão assim, só eu e as flores, o céu de um azul perfeito e sem nuvens acima de mim, infinito para onde quer que se olhe. Eu me sento com um resmungo e enfio o nariz em um ramo de ásteres na minha cintura. Tem cheiro de líquen, da grama após a chuva. Passo a palma das mãos nas pétalas conforme ando, decidida a trazer Beckett comigo da próxima vez. Quero que ele sente próximo às flores cor-de-rosa para eu ver se ressaltam o azul de seus olhos.

Volto para a cabana por um caminho diferente, sinuoso, que se estende na direção oposta àquele por onde vim. Beckett desenhou um formato de meia-lua no canto superior de seu mapa rudimentar, e encontrei com facilidade o lago que deve ter usado de referência. Não é muito grande, mas tem um píer que se estende por cima da água, com um barco a remo amarrado no fim. O pequeno bote sobe e desce conforme a água bate na madeira envelhecida, e eu sorrio, imaginando Beckett tentando se enfiar nessa coisinha tão pequena. A corda está desgastada nas pontas, o barco pintado de um azul-escuro como a noite.

As árvores se curvam sobre a água como um arco, um dossel de galhos entrelaçados e folhas verdes brilhantes. A luz do sol dança por onde consegue entrar, tingindo a água calma com faixas douradas. Vejo um balanço de pneu do outro lado do lago, mal roçando a água, uma corda grossa enrolada três vezes no galho robusto de um velho carvalho. Quando criança, eu costumava subir até o topo da maior árvore do quintal dos meus pais. Ficava sentada lá com um livro até o sol começar a se pôr, o frio me fazendo estremecer com as folhas. Meu pai se ofereceu mil vezes para construir uma casa na árvore, mas eu adorava escalar. Gostava do desafio, dos arranhões que ficavam na palma das mãos. Sempre me sentia como se um pedacinho da natureza tivesse ficado comigo. Prova de que eu poderia fazer o que quisesse.

Envolvida pela nostalgia, vou até o tronco grosso de um bordo, galhos largos se estendendo sobre a água, uma escada natural de saliências e reentrâncias deformadas na casca. Alcanço o galho mais próximo e o seguro, erguendo meu corpo e apoiando o pé na base. A memória muscular entra em ação quando coloco minhas mãos e pés em todos os lugares certos, a dor em meus músculos desaparecendo conforme meu corpo aquece. Eu pressiono e puxo até poder balançar minha perna sobre um galho, segurando meu corpo firme na metade do caminho. Daqui, o lago parece maior, a água parada é um espelho dos galhos acima. Olho para meu reflexo ondulante e apoio o queixo no joelho.

Não sei se foram as sombras da minha infância, o campo de flores, o mapa desenhado à mão por Beckett ou todo esse tempo longe de tudo que eu julgava importante, mas sinto os fragmentos obstinados de mim mesma voltando ao lugar. Não ainda totalmente, não é o encaixe perfeito, mas não foi isso que Beckett disse aquela noite na varanda? Algumas coisas vêm, outras vão. O importante é tentar. Acomodar-se com a felicidade quando a encontrar, e ficar bem quando isso não acontecer. Sentir todos os pedaços deformados e onde eles se encaixam. O delicioso espaço em branco comum entre eles.

Finalmente sinto que estou tentando.

Eu me arranjo com cuidado no galho até que meus braços e pernas estejam livres, a bochecha pressionada no tronco áspero. Meu rosto vai ficar todo marcado, tenho certeza, mas estar aqui, de olhos fechados, faz com que eu me sinta leve. Nada me incomoda. Nem o vento frio serpenteando pelas árvores e fazendo cócegas nas minhas costas. Nem o galho fino que fica batendo na minha coxa. Nem o interminável zumbido de pensamentos no fundo da minha mente. Sou apenas eu e o suave farfalhar dos galhos, a água batendo no barco lá embaixo e o canto dos pássaros saltando de árvore em árvore. É um momento perfeito.

Até que eu tombo para o lado e caio.

11

BECKETT

— Você acha que essa onda de frio vai acabar logo?

Estou começando a ficar preocupado. Não é comum temperaturas assim no fim de março. As tardes têm sido quentes o bastante, mas as manhãs e noites são geladas demais. Verifiquei a temperatura antes de sair de casa esta manhã. Beirava um grau negativo.

— Tem que acabar — responde Barney, franzindo a testa para as botas, com as mãos na cintura —, porque eu me recuso a replantar o que já plantamos.

Não seria a pior coisa do mundo ter uma baixa produção na primavera. Não dependemos disso como nossa principal fonte de renda. Mas seria muito ruim ver toda essa plantação ser desperdiçada após dedicarmos tanto esforço a esses campos, e qualquer negócio é um bom negócio para a nossa fazenda incipiente.

Na verdade, eu estava começando a ansiar por pimentões.

— Cadê o garoto?

Coço a sobrancelha.

— Com a Layla. Ela quer mostrar como guardar os produtos.

O que quer dizer que ela o fez carregar sacos gigantes de farinha e açúcar que compra no atacadista até a padaria. Stella implica comigo por forçar os outros a fazerem trabalhos manuais, mas tenho certeza de que Jeremy vai voltar correndo para os campos após passar a tarde com Layla. Ela comanda a cozinha como alguém faria com uma equipe de pit stop, mas com glacê e granulado em tons pastel.

Barney me lança um olhar malicioso.

— E a garota?

— O nome da garota é Evelyn — murmuro.

E ela não é uma garota. É uma mulher embrulhada em tentação, com cobertura de uma empolgante e verdadeira sinceridade que faz meu peito parecer vazio. Passar um tempo com ela, conhecê-la, só me faz gostar mais dela. O que é um problema, já que ela planeja ir embora sem olhar para trás em algumas semanas.

Espero que, neste momento, ela esteja sentada em um grande campo de flores. Eu a imagino delicadamente segurando ramos de cenoura-brava, as flores brancas brilhando na pele escura. Eu me imagino com ela, meu nariz em seu pescoço, a pele mais doce que as flores ao nosso redor. A risada livre e quente.

Suspiro e massageio o ombro com a mão, para tentar aliviar um pouco da tensão. Desde que Evelyn começou a dormir na minha casa, eu me transformei no homem de lata. Um monte de latas barulhentas, procurando em volta para saber onde foi parar seu coração.

— Ela está em algum lugar por aí, tenho certeza.

Barney se endireita de repente, a mão protegendo os olhos do sol.

— Mais perto do que você pensa.

O sorriso em seu rosto murcha e depois desaparece de vez. Sigo seu olhar até uma figura curvada tropeçando na colina. O barulho em meu peito se transforma em um rugido quando Evelyn para no topo dela. Não há como confundir os cabelos escuros ou as longas pernas conforme ela balança no lugar, os braços em volta do próprio corpo. Já estou avançando quando Barney murmura um xingamento baixinho.

Tem alguma coisa de errado.

— Ela está bem?

— Vá buscar a caminhonete pequena — grito por cima do ombro, acelerando o ritmo até correr enquanto Evelyn tropeça, caindo de joelhos e depois tombando para o lado. Ela desaparece na grama alta e meu coração para, a sensação de dormência subindo pelas pernas. Quando eu tinha doze anos, apostei com outro menino da escola que poderia passar por uma das cercas da enorme fazenda num pulo. Eu me lembro de correr em direção àquela coisa torta a todo vapor, os arbustos arranhando minhas pernas nuas. Lembro a sensação de leveza ao impulsionar meu corpo para cima e, em seguida, do choque do meu sapato na cerca. Caí no chão com um baque nauseante, o vento me deixando sem fôlego. Fiquei ali de costas e tentei desesperadamente inspirar, tudo girando ao meu redor.

É a mesma sensação que tenho agora, enquanto subo correndo até o topo da colina e encontro Evelyn deitada de lado na grama. Os cabelos estão molhados e grudados no rosto, as roupas encharcadas e coladas na pele. Ela não usa uma roupa quente, então presumo que deve ter tirado no caminho até aqui. Seu corpo se contrai, os joelhos junto ao peito, enquanto ela tenta conservar o calor que ainda lhe resta.

Caramba, a temperatura está um pouco acima de congelante e ela está encharcada.

— Evie — digo num respiro, as mãos pairando sobre ela antes de virá-la de costas. Ela pisca para mim com os olhos atordoados, os dentes cerrados por causa dos arrepios que atormentam seu corpo. Eu a seguro pela nuca e o som que ela solta é como uma farpa enfiada em meu peito.

— Ei — diz ela, a voz rouca. Tenta sorrir, mas tudo o que consegue fazer é uma careta. — Eu c-c-c-caí no l-l-lago.

— O que raios você estava fazendo no lago? — pergunto, ciente de que estou gritando sem necessidade. Mas não consigo me controlar, não com a respiração dela tão irregular, os olhos que ela mal consegue manter abertos.

Olho por cima do ombro enquanto coloco minhas mãos em seus braços, a pele tão fria que xingo para mim mesmo. Deslizo meus dedos e me atrapalho com minha jaqueta, arrancando-a de mim e colocando-a em volta dela. Não que isso vá servir de grande ajuda com as roupas tão encharcadas, mas

Evelyn a aperta contra o peito como se fosse uma tábua de salvação e enterra o nariz na gola.

— Vamos — digo a ela, com as mãos trêmulas. Eu a apoio levando uma mão em torno dos ombros e a outra sob os joelhos e a ergo em meu colo. A água escorre pelos meus braços e eu a aconchego mais em mim. Evelyn geme no segundo em que sua bochecha pressiona contra meu pescoço, e eu respiro fundo.

Ela está congelando.

— E-e-estava encontrando u-um p-pouco de fe-felicidade — sussurra no meu pescoço, as mãos segurando meus ombros sem muita força. Deslizo a palma da mão debaixo da camisa molhada até que o tecido se amontoe em meu pulso, esfregando com força a parte inferior de suas costas. Quero trazer o sol e corrê-lo em sua pele, alisar cada centímetro de seu corpo até que seja apenas calor e brilho.

— E deu certo? — protesto em sua orelha, ofegante, vendo Barney enfim aparecer com o carro utilitário. Está dirigindo feito um lunático, um foguete fazendo a curva na cerca. Começo a andar na direção dele, tomando o cuidado de manter Evelyn agasalhada ao meu corpo.

Ela ri na minha pele, um som semelhante a um gemido, o nariz enfiado na minha garganta.

— P-p-poderia ter sido m-m-melhor. Obrigada.

Barney pisa no freio, os olhos arregalados no rosto bronzeado, e uma nuvem de poeira se ergue à nossa volta. Ele olha para Evelyn nos meus braços, sua boca forma uma linha fina.

— Há quanto tempo ela está assim?

Eu me sento no banco da frente com Evelyn e a envolvo em meus braços. Só morto eu a colocaria no banco de trás.

— Não sei — respondo. Enfio o nariz nos cabelos molhados dela e passo a mão em sua barriga, tentando transmitir o calor do meu corpo para ela. Evelyn segura meu pulso para manter minha mão no lugar, apertando uma única vez.

— V-vim a-andando do l-lago — diz ela, o corpo todo tremendo de novo, enquanto Barney dirige a toda velocidade na direção da minha cabana.

Apoio a bota no chão da pequena caminhonete e seguro firme. O lago fica aproximadamente a oitocentos metros de onde estamos agora, e vai saber quanto tempo levou para que ela caminhasse nesse estado. — Meu ce-ce-lular estava no bo-bo-bolso.

— Você disse que precisava de um tempo, não é? Então não precisa de celular. — Não consigo acreditar que ela está pensando no celular quando mal consegue falar duas palavras sem balbuciar. Uma onda de frustração surge atrás dos meus olhos, seguida por um pânico profundo.

Ela está fria demais.

— P-p-por isso q-q-que n-n-não li-liguei — explica, inclinando a cabeça para trás para olhar feio para mim. Ela aperta meu pulso de novo. — R-r-rabugento.

É claro que estou mal-humorado. E também morrendo de medo. E muito furioso comigo mesmo.

Barney freia bruscamente em frente à minha cabana, e eu desço no mesmo instante, uma mão protetora segurando a cabeça de Evelyn, seu rosto ainda aninhado na curva do meu pescoço. A cada vez que sua pele fria como gelo encosta na minha, um aviso soa como um alerta em minha mente. *Leve-a para dentro. Mantenha-a aquecida.*

— Nada de água quente — grita Barney, a mais pura preocupação em seu rosto. — Se você colocá-la no chuveiro ou na banheira, pode ser que se aqueça rápido demais. — Ele bate acima do peito. No coração. — Cobertores. Muitos e muitos.

Quando o olho em questionamento, ele dá de ombros.

— Caí na baía em dezembro, enquanto ajudava meu irmão a amarrar armadilhas para caranguejos. Quando a guarda costeira me tirou da água, passaram essa orientação. — Ele engata a marcha da caminhonete e tira o pé do freio. — Vou até o escritório avisar a Stella sobre o que está acontecendo, para ela organizar a rotina do campo hoje. Também vou ligar para o Gus e pedir que venha o quanto antes. — Ele lança um olhar severo. — Cuide da nossa menina.

Nossa menina. Outra parte de mim parece se quebrar, mais um pedaço que Evelyn poderá segurar na palma de sua linda mão.

Ele sai com um estrondo fazenda afora, e eu subo os degraus de dois em dois, irrompendo pela porta da frente. Evelyn treme violentamente em meu peito, a respiração em pequenas nuvens no meu pescoço. Os gatos se remexem aos meus pés conforme avanço pelo corredor, em direção à lareira. Eu a acomodo com cuidado na enorme poltrona, empurrando-a para mais perto com as mãos apoiadas dos dois lados.

Ela franze as sobrancelhas quando me afasto, aos tropeços, até a pilha de lenha no console da lareira. Eu me sinto um desastrado, os movimentos descoordenados e desajeitados. Acendo lareira desde criança, mas preciso de três tentativas para riscar a droga do fósforo, as mãos tremendo. Jogo as chamas na grade da lareira e inspiro devagar quando vejo o fogo pegar e se espalhar, queimando a madeira pouco a pouco. Pelo canto do olho, vejo que ela está tentando se levantar e meus dentes rangem de forma audível.

— Fica sentada, caramba.

— M-m-mas o sofá. Estou to-toda ensopada.

— Evie, caramba. Eu não me importo nem um pouco com essa merda de sofá. — Arranco um dos cobertores da outra poltrona e jogo no chão a seus pés, o fogo começando a estalar atrás de mim. Meu olhar sobe por seu corpo encolhido na extremidade da poltrona, das botas encharcadas até o suéter ainda pingando.

— Tire essas roupas — exijo, antes de sair batendo os pés até meu quarto. Queria ser mais gentil, confortá-la mais, porém sinto o meu corpo inteiro tenso, à beira de um colapso nervoso. Não consigo apagar da mente o instante em que ela surgiu na colina, seu corpo oscilando e depois caindo na grama alta. Como uma flor murchando na videira. Não consigo parar de pensar em como ela estava encolhida quando a virei, as mãos tentando agarrar o nada.

Puxo o edredom da minha cama e volto depressa para a sala. Evelyn está em pé de novo, de costas para mim enquanto tenta tirar as roupas em frente à lareira. Tudo o que conseguiu fazer foi chutar os sapatos para longe, as mãos trêmulas tentando abrir o botão da calça jeans ensopada.

Ela olha para mim por cima do ombro, uma súplica sem forças que faz com que toda a minha raiva desapareça, sendo substituída por uma delicada compaixão.

— Beck, eu n-n-não...

— Tudo bem. — Jogo o edredom ao lado do cobertor e a abraço por trás, removendo com gentileza suas mãos. O suéter molhado encharca minha camisa conforme abro o botão de sua calça jeans, os nós dos dedos roçando na pele macia de sua barriga quando abro o zíper. Empurro o material pesado para baixo de seus quadris, e ela emite um som inaudível, a respiração pelo nariz. A pele fica toda arrepiada conforme escorrego o jeans molhado por suas pernas.

— Desculpa — murmuro, a mão na parte de trás de seu joelho enquanto tento ajudá-la a tirar a calça. Meu polegar traça distraidamente a pele delicada. Ela ainda está muito gelada.

Algo parecido com uma risada escapa dela, as mãos em concha nos cotovelos e o queixo pressionado junto ao peito.

— Nada que você já não t-t-tenha visto.

Cerro o maxilar.

— Não quer dizer que seja um convite — retruco, a voz cheia de frustração.

Estou focado demais nas olheiras e no tom cianótico de seus lábios para notar qualquer outra coisa — o frio pegajoso que cobre sua pele, as roupas duras e difíceis de tirar. Ergo a barra da camisa dela, guiando-a para tirá-la sobre a cabeça. Tomo cuidado para não enroscar o tecido em seus cabelos e, quando seu corpo todo treme com violência, solto a camisa no chão com um baque pesado. Eu aliso minhas palmas pelas laterais de seu corpo em uma fricção vigorosa que a faz estremecer.

Ela não é nada além de algodão fino e pele nua na minha frente, as costas curvadas como asas dobradas enquanto se inclina para a frente. Pego o edredom e a envolvo nele, hesitando por meio segundo antes de pegar meu moletom e tirá-lo. Puxo minha camiseta também, deixando meu peito nu. Evelyn olha para mim, os olhos escuros pesados e exaustos.

— Isso é b-b-bom — murmura enquanto treme descontroladamente, o queixo e a curva dos lábios mal visíveis acima de seu casulo de cobertor. Seria fofo se eu não estivesse tão preocupado, os cabelos escuros ainda em uma mecha molhada na testa.

Eu me enfio no edredom com ela, meus braços deslizando ao redor de sua barriga, puxando-a para mim até que suas costas descansem confortavelmente contra meu peito. Respiro fundo quando cada centímetro de seu corpo congelado se pressiona no meu, as mãos soltando o cobertor para agarrar meus braços.

Preciso de mais dezessete cobertores. E uma daquelas bolsas de água quente que minha mãe costumava pôr na minha cama e de minhas irmãs quando éramos crianças.

— Q-quente. — Sua expiração é um suspiro de alívio. Dou três passos quase arrastados até a poltrona que não está coberta pelas roupas encharcadas. Quando desabo no assento, faço questão de manter Evelyn grudada em mim, guiando seu corpo acima do meu até que ela se sente de lado. As pernas dobradas sobre meu colo. Envolvo minha mão ao redor de seu tornozelo e aperto, meu polegar esfregando a saliência de seu osso.

Ficamos sentados em silêncio, o fogo crescendo na lareira até que ilumine todo o ambiente — o crepitar das chamas como um estímulo para que eu me tranquilize. Consigo sentir o calor lambendo minhas canelas, e posiciono o corpo dela até que fique o mais próximo possível, ainda aninhada em mim.

— Você m-me chamou d-de Evie — diz ela em algum lugar no meu pescoço, a mão deslizando do meu pulso até o cotovelo. Ela se aconchega ainda mais, sedenta por mais calor.

— É o seu nome, não é? — Cedo à vontade de deslizar meus lábios sobre sua orelha, usando os dedos apoiados em suas costas para pentear a ponta dos cabelos com suavidade. Ainda está molhado, e enrolo a ponta do edredom neles, tentando espremer um pouco do excesso de água. Deveria ter trazido uma toalha para ela. Ter feito chá na cozinha.

— F-faz um tempo que v-você não me chama assim, é só isso — responde, lenta e morosa.

Já não está mais tremendo como antes, o maxilar enfim relaxando de seu aperto. Olho para o que consigo ver de seu rosto, os cílios escuros roçando na parte de cima das bochechas.

— Eu go-gosto — confessa, uma afirmação. Ela faz uma pausa e respira fundo, um suspiro aquoso. — Senti falta disso — acrescenta. Um segredo.

Movo a mão para as costas dela, desacelerando meu toque até repousá-la no centro de sua coluna. Abro os dedos e a ouço respirar. Acompanhando o ritmo da minha respiração.

— Eu também — confesso.

Sua pele começa a esquentar sob meu toque, a luz suave da lareira preenchendo o ambiente. Uma das gatinhas surge na beira do sofá, seu rostinho virado para cima em preocupação. O corpo de Evelyn relaxa no meu, e ajusto a posição da mão, cutucando-a uma vez com o nariz.

— Ei, acho melhor você não dormir. Fale comigo, só uns minutinhos.

Ela resmunga algo em voz baixa, se arrumando em meu colo até seu braço ficar apoiado nas minhas costas e o joelho me abraçar em um dos lados. Está me usando como um travesseiro humano, e pensar nisso me faz sorrir, parte da tensão enfim se desfazendo em meus ombros.

— Sobre o quê? — pergunta.

— Não sei. Do que a gente costuma falar?

— Geralmente eu faço um monte de perguntas e você resmunga em resposta. — Ela ri no buquê de margaridas tatuado no meu ombro, as pétalas delicadas se espalhando pelo meu peito. Ela traça o desenho com delicadeza, os caules longos, o laço fino tatuado entre eles. Seu polegar passa pela cavidade da minha garganta, e ela o deixa ali, o nariz na minha clavícula. Eu a acomodo em meu colo.

Não consigo pensar quando toda a sua pele está pressionada contra a minha. Mal consigo respirar.

Quando não encontro um tópico para conversarmos, ela suspira.

— Me conte alguma coisa sobre o céu.

Apoio a cabeça no sofá e reflito, esticando as pernas para colocá-las embaixo da mesinha de café.

— Vai ter uma chuva de meteoros no fim de abril — comento. Ela mexe as pernas e eu me deixo distrair por seu peso em cima de mim, o lábio inferior roçando na minha pele. Respiro devagar.

— Eu sei — responde ela. — Vi na sua g-geladeira.

Havia esquecido que tinha colocado o mapa ali. Geralmente um dos gatos o leva para a sua caminha, então eu o pego de volta do meio de camisas roubadas e de uma gravata que usei duas vezes.

Evelyn fica mais pesada em cima de mim, a testa encostada no meu queixo. Eu a empurro de leve, a mão deslizando por sua pele.

— Oi, meu bem. Fique acordada comigo.

Ela geme baixinho, e uma onda de calor percorre todo o meu sangue. Limpo a garganta e procuro algo que possa preencher o limitado espaço entre nós.

— Eu li em um site que é considerada uma chuva comum. — Era isso que o artigo dizia. *Comum*. Como se um monte de poeira, rocha e gelo que sobraram da criação do sistema solar não fosse algo incrível. Quando paramos de nos maravilhar com o mundo ao nosso redor? Quando paramos de olhar para as estrelas?

— Meteoros vêm de cometas? — murmura ela no meu pescoço, devagar e provocante.

Eu penso.

— Sim. — Deslizo minha mão até o quadril dela e aperto uma vez. — Pedaços de cometa, acho. Quando os restos começam a cair na nossa atmosfera, eles pegam fogo.

— Falando dessa f-forma — ela ri, uma ligeira hesitação no som —, soa tão lindo.

Sorrio em sua bochecha.

— E é mesmo. Quando você para pra pensar, é lindo. Essas coisas estão circulando no céu por... só Deus sabe quanto tempo, na verdade. Então entramos no caminho delas e elas começam a cair, iluminando o céu enquanto avançam. Pense em cada criança que olha para o céu e vê esse raio de luz. É mágico, não é? — Oito anos, eu no quintal dos meus pais, os pés de milho na altura dos joelhos, com um pijama grande demais para mim, a barra da calça arrastando no chão. Um raio de luz e meu coração ia parar na garganta. Fazia um pedido para a estrela. — O que tem de comum nisso?

— JÁ DISSE — FALO no celular aninhado entre minha orelha e o ombro. — Eu não vou.

Da cozinha, espio a sala de estar e vejo Evelyn sentada na poltrona com quatro cobertores, uma xícara de chá entre as mãos. Todos os gatos se enfiaram em lugares diferentes de seu casulo. Posso enxergar Raposa ao lado do ombro dela, o rabinho enrolado atrás da nuca de Evelyn. Por um impulso bastante egoísta, eu trouxe uma das minhas camisas de flanela para ela usar, e posso ver a manga erguida quando ela leva a caneca aos lábios, o colarinho esticado sobre a pele nua.

Gus passou por aqui não muito tempo atrás, a ambulância estacionada na minha garagem. Evelyn ficou morrendo de vergonha, as mãos apertadas no peito, perguntando baixinho se ele precisava mesmo trazer aquela monstruosidade. Gus riu e descarregou o conteúdo de sua maleta, examinando-a com delicadeza.

— Ossos do ofício — respondeu ele, dois dedos pressionados na pele delicada de seu pulso para medir os batimentos. — Da próxima vez, alugo uma limusine.

Fiz um som angustiado ao ouvir isso. Não vai haver uma próxima vez. Nunca mais vamos reviver essa visitinha ao lago. Da próxima vez que Evelyn for andar por lá, estará 38 graus e ensolarado. Vou me certificar de colocar uma daquelas mochilas com coleira nela. Agora que o medo se foi, não me resta nada além de certa frustração. Tenho que me conter para não me sentar perto dela e puxá-la. Quero sentir o calor vibrando em sua pele. Quero envolvê-la em mais sete cobertores e trancá-la em casa.

Fecho a caixa de saquinhos de chá e jogo o recipiente de metal no armário, fazendo barulho suficiente para acordar os mortos. De alguma forma, o celular apoiado no meu ombro não cai.

— Ah, agora você resolveu me contar as coisas — Nova corta do outro lado da linha. Posso imaginar seu rosto contraído, a maneira como suas mãos se apertam quando ela está puta da vida por algum motivo. — Você tem uma mulher... uma *superestrela das redes sociais,* acima de tudo, hospedada na sua casa há semanas, e não conta nada para ninguém. Mas agora resolveu me contar. Tá bom.

— Não queria que vocês fizessem um estardalhaço — explico. Também não queria que todas as minhas irmãs surgissem à minha porta. Observo enquanto a superestrela das redes sociais se remexe no sofá, acariciando um dos gatos. A culpa é toda da minha irmã, que não prestou a devida atenção na rede de comunicação.

— Você poderia ter contado no jantar desta semana.

Evelyn ficou na casa da Stella quando fui para o jantar de terça à noite. Trouxe alguns potes com salada de batata para casa, que ela comeu no café da manhã durante três dias seguidos.

— Não tinha nada para contar.

Minha irmã bufa.

— Eu não faço ideia de quanto tempo ela vai ficar, e vocês agem… meio esquisito.

Elas se tornam invasivas. Todos os quartos desta casa teriam sido ocupados pelas irmãs Porter após a simples menção do nome de Evelyn.

— Nós não agimos esquisito.

Guardo o que penso para mim mesmo. Não vale a pena discutir.

Nova volta ao seu ponto original.

— Você tem que ir.

— Não tenho que ir coisa nenhuma. — A expressão vazia de Evelyn se transforma em curiosidade, uma pergunta na sobrancelha erguida quando olha para mim. Reviro os olhos. — Já dei um jeito naquela coisa com o Carter. A Harper pode fazer parte do seu time de novo.

— A Harper não entende nada de botânica.

— Ela entende um pouco. — Sabe que plantas precisam da luz do sol e de água para viver, mas acaba aí.

— Você não se importa com a nossa vitória?

— Nova. — Coloco um pouco de mel na caneca. — Por favor, acredite quando digo que não poderia me importar menos com suas probabilidades de vencer.

Ela arfa e para de falar. Posso ouvir sua mente dissimulada conspirando do outro lado da linha.

— Tudo bem, quer dizer... — Ela suspira, uma lufada de ar. Deve estar de pernas cruzadas em seu estúdio de tatuagem, um bloco de desenho aberto em seu colo. — Tenho certeza que vai ficar tudo bem. A mamãe vai ficar triste se você não for, mas pode sempre ir visitá-la em outro momento.

Aperto o alto do nariz.

— Foi direto na jugular, né?

Ela dá uma risadinha.

— Eu jogo para ganhar, irmãozão.

— Vou desligar agora.

— Manda um oi para a Evelyn.

Jogo o celular no balcão com um estrondo e vou para a sala, com a chaleira elétrica em mãos. Encho a caneca de Evelyn com água quente e me jogo no sofá com um suspiro, os pés dela se enfiando sob minhas coxas no mesmo instante. Ainda estão frios, e penso se deveria buscar um par de meias bem grossas. Talvez aquelas que ela pegou três dias atrás e que acha que eu não sei.

Ela me observa por cima da caneca, soprando o chá com delicadeza. Cometa ronrona satisfeita e pula no meu colo, balançando o rabo, que bate na minha cintura, antes de se amontoar em uma pequena pilha peluda sobre meus joelhos.

— O que você está evitando?

— Hm? — Não consigo pensar quando ela está assim, minha camisa aparecendo por cima de um dos ombros e o lábio inferior encostado na caneca.

— Você disse que não vai. Aonde você não vai?

Abaixo o olhar e me ocupo com uma ponta desfiada do cobertor.

— É uma competição de perguntas no bar.

— O Carter baniu você ou coisa do tipo?

Dou risada. Adoraria vê-lo tentar.

— Não.

— Parece divertido — diz ela, dando um gole na caneca, os olhos castanhos grudados em mim. A voz dela está mais rouca que o normal, uma rouquidão que me faz me mexer no sofá e lembrar como era ouvir aquela voz na cama. Agora que ela está com as bochechas coradas e estou menos frenético de preocupação, eu me pego analisando a extensão da pele lisa e marrom de seus ombros. A maciez de seu corpo quando meus braços a envolveram. Seu nariz em meu pescoço, as mãos envolvendo meu corpo.

Ela retribui o olhar e espera. Guardo esses pensamentos em um lugar distante.

— Eu não... — Paro bruscamente e considero não terminar a frase. Mas ela me cutuca com os dedos dos pés e eu suspiro. — Eu não gosto de ir até a cidade.

— Já percebi. — Outro gole. — Você faz compras à noite.

Não é bem... à noite. Costumo esperar até meia hora antes de o mercado fechar, quando sei que já terão reabastecido as prateleiras com geleias de morango e biscoitos de chocolate. O mercado costuma estar vazio a essa hora, e não preciso me render a conversas-fiadas no corredor das sopas enlatadas.

Ansiedade social. Sensitividade ao som. Termos mais chiques para o desconforto que sinto perto de outras pessoas. Meus pais me arrumaram um terapeuta quando eu tinha dez anos e me sentia sufocado com o barulho ao meu redor. O pior de tudo foi na escola, quando eu não conseguia fazer com que o maldito barulho parasse. As conversinhas ao meu redor pareciam o pior tipo de zumbido, transformando-se em uma dor profunda que batia como um metrônomo em cada centímetro do meu corpo.

Não conseguia focar. Mal conseguia falar. Era terrível.

— Beckett?

Evelyn toca meu joelho de leve, tirando minha atenção da mesa de centro para seu rosto sincero e ansioso. É a parte que mais gosto nela, eu acho, sua curiosidade e gentileza. O desejo de ajudar onde puder, da forma que puder.

Quando diz alguma coisa, é de todo o coração.

Ela franze a testa para mim e eu gostaria de poder fazer a expressão desaparecer com o polegar. Tornar tudo um pouco mais fácil para ela. Ser tão bom nisso quanto ela. Um arrepio desliza pela linha suave de seu pescoço e eu arrumo o cobertor um pouco mais para cima. Acho que tenho um cobertor aquecido por aqui em algum lugar. Uma ou duas colchas extras no quarto.

Os nós dos meus dedos roçam sua garganta, e ela estremece de novo, um leve arrepio nos ombros e um aperto no maxilar.

— Ainda está com frio?

Ela balança a cabeça, um sorriso atordoado aparecendo nos cantos de sua boca. Sinto seu olhar como um toque na minha pele, dançando pela minha bochecha e segurando meu queixo.

— Estou bem — diz, por fim. Ela se acomoda mais nos cobertores. — É por causa das pessoas?

Resmungo, mais uma vez distraído pelas mãos que seguram a caneca. As unhas são de um rosa-pálido. Da mesma cor que a areia da praia. Um pêssego perfeitamente maduro, bem pousado em um galho de árvore.

— Quê?

— Você não é de falar muito, Beck. — Ela sorri para mim. — Eis a prova.

Dou uma risada abafada e aconchego a ponta do cobertor nela.

— Não sei como explicar — digo lentamente. — Sempre tive dificuldades para falar com as pessoas. Tento evitar grupos grandes sempre que posso. Eu me sinto mais confortável com pessoas que conheço. Ao ar livre, se possível. Ver o céu acima de mim liberta algo no fundo do meu peito e torna tudo mais fácil. Sinto que não preciso pensar tanto no que tenho a dizer. Não me confundo em meus próprios pensamentos.

— Quando nos conhecemos — começa ela, os olhos estreitados enquanto pensa, relembrando —, você veio até mim e perguntou logo de cara o que eu estava bebendo.

Foi uma coisa inédita, penso, que eu abordasse uma mulher em um bar em vez de deixar que ela viesse até mim. Senti uma necessidade de falar com Evelyn. Uma atração, uma força — chame como quiser. Eu a vi sentada ali e quis me sentar ao lado dela.

— O bar em que nos conhecemos estava vazio. Você se lembra disso?

Ela assente.

— Tinha uma partida de beisebol acontecendo na televisão do canto. Parei naquele bar porque senti o cheiro de batatas fritas da rua. — Ela sorri e continua. — Aquelas que você comeu metade.

Eu comi metade das batatas, após tomar dois shots de tequila e uma das mãos dela ir parar na minha coxa, por baixo da mesa.

— E eu escolhi aquele bar porque era o lugar mais vazio da rua. — E, quando vi Evelyn, não queria mais sair dali. — Além disso, tudo parece se acalmar quando olho para você.

Ela pisca devagar, os cílios flutuando. Seus olhos dançam entre os meus, o lábio inferior preso entre os dentes.

— Ajudaria? — pergunta ela.

Esfrego a ponta do cobertor de novo, o tecido desgastado azul-acinzentado ficando macio sob meu toque.

— O que ajudaria?

Ela inclina a cabeça para o lado e se aproxima de mim para colocar a caneca na mesinha lateral. Seu cabelo roça meu antebraço e eu estremeço.

— Se a gente fizesse juntos — responde. Engulo em seco e me torno fascinado pelas pernas da mesa de centro. — Ia ajudar se tivesse uma amiga com você? No bar?

Não quero ser amigo dela. Quero mais. Quero que sejamos as pessoas que éramos quando estávamos longe de todo mundo. Quase digo isso, mas mordo o interior da bochecha na tentativa de manter o pensamento para mim.

— Não sei — respondo devagar. Acho que não. Eu me sinto mais confortável com minha família que com qualquer outra pessoa, e, ainda assim, é um desafio ficar sentado em um lugar com tantos sons ao meu redor. A noite de perguntas é um... evento. Quase sempre termina com Dane levando alguém para a cela de bêbados na delegacia. Da última vez, ele precisou colocar Becky Gardener na traseira da viatura por arremessar um prato de frango do outro lado da sala.

— Eu vou com você — diz ela, também devagar —, se quiser tentar.

12

EVELYN

Resmungo quando alcanço a maçaneta da porta da padaria, dezessete camadas de roupas grossas e quentes me cobrindo. Beckett me olhava feio enquanto enfiava mais um moletom pela minha cabeça hoje de manhã, na cozinha — uma coisa velha, de um verde desbotado, e com um texugo gigante no peito.

— Fique longe da água hoje — ordenou, os lábios curvados para baixo. Queria soltar meus cabelos, presos na gola do moletom, mas ele o fez antes, prendendo-os em seu punho. Ele congelou no lugar, por um único segundo, então o soltou nas minhas costas.

Algumas lembranças vieram à tona naqueles segundos. Pude ver no único flash de escuridão em seus olhos brilhantes. Ele se lembrava, assim como eu. As mãos dele nos meus cabelos, puxando minha cabeça para trás enquanto me guiava para a cama repleta de travesseiros. A umidade pegajosa na minha pele. Um gemido profundo e involuntário vindo de mim. Uma expiração trêmula dele, pressionada entre meus seios.

Os sinos prateados acima da porta anunciam minha chegada e interrompem com sucesso meu pequeno devaneio.

Layla e Stella olham por trás do balcão, a expressão no rosto de Stella em confusão com as camadas de roupas que me fazem parecer um marshmallow gigante. Nem está frio hoje. Posso sentir uma única gota de suor escorrendo pela minha coluna.

— Moletom fofo — diz Layla no mesmo instante, um sorriso malicioso em sua boca carnuda. Ela tem um bolo na sua frente, creme de manteiga branco com uma cobertura verde. Uma fila de miosótis de um azul-claro e delicado em um dos lados, a mão pairando logo acima. Ela ajusta o saco de confeiteiro na mão e inclina a cabeça para o lado. — Gosto do seu novo visual de fazenda. Combina com você.

Também acho que combina, quando não estou suando tanto. Vou até a bancada e pego um biscoito quebrado, na pilha de doces descartados em uma bandeja para quem quiser experimentar.

Era para eu ajudar com os pedidos do fim de semana, mas talvez eu coma o que sobrar por aqui e dê o dia por encerrado. Sinto que sou merecedora.

— Vi a ambulância chegar ontem. — Stella enxuga as mãos em uma toalha e sai de trás do balcão. — Ia dar uma passada lá se não te visse hoje. Está tudo bem?

A ambulância. Meu Deus. Nunca me senti tão inconveniente como quando Gus entrou ruidosamente na entrada da garagem de Beckett com aquela monstruosidade vermelha e branca. Ao menos ele não estava com as luzes e sirenes ligadas. Tenho quase certeza de que teria me enfiado debaixo da cama do quarto de hóspedes e nunca mais sairia de lá.

— Está, sim. O Beckett cuidou bem de mim. — Com os cobertores e sua pele quente pressionada na minha, os braços apertados ao meu redor, o queixo no meu ombro. Sinto outra onda de calor que não tem nada a ver com as muitas camadas de roupa. Ele não hesitou nem por um instante antes de me puxar para perto.

Layla ri para o bolo e faz um movimento experiente com o pulso enquanto coloca uma folha minúscula e perfeita no canto.

— Tenho certeza disso.

Dou uma olhada para ela com a boca cheia de biscoito de aveia com gotas de chocolate.

— Bem adulta você.

Termino meu biscoito e apoio os cotovelos no peito para tentar tirar os braços das mangas nas camadas superiores. O material grosso se amontoa em volta do meu bíceps, e resmungo, impotente, enquanto tento me contorcer para fora das roupas.

Stella se penaliza com minha situação e segura a barra do casaco.

— Fico feliz que você tenha conseguido chegar até o Beckett. É uma longa caminhada do lago até os campos.

Ainda mais quando se está encharcada e tremendo tanto que mal consegue respirar. Perdi meu casaco em algum lugar no caminho, tão pesado com a água que parecia ter uns trinta e cinco quilos a mais. Decido que vou buscá-lo em algum momento.

Stella puxa o moletom por cima da minha cabeça e eu suspiro aliviada. Movimento. Oxigênio. Doce, doce liberdade. Ela solta o amontoado de roupas em uma cadeira.

— O que você estava fazendo no lago, aliás? A gente só vai lá durante o verão.

— Tentando — ofereço como uma explicação que não faz sentido algum. Mas Stella sempre parece ler nas entrelinhas. A confusão em seu rosto se transforma em uma compreensão suave, a mão apertando meu braço uma vez.

— Tudo bem?

Assinto, dando de ombros e depois balançando a cabeça.

— Não sei. — Enfio as mãos nas mangas da camisa e olho para a foto pendurada atrás do balcão, Beckett, Layla e Stella juntos com uma tesoura gigante, cortando um grande laço vermelho na frente da padaria. — Você já sentiu vontade de... Você já quis diminuir o ritmo? Não ser responsável por tudo o tempo todo?

Ela pega um pedaço de biscoito da bandeja enquanto pensa na resposta.

— Cerca de seis meses depois que me tornei dona da fazenda, comecei a sofrer de sonambulismo. Na maioria das vezes, acordava em algum lugar da casa. Revirando as gavetas da cozinha. Tirando todas as roupas da cômoda, sem explicação alguma. Reorganizando as plantas da casa. Outras vezes, acordava no meu escritório, sentada na minha cadeira, atrás da mesa. — Ela ri. — Uma vez acordei enquanto escrevia um e-mail para um fornecedor, pedindo quatro vezes a quantidade dos produtos de sempre. Beckett teria terra vegetal por anos a fio.

— O escritório fica bem longe da sua casa. — Ao menos durante a noite. Quando a pessoa está presumivelmente dormindo.

Stella assente.

— Sim. Uma noite, caí no meio do campo. Torci o tornozelo. Tive que voltar para casa pulando, de pijama. — Ela balança a cabeça. — Acordei coberta de terra, sentada na cozinha, com a perna apoiada no balcão.

Dou outra mordida em um biscoito.

— O Luka ficou bravo?

Ela assente.

— Furioso. Ficou chateado por eu nunca ter contado do sonambulismo. Por estar acontecendo havia algum tempo e eu não ter pensado em mencionar ou em diminuir o ritmo.

Ela olha através da janela para as árvores, um sorriso discreto surgindo em seus lábios.

— Não sou muito boa em me ouvir. Tem dias em que eu me cobro demais. Nos dias em que não temos um único cliente, eu entro em pânico com a possibilidade de perder tudo. Então invento uma história elaborada com meu melhor amigo para fingir que estamos em um relacionamento, pra fazer com que uma influenciadora digital goste da gente. — Ela dá um sorriso triste. — Tem dias em que fico tão cansada que mal consigo lembrar meu nome. E é isso que as pessoas esperam, não é? Quando você tem um negócio. Eu acho… acho que nos dizem que temos que trabalhar duro. Trabalhar sem parar. Que, no fim, tudo vai valer a pena. Mas às vezes precisamos de descanso mais que de qualquer outra coisa na nossa lista. E não tem problema nisso. Estou aprendendo a entender que não tem problema.

Solto um suspiro alto. É isso que estou procurando, acho. Um pouco de descanso. Algo mais pausado. Estou tão cansada de todo o resto.

Stella me observa com atenção.

— Não tem problema em querer coisas diferentes — explica ela. — As pessoas mudam. E você pode mudar. Produzir menos não faz com que você seja menos.

As estações mudam e nós também. Eu me pergunto se Stella fez o banner que fica pendurado no centro da cidade.

— Bela camisa — diz Layla, com uma risada disfarçada em sua voz. Olho para a camisa de flanela enorme amarrada com um nó na cintura e puxo um dos botões.

— É confortável — digo.

— Uhum.

— Bem macia.

— Tenho certeza que é.

Não tanto quanto a expressão de Beckett quando me ajudou a deslizar o tecido sobre meus ombros, os nós dos dedos roçando a parte interna dos meus braços e depois minha clavícula. *Minha,* aquele olhar parecia dizer, a posse no movimento ágil de seus dedos nos botões. Mas então ele pigarreou e desviou o olhar, encarando a caneca de chá como se ali estivesse o sentido da vida.

Não faço ideia do que ele quer de mim, se é que quer alguma coisa.

Stella me estuda com um olhar de cumplicidade.

— Você já falou com ele?

— Ele sabe que estou com a camisa dele.

— Não é disso que estou falando, e você sabe.

Não. O que eu poderia dizer? *Aquelas noites no Maine foram algumas das melhores noites da minha vida. Quero continuar sentada na varanda dos fundos da casa dele.*

Cada dia que passamos juntos me faz gostar mais ainda dele.

Não posso. Ainda há muito para descobrir. Estou confusa a respeito do meu trabalho, e essa confusão está se espalhando, me confundindo completamente. Mais especificamente, confundindo meus sentimentos por um fazendeiro muito bonito e muito estoico. Parece que ainda é cedo para isso. Talvez sejam muitas mudanças. Preciso me entender primeiro.

Nossa conversa é interrompida por uma batida no vidro grosso da porta da frente. Caleb Alvarez abre a porta e enfia a cabeça, seu longo corpo permanecendo na pequena varanda. Cabelos escuros, sorriso tímido. Os olhos grudados em Layla.

— A padaria já está aberta?

Layla acena para ele por trás do balcão, a língua entre os dentes enquanto termina de espalhar as flores.

— Para você, sempre, delegado.

Caleb se endireita e entra na padaria, um rubor de satisfação em suas bochechas bronzeadas. Ele acena timidamente, um sorriso discreto fazendo com que covinhas iguais surjam em suas bochechas. Stella e eu suspiramos em uníssono.

— Já falei pra me chamar de Caleb — diz ele para Layla.

— Só mais um segundo e seu bolo vai ficar pronto — responde ela. — Pode tomar um cafezinho enquanto espera.

Caleb some atrás do balcão em direção à cafeteira e Stella se aproxima de mim, escondendo a boca com as costas da mão.

— É o terceiro bolo personalizado que ele encomenda este mês — sussurra. — Já deve ter ganhado uns sete quilos.

Observo o corpo malhado dele, as pernas cruzadas na altura dos tornozelos enquanto se inclina no balcão e olha para Layla como se ela fosse feita de ameixas e pó de fada. Talvez todas essas calorias estejam indo direto para seu coração gigantesco. Eu sorrio.

— Ela já percebeu?

O sorriso desaparece do rosto de Stella enquanto balança a cabeça.

— Está tão acostumada com homens que a tratam como lixo, que acho que não consegue reconhecer quando alguém está de fato interessado nela. — Ela suspira e esfrega um dedo na sobrancelha. — Mas eu tenho fé em Caleb.

Eu também, se a risada de Layla servir de indicação. Ela explode numa gargalhada quando ele murmura alguma coisa no balcão, um sorriso de resposta surgindo em seu rosto bonito.

Estreito os olhos.

— Isso quer dizer que você apostou dinheiro no Caleb?

Da última vez que estive aqui, fiquei sabendo de apostas que rolavam na cidade em relação às probabilidades de Stella e Luka assumirem um relacionamento — e fiquei surpresa com a organização e eficiência da lousa nos fundos do quartel, com nomes e valores rabiscados.

Stella ri.

— O Luka apostou.

Como biscoitos de aveia com gotas de chocolate até precisar desabotoar meu jeans, apoiada em três sacos de açúcar nos fundos da cozinha. Resmungo quando Layla surge com uma bandeja de brownies, um pequeno quadrado estendido com cuidado em meu peito.

— Desse jeito você vai me matar — resmungo.

— Morte por chocolate. — Layla coloca a bandeja na grande ilha de metal que fica centralizada no meio do espaço e limpa as palmas das mãos no avental. — Devem ter jeitos piores de morrer.

Eu me endireito e observo enquanto ela corta os brownies em quadrados perfeitos de cinco centímetros, com movimentos graciosos e eficientes. Durante todo o dia, eu a observei ir de um lado para o outro na padaria como uma dançarina, cada passo fazendo parte de uma coreografia bem elaborada.

— Você se mudou para Inglewild quando terminou a faculdade, certo?

Layla murmura e balança a cabeça, pegando um plástico filme grudado em seu cotovelo.

— Conheci a Stella em nosso primeiro ano em Salisbury. Decidi me mudar para cá por capricho, na verdade. Não estava nos meus planos. — Ela pressiona as costas da mão na testa, os dedos cobertos de chocolate amargo. — Morei com a Stella por um tempo. Nós dividimos um apartamento minúsculo acima do posto de gasolina. Tenho certeza que, por seis meses seguidos, eu cheirava a óleo e graxa. A Beatrice odiava.

— A sra. Beatrice?

— Ah, sim. Trabalhei na cafeteria por um tempo. Ela me ensinou tudo o que sei sobre assados.

Huh. Não fazia ideia disso. Suponho que a sra. Beatrice manteve a receita de biscoitos amanteigados em segredo. Os olhos de Layla se estreitam quando ela sorri, a boca rosada curvando nos cantos.

— Eu sei que o Beckett compra biscoitos em segredo lá. Acho muito engraçado vê-lo se esgueirando.

O celular dela começa a vibrar na bancada e ela olha para a tela.

— Falando no diabo — murmura. Ela lê a mensagem que surge na tela e ri. — O Beckett avisou que vai se atrasar e que você deveria ir para a competição de perguntas comigo. Ele também disse que não devemos, em hipótese alguma, passar perto da fonte da cidade. Vai que você resolve dar uma nadadinha.

Reviro os olhos.

— Quanto tempo vocês vão ficar me provocando com isso?

— Ah, uma década mais ou menos. Seu celular ainda está no lago?

— Sim — respondo. Eu o imagino no fundo do lago, com o lodo e a lama, uma torrente de notificações de redes sociais apitando como bolhas. A imagem é estranhamente satisfatória. — Quais são as chances do Beckett fugir da competição de perguntas?

— Depende. — Layla pendura o avental em um cabide perto da porta e movimenta o pescoço, que estala em resposta. Fico impressionada com a quantidade de coisas que essa mulher produz em um único dia. Tortas de pêssego, croissants de manteiga quentinhos e donuts com recheio de creme de baunilha fresco. Ela deveria ter um programa de culinária próprio, uma linha completa de utensílios de cozinha. — Ele prometeu pra quem? Pra você ou pra Nova?

— Pra mim.

Ela sorri.

— Então ele vai.

O BAR ESTÁ lotado quando chegamos, várias mesas dobráveis preenchendo o espaço que, alguns dias atrás, estava vazio. Vejo grupos reunidos ao redor de cada uma delas, cadeiras grudadas, e todos estão usando...

— Isso são fantasias? — Há um homem no outro extremo com os cotovelos apoiados na mesa, folhas nos cabelos, o peito embrulhado no que parece ser papel pardo.

Layla confirma e acena para alguém no bar.

— Sim. Uma das regras da competição de perguntas é que, se você faz parte de uma equipe, tem que se vestir de acordo com o tema.

Vejo uma jovem bonita parada atrás do homem com o papel pardo, vestida de amarelo da cabeça aos pés. Ela tem vinhas artificiais trançadas dos tênis até os joelhos.

— E o tema desta noite é...?

Layla se inclina por cima de um casal que discorre com animação sobre palitos de muçarela e pega um panfleto da mesa. No topo, em letras grandes destacadas, está escrito FESTA NO JARDIM. Olho de volta para o homem que deve ser uma árvore e sua parceira, que acredito ser... o sol?

Layla ri.

— As representações são sempre criativas. Ah, lá está a família do Beckett. Podemos sentar com eles antes de começar, mas, quando as perguntas iniciarem, quero ter uma distância de segurança.

Sigo atrás dela através da multidão, contornando alguém com penas de verdade grudadas na maior parte do corpo. Um pardal? Quem sabe?

— Distância de segurança?

— Não é noite de competição de verdade se alguém não arremessar um banquinho longe.

— Como é que é? — A declaração de Layla me faz parar bem quando já estamos junto da mesa da família do Beckett, cinco cabeças com tons diferentes de loiro-escuro juntinhas, sussurrando. Layla limpa a garganta, e o homem mais próximo de nós se endireita na cadeira com um sorriso enorme.

— Laaaaayla — ele canta, a voz caindo uma oitava no fim enquanto faz sua melhor imitação de Eric Clapton. Layla ri e se inclina para beijá-lo na bochecha. Ele olha para mim com um sorriso animado, sem desviar o olhar. Tem os mesmos traços de Beckett, mas de alguma forma mais leves. Linhas de riso profundas perto dos olhos e ao redor da boca. Não noto a cadeira de rodas até que ele se afasta um pouco da mesa, girando as rodas em minha direção com uma mão estendida.

— Você deve ser a Evelyn. Meu filho fica todo evasivo quando se trata de você.

— Ele é evasivo com tudo — murmura a mulher ao lado dele, mas também está sorrindo, olhos azul-esverdeados familiares em seu rosto gentil. Todos na mesa estão usando uma versão diferente de uma coroa de flores, repleta de sementes de eucalipto e folhas de magnólia, flores perfeitas de sempre-vivas roxas com cores vivas entrelaçadas. Ela dá um tapinha no espaço à sua frente com um sorriso de gato que apanhou o passarinho. — Vem sentar com a gente.

— Tente não ser tão esquisita, Ness. Caramba — reclama uma mulher menor, uma batata frita pendurada na boca como um cigarro. Ela acena discretamente para mim. — Sou a Nova. Eu sou a favorita dele.

— Dor de cabeça favorita, só se for — retruca a outra. Ela me dá um sorriso rápido. — Eu sou a Nessa.

— Ao menos não fui eu que atravessei dançando o piso do andar de cima do quarto de hóspedes — resmunga Nova.

Nessa empalidece.

— Cala a boca. Ele ainda não sabe. — Ela olha para mim. — Ele sabe?

— Não faço ideia — respondo.

Deslizo para o assento vazio e elaboro uma nota mental para verificar o teto dos outros dois quartos quando chegar à casa de Beckett. Uma mulher mais velha com mechas grisalhas no cabelo loiro-claro sorri para mim, empurrando uma jarra de cerveja em minha direção.

— Que bom que você chegou cedo — declara. — Assim, podemos conversar sem interrupções.

As interrupções são muitas. Todos da família de Beckett fazendo perguntas, um por cima do outro.

Tomei só um quarto da cerveja, mas já respondi a cerca de 107 perguntas. Ao que parece, Beckett não compartilhou nada com eles durante os jantares semanais, e estão ávidos por informações. Fico feliz em participar, encantada com a forma de brincarem entre eles, o amor em cada sorriso, provocação e bebida derramada. Eles me fazem lembrar das noites com meus pais, meus tios e todos os meus primos.

— Qual das tatuagens dele é a sua favorita? — pergunta Nova.

A pergunta parece uma armadilha.

— Você fez alguma delas? — Eu me lembro da sra. Beatrice ter mencionado que Nova era tatuadora.

Ela assente com orgulho.

— Todas... fiz a primeira quando tinha dezesseis anos. — Ela bate na parte interna do pulso, onde sei que Beckett tem uma folha pequenina. — Estava com dificuldade para encontrar clientes e o Beckett se ofereceu como voluntário. E continua sendo voluntário. — Ela ri.

Penso nas tatuagens que cobrem cada centímetro dos braços dele, desde o dorso das mãos até a linha forte dos ombros. Imagino um Beckett muito mais jovem sentado com o braço estendido, permitindo que sua irmã mais nova deixasse a marca dela em sua pele, e meu coração incha no peito.

— A das galáxias — respondo e deslizo o dedo ao longo do tríceps. — Que fica aqui. A coloração é linda.

Ela fica escondida pela camiseta na maior parte do tempo, com uma faixa azul brilhante aparecendo quando as mangas estão levemente dobradas ou quando ele está pegando algo acima da cabeça. Um rico cobalto com listras roxas, a tinta tão suave que é como se alguém tivesse pressionado o polegar e arrastado pela pele. Estrelas minúsculas e delicadas delineadas em um branco nítido.

Nova sorri, satisfeita.

— Fiz de presente de aniversário faz alguns anos. É a minha favorita também.

— O que é a sua favorita? — A voz grave de Beckett ressoa nas minhas costas ao mesmo tempo que uma grande mão surge por cima do meu ombro e tira a cerveja de mim. Inclino a cabeça para trás e observo enquanto ele dá um longo gole, os músculos fortes da garganta fazendo seu trabalho.

— Oi.

Quero inclinar a cabeça para trás até que ela encoste em seu quadril. Quero contar que passei o dia todo pensando nele.

Parece cansado, um pouco frustrado. Mas um sorriso discreto surge em seus lábios quando olha para mim, uma sobrancelha erguida.

— Oi. Minhas irmãs estão te embebedando?

— Ainda não. — A mãe dele sorri suavemente e aceita o beijo que ele se inclina para dar em sua bochecha. — Mas temos tempo. Agora senta aqui com a gente e coloque sua coroa de flores. As perguntas vão começar daqui a três minutos.

Beckett se senta ao meu lado e, obediente, coloca a coroa de flores sem reclamar. Ela cai sobre um dos olhos e eu a empurro para trás em sua cabeça, até que as flores repousem em seus cabelos. Ele parece ter saído da mitologia grega. É injusto que fique tão lindo.

— Droga. — Harper faz beicinho. — Eu meio que esperava que você fosse ficar ridículo com isso.

Os olhos de Beckett se viram para ela, sentada de pernas cruzadas na ponta da mesa com uma piña colada à sua frente.

— Fico feliz em ver que você veio.

Ela dá de ombros.

— Não posso participar. — Ela aponta para os cabelos loiros presos em uma trança, sem a coroa de flores para enfeitar. — Não estou fantasiada.

Beckett pega a coroa em sua cabeça.

— Você pode ficar...

— Ah, ei, Jenny! Espere um segundo, já vou... — Ela se levanta sem terminar a frase, desaparecendo na multidão que cerca o bar.

Beckett dá um suspiro derrotado e termina o restante da minha cerveja.

— Tudo bem? — pergunto.

— É barulhento demais — reclama com uma careta. Ele alcança a jarra no centro da mesa e quase a derruba quando Gus sobe no balcão com um megafone, anunciando que a competição vai começar. Beckett balança a cabeça ligeiramente, um movimento curto de puro instinto. Como se estivesse espantando uma mosca ou tentando não adormecer. Ele segura a jarra e se serve de outro copo. — Vai ficar tudo bem.

13

EVELYN

NÃO ESTÁ NADA bem.

Beckett mal termina a cerveja quando uma música dramática começa a ecoar pelo bar. Parece algo de *O senhor dos anéis* ou... *Battlestar Galactica*? Não faço ideia. Seja o que for, no ritmo da batida, Gus se levanta no balcão no bar, o megafone em mãos.

— Vamos nos preparar para as perguntaaaaaaaaaas! — ele grita no megafone, a última palavra se estendendo até não conseguir respirar. A multidão irrompe em aplausos estridentes.

— Jesus Cristo. — Beckett suspira ao meu lado.

— Certo, pessoal. Vocês sabem as regras. Cada equipe tem um atacante. Vocês anotam as respostas e, no fim de cada rodada, o atacante entrega para o Monty. — Ele aponta para o bar, onde Monty está sentado com um chapéu que confere uma aparência séria, o sorriso largo no rosto. — O xerife também gostaria que eu lembrasse a todos que ser o *atacante* não significa que precisam atacar, e, se alguém derrubar o coleguinha, a competição vai ser encerrada na mesma hora. — Gus estreita os olhos e examina a multidão. — Mabel, querida, está me ouvindo? Sem violência hoje.

— Nunca vi uma competição assim antes — digo na direção da mesa.

Nova bate uma folha de papel que parece estar em relevo na parte inferior, um marcador permanente entre os dentes.

— E nunca mais vai ver. Vamos acabar com esses filhos da puta.

Beckett arrasta a mão pelo rosto.

— A primeira categoria. — Gus faz uma pausa dramática. Todos no bar esperam sem respirar. — É botânica.

— Injusto! — alguém grita dos fundos. — A família Porter tem gerações de conhecimento agrícola na equipe!

Nessa se levanta de sua cadeira ao lado de Nova.

— Ninguém te questionou no mês passado sobre seu vasto conhecimento de Spice Girls, Sam. Senta aí.

Ouve-se um resmungo do outro lado da sala. Ninguém mais diz uma palavra.

— Primeira pergunta. Que tipo de planta vascular não possui sementes nem flores?

— Samambaias. — Beckett, o pai e eu respondemos ao mesmo tempo. Beckett me olha perplexo.

— Como você sabe disso?

Dou de ombros e tomo um gole de cerveja.

— Eu sei de algumas coisas.

Ele abre a boca para dizer algo, mas Gus interrompe com aquele maldito megafone.

— Segunda pergunta! Qual parte da planta ruibarbo é comestível?

— O caule. — Beckett e eu respondemos ao mesmo tempo de novo. Ele estreita os olhos para mim enquanto Nova escreve furiosamente a resposta.

— Como você sabia disso?

— Já falei, sei de algumas coisas. — Passo o dedo indicador pela borda do copo. Os olhos de Beckett se voltam para ele e seu olhar se aguça, o maxilar cerrado.

— Não importa como ela sabe, porque não está inscrita e não pode dar respostas — Nessa protesta do outro lado da mesa. Ela dá de ombros e sorri com pesar. — Desculpa. Mas você pode dar apoio moral.

— A gente devia ter colocado o nome dela no time — comenta Nova.

— Da próxima vez — concorda Nessa.

Sinto um calorzinho no peito. Não tinha percebido, até agora, quanto queria que elas gostassem de mim. Nessa estrala os dedos na frente do rosto de Beckett. Ele não desviou o olhar de mim.

— Presta atenção no jogo.

Meu papel como apoiadora da equipe é oportuno, porque, duas rodadas depois, Beckett é puro sofrimento, tão tenso ao meu lado que tenho certeza de que eu poderia quebrar uma garrafa em sua cabeça e ele não perceberia. Ele participa só quando alguém pede ajuda, dando respostas monossilábicas e cerrando os punhos durante os intervalos. Bebe a cerveja como se ela fosse desaparecer, caso não engula cada copo em três goles. A certa altura, Nova se inclina para a frente com um olhar preocupado e pergunta discretamente se ele precisa de protetores de ouvido.

— Não — responde ele, quase inaudível em meio ao barulho do bar. Suas bochechas ficam vermelhas enquanto olha para mim rapidamente antes de piscar. — Eu estou bem.

Tento envolvê-lo no jogo quando posso, mas ele está sério e inflexível ao meu lado, recuando cada vez mais para dentro de si mesmo. Não fala a menos que falem com ele e me ignora categoricamente mais de uma vez. Suspiro e olho por cima do ombro para o outro lado do salão, onde ficam os banheiros. Seguro de leve o pulso de Beckett e tento chamar a atenção dele, que está com o olhar fixo na mesa. Ele inclina ligeiramente a cabeça, a coroa de flores tombando para o lado. Uma margarida branca roça sua testa.

— Já volto.

Por um segundo, parece que Beckett vai tentar me impedir. Ele abre a boca e seus olhos percorrem meu rosto, considerando. Mas seja o que for que esteja sentindo, ele reprime. Cerra o maxilar. Assente rápido e com intensidade.

Aperto o pulso dele de novo.

Abro caminho em meio à multidão barulhenta, um grupo de pessoas vestidas de pássaros envolvido em uma discussão acalorada com mulheres em longos vestidos em tons pastel e chapéus de sol. Layla não estava brincando quando disse que a competição de perguntas é levada a sério em Inglewild.

Tanto Caleb quanto Dane estão presentes, sentados na extremidade do bar com uma porção de salgadinhos de jalapeño entre eles. Dane tem uma expressão sofrida em seu rosto sério. Parece que Caleb está se segurando para não entrar no jogo.

Eu me distraio com Jeremy e seus amigos enquanto caminho entre as mesas, as cabeças voltadas para o celular, uma jarra de refrigerante no centro da mesa. Eles pedem selfies e dicas sobre iluminação, então me mostram dezessete rascunhos de vídeos que estão pensando em postar. É como uma versão do *American Idol* para redes sociais, e escapo com promessas de que irei ajudá-los se passarem pela padaria amanhã de manhã.

Gus e Monty me param logo adiante, mostrando com orgulho os números de seu vídeo de dança. Quando pergunto a eles como planejam dar sequência a uma estreia tão impressionante, os olhos de Gus brilham e ele se levanta do banco, me tomando em seus braços grandes e me guiando pelo pequeno espaço quadrado da pista de dança. Eu rio alto e me mantenho firme em seus ombros, meu coração tão leve que parece que eu poderia flutuar para longe.

Era isso que faltava. Um chão. Pertencimento. Pessoas e histórias e meu nome usado como cumprimento entre porções de batatas fritas oleosas pela metade. Em todas as minhas viagens, não fiquei em nenhum lugar por tempo o bastante para que alguém me conhecesse. Não tive um Caleb acenando para mim do outro lado do bar, o salgadinho de jalapeño entre o polegar e o indicador. Uma sra. Beatrice gritando na cara de alguém sobre o nome oficial da Sixth Avenue de Nova York enquanto usa um chapéu de sol e segura um taco de croquet, uma piscadela por cima do ombro. Um coro de assobios quando aceno para as mulheres no salão.

As palavras de Stella surgem em minha mente de novo. As pessoas mudam. Talvez seja disso que eu precise agora.

Ainda estou sorrindo, inebriada, quando enfim chego ao banheiro. Paro e me olho no espelho — as bochechas coradas e um sorriso que torna meu rosto quase irreconhecível. Já faz muito tempo que não me sinto assim. Levo meus dedos às bochechas e tento memorizar essa expressão.

— Você está bem — digo a mim mesma, baixinho. Meu sorriso se suaviza em algo mais duradouro, e me sinto bem com tudo o que me trouxe até este exato momento. Sem culpa. Sem hesitação. Apenas um calor borbulhante no meu coração.

— Você está fazendo o melhor que pode.

É o bastante.

Lavo as mãos e saio pela porta, uma parede de som me atingindo. A música de alguma forma se juntou à confusão, protestos e risadas e a alguém gritando sobre uma quesadilla acima de tudo isso. É caótico, mas adorável. Uma trilha sonora de comunidade e amor.

Mal consigo dar dois passos no corredor escuro antes de vê-lo. Seu corpo grande está encostado na parede, um ombro erguido e a cabeça inclinada. Está com os braços cruzados e é impossível ver seu rosto, mas eu reconheceria os ângulos desse corpo em qualquer lugar — ainda mais no escuro.

— Beckett?

Ele parece estar sentindo dor. Os ombros curvados. Uma expressão séria acentuada em seu rosto bonito quando me aproximo. Estendo a mão, mas hesito e a deixo pairando sobre seu ombro. Não sei se ele quer ser tocado.

Ele toma a decisão primeiro, erguendo a cabeça e piscando para mim com olhos turvos. Segura meu pulso e me puxa, um "ops" silencioso escapando dos meus lábios quando vou ao encontro dele.

Seu cheiro habitual está escondido sob camadas de álcool e fritura, e a pele está quente onde meu nariz encontra seu pescoço. Ele me envolve em seus braços e me segura com força, agarrando-se a mim no corredor estreito na parte de trás do bar. Minhas mãos deslizam por seus ombros e eu o abraço com a mesma intensidade, confusa e apreensiva.

— Você está bem?

Sinto um arrepio percorrer sua coluna, um leve tremor em suas mãos. Ele balança a testa no meu ombro e emite um som ininteligível, murmurando algo baixinho. Ele oscila um pouco e eu aperto mais.

— Muito alto — murmura por fim, baixo e áspero em meu ouvido. — Eu precisava de uma pausa.

Deslizo minhas mãos para cima e para baixo em suas costas em um ritmo suave. Ele dá um suspiro de gratidão.

— Está tudo bem. Eu posso te ajudar?

— Está bom assim — diz, apertando de novo. — Só quero ouvir você respirar por um segundo.

Faço questão de respirar de um jeito que ele consiga ouvir e nada discreta, e ele relaxa ainda mais, o aperto de seus braços suavizando, o corpo bastante pesado contra o meu. Eu recuo até encostar na parede, Beckett pressionado em mim.

Está barulhento aqui. Ouço Gus no bar com seu megafone, um barulho breve de sirene, e sinto Beckett se encolher. Passo os dedos por seus cabelos e ele dá um suspiro profundo e alto. Gus anuncia a última chamada e a última rodada, e a plateia resmunga agressivamente em resposta.

— Por que você veio? — pergunto devagar, as unhas deslizando de leve. Ele se inclina com mais força para mim. — Você poderia ter dito não.

— A Nova pediu — responde Beckett, a voz fraca. — Eu não queria decepcionar ninguém.

Eu também pedi. Imediatamente me pergunto quanta pressão Beckett coloca em si mesmo para ser o que todos precisam o tempo todo.

— Não foi logo — resmunga Beckett na minha camisa.

— Quê?

— Você disse que ia voltar logo — acusa, reclinando-se até que eu veja as linhas de seu rosto sob a luz do bar. Ele franze a testa para mim. — Mas não voltou.

— Eu me empolguei. Todo mundo queria...

— Você estava rindo — rebate, me cortando de repente. — Dançando. — Ele engole em seco. — Você não faz isso comigo.

Ele flexiona as mãos na minha cintura e dá um passo para trás, me deixando encostada na parede. Sinto os cinco centímetros de espaço entre nós como um empurrão no peito.

— Eu sorrio — começo a dizer —, Beckett, eu dou risada o tempo todo com você...

Ele balança a cabeça.

— Não é igual. Não é como quando a gente estava no Maine.

Ele deve ter bebido mais do que eu pensava. Olho para o bar lotado e mal consigo distinguir a mesa em que estávamos sentados: uma grande coleção de copos empilhados ao acaso ao lado de cestinhas de comida vazias.

— Desculpe — ele se interrompe de repente, sem parecer nem um pouco arrependido. Sua voz é rouca e áspera, um pouco possessiva, o calor de seus olhos na mesma intensidade. Ele dá um passo para a frente e apoia a mão ao meu lado. Estou encostada na parede de novo, Beckett me envolvendo por todos os lados. — Esqueci que a gente não fala disso. Esqueci que tenho que fingir que não sei exatamente qual é o seu gosto.

A imagem que ganha vida é imediata. Beckett de joelhos na beirada da cama, a mão apoiada na minha barriga para me manter imóvel. O nariz em minha cintura e minhas coxas pressionando suas orelhas, o pé alcançando suas costas.

Meu corpo inteiro estremece, uma pulsação forte bem na cavidade da minha garganta.

— Beckett — digo, um pouco atordoada. O nome dele paira no espaço entre nós. Ele está certo, não falamos disso, mas achei que ele queria assim. — Quanto você bebeu?

— Não foi o bastante — rebate ele, o olhar fixo no meu rosto. — Porque ainda penso em beijar você o tempo todo.

Deixo a confissão tomar conta de mim, as palavras ressoando nos meus ouvidos, apesar do barulho alto no bar. Sustento seu olhar, mas pisco algumas vezes. Ele suspira e passa a mão pelos cabelos.

— Preciso de uma cerveja — diz ele, por fim.

Eu o seguro pelo pulso.

— Acho que você já bebeu o bastante. — Olho para o fim do corredor, a porta com a placa de SAÍDA marcada em letras vermelhas piscantes acima. — Vamos para casa. Quer dar um tchau pra sua família?

Ele balança a cabeça, murmurando algo sobre mandar uma mensagem para eles mais tarde. Ele se solta do meu aperto e se endireita, tropeçando um pouco. Deslizo meu braço em volta da sua cintura e sua mão encontra meu ombro, inclinando a cabeça até que sua coroa de flores roce minha testa.

— Desculpe — pede ele, o lábio inferior na minha orelha. Sua voz ainda tem aquele tom rouco que eu gosto tanto. — Sei que estou sendo um babaca.

Dou um tapinha em suas costas e sinto o material grosso de sua camisa de flanela.

— Vamos para casa.

Assim que saímos pela porta direto para a quietude e o silêncio de uma rua praticamente abandonada, Beckett dá um suspiro pesado e forte. Parece que acabou de correr, os pulmões queimando e as pernas tremendo. Um alívio doloroso e feliz.

Mantenho meu braço em volta de sua cintura e nos guio até a caminhonete estacionada a dois quarteirões de distância, logo atrás do café. Tem uma caixa de biscoitos no banco do passageiro e ele tem o cuidado de colocá-la no colo quando entra no carro.

Demoro um segundo para me orientar no banco do motorista, tudo parecendo um pouco grande demais. Beckett ri quando minhas mãos pairam sobre o volante, tentando encontrar uma posição que não faça parecer que estou dirigindo um carro alegórico no desfile do Dia de Ação de Graças da Macy's.

— Que foi? — pergunto. Gosto dele assim. Cabelos bagunçados. Coroa de flores. Uma linda curva em seu lábio inferior quando sorri.

— Você faz uma cara fofa quando está frustrada — responde, encostando a cabeça no apoio. — O narizinho torcendo.

Olho para ele no banco do passageiro, completamente esparramado na cabine da caminhonete. Um joelho está junto da janela e os braços estão soltos, o rosto relaxado. Ligo a caminhonete e saio da vaga, descendo a estrada que nos leva até a fazenda.

Os únicos sons são o ronco do motor, o vento que lambe as janelas enquanto passamos e a respiração suave e fácil de Beckett.

Não sei o que falar, não faço ideia de como responder às coisas que ele disse no bar.

Porque ainda penso em beijar você o tempo todo.

Eu não fazia ideia. Dou outra olhada para ele pelo canto do olho, minhas mãos flexionando no volante.

— Eu não gosto de barulho — explica Beckett enquanto manobramos para sair da cidade. — Estava alto esta noite. No bar.

— Eu sei.

Beckett não tem televisão em casa, não ouve música enquanto arruma sua estufa. Ele se encolhe quando entra em uma sala e as pessoas falam alto demais, a cabeça se inclinando um pouco para o lado. É como se ele tentasse abafar o som sem ser óbvio. Ele se mexe no assento até que seu ombro fique pressionado no encosto, o cotovelo no console central e o queixo apoiado em uma mão.

— Eu tenho protetores de ouvido — confessa, uma expressão séria no rosto. Olho para ele e depois para a estrada. Quero essa versão dele para sempre na minha memória. Campos de milho em vislumbres pelas janelas, folhas de magnólia em seus cabelos. Olhos sombrios, mas brilhantes, os nós dos dedos apoiados no queixo.

Beckett me entregando seus segredos como se quisesse que eu os guardasse para ele. Agora a pergunta de Nova, quando estávamos na mesa do bar, faz mais sentido.

— Certo.

Ficamos em silêncio de novo. Ele se remexe, encarando através da janela.

— Você não está me fazendo perguntas — murmura ele depois de alguns minutos, um pouco mal-humorado, o punho no joelho.

— Achei que você não gostasse das minhas perguntas. — Deslizo a seta com a lateral da mão, por mais que não tenha uma alma viva a quilômetros de distância. — Além disso, você bebeu. É injusto tirar vantagem disso.

Ele bufa, resmungando algo que não consigo compreender. A pausa se prolonga e então ele diz calmamente:

— Eu gosto das suas perguntas.

Mordo o lábio para disfarçar um sorriso.

— Tá.

— Acho que você sabe mais palavras do que isso.

Eu sei. Sei bem mais palavras do que essa. Mas a verdade é que estou lutando para me conter. Esta versão adorável e aberta que ele está me mostrando agora é... é mais do que consigo suportar. Quero parar no acostamento e estacionar a caminhonete. Quero me apoiar no painel e sentar no colo dele. Quero agarrar sua camisa de flanela com as duas mãos e guiar sua boca até a minha, beijá-lo até que ele fique sem fôlego e depois levá-lo para casa para que se deite na cama.

Ele me quis durante todo esse tempo, e eu também o queria.

— Vamos conversar amanhã de manhã, depois que você dormir.

— Sobre o que eu disse no bar?

Concordo.

— Sim, sobre o que você disse no bar.

Porque ainda penso em beijar você o tempo todo.

Se ele ainda se sentir assim pela manhã, vamos ter mais algumas coisas para conversar. Sigo as lanternas que levam até a cabana na fazenda e paro na entrada da garagem.

— Eu estava falando sério — diz.

Respiro fundo para criar coragem enquanto desacelero a caminhonete, posicionando o câmbio no pare com o que parece ser todo o peso do meu corpo. Desligo o motor e o barulho é interrompido, a cabine sendo preenchida pelos sons abafados da noite que entram pela janela. O chilrear dos grilos que se escondem no mato. O rangido do cata-vento no topo do telhado. Uma veneziana solta batendo de leve contra o batente.

Beckett não desvia o olhar de mim, a luz da lua projetando seu rosto na sombra. Assim, ele é todo ângulos marcados e linhas suaves. O nariz. O maxilar. A inclinação das sobrancelhas. Ele move a mão no console, a ponta dos dedos roçando de leve os nós dos meus.

— Evie — respira, a voz rouca ainda mais acentuada. Acho que nunca gostei tanto do som do meu nome. — Eu estava falando sério.

— Eu sei — sussurro. Beckett não é capaz de dizer algo se não estiver falando sério. É uma das coisas de que mais gosto nele. Sei que está sempre me falando a verdade.

— Eu gosto de você — ele sussurra em resposta. Seu olhar desliza até minha boca e se mantém ali. — Eu gosto muito de você.

Preciso sair deste carro.

Ele me segue enquanto tropeço para fora da caminhonete, meu joelho batendo no corrimão da escada da frente da varanda enquanto subo. De repente, parece que sou eu quem bebeu cerveja no bar a noite toda, minhas mãos se atrapalhando para encontrar a chave certa.

— Eu pensei em você esse tempo todo — diz Beckett atrás de mim, o peito roçando nas minhas costas. A ponta de um único dedo traça a borda da minha camisa, bem no pescoço. Deixo as chaves caírem no chão da varanda.

— Eu *penso* em você o tempo todo — ele continua. Quando viro a cabeça para olhar para ele, está com os punhos cerrados nas laterais do corpo. Ainda tem a coroa de flores ridícula nos cabelos. — Você pensa em mim?

— Beckett.

— Pensa?

Pego as chaves das tábuas de madeira desgastadas e entro pela porta da frente, Beckett me seguindo com passos lentos e cuidadosos. Ele faz o possível para esconder um suspiro enquanto se livra dos sapatos e tira a coroa de flores da cabeça. Eu o observo colocá-la em um gancho, o dedo traçando uma pétala roxo-clara. Ele fica emocionado quando bebe, digo a mim mesma. É só isso. O melhor que podemos fazer é dar a noite por encerrada e nos retirar para os dois extremos opostos da casa. Quem sabe a gente possa... quem sabe a gente possa ter essa conversa de novo pela manhã.

Duvido de que ele vá falar alguma coisa a respeito. É bem provável que sirva o café da manhã e murmure algo sobre ovos mexidos. Reclame da qualidade do espinafre comprado em loja e raspe o fundo da panela com a colher de pau com movimentos rápidos e agitados.

Eu só... Não podemos ter essa conversa agora. Não quando o álcool o tornou honesto. Eu quero que ele *queira* ser honesto.

Sirvo um copo de água e o coloco no balcão, ficando na ponta dos pés para vasculhar o armário. Um braço forte aparece acima de mim, a pele lisa perto o bastante para eu encostar meu nariz. Vejo uma borda azul brilhante — uma galáxia aparecendo por baixo da manga de sua camisa.

— O que você está fazendo? — Sua voz é baixa atrás de mim, o hálito quente agitando meus cabelos.

— Vou pegar um analgésico pra você — digo para o desenho de Orion acima de seu cotovelo, que segura um escudo com força. Em vez de um porrete, ele tem um buquê de flores acima da cabeça, papoulas e rosas e um girassol grande e deslumbrante. É tão lindo, tão Beckett, que sinto uma dor no peito.

— Evelyn.

— É claro que eu penso em você — digo num rompante. Alguma parte secreta de mim desbloqueada, que se deixa revelar, desvendar. Tenho pensado em Beckett Porter desde que o deixei naquela pequena cidade costeira, meses atrás. Engulo em seco e seguro o pequeno frasco de comprimidos, puxando-o para baixo e segurando-o perto do peito.

Quando me viro, Beckett está próximo de mim, as duas mãos apoiadas na bancada ao meu lado. Estou aninhada entre seus braços, perto o bastante para roçar meus lábios no buquê de flores em seu bíceps. Meus joelhos batem nos dele e ergo o queixo.

Seus olhos estudam meu rosto, os nós dos dedos roçando meu quadril, onde suas mãos flexionam e seguram.

— Gosto de ter você aqui — diz, a voz rouca. Outra confissão.

Tento aliviar a tensão crescente entre nós.

— Você ainda não cansou de mim?

— Se você está esperando que eu me canse de você, Evie. — Ele ergue a mão e pega uma mecha dos meus cabelos, enrolando-a nos dedos e puxando uma única vez. Sinto uma pulsação na barriga em resposta. — Então você vai passar muito tempo esperando.

Procuro seus olhos para avaliar se está falando sério.

— Você é muito bom em esconder tudo isso.

— É mesmo? — Ele parece surpreso. — Não parece. Porque sinto que sou um livro aberto pra você.

Sei bem como é essa sensação. Inspiro, trêmula.

— É melhor a gente ir deitar.

— É melhor.

Beckett não se move um centímetro sequer. Seu tom sugere que deveríamos ir para a cama, mas talvez fosse melhor irmos juntos. Aperto o frasco de comprimidos na mão como se fosse a única coisa que me mantém pressionada contra o balcão. Assim tão perto, posso sentir o cheiro da natureza em sua pele. Vento de primavera, um aroma fresco e limpo. Seria tão fácil me inclinar e sentir o gosto de sua clavícula. Sei o som que ele faria. Como suas mãos se moldariam na minha cintura, o dedo mindinho deslizando para cima e para baixo na cintura da minha calça jeans.

— A gente pode... — Fecho os olhos para resistir à tentação. Infantil? É bem provável que seja. Mas estou perto demais de tirar vantagem de um Beckett bêbado. — A gente pode falar disso de manhã.

Sinto seu nariz na minha têmpora logo antes de ele se afastar do balcão e dar um passo para trás. Mantenho os olhos fechados e ofereço o frasco de comprimidos. Dedos ásperos passam pelas costas da minha mão antes de pegar o frasco.

— Boa noite, Evie. — Parece que ele está sorrindo, mas me recuso a olhar.

— Boa noite, Beckett.

Ouço passos no corredor e o clique silencioso de uma porta.

Respiro devagar.

— Eu também gosto de você — sussurro para a cozinha escura —, muito.

14

BECKETT

Olho para a porta fechada no fim do corredor pela décima quinta vez desde que saí cambaleando do quarto, com uma dor de cabeça latejando na base do crânio. Menos por causa da bebida, acho, e mais de desejo.

Cheguei muito perto de beijar a Evelyn ontem à noite. No bar, com seu sorriso radiante enquanto Gus a girava na pista de dança. Na caminhonete, a mão segurando o câmbio e os cabelos caindo no rosto. Na cozinha, com meus quadris a poucos centímetros dos dela, o rosa iluminando suas bochechas.

Eu queria mais que beijá-la na cozinha.

— Merda. — Tiro a mão da frigideira e levo o polegar à boca. Desligo o fogo e olho para a porta como se pudesse derrubar aquela maldita coisa com a força do meu pensamento.

Precisamos conversar sobre ontem à noite.

Ela disse que também pensava em mim. Mas isso pode significar um milhão de coisas diferentes. Tudo o que sei é que não consigo lidar com esse sentimento que parece uma pedra em meu peito a cada vez que ela aparece. Não consigo vê-la com minha camisa de flanela — a parte da frente amarrada na cintura — e não sentir nada. Precisamos falar disso e esclarecer os fatos.

Quem sabe assim eu consiga respirar sem morrer de desejo.

Vejo pés se arrastando na fresta abaixo da porta.

— Evie! — grito, impaciente. Estou causando problemas, que merda. Ela não precisa passar a manhã escondida no quarto. Já compartilhamos esse momento estranho. Não precisamos fazer isso de novo. — Eu fiz o café da manhã!

A porta se abre e ela surge, fazendo cara de poucos amigos. Meu olhar desce dos ombros até as pernas longas e sinto todo o meu corpo se contrair. Ela está com as malditas meias que vão até os joelhos de novo, um branco pálido em contraste com sua pele escura.

— Não precisa gritar.

E ela não precisa ser a personificação da tentação, mas é assim que as coisas funcionam.

Eu me viro com um resmungo e empurro os ovos na frigideira, em um esforço para manter as mãos ocupadas. Ela me faz sentir coisas que eu não deveria sentir. E metade do tempo não consigo me controlar. Na outra metade, estou fora de mim. Quero fazer mil coisas diferentes, começando com as mãos nos cabelos dela e a boca em seu pescoço — tudo o que pensei em fazer ontem à noite, quando éramos só nós e o luar.

Minha compostura é como uma corda. Estou agarrado a ela, mas sinto que as pontas começam a se desgastar. A cada olhar, a cada toque, a cada sorriso que ela me dá, a corda se solta um pouco mais.

— Quer café da manhã? — Tento de novo, num esforço consciente para suavizar minha voz e transformá-la em algo gentil. Ainda soa como uma exigência em vez de uma oferta, e Evelyn dá risada.

— Você estava falando sério ontem à noite? — Direto ao ponto, então.

Continuo a cutucar os ovos com indiferença. Ele está começando a queimar nas pontas. Desligo o fogão e coloco a colher de pau na panela.

Eu gosto muito de você.

— Sim.

Tenho pensado nela todos os dias desde aquela manhã em que acordei sozinho, com uma tempestade trovejando no Leste, espessas nuvens cinzentas pairando baixas sobre a água. Pensado no som que ela faz quando meu corpo cobre o dela, em sua respiração acelerando e depois relaxando, meu nome pronunciado com um suspiro. Pensado em sua risada, em seu sorriso — mais bonito que todas as flores silvestres do campo e todas as estrelas do céu.

Sinto uma expiração profunda no algodão da minha camiseta, Evelyn parada atrás de mim.

— Você ainda está bêbado?

Dou risada e balanço a cabeça.

— Não.

Para começo de conversa, eu nem estava bêbado. Só alegre o bastante para que um pouco do desejo que se agitava dentro de mim escapasse. Parado nesta cozinha ontem à noite, eu invadi o espaço dela, do jeito que eu queria. Os braços de cada lado de seu corpo, o nariz em seu pescoço. Queria beijá-la, mais que tudo. E quase o fiz.

— Foi o álcool?

— Não é assim que essa merda funciona. — O álcool não inventa as coisas, só as liberta.

Olho para ela por cima do braço. Está tão perto, os pés encostados nos meus. Eu poderia baixar a cabeça e dar um beijo em sua têmpora se quisesse, apoiá-la na bancada e preparar o restante do café da manhã com ela enroscada em mim. É um pensamento tentador.

Ela me considera com olhos curiosos. Tenho a impressão de que está olhando diretamente para o meu coração.

— Você estava me provocando?

— Por que eu te provocaria? — Observo sua mão enquanto ela segura a barra da minha camiseta com dois dedos. Ela alisa o tecido, ponderando.

— Eu também gosto de você, Beckett. — Ela puxa minha camisa até que eu fique de frente para ela, com as mãos de cada lado do meu corpo. Ela bate os nós dos dedos nas minhas costelas e todo o meu corpo estremece. — Você não percebeu?

— Estava muito ocupado gostando de você para notar, eu acho — respondo fracamente, observando o formato de seu lábio inferior se curvar em um sorriso. Todas as versões de Evelyn que conheci passam pela minha mente como os frames de um filme. Sentada no bar com a mão na minha coxa. Emaranhada na cama, a pele nua e os olhos escuros. Rindo na padaria com um prato entre nós. Aconchegada na cadeira da minha varanda dos fundos, o queixo apoiado nos joelhos. Nos campos fazendo todos ao seu redor brilharem.

Parada aqui, assim, com o rosto virado para o meu.

Gosto um pouco mais a cada versão.

Suas mãos encontram meus braços, os dedos traçando as tatuagens. Ela se detém sobre uma única flor branca, um ponto sensível na parte interna do meu cotovelo.

— Tá bom — diz com um aceno decisivo.

— Tá bom o quê?

Ela ignora minha pergunta. Em vez disso, coloca a mão em volta do meu pescoço, me puxa para baixo e me beija.

A primeira vez que beijei a Evie foi sob a luz fraca de um bar qualquer, o brilho laranja meio fosco acendendo, apagando e voltando a acender, como se marcasse as batidas do nosso desejo. Conseguia perceber atrás dos meus olhos enquanto nossas bocas se moviam em sincronia. Sinto que revivi a lembrança daquele beijo vezes o bastante nos últimos meses para que ele comece a enevoar, como pedras no fundo do leito de um rio. Nada além de lampejos de sensações esquecidas. A ponta dos dedos abaixo da orelha. Sua bochecha roçando na minha. O calor deslizando, lento e úmido, enquanto eu a beijava mais profundamente.

Agora, aqui, na luz forte da minha cozinha, com a janela um pouco aberta e o café coando na cafeteira, sinto aquela memória se partir ao meio.

Não há nada de indistinto neste beijo.

Nenhuma introdução doce. Sem precisar reaprender devagar. Evie agarra meus cabelos e puxa, uma exigência na forma como sua boca trabalha na minha. Ela me beija como se estivesse com fome, como se estivesse sonhando comigo do mesmo jeito que sonhei com ela. Levo minhas mãos sobre seus quadris e aperto com força.

— Aí está você. — Ela respira em minha boca. Aperto de novo e ela solta uma risada rouca.

— Estou aqui — digo a ela. Eu sempre estive aqui. Esperando, ao que tudo indica, que Evie aparecesse e me beijasse no meio da cozinha. Nosso beijo se transforma em algo mais quente, mais úmido e mais lento no espaço de um único batimento cardíaco entrecortado. As mãos de Evie ficam exigentes enquanto seguram a frente da minha camisa, punhados de tecido macio entre os dedos enquanto me empurra contra a geladeira. O aparelho nas minhas costas estremece com o impacto, mas estou muito ocupado com sua língua deslizando na minha, muito focado em sentir a pele macia de suas costas sob minhas palmas.

Aperto o polegar em uma das covinhas logo acima de sua bunda enquanto lambo sua boca, e ela faz meu som favorito: um gemido rouco. Pressiono com mais força e ela afasta a boca da minha, encosta a cabeça na minha clavícula, aquele som sufocado na minha pele.

Deslizo minhas mãos pelas costas dela, impaciente enquanto mapeio o arco de sua coluna. Arrasto minha mão sobre a faixa de seu sutiã e deslizo meus dedos por baixo, puxando-o e soltando o elástico da alça na sua pele. Ela morde meu queixo em resposta.

— Seja bonzinho — diz.

— Eu posso ser bonzinho. — Na verdade, consigo pensar em várias coisas boas que quero fazer neste segundo. Sua camisa comprime meus pulsos enquanto levo meus dedos até as alças do sutiã de novo, seguindo a linha sobre seus ombros. Enrolo minhas mãos ali e puxo, observando-a se acomodar mais em mim.

— Ah, é? — Os olhos de Evie estão escuros de desejo, a boca inchada por causa do beijo. — Quer me mostrar?

É como se nosso corpo estivesse frenético para recuperar o tempo perdido, nossas bocas mergulhando juntas enquanto eu arrasto os nós dos dedos por suas clavículas, descendo pela curva de seus seios. Eu me demoro no espaço aberto da camisa e ela respira pesado, meus polegares traçando o contorno em que a pele encontra o tecido.

— Continua provocador — brinca ela, mordendo meu lábio inferior. Suas unhas cavam meias-luas em meu peito através da camisa.

— Continua impaciente — respondo, dividido entre a vontade de rir e de ficar de joelhos. De me familiarizar de novo com cada centímetro dela.

— Juro por Deus, Beckett, se você não me tocar, eu vou...

Ela não termina a frase. Eu a seguro em minhas mãos e aperto, meus polegares deslizando devagar e cheios de certeza no algodão de seu sutiã. Sinto isso quando sua respiração falha, um rápido aumento e diminuição sob meu toque. Eu quero pele nua. Quero mais desses sons. Envolvo o sutiã e puxo o tecido para baixo até ficar torcido sob seus seios, observando minhas mãos trabalharem, soltando e puxando a peça por baixo da camisa.

— Você vai o quê? — pergunto.

— Vou... — Seus cílios oscilam, um sorriso discreto curvando os lábios. — Vou ficar muito brava.

— Hum.

Ela vira e toma minha boca na sua de novo, minhas mãos encontrando o caminho por baixo de sua camisa. Acaricio os polegares em seus mamilos até ela fazer o som ofegante que mais gosto, as mãos segurando meu queixo em uma exigência silenciosa. Eu a abraço pela cintura e puxo mais para perto. Quero seu corpo pressionado no meu, sua maciez em todas as minhas partes mais duras. Ela arranha minha barba e eu tropeço para a frente, apoiando-a na mesa. Percebo vagamente a caneca de café tombando e caindo no tapete com um baque abafado. Vou olhar para aquela mancha todos os dias e me lembrar do momento que aconteceu. Evelyn arfa contra minha boca, o joelho encostado no meu quadril.

Apoio a testa em seu ombro e dou um beijo ali, minha mão deslizando de seu seio para a cintura. Aperto uma única vez para tentar me controlar.

— É melhor a gente parar — murmuro. — Conversar.

Esta sempre foi a parte fácil: deixar o fogo entre nós queimar e nos consumir. É todo o resto que precisa ser resolvido. Gosto do corpo dela, mas gosto mais do seu todo. E não quero que ela pense que isso é tudo que quero.

Ela balança a cabeça, as mãos deslizando por baixo da minha camisa para alisar minhas costas. Eu arqueio contra ela e prendo seus quadris com os meus, pressionando-a na mesa.

— Sim — responde.

Afasto a gola de sua camisa com o nariz até alcançar a pele, na parte em que os ombros encontram o pescoço, e dou um beijo demorado ali. Ela tem um sabor agridoce, e sei que vou me lembrar dele por dias seguidos. Desço meu rosto por seu peito até capturar seu mamilo, que seguro entre os dentes, por cima do tecido da camisa.

Não consigo parar de tocá-la, de sentir seu gosto.

— Uma ótima conversa. — Evelyn suspira e ri, a mão na parte de trás da minha cabeça, me prendendo em seu corpo. — A melhor conversa que já tive.

Apoio a testa entre seus seios e deposito um beijo ali.

— Quero levar você pra sair.

— Tá bom — ela arfa, puxando minha camisa para cima até que eu ceda e permita que a tire. Volto a beijá-la no mesmo instante, segurando-a pela cintura. Eu a carrego para cima até que esteja sentada na mesa, as pernas abertas, os pés em volta dos meus joelhos. Meus dedos encontram o fim daquelas malditas meias e eu traço o algodão grosso, um gemido saindo do fundo da minha garganta.

— Vamos sair pra jantar — digo em sua boca. Suas mãos apertam minha bunda e invisto contra ela uma vez. Ela tomba a cabeça para trás, os cabelos longos e escuros deslizando pela mesa como tinta derramada. Meu Deus, ela me deixa louco. Confunde todos os meus planos até que eu só consiga pensar nela. Movimento meus quadris e inclino a cabeça para baixo para observar nossos corpos se movendo juntos. — Vou levar flores.

— Flores, é?

Ela persegue meu toque, rebolando com convicção. Eu murmuro e assinto.

— Bem bonitas. Vai ser um encontro.

Suas mãos perdem o controle do meu corpo e ela cai de volta na mesa com um suspiro feliz. O calor entre nós muda e se transforma em algo mais suave. Deixo meus dedos brincarem na parte externa de suas coxas, traçando a fina cicatriz branca da qual não me esqueci. Ela balança os pés para a frente e para trás e inclina a cabeça para o lado, olhando para mim com os olhos estreitados. Dá um sorriso doce, a boca vermelha como rubi — um arranhado onde minha barba roçou em seu queixo e pescoço.

— Eu gosto de você, Evie. — Endireito sua blusa e dou um único beijo casto na ponta de seu nariz. Meu coração bate cada vez mais forte. — Gosto muito de você.

Seu sorriso ilumina cada canto da cozinha. Também ilumina minhas partes mais sombrias, cada pedaço que costumo guardar só para mim.

— Eu também gosto de você — responde. Ela me chuta de leve e morde o lábio inferior. — Agora coloca a camisa ou a gente vai transar aqui nesta mesa.

Eu desabo sobre ela com um gemido. Evie passa os dedos pelos meus cabelos com uma risada, dando um puxão de leve.

— Você fala como se isso fosse ruim — resmungo. Já consigo imaginar. As pernas da mesa rangendo em protesto. Nossas roupas fora do caminho, o bastante para causar fricção, calor e um alívio feliz. Tento me ajustar o mais delicadamente possível, mas ainda ouço sua risada.

— Eu quero esse encontro — diz, com a voz suave. Um pouco sonhadora. — Talvez seja nossa chance de começar de novo. De fazer as coisas de um jeito diferente.

Há uma honestidade simples ali, um fio tênue de esperança do coração dela para o meu. Pego sua mão e entrelaço nossos dedos. Tenho certeza de que faria qualquer coisa com Evelyn, desde que acabássemos assim. Meu queixo apoiado em seu peito e um sorriso em seu lindo rosto.

— Ah, é?

Ela assente.

— É.

15

EVELYN

NÃO MUDOU MUITA coisa depois dos amassos que demos na cozinha.

Apesar de empurrar Beckett contra a geladeira e beijá-lo como se não estivesse pensando em mais nada, continuamos a agir como se tudo seguisse igual. Jantamos juntos na varanda todas as noites. Ele me deixa bilhetes no balcão da cozinha. Eu roubo as meias dele. Trocamos longos olhares acalorados por cima da nossa caneca de café pela manhã, uma distância perfeitamente educada de um metro entre nós.

É, ao mesmo tempo, maravilhoso e irritante demais.

Gosto de Beckett. Gosto de seus sorrisos discretos e da voz mais grossa e rouca pela manhã, o toque suave da ponta dos dedos em meu ombro quando passo por ele na cozinha. Gosto do calendário que ele mantém colado ao lado da geladeira, datas importantes de sua família rabiscadas em vermelho. Gosto que ele esteja sempre cuidando de todos ao seu redor, desde os gatos até suas irmãs e os doces que Barney exige de cima do trator.

Gosto de como ele olha para mim quando acha que não estou prestando atenção, do carinho que tenta esconder.

Particularmente, estou ansiosa pelo nosso encontro, quando ele decidir cumprir essa promessa.

Também estou ansiosa para jogá-lo na superfície plana mais próxima e fazer o que quiser com ele.

Eu o peguei olhando para a mesa da cozinha algumas vezes desde aquela manhã, com o polegar no lábio inferior e uma expressão de profunda concentração no rosto sério. Eu também me peguei olhando para ela.

Estou a um fio de perder o controle, e só consigo mantê-lo porque Beckett passa bastante tempo na estufa. Ele desaparece lá dentro a cada momento livre que tem, resmungando algo sobre abrir espaço e limpar a desordem. Limpeza de primavera, diz ele.

Nada a ver com o pato.

Mas quatro pacotes chegaram esta semana e sei que o homem não está comprando comida de pato para si mesmo. Na caixa menor, encontrei um chapéu de golfe pequeno com uma bolinha vermelha brilhante em cima, que Beckett puxou das minhas mãos assim que viu, as bochechas em um tom quase rosa-choque.

Quando a quarta-feira chega, sou pura tensão. Estou sentada à mesa da cozinha, as pernas dobradas embaixo de mim. O computador está aberto, mas não paro de olhar pela janela. De vez em quando, tenho um vislumbre dele através do vidro embaçado da estufa, sua sombra alta curvada sobre alguma coisa, a mão apoiada na janela, os dedos bem abertos. Tenho que desviar os olhos e me ocupar com e-mails, me concentrar em algum trabalho, em um esforço para esquecer a sensação daquela mão na minha pele. Esquecer como o sol iluminava cada linha e cada curva de seu corpo, sua camisa jogada em algum canto da cozinha. A cintura marcada e a trilha de pelos logo abaixo da umbigo, o volume acentuado em sua calça de moletom.

Abaixo a cabeça e bato com ela duas vezes no computador.

Beckett complica meu plano. Meu plano mal formulado que não tem um cronograma nem um objetivo claro. Seria mais fácil se eu quisesse só o corpo dele — nós dois juntos na cama, mascarando minha confusão com as sensações que ele provoca em mim. Mas não é só isso. Quero noites na varanda dos fundos e histórias contadas sob as estrelas. Quero terra nas mãos e aquele sorriso no rosto dele, que começa discreto e vai crescendo aos poucos.

Ontem à noite ele me encontrou na varanda dos fundos, escondida em minha cadeira com um cobertor até os ombros. Eu estava de mau humor, irritada comigo mesma e com minha incapacidade de resolver as coisas. De me recompor. De ser melhor. Ele me observou em silêncio, o ombro apoiado na porta, e perguntou:

— Você encontrou a felicidade hoje?

Cerrei os dentes e balancei a cabeça, em um movimento rápido.

— Não.

Ele murmurou uma vez, inclinando a cabeça para olhar os campos.

— Quer um abraço?

E isso teve o efeito de uma espécie de mágica. Ele não tentou consertar as coisas. Só perguntou se poderia me ajudar durante o processo.

Eu concordei e ele desabou na cadeira ao meu lado sem dizer uma palavra, dando um único tapa em sua coxa. Eu me arrastei até ele e me enrolei em seus braços, a cabeça aninhada sob seu queixo, a palma da sua mão pesando sobre minhas costas, indo dos meus ombros até os quadris. Uma pressão suave. Uma afirmação silenciosa.

Por causa do meu trabalho, estou o tempo todo indo de um lugar para outro. Essa viagem para Inglewild é a mais longa que já fiz desde os meus vinte anos. Sempre senti muita vontade de explorar. Essa vontade ainda surge de vez em quando, mas nos últimos dias ando tomada pela exaustão. Sendo impulsionada para a frente mais por memória muscular que por qualquer tipo de compulsão. Não quero ir embora.

Quero ficar aqui.

Volto minha atenção para o computador e dou uma olhada rápida no meu e-mail, à procura de um recado de Josie. Ela enviou as informações para Theo ontem, o cara do grupo de pequenas empresas que tem tentado falar comigo. Escrevo um e-mail rápido para ele para ficarmos em contato e aperto Enviar, a porta dos fundos se abrindo quando termino.

Olho para Beckett, com terra cobrindo suas mãos e uma mancha de lama acima da sobrancelha esquerda.

— Como estão as plantas hoje?

— Estão bem. — Ele olha para as mãos cheias de terra e depois para mim. Há uma consideração ali, como se a única coisa que o impedisse de me jogar em cima da mesa a que estou sentada fosse a camada de terra em suas mãos. Eu aperto as mãos em punhos. — Você consegue ficar pronta em uma hora?

— Pronta para sair?

Ele concorda.

— Sim. Para sair.

Olho para ele e espero por uma explicação, mas ele não diz nada.

— Para onde, Beckett?

— O nosso encontro — responde. Um sorriso surge em seus olhos. — Você ainda quer ir?

Assinto. Claro que quero, com certeza. Estava começando a achar que ele tivesse esquecido. Que talvez tivesse dito aquilo no calor do momento.

Eu me afasto da mesa da cozinha e me levanto.

— Aonde vamos?

O sorriso dele se alarga até que esteja mordendo o lábio inferior para disfarçá-lo.

— Não muito longe.

— Você está quentinha? — pergunta Beckett enquanto caminhamos pelos campos uma hora depois.

Estou bufando enquanto subo a colina, o segundo moletom que Beckett me fez colocar antes de sairmos de casa dificultando meus movimentos. Olho feio para a camiseta dele, minha boca em uma linha fina.

— Sim, estou quentinha. — Quente até demais, porém cada vez que tento tirar essa porcaria de moletom, Beckett parece querer lutar comigo para me forçar a ficar com ele. O que seria divertido, mas preferia que ele estivesse tirando minhas roupas.

Ele apareceu na porta do meu quarto às seis em ponto com um grande saco de papel engordurado na mão e uma mochila pendurada no ombro, com uma única peônia branca perfeita presa entre o polegar e o indicador.

— Eu disse que ia trazer flores pra você — brincou.

Eu me distraio com o caule enquanto vagamos pelos campos, os galhos dos pinheiros enroscando em minhas mangas. Está mais quente esta noite, a primeira verdadeira noite de primavera que tivemos desde que cheguei. O céu escuro pisca acima de nós, cheio de vida, a lua começando a surgir por entre as árvores. Posso ver seu brilho, as estrelas dispersas atrás.

— Estamos quase chegando — comenta Beckett.

É melhor mesmo. Ele está me torturando com essa calça jeans. O branco impecável da camiseta em contraste com a pele bronzeada.

Toco suavemente no ombro dele com o meu.

— Você leva todas as garotas bonitas para passear no campo tarde da noite?

— Não. — Ele balança a cabeça e me empurra de volta com o ombro. — Só você.

Um lampejo de calor ilumina meu peito quando ele começa a andar mais devagar até parar à beira de um campo. Uma clareira se estende à nossa frente até a borda da floresta. Ele olha para mim pelo canto do olho e desliza a mochila do ombro.

— Você sabe onde estamos?

Eu giro no lugar, sem pressa, tentando me lembrar. Dois carvalhos gigantescos com vista para ambos os lados da entrada da clareira, elevando-se como guardas para a floresta além. Tenho uma vaga lembrança de ter estado entre elas no outono passado, com os braços estendidos, tentando tocar as duas ao mesmo tempo. Grandes folhas laranja-ferrugem, quase do tamanho da minha mão, flutuam ao meu redor.

— As árvores — digo. — Eu me lembro delas.

Beckett balança a cabeça e tira um cobertor da mochila, chacoalhando-o no ar com cuidado. Ele o estende sobre a grama com um movimento silencioso. Uma garrafa de vinho surge a seguir, e ele a usa para prender uma das pontas do cobertor. Dois "copos", um deles é meu pote de geleia. O outro, uma caneca lascada.

— Estou impressionada — digo. Ele me olha um tanto cético, mas estou falando sério. Já faz quase um ano desde meu último encontro, e o cara me levou para um clube de tiro em que a ex dele trabalhava. Nem preciso dizer que não houve um segundo encontro.

— Você nem viu a melhor parte ainda.

— Eu já vi o seu pau, Beckett.

Ele dá uma gargalhada inesperada, balançando a cabeça. À luz da lua, desse ângulo mal consigo distinguir as pequenas linhas de expressão que aparecem em seus olhos quando sorri. Ele pega o saco gorduroso que está próximo a seus pés e o estende para mim, me deixando espiar lá dentro. Cheeseburgers do café da manhã, duas embalagens cheias de batatas fritas bem crocantes que, de alguma forma, ainda estão quentes. Eu gemo e tento pegar uma, mas ele fecha o saco antes que eu consiga, colocando-o de volta em cima do cobertor.

— Espera um pouco.

— Mas... são batatas fritas.

— Elas ainda vão estar aqui quando voltarmos. — Ele começa a andar de costas, mais para perto da borda da floresta, onde estão as árvores gêmeas. — Vem cá.

Dou risada.

— *Vem cá*, o quê? — Mas ainda assim o sigo. A lua ilumina as constelações tatuadas em sua pele, o céu mergulhando para girar em torno de seus braços.

— Você não encontrou sua felicidade hoje — diz ele, com as mãos já estendidas, estrelas na pele, em seus olhos e no céu acima de nós.

Meu coração parece estar aos pulos.

— E você vai me dar a felicidade, é?

— Vou. — Ele sorri, tão pleno e brilhante quanto aquela maldita lua. — Vou dar pra você.

Mas ele está errado. Encontrei a felicidade hoje. Estou quase me afogando nela, em uma alegria simples e silenciosa. O conforto caloroso de um momento perfeito com um homem tão bom.

Paro bem na frente dele, que olha para mim. Escaneio as linhas de seu rosto e me sinto como um daqueles meteoros que ele tanto ama. Rasgando a atmosfera, uma bola gigante de luz.

— Da última vez que você esteve aqui... — Ele se aproxima e segura meu rosto com as duas mãos e dá um beijo gentil na ponta do meu nariz, no espaço entre meus olhos. Tudo em mim estremece e derrete, e minhas mãos agarram seus cotovelos. — Da última vez que você esteve aqui, eu quis te beijar debaixo dessas árvores.

— Você disfarçou bem — murmuro, envolvida, implorando em silêncio por mais.

— Não — responde com a voz rouca. — Você só não estava olhando perto o bastante.

Então ele me beija.

E me mostra tudo o que perdi.

— E AQUELA ALI?

Aponto para um aglomerado brilhante de estrelas com minha batata frita, minha bota encostando na dele no cobertor. Movo a cabeça em seu ombro, e ele segue a direção da minha mão, o nariz roçando meu cabelo rapidamente enquanto ele se inclina para olhar.

— Cetus — responde, com a boca cheia de hambúrguer. Ele termina de comer e joga a embalagem na mochila, apoiando-se nos cotovelos com um suspiro feliz. Eu me deixo levar quando ele puxa uma vez meu cinto, minhas costas em seu peito. — O monstro marinho. Poseidon o enviou para devastar alguma cidade costeira quando Cassiopeia disse que ela era mais bonita que as ninfas do mar.

— Que rancoroso.

Ele murmura em concordância e envolve meu pulso, guiando minha mão levemente para a direita, até que estamos os dois apontando para outro aglomerado de estrelas.

— Áries está bem ali.

Seu polegar traça um semicírculo persistente em minha pulsação, e sinto esse toque no meio das minhas pernas. Eu me desloco no cobertor e me aproximo mais, a cabeça sob seu queixo.

— E aquele ali?

— É um avião, meu bem.

Deixo escapar uma risada e olho para ele. Relaxado, o rosto inclinado para o céu, um sorriso fazendo os cantos da boca se curvarem. Ele relaxa aqui nos campos de um jeito que não consegue em nenhum outro lugar.

— Este é um bom encontro — digo baixinho. O melhor que já tive. — Obrigada por me trazer aqui.

— Obrigado por vir. — Ele olha para mim e puxa o punho do meu moletom. — Vestida adequadamente.

Olho para a roupa, que se ajusta de forma desajeitada no meu peito.

— Com roupas demais, acho.

Um som profundo escapa do peito dele. Sua mão desliza do meu pulso ao cotovelo, subindo até o ombro. Beckett enfia dois dedos na gola do moletom e traça minha clavícula nua. Meu corpo todo estremece.

— Ah, é? — pergunta com a voz rouca.

Ele prende a ponta da minha orelha entre os dentes e eu sorrio. Sua primeira concessão ao calor acumulado entre nós. Eu me lembro do quanto ele gostou disso quando estivemos juntos da última vez — seus dentes em minha pele, elogios sussurrados a cada arranhão.

Eu concordo.

— Uhum.

Então me movo e mexo até poder enfiar meus braços nas mangas em um movimento desajeitado. Rio quando a roupa fica presa em volta da minha cabeça, duas mãos enormes segurando e puxando até que eu consiga me livrar e ver o campo, o céu e as árvores de novo. Beckett olhando para mim como se eu tivesse pendurado a maldita lua com minhas próprias mãos.

É tão diferente da última vez que estivemos juntos. Diferente, mas ainda assim igual. Ele ainda olha para mim com um calor feroz — olhos cuidadosos mapeando exatamente o que ele quer fazer e onde. Como quer me tocar primeiro. Mas há certa perplexidade também. Como se não conseguisse acreditar que estou aqui com ele, neste lugar. Carinho e diversão e um calor borbulhante no fundo do meu peito.

Ele suspira e esfrega a palma da mão na nuca, observando enquanto eu me inclino para trás e me apoio em ambas as mãos. Acho que a intenção dele não era ser tão sedutor, mas é assim que está agora, o moletom amontoado em seu quadril. Fico só de jeans e com a camiseta surrada que vesti antes de sairmos de casa, o colarinho largo deslizando sobre um ombro. Ele cataloga a pele nua que se revela com olhos pesados, a língua passando pelo lábio inferior quando me movo um pouco e a camiseta cai ainda mais.

— Eu quero você — digo a ele, finalmente expressando o pensamento que está em minha mente desde que o vi atravessar aquela rua quando cheguei aqui. Desde que o vi passar pela porta daquele bar. Acho que nunca deixei de querer Beckett, na verdade. Levo meus dedos na delicada tatuagem em seu pulso e seguro seu antebraço. Puxo uma vez. — E acho que você também me quer.

Seus olhos se erguem de onde estavam abrindo um caminho ao longo da alça do meu sutiã e ele me dá aquele sorriso discreto de novo, de alguma forma melhor que o sorriso aberto que emana dele como a luz das estrelas. Esse sorriso parece meu e só meu. Ele cede ao meu puxão e fica de joelhos.

— Claro que sim — diz, seguro e direto, tão Beckett quanto nunca. Ele fala como se também estivesse pensando nisso. Talvez desde que me viu encostada no carro alugado em frente à pousada. Desde que me viu sentada no bar, com um copo de tequila a minha frente. — Nunca tive dúvidas que queria você.

Ele se ajeita na minha frente até poder agarrar meu tornozelo, acariciando-o com o polegar enquanto abre bem minhas pernas, com espaço o bastante para que possa se mover entre elas. É o único ponto em que estamos nos tocando, a mão dele na minha perna, mas consigo senti-lo por toda parte. Nas minhas costas e na ponta dos seios, no arco do pescoço e no espaço entre as pernas.

Sua mão me aperta com suavidade, movendo-se para cima. A calosidade em suas palmas roça no material áspero da calça jeans, um lembrete que é lindo em sua sinceridade. Outro apertão na minha coxa, o polegar arrastando ao longo da costura acima do meu joelho. Ele hesita um instante, considerando, então me segura pela cintura.

— Se acontecer de novo, Evie, não tem como fugir. — Seus olhos estão sérios, o corpo perfeitamente imóvel entre minhas pernas abertas. — Não quero acordar sozinho.

Eu o agarro pela camisa, o arrependimento me cortando bem no peito. Pela forma que o deixei meses atrás em um quarto de hotel, por ter ido embora da fazenda no Natal sem me despedir. Eu me inclino e dou um beijo em seu lábio inferior. Um pedido de desculpas, mas também uma promessa.

— Isso não vai acontecer.

— Tudo bem — diz ele, os olhos brilhando no escuro, a língua surgindo de relance em um canto da boca. Suas mãos flexionam em minha cintura, a ponta dos dedos pressionando e guiando. — Pode deitar, então.

16

EVELYN

Balanço a cabeça e assumo o controle, fazendo Beckett recuar até que ele se deite com um grunhido, meus joelhos subindo para ficar um de cada lado de sua cintura. Eu o seguro pelo queixo, ele olhando para mim, e passo os dedos em sua barba por fazer, áspera.

— Quero que você veja as estrelas — digo. Algo atrás de seus olhos brilha e queima intensamente. Mais brilhante que qualquer astro no céu. Minha supernova particular.

Ele me puxa para mais perto, a mão na parte inferior das minhas costas, e dá beijos lascivos na linha do meu pescoço. Suga com força um ponto logo abaixo do meu maxilar e depois se afasta, permanecendo com seus lábios mal roçando os meus.

— Só vou ter olhos para você.

Quando sua boca encosta na minha, sinto arrepios descendo pelos meus braços, que envolvo em seu pescoço enquanto nos beijamos. Em sincronia, nos acomodamos em uma posição em que ficamos sentados, meus joelhos um de cada lado dele. Algo mais profundo, mais quente. Ele me beija como se estivesse me contando mil segredos. Cada beijo tem um significado. *Estava com saudade*, diz o primeiro — suave e demorado no meu lábio inferior. *Você é tão linda*, diz o próximo — um beijo doce, provocativo. *Eu quero você*, diz o último — faminto, a boca roçando quando ele lambe a minha e segura meu rosto. *Quero demais* — seus dedos mergulhando nos meus cabelos.

As mãos fechando e puxando, um leve toque de aspereza que gera um som desesperado no fundo da minha garganta. Acho que nunca desejei tanto alguém. Nem mesmo no bar naquela primeira vez. Empurro meus quadris em direção ao dele, que afasta a boca para respirar fundo. Gosto que ele não tenha me impedido, que não tenha perguntado se isso é algo que quero. Ele pode sentir o desejo vibrando através de mim, da mesma forma que eu sinto. Em perfeita sintonia. Rebolo de novo e ele dá uma risada trêmula.

— Você é ainda mais gostosa do que eu lembrava — diz.

Sorrio.

— Você ainda nem viu a melhor parte.

Ele sorri para mim, seu sorriso meio selvagem. Retiro o que disse sobre os sorrisos discretos. É esse que quero para mim.

— Já vi seus peitos, Evie.

Uma gargalhada escapa de mim, abafada por um beijo divergente em minha boca. É desajeitado, nós dois sorrindo enquanto nos beijamos. Quero que ele me pergunte, do jeito que estamos agora. A mesma pergunta que faz todas as noites enquanto ficamos sentados na varanda dos fundos, o sol se pondo à nossa frente.

Você encontrou a felicidade hoje?

Sim, eu responderia para ele. *Encontrei bem aqui. Com você. Assim.*

Alcanço a barra da minha camiseta e a puxo por cima da cabeça. Suas mãos deslizam pela minha barriga no mesmo instante, os polegares esfregando com firmeza abaixo dos meus seios. Inclino a cabeça para trás, meus cabelos fazendo cócegas na parte inferior das minhas costas. É tão bom onde quer que ele toque. Eu só quero mais.

— Você está com frio?

Balanço a cabeça e pego o fecho do sutiã.

— Não com suas mãos em mim.

Seus olhos brilham. Ele gosta da resposta. O sutiã cai, e minha pele está exposta ao luar. Sinto a expiração profunda de Beckett roçar o vale dos meus seios, a ponta do nariz seguindo atrás. Mãos enormes sobem pelos meus quadris e deslizam pelas minhas costas — uma pressão deliciosa em ambos os lados da minha coluna. Ele envolve as mãos nas minhas costelas e me puxa para mais perto.

— E a minha boca?

Penteio seus cabelos com os dedos e puxo, encorajando-o a seguir em frente. Ele ri da minha resposta muda e se aconchega em mim, pressionando profundamente, sugando beijos abaixo da minha clavícula e no topo das minhas costelas. Suas mãos apertam e ele me incentiva a me afastar mais, me mantendo suspensa no ângulo certo para seus beijos. Ele mal roça em meu seio, saltando direto para meu ombro, a linha do pescoço. Em todos os lugares, menos onde eu mais o desejo. Arqueio as costas, puxando seus cabelos com impaciência.

— Beckett — reclamo, ofegante, sua barba por fazer perfeitamente áspera contra meu peito. Ele arrasta o maxilar pelo meu corpo e eu rebolo, empurrando os quadris para baixo. Uma das mãos deixa minhas costas e segura meu seio, os dedos beliscando o mamilo. Faço um som incoerente e puxo os cabelos dele de novo, exigindo alívio.

— Só queria fazer você ficar mandona de novo — provoca, a boca ocupada na minha garganta. Enfia a língua ali, seus dedos me apertando e fazendo todo o meu corpo estremecer.

— Você podia ter pedido.

— Assim é melhor.

Ele enfim põe a boca no meu seio e eu suspiro seu nome, as mãos segurando firmemente sua nuca. Ele é tão gostoso. Quente e úmido e grosseiro na medida certa. Ele mordisca meu mamilo e as estrelas oscilam no céu.

Eu me odeio por ter decidido usar jeans esta noite. Posso senti-lo grosso e duro em mim, mas a fricção é entorpecida pelas camadas de tecido, cada movimento de corpo aumentando minha frustração. Quero sentir sua pele nua por baixo de mim, satisfazer essa vontade que pulsa em mim. Estou dolorida de necessidade, vibrando de desejo.

Ele passa a palma da mão pelas minhas costas nuas.

— Relaxa — sussurra em meu ouvido. — Eu vou cuidar de você.

— Relaxa você — resmungo, frustrada com os quase toques. Estou excitada demais para aguentar essas provocações. Parece que estamos nas preliminares há semanas. Sinto cada olhar persistente, cada toque contido. Quero senti-lo duro e rápido dentro de mim, preenchendo cada centímetro até que eu não consiga respirar de tanta pressão. Ele me deita com delicadeza no cobertor, meus cabelos se espalhando ao redor, os joelhos o abraçando pela cintura enquanto me inclino. Puxo o cinto dele fazendo cara feia. Ele aponta para minha boca com um sorriso.

— Por que essa cara?

— Você está me provocando.

— Não estou. — Ele balança a cabeça e investe contra mim, roçando forte, profundo, os cílios se curvando. Uma mecha de cabelo cai sobre sua testa, e eu a afasto para trás com a palma da mão. O homem finalmente está começando a perder o controle. — Estou tentando ir devagar — diz, a voz abafada.

— Ou seja, provocando.

Ele dá risada e se inclina até conseguir lamber uma faixa quente entre meus seios. Leva a cabeça para a esquerda e captura um mamilo entre os dentes, que ele suga até me fazer arquear no cobertor.

— Só estou tentando me controlar — diz em minha pele, afastando minhas mãos de sua perna. Ele encontra rápido o botão da minha calça, abrindo-o e puxando o zíper, os movimentos rápidos e agitados. Ele empurra o tecido teimoso pelas minhas pernas, resmungando. Chega até a metade do caminho antes de desistir, distraído pela visão do algodão branco liso. Ele geme e aperta minhas coxas com mais força.

— Eu tinha um plano — comenta, os olhos ainda grudados no nada impressionante algodão nos meus quadris. Eu estremeço com seu olhar.

— Ah, é? Qual era?

— Eu ia fazer você gozar e depois te levar pra casa — diz em voz baixa, seus olhos abrindo caminho pelo meu corpo. Ele me encara com um olhar faminto e flexiona as mãos de novo. — Mas acho que não dá. Não consigo.

— Não consegue me fazer gozar?

Ele solta minha coxa para bater de leve na minha bunda. Arrepios surgem em cada centímetro do meu corpo.

— Você sabe eu que consigo, meu bem.

Sinto um pulsar na minha barriga — algo pairando entre suas palavras e o desejo que corre quente pelas minhas veias.

— E você tem um novo plano?

Ele considera, o olhar demorando no pequeno espaço de pele macia e lisa entre meu umbigo e a borda da minha calcinha. Já tive a boca dele ali antes, enquanto eu estava encostada na cômoda, minhas mãos em seus cabelos. Quero isso de novo. E quero um milhão de outras coisas também.

— Levanta — ordena, batendo uma vez em meu quadril nu. Quando ergo o corpo, ele segura minha calça jeans e puxa três vezes, de forma brusca. Não uso nada além de uma calcinha de algodão comum enquanto ele ainda está completamente vestido, no meio de um bosque na escuridão da noite. Isso me faz estremecer debaixo dele, as mãos apertando sua camisa.

Eu a puxo.

— Tira isso.

Ele leva uma mão às costas e puxa a camisa por cima da cabeça, flexionando os bíceps enquanto a joga no cobertor. Ele se inclina em cima de mim, sua boca na minha, seu corpo em uma pressão deliciosa e quente me segurando para baixo, me prendendo no chão. Eu envolvo minhas pernas em torno de seus quadris, cruzando os tornozelos na parte inferior de suas costas, o jeans áspero contra o interior das minhas coxas. Seu zíper raspa minha pele e eu flexiono minhas pernas mais para cima, seu peito pressionado em meus seios e os braços tatuados me segurando com força. Eu me concentro nele — no calor de seu corpo e no desejo entre minhas pernas.

— Por favor, me diga que você tem camisinha — imploro em sua boca, o polegar e o indicador acariciando meu mamilo. Ele balança a cabeça com um som abafado de frustração, apoiando-se nos braços para encontrar meu olhar. Fica tenso por um segundo, distraído, antes de se abaixar para dar um beijo na minha boca. Ele se demora com um gemido, outro beijo roubado enquanto aperto mais minhas pernas em sua cintura.

— Não — responde, o arrependimento gravado em cada linha de seu rosto. Deixo minhas mãos mapearem a linha forte de seus ombros, o peito largo, os músculos em seu abdome. Seu corpo é formado pelo trabalho, colorido pelo sol e pela terra. Já vi cada pedaço dele, mas encontro coisas novas para descobrir. O aglomerado de sardas no topo das costelas. A linha fina de contraste onde a pele bronzeada encontra a pele mais pálida de um branco pálido. Os pelos que descem pela barriga, escondendo-se na calça jeans de cintura baixa.

— Tá, tudo bem — balbucio. Não precisamos de camisinha. Tem muitas outras coisas que podemos fazer. Uma lista enorme surge em minha mente, e a vontade cresce dentro de mim, mais profunda. Mais nítida.

Eu o arranho na cintura e alcanço o botão de sua calça jeans, deslizando minha mão por baixo quando ele cede. Os nós dos meus dedos roçam a pele quente e envolvo minha mão em torno de seu pau duro. Ele fecha os olhos, os dentes cerrados.

— Eu não pensei… — Ele olha para mim, perplexo e extasiado. Desgrenhado e encantado. Todas as minhas coisas favoritas. — Não estava esperando por isso.

— Você literalmente acabou de dizer que tinha um plano. — Movimento minha mão uma vez e ele emite um gemido entrecortado. Quero ouvir esse som de novo, agora mesmo. — Não estava me esperando aqui, pelada, neste cobertor?

Ele balança a cabeça e rebola os quadris sob meu toque.

— Você lembra a noite que nos conhecemos?

Eu o acaricio de novo e ele empurra com mais força, fodendo minha mão com outro som doloroso e desesperado. Gosto tanto desse som que faço de novo. Então de novo, meu polegar deslizando onde consigo alcançar.

— Você quase me comeu no corredor dos fundos do bar, Beckett. — Eu queria que ele fizesse isso. Praticamente implorei, se bem me lembro.

Ele segura meu pulso para mantê-lo no lugar, os olhos brilhando.

— Você primeiro — diz. Seus dedos roçam a curva do meu quadril, deslizam sob o cós da minha calcinha e apertam a pele nua da minha bunda.

Balanço a cabeça e sorrio para ele, minha mão ainda presa em suas calças. Eu preciso tanto dele que quase sinto uma dor física. Todas as minhas ideias se dissipam e sei o que quero. Quero nós dois, juntos.

— Eu faço exames com regularidade — digo. — E estou tomando anticoncepcional. Se você quiser...

Sua boca cobre a minha com um beijo, mais suave do que deveria ser com meu corpo nu debaixo dele e o convite que acabei de fazer. Ele aperta meu queixo e lambe minha boca com uma carícia suave, seu polegar traçando meu queixo até a pele macia abaixo da minha orelha. Então acaricia esse ponto, um movimento lento.

— Fiz teste o mês passado — consegue dizer quando se afasta, a palma da mão apoiada em meu pescoço. Ele a desliza um pouco para baixo até que fique pressionada bem no centro do meu peito. Envolvo minha mão em seu pulso e aperto. — Não fiquei com mais ninguém depois de você.

Meu coração bate fora do compasso sob a palma da sua mão.

— Eu também não — confesso. Ofereço um pouco mais. — Eu não queria mais ninguém.

Nem um pouco. Nem mesmo fiquei tentada. Pensar em Beckett era mais que o suficiente. O fantasma de suas mãos na minha pele.

— Está tudo bem? — pergunto, meus dedos percorrendo a musculatura de seu braço de um lado para o outro.

Beckett balança a cabeça, os olhos brilhantes, e sua mão desliza pelo meu corpo para se juntar à outra, brincando com as laterais da minha calcinha. Ele desliza os polegares por baixo e puxa o tecido uma vez, o suficiente para fazer meus quadris pularem embaixo dele. Ouço sua risada e o aperto, a mão ainda dentro da sua calça.

Ele para de rir bem rápido.

Mãos agarram e puxam, uma pressa para obter o alívio que nós dois desejamos. Ele se atrapalha com a calça jeans enquanto tento ajudar, na tentativa de tirá-la sem sair de cima de mim.

— Se você só... — Puxo com força o material.

— Se eu o quê? — Ele balança os quadris, e o movimento pressiona seu pau bem contra mim. Eu suspiro e abro mais as pernas. — Não ajuda ter você pelada embaixo de mim. Que dureza.

Dou risada.

— É, tá bem duro mesmo.

— Evie — ofega ele, ainda tentando tirar a calça jeans, distraído enquanto tento tirar a calcinha. Ele me prende no cobertor, a mão na minha cintura, apertando com força. — Se comporte.

Respiro devagar, um sorriso ainda na boca. Estou com dificuldade de me manter parada. Pressiono a ponta dos dedos sobre seu queixo e esfrego a palma da mão em seu pescoço. Sua pele é quente ao meu toque, corada na luz fraca.

— Sinto que estou esperando por você desde sempre — confesso.

Seu rosto suaviza.

— Eu sei, meu bem.

Ignorando o jeans ainda preso em suas coxas, sua mão escorrega para baixo, dois dedos deslizando exatamente onde eu mais preciso dele. Depois de todas as provocações, seu toque firme quase me faz gozar. Ele faz um movimento circular, e sufoco dizendo seu nome. Ele muda a mão, pressionando de novo, pressiona mais uma vez, e minhas unhas cravam em suas costas.

— Porra, você é tão gostosa — resmunga. Esqueci quanto a voz dele fica rouca quando estamos juntos assim. Quanto ele soa desesperado.

Concordo e agarro seus braços, a palma cobrindo de leve a tatuagem em sua pele, tentando puxá-lo mais para perto. Seu polegar desliza sob o algodão, e nós dois gememos quando ele sente como estou molhada.

— Agora — exijo. — Agora, por favor.

Ele não se preocupa em tirar minha calcinha, só afasta o tecido com o dedão e se alinha com a outra mão, estocando fundo. Um único movimento e ele está todo dentro de mim. Minhas pernas se movem em seus quadris e ele apoia a testa no meu pescoço, um gemido deslizando do seu peito para o meu. Eu me sinto saciada de um jeito delicioso, sobrecarregada da melhor maneira possível.

A lembrança que tinha não é nada comparada com a realidade. Mãos flexionando em minhas coxas, a testa contra o meu pescoço, a barba por fazer roçando minha pele. Ele se afasta, gira os quadris e empurra para dentro. Um ritmo suave e fácil que consigo igualar. Ele empurra para dentro de mim, de novo e de novo, me fazendo mover para cima no cobertor a cada estocada, até minhas costas roçarem a grama fria.

— Evelyn — diz em meu pescoço. — Evie. Porra.

— É tão gostoso — dou uma risada arrastada, bolhas de champanhe no meu peito. Ele se ajoelha e coloca a palma da mão na parte inferior das minhas costas, guiando meus quadris com mais força contra ele. Tudo funciona perfeitamente e já estou no limite, oscilando.

— Pensei tanto nisso — diz, uma confissão ofegante. Suas mãos envolvem meus quadris e me seguram com força, me fazendo levantar mais. Ele fica lindo assim. Um pouco selvagem, uma gota de suor escorrendo pelo pescoço. Seu olhar percorre cada parte do meu corpo: minhas coxas, meus quadris, o balanço dos meus seios nus e a curva da minha bochecha. — Tenho pensado nisso todos os dias. Em você.

Meu coração palpita e sinto como se a luz das estrelas deslizasse em minha pele, ouvindo que ele pensa em mim tanto quanto eu penso nele.

— Vem — diz, os olhos fixos nos meus. Observo seu rosto enquanto ele passa a mão pelo meu quadril e abre bem os dedos. Seu polegar desce pela minha barriga e ele o pressiona entre minhas pernas. Mantém o dedo ali, uma pressão simples e pesada. Tudo em mim fica mais apertado. Uma respiração entrecortada escapa de mim e um sorriso arrogante surge no canto de sua boca. — Goza pra mim.

Eu sorrio para ele e persigo seu toque, colocando minha mão sobre a dele para movê-la do jeito que eu gosto.

— Me faz gozar.

Sua risada é rouca, ofegante pela maneira como ainda se move contra mim. Ele se apoia em um dos braços e enrosca a mão livre nos meus cabelos. Estoca com mais força, indo mais fundo.

— Quero tudo que você tem — diz. Seus dedos se fecham em punho nos meus cabelos e ele me beija como se não quisesse fazer mais nada.

Só isso.

Eu e ele.

Isso causa algo em mim, uma explosão brilhante de prazer, que sobe por minha coluna e me faz arquear embaixo dele, uma risada presa no fundo da garganta. Poeira estelar, parece, bem no centro do meu peito.

Ele continua se movendo — frenético e sem seu controle suave —, e estou muito ocupada com a leveza difusa em meus membros para fazer qualquer coisa, exceto me segurar enquanto ele busca seu prazer. Ele estremece e congela contra mim, as mãos agarrando, a boca trabalhando silenciosamente no meu pescoço. Tudo se acomoda em ondas suaves de calor pulsante, meu corpo cansado de um jeito perfeito, delicioso.

Pisco para o céu acima de mim, os galhos das árvores dançando na brisa leve. Aliso as costas dele com a mão. Beckett encosta a testa na minha e sussurra meu nome.

— Espero que seu plano inclua me levar para casa. — Bocejo, as costas da mão pressionadas na boca. Cada pedaço de mim parece alongado e saciado. Preguiçoso. — Porque não pretendo me mover.

Ele se apoia nos cotovelos. Seus olhos são suaves, e o toque, ainda mais. Ele dá um beijo na ponta do meu nariz.

— Não consigo carregar ninguém agora. — Ele desaba ao meu lado, os olhos pesados e a risada solta. — Vamos ficar aqui deitados. Mais um minuto.

— Tudo bem. — Bocejo de novo, um arrepio percorrendo meus braços. Ele o afasta com a palma da mão na minha pele, me incentivando a chegar mais perto. — Mais um minuto.

FICAMOS ALI DEITADOS por muito mais de um minuto.

Beckett acaba por me envolver em seu moletom e me carregar nas costas durante nossa caminhada até a casa, as mãos enganchadas em meus joelhos e as palmas esfregando minhas coxas. Com meus braços em seus ombros, ele se move rápido, apontando diferentes constelações à medida que avançamos. Andrômeda e suas correntes. Touro e seus poderosos chifres. Um milhão de estrelas e um milhão de histórias. Enterro meu nariz no pescoço de Beckett e caio no sono ao som de sua voz grave e profunda.

Eu me assusto com o barulho de suas botas nos degraus da varanda, as mãos ajustando o aperto para procurar as chaves no bolso. Começo a escorregar para o lado e ele xinga abafado, me colocando em pé com cuidado. Bocejo e coço os olhos enquanto ele destranca a porta, passando os dedos pelos cabelos. Eu bufo quando vários galhos e algumas folhas de grama caem na varanda, resquícios do nosso encontro no campo.

Talvez isso seja a felicidade. Uma pessoa, um lugar. Um único momento no tempo. Beckett no corredor me ajudando a tirar o moletom dos ombros. Uma família de gatos disputando nossa atenção enquanto entramos na cozinha. Chá na chaleira no fogão e duas canecas lado a lado.

Desabo em um dos bancos alinhados na bancada e o observo se movimentar pela cozinha, acomodando-se no calor que se expande em meu peito.

— No que você está pensando? — pergunta, as mãos ocupadas com uma lata de chá. Ele me passa o mel antes que eu possa pedir, e lá está ela de novo, aquela vibração logo abaixo das minhas costelas.

Balanço a cabeça e pego uma colher.

— Nada — digo. — Só te observando.

Ele murmura como se não acreditasse em mim, um sorriso escondido atrás da caneca. Ficamos ali sentados no balcão, bebendo nosso chá no silêncio da casa. Observamos os gatos batendo em um novelo de lã e apoio a testa em seu ombro, sua mão encontrando minha coxa, os dedos tamborilando.

Um bocejo faz meu maxilar se esticar e Beckett sente o cheiro dos meus cabelos, segurando minha caneca antes que eu possa soltá-la. Ele a coloca na pia e se vira para mim, apoiando-se com os braços na bancada. Encontro a galáxia na parte interna de seu bíceps e traço a cor.

— Venha para a cama comigo — diz, sua voz um sussurro rouco. Eu me inclino para ele até que meu queixo esteja em seu ombro e toda a metade superior do meu corpo esteja apoiada no dele. Eu poderia dormir assim. É bem provável que fosse o melhor sono da minha vida.

— Acho que não consigo fazer de novo.

Beckett balança a cabeça e me guia para fora do banco, me direcionando para seu quarto com um tapinha gentil na minha bunda.

— Eu também não — concorda. Ele dá um beijo na minha nuca e nos leva para a frente, com os joelhos batendo nos meus. — Quero sentir você perto de mim. Só dormir.

Estou cansada demais para fingir que não é exatamente isso que quero também. Seguro na mão dele e concordo.

— Só dormir parece muito bom.

17

BECKETT

Acordo com Evelyn esparramada sobre mim, a coxa apoiada na minha cintura e o nariz no meu ombro. Faço carinho em suas costas nuas e observo como ela se aconchega mais, um único raio de luz da manhã dançando em sua pele. Eu persigo a luz com meu toque e seu nariz torce, uma bufada durante o sono enquanto se vira e se acomoda de novo.

Adoro como ela fica nos meus lençóis: a curva suave dos quadris e mais profunda da cintura. A linha graciosa do braço sobre os seios nus. Ela parece uma obra de arte. Uma pintura de óleo sobre tela, com a ponta áspera do dedo. Traços ousados de ouro polido, ameixa rica e um verde intenso como o da floresta.

Apesar da promessa de que só iríamos dormir, acordei antes do amanhecer com dedos macios roçando minha barriga, procurando beijos no escuro. Eu a puxei para cima de mim e a toquei até que ela ficasse sem fôlego, as mãos agarrando minhas roupas. Uma onda de calor percorre a base da minha coluna quando me lembro do som que ela fez quando a penetrei fundo. Um gemido baixo. O mais puro som de alívio.

O desejo pulsa quente e eu pressiono as palmas das mãos nos olhos até ver manchas. Preciso sair desta cama se tiver esperança de conseguir fazer alguma coisa hoje. Ainda me sinto desesperado por ela, carente de seus sons, toques e corpo.

Do jeito que ela olha para mim. De sua risada, do sorriso e da atenção cheia de cuidados.

Eu me descubro e levanto da cama, Evie rolando no mesmo instante para ocupar meu espaço. Dou um beijo no meio de suas costas.

Evie se volta para mim e enrosca suas mãos nos meus cabelos, um puxão suave e depois uma massagem calmante com a ponta dos dedos no meu couro cabeludo. Um som penetrante e satisfeito ressoa em meu peito. Ela sorri no travesseiro.

— Como um gato — murmura.

Eu movo minha cabeça ainda mais em suas mãos, de brincadeira, e ela me empurra.

— Panquecas — diz com um suspiro. — Bacon. — Ela ainda não abriu os olhos.

— Tudo bem. — Traço o contorno de sua bochecha com o polegar. Quero guardar esse momento, seu corpo macio e doce nos meus lençóis, os sons da casa se acomodando ao nosso redor. Um galho de árvore arranhando a janela e as tábuas do piso estalando no corredor. — Vamos começar com o café e depois decidimos o que fazer.

Eu faria panquecas e bacon para ela e um maldito buffet para se servir à vontade — com tudo que Evie quisesse —, se ela me dissesse que queria ficar aqui. Mas afasto esse pensamento assim que ele surge em minha mente. Enterro bem no fundo. É a pior das ilusões que eu poderia criar. Evie é grande demais para ficar presa em um lugar como a Lovelight. Brilhante demais para ser escondida em uma fazenda de cidade pequena. Não quero que ela perca o brilho só porque... porque não suporto vê-la partir.

Olho para o sorriso dela enfiado no meu travesseiro, a ponta dos dedos traçando descontraidamente as linhas ao longo das minhas tatuagens.

— Encontro você na cozinha — diz, voltando a dormir, os pés se contorcendo por baixo dos cobertores de flanela. Fecho as cortinas e pego minhas calças no chão antes de sair, vestindo-as enquanto ando pelo corredor. Os gatos me ignoram completamente, contentes com seu lugar ao sol perto da janela.

— Bom ver vocês também.

Cometa rola, sua pequena pata balançando por um instante no ar.

Eu me ocupo em preparar o café e separar os ingredientes para as panquecas, sentindo uma dor profunda entre as omoplatas e na parte de trás das coxas. Tenho duas marcas de arranhões na curva das costelas — uma lembrança de quando pressionei o polegar entre as pernas dela, que me segurou com força nas laterais do corpo.

Dormir com Evelyn ontem à noite não foi a melhor das ideias. Estou só mergulhando mais fundo nessa coisa entre nós. Tenho medo de que, desta vez, quando for embora, ela leve todas as partes mais importantes de mim.

Mas estou cansado de me controlar. Cansado de fingir que não a quero de todas as maneiras possíveis. Na varanda, na mesa e na cama. Nunca desejei tanto uma mulher em toda a minha vida.

É a Evie.

Era um caso perdido desde o começo.

Quero conversar sobre o dia dela e depois fodê-la com força contra a parede. Quero fazer queijo grelhado e sopa de tomate e depois abrir suas pernas com ela deitada na mesa.

Um leve toque musical interrompe meus pensamentos e olho por cima do ombro para a mesa. O computador de Evelyn está aberto no canto, e tem um caderno espiral logo abaixo dele. Meus olhos se movem do corredor para o computador algumas vezes, e o toque para de repente.

Volta a tocar instantes depois.

Sei que ela não está com o celular. Ele ainda está no fundo do lago, provavelmente acomodado em um dos remos que Luka deixou cair lá dois verões atrás. Dou um passo para perto e estreito os olhos. Uma caixinha no canto me diz que Josie está ligando. Evie já disse esse nome antes, um tom carinhoso em sua voz.

Minha mão paira sobre o touchpad e toco em atender antes de poder me convencer do contrário. Vou anotar a mensagem, desligar e preparar as malditas panquecas para nós.

O rosto de uma mulher aparece na tela do mesmo instante. Cabelos pretos. Um moletom do Metallica. Grandes olhos castanhos que piscam e depois se arregalam.

— Puta merda — diz uma voz aguda no alto-falante.

Meu reflexo aparece no canto superior esquerdo da tela, o braço apoiado na borda da mesa e a mão ainda pairando sobre o teclado. Eu… não estou de camisa. Tenho certeza de que é possível ver os arranhões que Evie fez em meu peito. Eu me afasto da mesa e fico feito um idiota ali, agitando uma espátula de cozinha hesitante em saudação.

Não sabia que era uma chamada de vídeo.

— Hum, olá.

Pés com meias se arrastam pelo corredor. Evie aparece na entrada da cozinha vestindo uma das minhas camisas de flanela, meio abotoada e mal tocando as coxas. Ela está com as meias de tricô — solto um suspiro trêmulo e agarro o encosto da cadeira — puxadas até os joelhos. Estou dividido entre o desejo de queimar essas malditas coisas ou fazer com que ela não use nada além disso, com os joelhos abraçando minhas orelhas e as mãos nos meus cabelos.

— Ei — murmura, aproximando-se de mim e dando um beijo suave na parte inferior do meu queixo. Seus braços envolvem minha cintura e ela me abraça com força. É o tipo de afeto fácil que sempre desejei dela, e não consigo apreciar o momento porque estou paralisado na frente da câmera, olhando como um cervo para os faróis por cima da cabeça de Evie. Se o chão da cozinha pudesse me engolir por inteiro, eu ficaria feliz.

Eu sabia que não deveria ter atendido a porra da chamada.

— Ora, ora. Vejam só o que temos aqui.

Evie dá um pulo, virando o rosto em direção ao computador. Minhas mãos apertam seus quadris em um pedido de desculpas silencioso.

— Eu não sabia que era uma chamada de vídeo — sussurro, só para ela.

Evelyn pisca. A mulher na tela olha para nós dois sem dizer nada e depois junta os dedos. Ela bate um no outro com delicadeza, parecendo uma vilã de cinema. Um sorriso lento começa no canto de sua boca, até que todo o seu rosto pareça prestes a explodir de alegria desenfreada.

É assustador.

— Tantas coisas estão começando a fazer sentido — diz com um estranho sotaque aristocrático. Evie suspira e dá um tapinha no meu peito, inclinando a cabeça para olhar para mim. Ela tem um leve rubor nas bochechas, mas também sorri. Seus olhos percorrem meu torso e pousam nos arranhões finos na lateral do meu corpo. O rubor em suas bochechas fica um pouco mais intenso.

— Por que você não vai vestir uma camisa?

— Se for por minha causa, não precisa — diz a voz na tela.

— Vou colocar uma camisa — anuncio. Deixo a espátula sobre a mesa e saio rapidamente, me retirando para a segurança do meu quarto.

Assim que a porta se fecha atrás de mim, pego uma camisa de flanela da gaveta de cima sem me preocupar em escolher, demorando para fechar os botões. É melhor não ficar parado atrás de Evie durante uma ligação com a amiga. Não quero tornar as coisas mais difíceis para ela. Não quero que se sinta pressionada, nem por mim ou por qualquer outra pessoa. Ela já coloca bastante pressão em si mesma.

Esfrego a palma da mão na nuca, frustrado. Com a situação, mas principalmente comigo mesmo, com a minha incapacidade de… dizer o que quero.

Eu sei o que quero.

Olho para a cama: os lençóis retorcidos e a leve marca no travesseiro ao lado do meu.

Mas sei que é egoísmo querer isso.

A porta se abre e Evie enfia a cabeça, os cabelos bagunçados caindo sobre os ombros. Ela sorri com gentileza quando me vê parado no meio do quarto e abre mais a porta. Coloca uma caneca de café na beirada da cômoda, como se todo dia fosse assim.

Queria que fosse.

Eu limpo a garganta.

— Tudo certo?

Ela concorda com a cabeça e cruza os braços enquanto se inclina contra o batente da porta, com um sorriso fácil no rosto. Tudo o que posso fazer é olhar para os botões da camisa que ela roubou, o tecido mal cobrindo o volume de seus seios. Seria tão fácil enganchar meu dedo ali, puxá-la para mim e esquecer a confusão em minha mente.

Quanto tempo ela vai ficar? O que vai acontecer quando ela for embora?

Estou totalmente entregue, e será que me importo de estar?

Essas preocupações desapareceriam com a minha boca na dela.

Metade de mim espera que ela imponha o assunto, exija que conversemos sobre tudo o que descobrimos ontem à noite. Mas Evie mantém os olhos em mim, um olhar caloroso, honesto e gentil. Há uma linha desbotada do canto do olho até a curva do queixo, um vinco do meu travesseiro impresso em sua bochecha.

Eu a quero assim todas as manhãs.

— Você deixou o celular em cima do balcão — comenta, descruzando os braços e entrando no quarto. — A Mabel ligou e disse que você está atrasado.

Resmungo. Esqueci que me ofereci para ajudá-la hoje. A temporada de casamentos na primavera é caótica em relação às plantas, e ela é baixinha demais para fazer os arcos sozinha. Olho para a longa linha do corpo de Evie apoiada na cômoda e resmungo de novo.

Eu tinha planos para esta manhã. Panquecas e calda com as portas da varanda bem abertas. O sol em sua pele e a linha tentadora de sua garganta. Esfrego meu peito e ignoro a onda de decepção.

Ela sorri e se vira, curvando-se na altura da cintura para pegar algo na terceira gaveta da cômoda. Faço um som desamparado quando olho para a bunda dela aparecendo, e ela rebola devagar, as pernas balançando para a frente e para trás.

— Eu vou com você — anuncia por cima do ombro, tirando uma calça jeans e jogando em minha direção. — De qualquer maneira, tenho que arrumar coisas do site para ela.

— Você ainda está fazendo esses trabalhos pela cidade? — Grande parte estava relacionada com redes sociais. Mas também a ajudar Alex a arrumar o estoque, guardando livros nas prateleiras dos fundos. Cuidar da caixa registradora da loja de ferragens. Christopher estava fora de si, contando a quem quisesse ouvir sobre a celebridade que queria trabalhar em sua loja.

Evie tem compartilhado seu brilho com toda pessoa que precise de um pouco de luz, mesmo enquanto tem dificuldade de se encontrar. Ela é disponível, calorosa e gentil, e é tão fácil imaginá-la aqui. Querer que ela *fique*.

Ela cantarola em afirmação, um par de meias enroladas voando pelo ar e quase acertando minha cabeça. Estendo a mão para trás e as pego na cama.

Toda mandona, ela coloca as mãos na cintura, cada curva de seu corpo em uma exigência. E toda linda, também.

— Mas, se não vamos tomar café da manhã aqui, quero bacon pra levar.

Eu relaxo e me acomodo. Vamos descobrir tudo com o tempo, sejam partes boas ou ruins. Essa preocupação não vai me levar a lugar nenhum.

— Tudo bem.

O ESTACIONAMENTO DOS fundos da área verde está lotado quando chegamos, um pico de ansiedade me fazendo ficar inquieto no assento. Não era assim que eu queria passar a manhã com Evelyn. Na verdade, não é assim que quero passar qualquer manhã — nunca. Quero voltar no tempo e me dar um soco na cara por ter me voluntariado.

Posso sentir os olhos de Evie em mim, observando com cuidado enquanto manobro a caminhonete para um dos becos. Estaciono, relutante, e ela pega uma fatia de bacon do pote em seu colo, me oferecendo metade.

— Eles gostam de ver você, sabia?

Mordo o bacon, mantendo o olhar fixo na grande guirlanda floral acima da porta da estufa. Geralmente levo entre cinco e sete minutos para me convencer a sair do carro.

— Quem?

— Todo mundo. As pessoas da cidade.

Resmungo.

— Eu só... — Eu me viro para olhar para ela, a forte luz da manhã fazendo sua pele brilhar. O pescoço está rosado no ponto em que minha barba roçou, um chupão começando a surgir por baixo da camisa. Cedo à tentação e estendo a mão, passando o polegar uma vez na marca antes de puxar a gola dela. Evie vira a cabeça e dá um beijo na constelação nas costas da minha mão. Argo Navis. O poderoso navio.

— Não quero que você fique sozinho — confessa. — Que fique sentado sozinho naquela casa grande. Odeio pensar em você sozinho.

Evie está falando de quando ela for embora. Puxo minha mão de seu aperto e esfrego a palma ao longo da minha coxa. Ela está ocupada, planejando o momento de ir, enquanto ainda estou nos campos com ela, as mãos em sua pele nua e meu coração na garganta.

A decepção me dá um soco no estômago, um golpe baixo que rouba o ar dos meus pulmões. Passei a manhã toda tentando pensar nas palavras certas para dizer que a quero comigo, e ela está pensando para onde vai a seguir. Suspiro devagar e alcanço a maçaneta da porta.

— Tudo bem. — Coço o nariz e coloco tudo no lugar. Ombros para trás, queixo erguido, paredes em ruínas sustentadas por palitos de dentes. — Vamos entrar então.

Evie me para com a mão no meu pulso, o pote colocado com cuidado no banco de trás. Esfrega o polegar uma vez na minha pele e sorri gentilmente para mim. Há um segredo em sua boca. Conforto e um pouco de imposição também. Todas as coisas de que mais gosto em Evie.

Ela remexe na bolsa e tira alguma coisa de dentro, se mexendo no banco para se inclinar sobre o console. Ampara meu queixo com uma das mãos e apoia a outra na minha têmpora, segurando um pequeno protetor de ouvido de espuma com cuidado entre o polegar e o indicador. Ela o encaixa com carinho no meu ouvido, o polegar alisando meu maxilar enquanto o som é abafado ao meu redor. É como escorregar debaixo d'água na banheira, com a água quente correndo por cima.

Então Evie guia minha cabeça para a esquerda e coloca o outro protetor de ouvido no lugar. Segura meu rosto quando termina, os polegares roçando meus olhos. Ela se inclina para a frente e dá um beijo suave em minha boca. *Me deixa cuidar de você*, diz o beijo.

Quero que ela faça isso. Mais que tudo, quero que ela faça isso.

— Para o som — explica, sua voz mais difícil de ouvir, mas ainda ali. — Para ajudar.

Engulo as palavras que queimam estranhamente no fundo da minha garganta e me contento em apertar a mão dela na minha. Mas me pergunto se ela sabe. Se pode ler no meu rosto.

Eu não sabia que apaixonar poderia ser tão simples. Bacon em um recipiente para viagem e protetores de ouvido no fundo de uma bolsa.

Tomo uma decisão ali, sentado no banco do motorista da minha caminhonete, minha mão segurando a dela, o polegar alisando os nós dos dedos de Evie. Não sei o que estamos fazendo, quanto tempo vai durar, quando ela vai embora de novo. Mas, enquanto estiver por aqui, vou aceitar cada pedacinho dela.

Vou aceitar tudo o que Evie puder me dar, enquanto for possível.

Os protetores de ouvido ajudam, mas Evelyn ajuda mais.

Ela acaricia a parte de trás do meu braço, toques leves e reconfortantes, enquanto enlaçamos flores e vinhas em torno das hastes robustas de um arco. Metade da cidade está amontoada na estufa de Mabel, com buquês de flores frescas, rolos de tela de arame e espuma verde densa em todas as superfícies planas. Conversa alta e corpos se aproximando. Já tive vislumbres de Mabel, correndo entre as estações de trabalho, em uma agitação intensa enquanto organiza e reorganiza e manda as pessoas porta afora.

— São lindos. — Evelyn ajeita as flores de mosquitinho no topo do arco e passa a ponta do dedo sobre a pétala de uma peônia rosa-claro, a flor ainda não aberta completamente. Ela está de pé no degrau de uma escada pequena e sua bunda paira bem acima do meu rosto. Eu poderia morder o alto de sua coxa se quisesse. Ela se vira e olha para mim, um sorriso malicioso curvando os lábios. Não me preocupo em desviar o olhar da bunda dela.

Estendo a mão e a ajudo a descer.

— São mesmo.

Mabel é incrível no que faz. Seu trabalho com as flores tem se expandido pouco a pouco nos últimos anos, e este pode ser o maior casamento que já fez até agora. Olho para todos os arranjos espalhados pela estufa, Gus parado na porta com o que parecem ser cinco buquês equilibrados em suas mãos enormes, um olhar paciente em seu rosto gentil enquanto Mabel fala animada na frente dele. Ele balança a cabeça e aponta para a frente, para o local em que a ambulância está esperando, as portas traseiras abertas.

— Acho que o Gus está tentando entregar flores em um casamento de ambulância.

Evelyn salta do último degrau da escada, mas não solta minha mão. Aperto seus dedos nos meus, uma pequena flor branca grudada em seu dedo mindinho.

— Ele pode precisar da ambulância em um segundo.

Eu rio e Evelyn olha para mim, com um largo sorriso em seu lindo rosto. Esqueço que estamos no meio da cidade, numa estufa lotada de gente. Esqueço que Cindy Croswell está parada um metro atrás de nós, espiando um ramo de eucalipto.

Tudo que sei é que quero beijar Evelyn enquanto ela tem jasmim preso no cabelo, e tenho essa sensação no peito. Como se alguém me tivesse expulsado de um avião em queda livre. Sem paraquedas.

E eu a beijo.

Coloco minha mão em volta de sua nuca e a puxo para mim, um suave *oh* pressionado contra minha boca e suas mãos espalmadas em meu peito. O beijo é casto e rápido, um toque suave. Uma mordida rápida em seu lábio inferior. Suas mãos se fecham em punhos enquanto ela se aconchega mais em mim, uma leve advertência com o bater dos nós dos dedos na minha clavícula.

— Todo mundo está vendo — sussurra em minha boca, sem se mover um centímetro. O som é abafado pelo protetor em meus ouvidos, mas consigo ouvi-la mesmo assim. Também posso ouvir Cindy Croswell largar tudo o que segura bem atrás de nós e correr em direção ao armário de suprimentos em que Becky Gardener desapareceu há dez minutos.

Esfrego meu nariz no dela.

— Eu não ligo.

Seu sorriso se alarga, os olhos castanhos brilhando. De perto, posso ver manchas douradas neles. Ela aponta para meu queixo.

— Esses protetores de ouvido te deixaram ousado, fazendeiro.

Dou de ombros e me inclino para trás, passando a mão pelo comprimento de seus cabelos. Pela primeira vez, não me importo com a atenção. Não vou perder um momento com Evelyn só porque alguém pode estar observando. Embora haja muitos sussurros acontecendo de repente, olhares furtivos entre vasos de cerâmica e luzes brilhantes rosa-perolado.

— Ah. — Entendo o que ela quer dizer. Gus e Mabel abandonaram a discussão na calçada e estão parados com o rosto encostado na janela. Estremeço. Tudo na estufa parou de um jeito cômico. Os sussurros começam como um ninho de vespas um segundo depois. — Tudo bem. Não posso voltar atrás agora.

— Você quer? — pergunta Evie. Olho para ela, o sorriso que escapa de sua boca. — Quer voltar atrás?

Balanço a cabeça. Não quero, de verdade. Quero que todos nesta cidade de fofoqueiros saibam. Estou meio tentado a tirar meu celular do bolso e ligar para a rede de comunicação.

Aliviada, Evie pega minha mão e aperta.

— Que bom. Porque acho que acabamos de viralizar, na versão Inglewild.

18

EVELYN

MEU TELEFONE NOVINHO toca no braço da cadeira enquanto me sento na varanda dos fundos da cabana de Beckett, uma caneca de chá nas mãos e os pés apoiados no parapeito. É um número desconhecido, mas reconheço o código de área.

Eu toco em atender enquanto observo os movimentos de Beckett através das grossas paredes de vidro de sua pequena estufa, curvando-se na cintura com um regador preso frouxamente em seu punho. Não sei como conseguiram meu contato. Pedi um número novo para Josie quando ela encomendou um novo celular para mim.

— Alô?

— Rede de comunicação secreta de Inglewild ligando — uma voz vagamente familiar canta do outro lado da linha. — Beckett e Evelyn foram vistos se pegando no canto da estufa da Mabel hoje. Tenho certeza que, se não tivesse ninguém por perto, ele a teria jogado no chão.

Afasto o celular do ouvido e olho para a tela. Essa é uma… interpretação criativa do beijo doce, mas prolongado, que Beckett me deu sob o arco de flores.

— Bailey? É você?

Tenho quase certeza de que Bailey McGivens nem estava na estufa hoje cedo. Há uma pausa, então a risada alta e barulhenta surgindo do outro lado da linha.

— Ai, meu Deus. Quais as chances? — A risada diminui. — Acho que você é oficialmente uma local agora... se já te colocaram na rede de comunicação.

— Acho que sim. — Pensar nisso me faz sorrir. Adoraria saber como conseguiram este número. — A gente não estava se pegando.

— Ah, querida. Isso é uma pena. — Ela faz *tsc* uma vez. — Com um homem daqueles, você precisa dar uns amassos o tempo todo.

Desligo o celular e balanço as pernas enquanto olho para a colina. Tento imaginar como seria essa vida. Manhãs passadas na cidade e tardes na fazenda, cores brilhantes se espalhando nos fundos da casa enquanto as flores começam a desabrochar. Chamadas da rede de comunicação e biscoitos da sra. Beatrice na calada da noite. A boca de Beckett na minha.

Ainda não senti vontade de ir embora. A inquietação que surge em meu peito, me apressando a ir para outro lugar — perseguir, descobrir, encontrar —, está mais amena agora. Mais silenciosa. Eu não acho que tenha acabado. Ela só está... mais satisfeita, acho.

Olho para o celular e, em vez de sentir uma onda de ansiedade subindo como uma maré, sinto apenas... nada. Não me preocupei em entrar em nenhuma das minhas redes sociais quando peguei o celular novo. Também não quis acessar meu e-mail.

Estou começando a abrir mão de algumas coisas.

Observo Beckett passando atrás das janelas de novo — não quero abrir mão disso.

Com Beckett, estou tentando descobrir muitas coisas sozinha quando há uma outra parte da equação, escondida na estufa, cuidando das plantas. Ele ainda quer que eu fique? Eu me levanto da cadeira e desço da varanda dos fundos, seguindo o caminho traçado por enormes pedras planas. Cometa e Raposa correm na minha frente, pulando de pedra em pedra para escapar para dentro da estufa pela fresta da porta.

Beckett está de costas para mim, a camiseta sobre os ombros enquanto trabalha na mesa encostada na parede dos fundos. Quase todo o espaço é ocupado por vários vasos e floreiras, uma longa prateleira em cada uma das janelas que vão do chão ao teto, todas repletas de orquídeas, petúnias e flores--de-papagaio vermelhas brilhantes, com suas pétalas sedosas abertas para o sol poente. Enfio o nariz em um cacho rosa que não reconheço, o cheiro lembrando a primeira mordida em uma maçã crocante. Forte e picante.

Eu me recosto na mesa de trabalho dele e encontro Beckett me observando.

— A rede de comunicação ligou — digo. — Somos oficiais.

Eu me arrependo da escolha de palavras no mesmo instante. A única coisa oficial entre nós é que estamos oficialmente evitando conversar. Oficialmente agindo como dois idiotas. Reviro os olhos com exagero e me viro para ele.

— Você entendeu o que eu quis dizer.

Ele enxuga as mãos em uma toalha, os movimentos precisos e suaves.

— Nós estamos oficialmente no radar de todos? — Ele joga a toalha para o lado. — Então vamos ter que começar a verificar se há vizinhos escondidos nos arbustos da frente?

Eu gosto muito dessa palavra. *Nós.*

— Acho que você não vai encontrar o Luka e a Stella escondidos nos seus arbustos — digo enquanto encosto o quadril na mesa. Três vasos de cerâmica pequenos e um pacote de sementes. Um regador azul brilhante e algumas tesouras de poda. Inclino a cabeça para o lado e olho para sua caligrafia elegante na borda inferior do terracota. *Lavanda.*

— Vamos conversar sobre o que está acontecendo ou você vai ficar futricando a minha estufa em silêncio até me deixar maluco?

Pisco para ele e sinto um sorriso puxar minha boca. Mordo o interior da bochecha em uma demonstração de restrição.

— Gosto bastante da segunda opção, obrigada.

Ele balança a cabeça e esfrega os nós dos dedos no pescoço, irritado. Esse pobre homem. Eu o coloquei em uma situação bem difícil esta semana. O lago, o beijo... sexo no campo. Eu me sentiria mal se não soubesse, com toda a certeza, que ele adora isso. Adora o desafio, a luta, a provocação. Ele abaixa as mãos e as enfia embaixo da mesa, acionando algum interruptor escondido. Uma série de luzes penduradas num cordão se acendem, os painéis do teto ganhando vida e fazendo todo o espaço brilhar com uma luz quente e imprecisa. Vejo nosso reflexo no vidro à minha direita, a noite surgindo nos campos lá fora e cobrindo tudo com sombras.

Fico encantada com a distorção ondulada de nossa imagem no reflexo. Estou parada na frente de Beckett, seu corpo forte apoiado na mesa. Os braços tatuados bem abertos. Meu rabo de cavalo enrolado sobre meu ombro.

— Temos outras opções para explorar, acho. — Ele dá um passo à frente e me prende com as costas na mesa, as mãos encontrando meus quadris e me erguendo com cuidado. Ele arrasta minhas pernas e dá um tapinha na parte externa das minhas coxas, colocando-se entre elas. Todos os seus movimentos tão ágeis, tão fáceis. Como se ele estivesse aqui planejando exatamente o que quer fazer comigo.

— Por enquanto, estou adorando — digo.

Um sorriso flerta com os cantos da boca dele. Ele apoia a mão no meu pescoço e traça abaixo da minha orelha.

— Eu gosto de você, Evie. — Ele respira, e o ar úmido da estufa fica mais denso e quente. Seu olhar suaviza o meu, os olhos parecem dizer mais do que *gostar*. Meu coração bate forte e sei como ele se sente, porque também me sinto assim. — Eu gosto muito de você. Quero ver aonde isso vai dar.

— Ver aonde isso vai dar — repito devagar, focada nos dedos da outra mão, que brincam com a barra do meu vestido. Ele poderia estar recitando o hino nacional e eu provavelmente teria esse mesmo olhar aturdido no rosto. Ele acaricia minhas pernas de novo, o polegar alisando a saia. Coloquei um vestido hoje de manhã, para irmos até a estufa da Mabel. Gostei do jeito que Beckett engoliu em seco quando entrei na cozinha, de como seus olhos permaneceram onde a barra do vestido roçava minhas coxas.

Ele junta o tecido na mão e o enrola uma vez. Eu estremeço.

— Sim — responde ele, baixinho. — É assim pra você?

— É um bom começo. — Quero mais que isso. *Ver aonde isso vai dar* soa um pouco vago para os sentimentos tão grandes que estouram no meu peito, mas vai servir. Ele ergue a saia do meu vestido um pouco, deixando mais um centímetro de pele visível. — Eu também gosto de você, só pra constar.

É mais que gostar.

— Que bom que conversamos — diz ele para meus joelhos, engolindo de um jeito pesado. Ele se inclina para a frente e cutuca meu queixo. Sou obediente e ergo a cabeça para que ele possa me beijar na garganta. Ele gosta dessa pequena concessão, uma respiração áspera exalada sobre minha pele, os dedos arrastando ao longo da parte externa das minhas coxas. Paro as mãos dele quando está quase alcançando minha calcinha, segurando-o pelo pulso.

— Vou querer falar mais disso.

— Tudo bem.

— Muitas conversas.

Suas mãos flexionam na minha cintura, os dedos deslizando sob a faixa da minha calcinha. Ele torce o tecido e puxa.

— Quantas vezes você quiser, meu bem. Vamos conversar.

— Beckett. — Arrasto meus lábios por sua testa. Fico mais alta que ele nessa posição, ele apoiado na mesa, seu corpo enorme ocupando todo o espaço entre minhas pernas abertas. — As paredes são de vidro.

Ele balança a cabeça e dá outro beijo embaixo da minha orelha. Arrasta os dentes pela minha garganta e me dá um beijo longo com uma mordidinha logo acima da minha clavícula.

— São.

— Alguém pode... — Paro de falar e suspiro quando ele muda de posição de repente, a boca molhada e quente no meu peito, por cima do tecido do vestido. Ele morde uma vez meu mamilo, e minhas mãos soltam seus pulsos para encontrar seus cabelos, acariciando os fios grossos. Empurro a cabeça dele para trás com força e ele faz um som suave de súplica no fundo da garganta.

Ai, caramba.

— Alguém pode ver — consigo dizer. — É melhor a gente entrar.

Já sei como o quero quando entrarmos. Rápido. Duro. Apoiados na cômoda do quarto. Curvados na beira da cama. Talvez no sofá, também. Eu o seguro pelos cabelos e o guio até conseguir pegar seus lábios nos meus. Deixo que saiba tudo o que estou pensando, minha boca na dele, fazendo-o gemer com desespero em meu lábio inferior. Quando ele se afasta, suas mãos apertam minhas pernas, a cabeça balançando em negativa.

— Ninguém vai ver — declara, a voz rouca de necessidade. — Só estamos nós dois aqui. Eu e você. E eu quero você bem assim.

Ele olha para o lado, a mão no meu queixo, guiando meu rosto naquela direção até que eu esteja olhando para nosso reflexo de novo.

— Posso ter você assim?

Então vejo exatamente o que ele quer. Beckett me pressionando contra a mesa, o vestido erguido em torno dos meus quadris, minhas pernas longas como um raio acobreado. Não consigo ver nada além do vidro agora. Só nós dois, globos de luz brilhando acima de nossa cabeça como vaga-lumes. O que está no canto acende, apaga e volta a acender.

— Quero que você nos assista — explica.

Então ele fica de joelhos.

É estranho observá-lo no vidro. Tudo está um pouco distorcido. Sinto sua respiração em meu joelho antes de vê-lo dar um beijo ali. Sinto a ponta calejada de seus dedos antes de vê-lo arrastar minha calcinha pelas minhas pernas, envolvê-la em seu punho e colocá-la no bolso. Eu me pego abrindo mais as pernas antes mesmo de perceber que o fiz, sua cabeça desaparecendo entre minhas coxas, apenas a parte de cima dos cabelos visível em nosso reflexo.

— Eu gosto disso. — Expiro, surpresa com o calor que percorre minhas artérias. Beckett geme contra a parte interna da minha coxa e suas mãos apertam com força, os dedos tatuados flexionando. Uma palma guia minha perna para o alto, por cima de seu ombro, minha coxa pressionada em sua orelha.

Ele encara meu rosto enquanto coloca sua boca em mim, seus olhos se fechando em um alívio agonizante com seu primeiro beijo lento. Eu o observo em nosso reflexo enquanto ele passa a língua no meio das minhas pernas, uma pulsação constante que me faz lutar para me apoiar no tampo da mesa. Uma lambida longa e lenta. Um suave zumbido de satisfação.

O regador cai no chão, fazendo barulho. A tesoura de jardim também. A lavanda é poupada, mas só porque minhas mãos encontram a prateleira logo atrás das minhas costas, o aperto de Beckett firmando meus quadris. Desvio o olhar do nosso reflexo, mais interessada na realidade. A cabeça dele curvada sobre mim, um braço esticado em cima da minha barriga para me manter no lugar. O outro desaparecendo abaixo de nós, o tilintar do cinto no chão de concreto me informando exatamente o que ele está fazendo.

A sensação aumenta, aumenta e aumenta na parte inferior da minha barriga, onde seu antebraço descansa, meus quadris deslizando desesperadamente para cima e para dentro dele. Perseguindo aquele sentimento lindo que só tenho com Beckett. Suas mãos e lábios e o gemido intenso de prazer quando murmuro seu nome e arqueio, o alívio roubando o fôlego dos meus pulmões.

Ele arrasta a boca ao longo da parte interna da minha coxa, a barba me arranhando e me fazendo pular. Ele apoia a testa ali por um instante.

— Mais? — Sua mão desliza sobre minha barriga e seu polegar se curva onde estou molhada e sensível. Outro salto em meus quadris que o faz sorrir na minha perna. Ele bate ali uma vez e eu quase escorrego da mesa para o chão. Ele vai precisar recolher meus fragmentos em uma cesta e me levar para casa.

Por mais que a ideia de Beckett me fazendo gozar de novo nesta mesa, com as mãos e a boca, seja tentadora, quero algo melhor. Balanço a cabeça e o incentivo a se erguer, com minha mão ainda em seus cabelos. Fico surpresa por ele ainda ter os fios preservados. Esfrego meus dedos em seu couro cabeludo e ele faz aquele som gutural de novo, vindo do fundo do peito. Como um gato ao sol.

— Quero você assim, posso? — pergunto, as pernas dobradas na altura de seus quadris, o calcanhar nas costas dele. Quero olhar para ele, ver seu rosto relaxar quando começa a me penetrar. Alívio e desejo e... algo mais também. Algo que pulsa no meu peito no mesmo ritmo que o dele. Ele apoia a mão na minha coxa, flexionando-a, e engole em seco enquanto olha para mim.

— Você me tem como quiser, meu bem. — Ele segura meu rosto, acariciando minha bochecha. — Você sabe disso.

Ele passa o polegar sobre meu lábio inferior e eu o coloco na boca. Ele geme de novo, um som profundo, a respiração pesada.

Deslizo minhas mãos por baixo da camisa e arranho seu peito, descendo de novo quando ele se aproxima mais de mim. Seguro o tecido da calça jeans e a empurro para baixo em sua cintura, botão e zíper abertos, a cueca puxada para baixo. Pensar nele se masturbando enquanto me tocava e me chupava me faz sentir calor por todo o corpo. Uma dose de excitação em todos os lugares certos.

— Bom — digo com os dentes na base de sua garganta, roçando até que ele estremeça e seus quadris saltem para a frente, com força no ponto em que estou sensível. O metal da mesa atinge a parte de trás das minhas coxas, a superfície fria na minha pele nua. — Porque, desta vez, eu quero que você assista.

A mão na minha bochecha desliza para os cabelos, fazendo minha cabeça se inclinar para trás enquanto nossas bocas se encontram. É um beijo agressivo, possessivo, e seguro as laterais de seu corpo enquanto ele me inclina para trás sobre a mesa. Uma curva perfeita, suas mãos me segurando. Beckett se afasta do beijo e escorrega o nariz ao longo do meu queixo, para então dar um único beijo prolongado no meu ombro.

Ele não diz nada enquanto me penetra, uma onda espessa de calor que me faz mover o corpo contra a mesa, tentando aguentar mais. Tentando levar tudo. Ele observa com a cabeça inclinada entre nós, um gemido baixo que soa como meu nome. Fecho os olhos e o sinto em todos os lugares em que ele me toca. Uma mão nos meus cabelos. A outra na minha coxa, me fazendo abrir mais as pernas. Sua respiração profunda e ofegante na pele sensível atrás da minha orelha. O pequeno movimento inquieto de seu corpo no meu quando nossos quadris se pressionam, como se ele quisesse se mover, mas ainda não conseguisse. Como se precisasse de um momento para se recompor.

Beckett recua um pouco e volta a me penetrar, um movimento curto e pomposo que, de alguma forma, me faz ficar sem ar. Ele xinga e repete o movimento, uma coreografia confusa ao sair, se esfregando em mim em todos os lugares certos. Levo a mão até o queixo dele, os dedos curvados em sua barba áspera. Guio seu rosto até que esteja olhando para nosso reflexo na parede de vidro à nossa esquerda.

— Assista — digo.

Parecemos algo saído de um sonho. Um sonho safado que tive um milhão de vezes, em que acordo ainda enrolada nos lençóis. Meu coração na garganta e uma fina camada de suor na pele, um latejar de desejo entre minhas coxas.

Minhas pernas estão envolvidas em torno de seus quadris, as costas arqueadas em uma curva delicada contra o tampo da mesa, ancoradas pela mão dele, retorcida em meus cabelos. Seu corpo, forte e alto acima de mim. A calça jeans presa nas coxas dele. Olho para nosso reflexo e para a tempestade que assola aqueles olhos verdes. Desejo acumulado. Uma promessa sem palavras.

Ele sai devagar. Quando me penetra de novo, a força é tanta que a mesa inteira treme. Um vaso cai no chão e eu me seguro nele.

E não escondo nada enquanto me desfaço.

— Evie.

Resmungo e dou um tapa na pressão quente nas minhas costas, uma mão pesada na minha cintura sobre a colcha grossa. Beckett dá risada e me aperta, a mão acariciando minha coxa para cima e para baixo. Tenho marcas em minhas pernas causadas pelo metal da mesa na noite passada, leves hematomas de quando Beckett me puxou da beirada, me virou e me dobrou pela cintura. *Pronto,* ele disse com a boca na minha orelha, a mão entre minhas pernas. *Agora nós dois podemos assistir.*

Eu estremeço ao me lembrar, e Beckett dá uma risada acima de mim.

— Por que você me acordou? — Gemo no travesseiro, puxando os cobertores mais para cima do ombro e me enterrando. A cama está quentinha, perfeita, o corpo dele é meu aquecedor personalizado.

Mas Beckett está todo vestido e não está mais entre as cobertas, um boné de beisebol puxado para trás sobre os cabelos loiros bagunçados. Pisco para ele por cima do ombro, confusa.

— Por que você está vestido? Está tudo bem?

Seu polegar traça meu lábio inferior, um sorriso discreto em seu rosto bonito.

— Tudo bem. Mais ou menos. Entregaram nossas mudas na fazenda errada. O Barney e eu temos que dirigir até o norte de Nova York para buscar.

— Nova York?

Ele murmura em afirmação.

Pisco mais um pouco.

— Agora?

Ele concorda.

— Se for esperar que eles tragam até aqui, vai demorar uma semana. Não quero que as árvores sequem.

— Não podemos permitir isso — murmuro, ainda meio adormecida.

Seu sorriso se alarga.

— Não, não podemos.

— Quanto tempo você vai ficar fora?

— Não muito. Devemos estar de volta amanhã à noite.

Eu me endireito na cama e esfrego os olhos. Empinadora mia melancólica de seu lugar na beira da cama, chateada com a perturbação. Deixo minhas mãos cair e bocejo na direção de Beckett.

— Vou com você.

Ele balança a cabeça e se inclina para dar um beijo na minha boca. Macio. Perfeito.

— Fique aqui — diz. Ele hesita por um segundo e depois passa a mão em volta do meu pescoço, a palma roçando minha pele quente do sono. — Durma na minha cama enquanto eu estiver fora, tá? Vejo você quando voltar.

Desabo nos travesseiros e cobertores com um suspiro de gratidão e enterro o rosto na flanela.

— Tem certeza?

— Tenho certeza. — O colchão afunda na minha cintura e lábios quentes deslizam pela minha testa. — Descanse um pouco.

— Divirta-se com as árvores — murmuro.

A última coisa que ouço antes de voltar a dormir é sua risada profunda, a ponta dos dedos penteando meus cabelos.

Quando acordo de novo, estou deitada no lado de Beckett no colchão, segurando a manga de uma camisa pendurada na cabeceira da cama. Rio de mim mesma e me espreguiço, despreocupada, debaixo do edredom. Não discutimos a respeito de onde eu dormiria ontem à noite. Viemos aos tropeços da estufa, as roupas amarrotadas, e vim com Beckett até o quarto. Meu corpo em cima do dele, um beijo sonolento em sua boca e dormi, abraçando-o pela cintura.

Ele resmungou sobre eu roubar os cobertores, mas acordei no meio da noite com Beckett segurando um tanto deles perto do peito, o rosto enterrado nos meus cabelos.

Tateio a mesa de cabeceira em busca do meu celular, estreitando os olhos para a tela. A casa parece muito silenciosa sem Beckett aqui. Sinto falta do som das gavetas abrindo na cozinha, das colheres de metal e do tilintar de sua caneca de café.

JOSIE
Me mande uma mensagem quando tiver um segundo. Tenho novidades.

Clico no nome dela e deixo meu celular no peito quando ele começa a tocar. Estico as pernas com outro gemido.

— Não precisa ficar se achando — diz Josie quando atende, captando o fim dos meus sons de alongamento. Deixo meu corpo cair de volta na cama, os braços acima da cabeça. Minha mão roça algo macio e fresco no meu cabelo e eu envolvo os dedos em torno dele.

Um longo caule verde. Um aglomerado de pequenas flores azuis. Sálvia-dos-prados, acho que se chama.

Eu o seguro debaixo do nariz com um sorriso.

— Quais são as novidades?

— Nananinanão — protesta Josie. — Você foi vaga demais na chamada de vídeo. Precisamos falar de algumas coisas primeiro.

Eu disse talvez duas palavras para Josie outra manhã na cozinha, antes de fechar o laptop. Felizmente ela ficou muito chocada com a aparência do peito nu de Beckett para fazer qualquer coisa além de ficar boquiaberta como um peixe.

Acho que já se recompôs.

— Eu gostaria de começar com a tatuagem ao longo da clavícula e ir descendo.

Dou risada.

— Não.

— Fiz uma captura de tela rápida, mas ele se mexeu. Está meio embaçado.

— Você o quê?

— Vou emoldurar e colocar na parede.

— Não vai, não.

— Ele tem flores em um braço e estrelas no outro? Porque isso é de quebrar as pernas.

É de quebrar as pernas mesmo. Fofo, sentimental e sensual pra caramba também. Ontem à noite, segurei a constelação em seu antebraço quando ele apoiou a mão na mesa, ao meu lado. Um touro em posição de ataque com os chifres abaixados, uma coroa de vegetação densa e vibrante em sua cabeça.

— Não vou objetificá-lo.

— Apreciação não é objetificação.

Coloco a flor que eu estava girando entre o polegar e o indicador na mesa de cabeceira e vejo um bilhete no topo da sua pilha de livros. Homem sorrateiro. Eu pego o pedacinho de papel e olho para a caligrafia elegante. *Muffins em cima do forno*, diz. *Não demoro para voltar.*

Um desenho logo abaixo, algo que parece um... gato cochilando? Os desenhos dele são horríveis.

Mas eu gosto mais disso que de qualquer coisa melosa que ele poderia ter escrito. Cem por cento Beckett. Prático e doce — demonstrando carinho por meio das ações. Bolinhos esperando no balcão e café na cafeteira.

Coloco o bilhete ao lado da flor.

— Quais são as suas novidades?

— Vamos voltar a falar sobre o Beckett depois.

Eu rio, uma risada silenciosa que faz a cabeça de uma das gatas surgir de debaixo da pilha de lençóis para olhar para mim. Ela se abaixa e me cutuca uma vez com a pata pela inconveniência.

— Com certeza.

— Tudo bem então. Vamos às novidades. — Ouço papelada ao fundo e a imagino no escritório na parte da frente da casa. A grande janela saliente que dá para a densa floresta verde, uma fina camada de neblina da manhã que surge em frente ao vidro. — O Theo me ligou quando não conseguiu falar com você.

É verdade. O chefe da Coligação dos Pequenos Negócios Americanos. Conversamos brevemente por e-mail sobre o cargo e o que isso implicaria. Assessoria a pequenas empresas, mais ou menos. Ajudar pessoas como a sra. Beatrice e Stella a criarem uma presença digital. Passei o número de Josie no e-mail, informando que meu celular estava temporariamente fora de serviço. Não mencionei que estava no fundo de um lago.

— Tudo certo?

— Sim, ele adorou ter notícias suas. Disse que você pode esperar um e-mail dele hoje, mas também queria entrar em contato por celular. Quer te chamar para uma entrevista.

Meu coração bate um pouco mais rápido. Animação, acho eu. Esperança também. Nervosa pra caramba, surpreendentemente.

— É mesmo? Isso é bom, não é?

— Tenho certeza que ele teria feito a oferta de emprego direto comigo, para adiantar o processo todo. — Posso ouvir o sorriso na voz dela. — O Theo está muito animado com a possibilidade de ter você no time deles.

Estou nervosa, sorrindo tanto que minhas bochechas doem.

— Você acha... Você acha que sou qualificada para algo assim?

— Claro que é. — A resposta de Josie é rápida. Sem hesitação. — Você conseguiu todos esses seguidores nas redes sociais do nada. Todo um fluxo de conteúdos que atrai centenas de milhares de receitas publicitárias. Ajudou inúmeras empresas a prosperar. Criou o próprio concurso, que literalmente tornou os sonhos das pessoas realidade. Para ser sincera, você é qualificada demais. — Ela faz uma pausa por um segundo e ouço o toque de seu teclado. — Talvez esse Theo seja quem devesse trabalhar pra você. — Ela reflete por fim.

Eu me endireito na cama e olho para os gatos aconchegados ao meu redor, uma pilha de suéteres de Beckett cuidadosamente dobrados em uma cadeira no canto. O trabalho é remoto, mas preciso fazer viagens para visitar pequenas empresas em todo o país. Não é tão diferente do que estou fazendo agora. Isso significa que eu teria alguma flexibilidade quanto ao local onde ficar. Eu teria opções.

Opções na forma de Inglewild.

Opções na forma de Beckett.

— Jojo — sussurro. — Sou louca por estar pensando em fazer isso?

— O emprego?

— O emprego, sim. Além disso... — Reúno um pouco de coragem. — Aqui. Inglewild. Acho que quero ficar aqui.

É o segredo que tenho guardado em meu coração nas últimas semanas. Nenhum lugar jamais pareceu se encaixar tão bem. Não só por Beckett. Também pela maneira carinhosa como chamam meu nome quando caminho pela rua. O mesmo pedido toda quarta-feira na pizzaria do Matty. Saber exatamente quantos passos preciso para percorrer a rua lateral e atravessar o parque para chegar ao café antes do rush matinal.

Conforto.

Familiaridade.

Um lar.

Ela suspira longa e lentamente. Fico grata por minha amiga pensar a respeito, sem dar garantias vazias. Mas, de novo, é de Josie que estamos falando.

— Já faz algum tempo que você está com essas dúvidas. O que você fazia não está mais funcionando pra você, e não tem problema. — Não mexi em minhas contas sociais desde meu último vídeo, ignorando todos os comentários, marcações e postagens. E estou... mais que bem com isso. — Então acho que, se esse novo caminho parece bom, então é bom. Não há nada de errado em querer ficar. Quando foi a última vez que você quis ficar em algum lugar?

Eu vasculho meu cérebro procurando pela última vez que senti esse desejo. E encontrei a resposta. Não consigo lembrar.

Pego a flor na mesa de cabeceira e a giro entre os dedos.

— Vamos ter muita coisa para fazer nos ajustes finais. — Minha lista mental de tarefas aparece, reunindo itens como gotas de chuva em um balde. Eu franzo a testa, pensando em um detalhe.

— A gente não iria mais trabalhar juntas.

— Como se você fosse conseguir se livrar de mim — brinca ela, baixinho. E, depois, com carinho. — Além disso, gostaria de lembrar que o homem tem uma tatuagem logo abaixo da clavícula. Eu teria algumas perguntas a fazer se você não quisesse ficar.

19

BECKETT

— Pare de sorrir assim — Barney dispara do lado do passageiro do caminhão, com os braços cruzados sobre o peito e um saco repleto de salgadinhos do último posto de gasolina apoiado no joelho. O homem consumiu mais pães de mel em quarenta e oito horas do que seria considerado aceitável. — Você parece um maníaco.

— Não estou nem sorrindo — digo a ele.

Barney afunda ainda mais em seu assento, a cabeça apoiada na janela. A mão alcança mais salgadinhos, seu ataque cardíaco embrulhado em plástico.

— Acho que está sim.

A carroceria do caminhão está carregando 183 mudas de abeto. Sei disso porque Barney insistiu em contá-las duas vezes, em voz alta e na frente das pessoas que receberam nossa remessa por engano.

— Ainda acho que aquele pessoal da Lovebright estava tramando alguma coisa — resmunga Barney com a boca cheia de açúcar processado. — Não confio nos produtores de xarope de bordo.

Tamborilo os dedos no volante. Foi pura coincidência o nome das duas fazendas ser tão parecido, ainda que eu tenha algumas perguntas a fazer ao nosso fornecedor. Passei o endereço três vezes, e ele também está impresso na fatura do pagamento que já fizemos.

— Eles não têm apenas xarope de bordo. Eles também têm maçãs.

— O ponto continua o mesmo. Assisti a um documentário sobre o comércio ilegal de xarope. Parece que existe um mercado clandestino. Coisa de gangue.

Olho para ele com o canto do olho.

— O que deu em você?

Ele murmura alguma coisa.

— O quê?

Ele se mexe na cadeira e me olha, questionando. Ergo as sobrancelhas em encorajamento. Ainda temos mais três horas de viagem, e não estou nada empolgado com a perspectiva de ouvir Barney hesitar ao meu lado como se estivesse sentado em um assento feito de pontas de metal.

— Eu gosto mais de você quando você é um idiota rabugento — diz de repente.

Não era isso que eu esperava.

— O quê?

— Faz seis horas que você está cantarolando — protesta Barney, dando outra mordida gigantesca. — Não percebeu?

Eu não tinha reparado. Não fazia ideia, na verdade.

— O rádio dessa coisa está quebrado e você ficou cantarolando o tempo todo. Seis. Horas. Sem. Parar. — Ele se recosta no banco. — Estou à beira da loucura.

Esfrego a palma da mão no queixo e fico quieto. Tenho uma velha canção de Tom Petty na cabeça desde que deixei Evie enfiada debaixo dos cobertores, os gatinhos amontoados em volta dela e uma flor da estufa entrelaçada nos cabelos. Não percebi que estava cantarolando.

— Seu pai faz a mesma merda — reclama Barney, remexendo em sua sacola de lanches. Ele tira alguns pretzels e gomas de melancia azeda, me oferecendo o último. Eu balanço a cabeça. Essas coisas fazem minha língua parecer um suéter de lã. — Sempre cantarolando alguma coisa.

— Ah, é?

— É. Lembro que ele cantou toda a trilha sonora de *Grease* por uma semana seguida. Ele disse que era meu castigo por ter uma opinião.

— Qual foi a sua opinião?

— Que ele não deveria cantar, porra.

Consigo me conter por vinte e sete segundos. Meu compasso de abertura de "Summer Nights" é um pouco instável, mas Barney reconhece mesmo assim. Ele solta uma gargalhada alta e me dá um soco firme, bem na coxa. Eu seguro o volante com mais força.

— Não enquanto eu estiver dirigindo, velhote.

— Velhote — ele repete. — Ainda consigo te dar uma surra.

Dou risada. Pode ser que consiga mesmo. Ensinou a Nova tudo que ela sabe sobre autodefesa. Certa vez, ele a pegou cedo na escola e a levou para a WrestleMania, em Baltimore. Ela passou três meses tentando fazer um suplex em mim na beliche.

Voltamos a ficar em silêncio, o vento batendo na janela e o caminhão rangendo abaixo de nós. O barulho do plástico enquanto Barney pega outro pão de mel. Se eu tivesse me lembrado do meu maldito celular, pelo menos teríamos algo para conectar na central de multimídia do carro. Mas eu o deixei no centro da mesa da cozinha, com a garrafa térmica de café que eu deveria trazer e toda a nossa papelada.

Ainda bem que Barney mantém as faturas enfiadas em uma pasta manchada de café embaixo do assento. Algo em Evie, envolvida nos cobertores, a curva do ombro nu sob a luz do sol, mexeu com meu cérebro antes de eu sair de casa.

— Você sabe quando as inclinações musicais dele ficaram piores que nunca?

Resmungo e volto para a realidade, minha mente ainda fixa na maneira como ela se esticou e rolou para mim, ainda sonolenta. Um sorriso no rosto e as mãos me alcançando como se não suportasse me deixar ir.

— Dezembro de 1994. Quando você perdeu sete partidas de pôquer seguidas e devia dez mil dólares ao meu pai e um barco que não é seu?

— Não acredito que ele ainda conta essa história — Barney bufa. — Não, espertinho. Na semana em que ele conheceu a sua mãe. Ele estava com os olhos arregalados, trabalhando nos campos e gritando Springsteen a plenos pulmões.

Eu me mexo no assento. Limpo a garganta duas vezes.

— Parece que você está tentando dizer alguma coisa.

Barney dá outra mordida no pão de mel.

— Imagina.

Assim que descarregamos as árvores e devolvo o caminhão à grande garagem para veículos de serviço, estou exausto. Tenho dores em músculos que eu nem sabia que existiam e meus ouvidos estão zumbindo por causa do barulho alto do motor do caminhão. Quero um sanduíche do tamanho da minha cabeça, uma cerveja gelada e Evelyn.

Quero beijar a pele na base de seu pescoço e aquele pequeno ponto embaixo da orelha que a faz murmurar. Quero saber como foi o dia dela e se encontrou a felicidade. Ir para a cama e dormir juntos pelos próximos seis dias, debaixo de sete camadas de cobertores. Quero pele nua e risadas roucas. Mais sanduíches.

Minhas botas rangem no cascalho enquanto atravesso a passarela até a cabana. Sinto um aperto no estômago quando não vejo luz saindo das janelas. Geralmente consigo ver Evelyn andando pela cozinha, recostada no sofá com um livro e os gatos. Gosto de ver as coisas dela espalhadas pelo meu corredor quando entro pela porta da frente. O cachecol preso no gancho da parede. A bota tombada ao lado da minha.

Mas a casa está escura esta noite, tudo na sombra além da janela. Paro no último degrau da varanda e respiro fundo. Os narcisos do jardim começaram a aparecer através da cobertura morta, um vislumbre de um verde brilhante que parece cinza na escuridão. Em breve vão florescer, e as outras flores também não vão demorar. Margaridas-amarelas com o miolo escuro e tulipas, cor-de-rosa, laranja e amarelas, tão claras que quase parecem brancas, surgindo nos canteiros de flores da frente.

Continuo subindo as escadas e ignoro a ansiedade afundando como uma pedra em minhas entranhas. Já tive essa sensação antes. Essa coisa retorcida e dolorosa que parece apertar minha garganta. Talvez ela esteja na varanda dos fundos ou talvez tenha ido visitar a Layla na padaria. Ela tem ajudado Stella a digitalizar alguns registros da fazenda. Talvez ainda esteja no escritório.

Mas eu sei assim que abro a porta. Está tudo quieto, muito quieto. Olho para o corredor escuro e para o cabide vazio ao lado do meu, onde ela costuma pendurar a jaqueta.

Ela não está aqui.

É exatamente igual àquela manhã no Maine. Estou no lugar onde ela costumava estar e não sei dizer para onde foi.

E não sei dizer se vai se dar ao trabalho de voltar.

Eu sabia que Evelyn ir embora poderia acontecer. Eu disse que *queria ver aonde isso iria dar*, quando, na verdade, o que queria dizer era *fique aqui comigo, segure minha mão na varanda dos fundos, vamos ficar juntos.*

Estou esperando isso acontecer desde que ela ficou na ponta dos pés na minha cozinha, me segurou pela nuca e me beijou como se também me desejasse.

Fecho a porta ao entrar. Engulo em seco e coloco as chaves na mesa. Tiro a jaqueta e penduro no gancho. Vivo a sensação de chegar em casa com uma tensão tênue e trêmula girando e girando no meu peito. Como um piano sendo afinado, as cordas vibrando com a pressão.

— Evelyn?

Nenhuma resposta. Um dos gatos aparece em cima do sofá, com uma meia descartada pendurada sobre o corpo. Esfrego sua testa minúscula com os nós dos dedos e pego a meia, um par verde desbotado que Evie roubou de mim.

— Ela não está aqui, está?

Raposa me oferece um miado e depois sai correndo, de volta para o grupo de gatinhos perto da lareira. Vejo que Empinadora criou seu pequeno ninho, uma velha gravata entre as patas onde ela descansa com os outros gatos. Um pedaço de papel e um pano de prato.

Esfrego as duas mãos nos cabelos e olho para o corredor escuro, depois para a mesa em que meu celular e minha caneca de café estão intocados, no meio.

Eu poderia atravessar o corredor e verificar o quarto dela, ver se a mala ainda está lá. O computador e a pilha de papéis que Evelyn guarda na mesa de cabeceira, embaixo de um livro. Foi o que eu fiz na primeira vez que ela foi embora. Vaguei por aquele quarto pequeno de hotel em busca de alguma pista. Um bilhete, talvez. Um recibo com seu número rabiscado. Tudo que encontrei foram algumas moedas e um recibo do bar em que estávamos. Um botão e uma tampa de caneta.

Na segunda vez, eu estava na padaria. Sentado na mesa do canto com duas canecas de café e um pãozinho de canela que eu não tinha a intenção de comer. Esperei enquanto dizia a mim mesmo que eu não a estava esperando. Eu cutuquei aquele maldito pãozinho de canela até que tudo desaparecesse.

Se Layla achou estranho eu estar sentado no banco da janela com duas canecas de café durante sua correria matinal, nunca disse uma palavra a respeito. Evelyn tinha ido embora naquela manhã. Não mereci nem um tchau casual. Uma mensagem. Nada.

A solução, desta vez, é simples.

Não vou atravessar o corredor para verificar. Não vou procurar por ela ou por sinais de qualquer outra coisa. Preciso entender que às vezes uma estrela cadente não é mágica. Às vezes é apenas um monte de poeira espacial queimando na atmosfera.

Tem desejos que não se realizam.

Evie sempre irá embora. E sempre serei eu a ficar aqui, me perguntando para onde ela foi.

Depois de três vezes, acho que preciso aprender.

— Idiota — murmuro. Meus músculos vibram com a vontade de arremessar, partir, quebrar. Eu quero virar a mesa. Arremessar o vaso de vidro com aquele buquê de flores silvestres contra a parede. Esfrego a palma das mãos no rosto até ver manchas.

Então vou até a geladeira e faço um sanduíche.

— Beckett?

Ignoro o chamado do outro lado do campo e continuo cavando. Empurrar. Cavar. Jogar.

Estou no campo há uma hora e o sol ainda não apareceu no horizonte. Eu não conseguia dormir, e essa parecia ser a melhor forma de passar o tempo. O céu está coberto com a luz cinzenta e opaca que chega pouco antes do amanhecer, decidindo como quer levar o dia. Nuvens espessas esconderam as estrelas, e parece que hoje também podem esconder o sol.

Que bom.

— O que diabos você está fazendo? — Luka exige do meio do campo.

O que diabos você está fazendo? Sinto vontade de retrucar. Esses campos são meus, afinal. Mas não estou mais na sexta série, e Luka é bem persistente quando quer, caminhando em minha direção com uma caneca de café em cada mão. Eu o ignoro e desço a pá de novo.

Empurrar. Cavar. Jogar.

— Estou cavando.

Estou cavando porque, no segundo em que sentei nos pés da cama e peguei minha calça de moletom, me lembrei do seu toque em meus ombros, de seu corpo envolto nos lençóis desgastados e seu rosto no travesseiro. Eu me levantei para ir até a cozinha e ouvi a risada dela ecoando nas bancadas. Imaginei-a cortando tomates com os cabelos presos atrás da orelha.

Vejo Evie em todos os espaços vazios, e plantar essas mudas pareceu a coisa lógica a se fazer. Tenho um furacão dentro do peito, e a tensão e o estiramento dos meus músculos são a única coisa que o mantém contido. Aperto os dentes, cerro o maxilar com tanta força que sinto dor.

— Estou vendo — murmura Luka, encarando o buraco aos meus pés. — Mas por que você está cavando às quatro da manhã?

Não digo nada.

Empurrar. Cavar. Jogar.

— Beck, o que está acontecendo? — Ele suspira.

Eu resmungo.

— Estou cavando um buraco...

— Estou vendo.

— ... para enterrar o seu corpo.

Ele ri em sua caneca de café.

— Muito legal.

Enfio a pá em um espaço intacto de terra e apoio o cotovelo no cabo da ferramenta, passando o polegar na sobrancelha.

— Como você sabia que eu estava aqui?

— As câmeras — oferece Luka. Stella instalou câmeras durante o inverno, quando alguém estava vandalizando a fazenda. No fim das contas, o problema era que o livreiro da cidade, Will Hewett, queria muito uma fazenda de alpacas e decidiu que destruir a nossa era a melhor maneira de atingir esse objetivo. *Idiota*.

— A Stella recebeu uma notificação sobre um louco carregando mudas em seu caminhão e levando para o campo. — Ele dá um gole no café, fazendo bastante barulho. — O que é estranho, porque ainda falta um tempo para o Dia de Cavar. Também não está marcado para as quatro da manhã.

— Decidi começar antes — digo tão casual quanto consigo, olhando por cima do cabo da pá para o buraco em que estou trabalhando. É fundo demais para uma muda, mas agora estou comprometido com ele. Coloco a pá de lado e pego um dos fardos do carrinho de mão. Eu o solto do recipiente seguro para viagem em que chegou e o transfiro com cuidado para a sua nova casa.

Ele cai, bem fundo, e é impossível ver até mesmo os galhos de cima.

Suspiro.

— Um buraco e tanto — diz Luka.

Belisco o alto do nariz.

— Será que... — Ele inclina a cabeça para o lado e toma outro gole de café. — Será que vai crescer? — Ele imita algum gesto complicado com a mão, como o lançamento de um foguete. — Como os abacaxis. Você já viu?

Já vi. E duvido muito de que seja parecido com isso.

Enfio a mão no buraco e puxo a árvore, jogando um pouco da terra de volta com o braço. Luka dá um tapinha no meu ombro e segura uma xícara de café na frente do meu rosto.

— Calma aí. Eu trouxe café pra você.

— Não quero café — digo, me contradizendo ao arrancar a caneca das mãos dele no mesmo instante. A mãe de Luka sempre garante que Stella tenha tudo do bom e do melhor guardado para quando ela e todas as tias de Luka aparecem em visitas não anunciadas. Da última vez, trouxeram biscoitos também.

Eu me sento no chão e dou um gole no café. Tem uma raposa desenhada e está lascada no canto. Luka me encara com uma mão no quadril. Pela primeira vez, noto que está usando um dos moletons velhos de Stella, com as mangas muito curtas nos braços longos.

— O que está acontecendo com você? — pergunta.

— Como assim?

Ele emite um som irritado no fundo da garganta, os cabelos do lado esquerdo da cabeça indo em todas as direções, uma confusão de fios. Stella deve tê-lo expulsado da cama para vir me ver. Por incrível que pareça, pensar nisso me deixa mais animado.

— Ah, foi mal. Você tem razão. Isso é a coisa mais normal do mundo. Sempre batemos papo antes de o sol nascer. — Ele revira os olhos e chuta minha bota com a dele. — Por que você está aqui plantando árvores? Cadê a Evelyn?

Deve estar em algum hotel chique em uma cidade iluminada e reluzente, encantando a todos que conhece. Brilhando como a porra do sol.

Ela não está aqui. É a única parte que importa.

— Não sei.

Eu odeio não saber.

As sobrancelhas de Luka se estreitam em uma linha de confusão.

— Ela não está morando com você?

— Estava — digo. — Agora não está mais.

Desvio os olhos para a fileira de árvores que consegui plantar esta manhã: uma fileira um tanto caótica de pequenos feixes verdes. Em cinco a sete anos, todo este campo estará repleto de galhos sussurrantes e folhas densas.

Eu me pergunto se ainda estarei sentado aqui.

— O que você quer dizer com esse "não está"?

— Quero dizer que o carro alugado dela não está na garagem e as coisas dela não estão na minha casa. — Talvez. Acho que não. Há uma parte de mim que revira os olhos com minhas suposições, mas, em grande parte, estou só tentando me proteger da maneira que consigo. — Ela foi embora.

Não sei se Luka quer que eu desenhe um mapa para ele ou algo assim, mas parece bastante simples. Consigo entender o raciocínio dela. Estava ficando comigo enquanto resolvia seus problemas. Conseguiu descobrir. E foi embora.

Simples assim.

Luka faz outro som discreto, os olhos estreitados em concentração. Quero rolar para dentro do buraco que cavei até que ele decida me deixar em paz.

— Você sabe como conheci a Stella, não é?

Reviro os olhos para o céu e apoio os braços nos joelhos. Acho que ele não vai me deixar em paz.

— Eu sei como você conheceu a Stella. — Já ouvi a história muitas vezes nos últimos dois anos. Ela trombou com Luka na porta de uma loja de ferramentas, quase caindo das escadas. Eles passaram aproximadamente uma década fingindo que não estavam perdidamente apaixonados. Olho para as árvores balançando ao longe e cerro o maxilar. — Pode pular essa parte.

— Pular o quê?

— Seja qual for o clichê esperançoso que está prestes a sair da sua boca. — Luka adora um discurso motivacional. — Eu não quero ouvir.

Luka dá risada e fica em silêncio. Outra rajada de vento sopra através do campo e todos os galhos se erguem e dançam. Será mais difícil não pensar em Evie desta vez, mas vai passar. Talvez daqui a um ou dois meses eu não a veja em todos os cantos deste lugar. Eu só preciso... preciso me lembrar de como ficar sozinho, acho. Eu e os gatos.

E aquele maldito pato que eu disse que não iria adotar.

— Eu quase contei pra ela. — Luka olha para o chão, a testa franzida, cedendo após uma longa pausa e sentando no chão à minha frente. Ele vasculha o bolso do moletom e, quando tira a mão, está segurando um pacote de biscoitos. Abre com os dentes e me oferece um. — Muito tempo atrás — explica —, bem no começo. Quase contei para a Stella como eu me sentia.

A contragosto, pego um biscoito. Outro quando percebo que são de chocolate e avelã e Luka pretende lançar seu melhor discurso encorajador, apesar dos meus protestos.

— Você poderia ter poupado uns sete anos, aposto.

— Poderia — concorda Luka. — Ela estava saindo de um táxi na cidade. E eu estava esperando por ela na calçada, e ela meio que ficou presa no carro. A bolsa enroscou no cinto de segurança ou algo assim. Quando tentou sair do táxi com tudo, a bolsa a puxou de volta. Ela riu tanto que roncou que nem um porquinho. — Ele sorri com a lembrança, os olhos um pouco vidrados. — Estava tão linda que eu não conseguia suportar. Meu coração parecia pulsar bem aqui. — Ele bate na garganta e depois entre os olhos. Tira um biscoito e enfia na boca.

— Por que você não contou? Por que não falou alguma coisa? — Estou irritado comigo mesmo por perguntar.

Ele dá de ombros.

— Porque o que a gente tinha era muito bom e eu não queria estragar tudo com uma conversa difícil. — Seus olhos castanhos se estreitam em mim, e ele morde um biscoito com tanta força que a massa se parte ao meio. — Soa familiar? — pergunta com a boca cheia.

Sim. Não vou discutir os detalhes com ele. Fugi da conversa com Evelyn como podia. Reconheço. Claro, parte disso foi pelo medo. Mas outra parte — a maior — foi porque...

— Não quero que a Evelyn sinta que tem que ficar aqui — confesso com um suspiro exausto. — Não quero que ela se sinta presa. — Aos meus sentimentos. A mim.

— Você acha que ela se sentiria assim? — Uma linha discreta surge entre as sobrancelhas de Luka.

Talvez. Suspiro e esfrego a palma da mão na testa.

— Qual é o sentido de ser honesto se ela vai embora mesmo assim? — Essa é a questão. Tudo se resume a mim todo atrapalhado em uma pequena pousada no calor do fim do verão, procurando por resquícios de seu afeto. Por que eu me abriria para ela? Só para que possa olhar dentro do meu ser e decidir que não sou o suficiente? Para que eu sinta essa mesma dor a cada vez que ela for embora sem dizer uma palavra? Para que eu continue perdendo partes de mim mesmo até me tornar uma coleção de arestas irregulares? Não, obrigado. — Ela já foi embora. É a terceira vez.

— Existe uma coisinha chamada celular, sabia? Você pode ligar pra ela.

Dou outro longo gole na caneca de café. Se Stella está nos vendo pelas câmeras agora, deve estar se perguntando por que o namorado e o sócio dela estão fazendo um piquenique em um campo esburacado.

Às quatro e dezoito da manhã.

— Eu tentei ligar — explico. Sentado na beira da cama, com uma flor azul murcha na palma da mão. Tentei três vezes e ouvi uma mensagem genérica do correio de voz. Digitei sete mensagens de texto diferentes antes de decidir por uma simples. *Por que você foi embora?* — Ela não respondeu.

— E é isso? Você vai desistir? Acabou o relacionamento? — Ele estala os dedos. — Assim?

— O que mais eu devo fazer?

Sou um homem realista. Sei aonde pertenço e aonde não pertenço. Defino minhas expectativas e ajo de acordo. Andar por aí com ideias fantasiosas de coisas que não posso ter nunca combinou comigo.

Não é diferente com a Evie.

Minha casa vazia é prova disso.

— Olha, cara. — Suspiro e um pouco do café na minha caneca escapa, pingando nos meus dedos. Eu ignoro. — Agradeço o que você está tentando fazer e... eu sei que disse que não precisava dessa conversa motivacional. — Inclino a cabeça para o lado. — Mas foi bom.

Luka dá risada e eu me levanto, com dor nas costas e bem no meio do peito. Esfrego a palma da mão ali e entrego a caneca vazia para ele, pego a pá e olho para os campos. Ainda tenho mais de cem árvores para plantar e parece que vai chover. A expectativa paira pesadamente no céu, nuvens densas sobre um manto de estrelas. Paro para pensar que todas as vezes que Evelyn foi embora estava chovendo, e isso quase me faz rir.

Até o céu fica triste ao vê-la partir. O clima combinando com meu humor.

Luka levanta resmungando e joga as duas canecas no carrinho de mão com um barulho oco. O pacote de biscoitos também. Ele pega a pá extra que eu trouxe e olha para mim com as duas sobrancelhas erguidas, o maxilar cerrado em determinação.

— Tenho mais uma coisa pra dizer.

— Tudo bem. — Olho com ânsia para o buraco mais fundo no chão e me pergunto se eu caberia ali.

Luka endireita os ombros.

— Acho que você não deveria desistir. Ainda não. Não sei aonde a Evelyn foi, mas eu vi vocês dois juntos. Vi como ela olha pra você. E Beckett… quando foi que você desistiu de alguma coisa antes? Construiu tendas para as mudas de árvores no inverno passado, para protegê-las da chuva. Monitorou os níveis de saturação do solo em meio a um furacão. Apoiou a Stella quando ela teve a ideia deste lugar. — A voz dele falha. — Você largou a segurança de um ótimo emprego e com um bom salário para ajudá-la a se reerguer aqui, sem garantia alguma. Você adotou um pato…

— Eu não adotei o pato.

— Você adotou um pato que encontrou no celeiro. E quatro gatos também. Você compra biscoitos escondido porque tem medo de ferir os sentimentos da Layla. E eu sei que foi você que dirigiu por dois estados costa acima pra comprar aquela manteiga chique que ela queria, quando todos os fornecedores locais a ignoraram. Você não é um cara que desiste e não é um cara que não se importa. Então, por favor, para de fingir que é qualquer uma dessas coisas.

Eu olho para Luka. Ele olha para mim. Eu limpo a garganta.

— Isso foi, hm… Isso foi mais que uma coisa.

— Foi — diz ele, sem fôlego e impaciente. Está com as bochechas vermelhas, a boca em uma linha firme. Ele se mexe e aponta para os pontos marcados no campo com a lâmina da pá. Ele a agita no ar uma vez. — Vou cavar uns buracos agora.

— Tá bom.

Acho que Luka esperava que eu fosse debater. Ainda estou emocionado com o discurso dele. As cordas de piano em meu peito vibram sob a tensão, todas desafinadas.

— Você lembra o que me disse quando apareci na sua casa? Depois daquela briga com a Stella?

Pouco antes de eles ficarem juntos, Luka apareceu na minha porta, com o moletom do avesso e uma expressão no rosto como se alguém tivesse roubado todos os seus biscoitos e sua última fatia de pizza. Ele sentou no meu sofá, enrolado em três cobertores, e ficou olhando fixamente para a minha lareira por quase cinco horas. *Só preciso de um segundo*, dissera. *Só uns minutinhos.*

— Eu falei pra você deixar de ser idiota — digo com relutância — e contar para a Stella o que sentia.

Luka ergue as duas sobrancelhas.

— Deixe de ser idiota — diz. Um sorriso torce sua boca para o lado. — E conte para a Evelyn o que você sente.

Stella aparece pouco tempo depois, um moletom até os joelhos e arrastando uma pá com indiferença. Parece que acabou de lutar sete rodadas seguidas contra o colchão e perdeu todas. Ela dá um beijo na bochecha de Luka, me abraça pela cintura e depois vai para o outro lado do campo e começa a cavar os buracos mais lentos e desleixados que a humanidade já viu. Luka se controla por três minutos antes de ir ajudá-la.

Quando algumas gotas de chuva enfim decidem cair do céu, Layla aparece, usando galochas e um gorro de tricô azul brilhante. Ela caminha até mim e me abraça apertado, a cabeça sob meu queixo. A bolinha do gorro entra na minha boca.

— Não tive tempo de fazer pão de abobrinha — diz. Ela aperta com mais força e eu suspiro. — Desculpe.

Pisco para sua cabeça e retribuo o abraço com suavidade. Na verdade, estou tentando encorajá-la a me soltar. Abrir tanta massa fez com que ela se tornasse forte de uma maneira assustadora.

— Não tem problema.

— Faço hoje à tarde.

— Tá.

Ela ergue a pá que não a vi trazer por cima do ombro e se junta a Luka e Stella, com o gorro balançando o tempo todo. Vejo faróis piscando ao longe e franzo a testa.

— O que está acontecendo? — grito para meu trio de assistentes inesperados. Uma gota de chuva cai no meu nariz e desliza.

Stella está recostada no peito de Luka, a cabeça apoiada em seu ombro. Mal consegue abrir os olhos e, por um segundo, acho que está dormindo.

— A rede de comunicação — ela grita de volta, sua voz ecoando pelo campo vazio. — Mudamos o Dia de Cavar.

Outro par de faróis aparece ao longe, dois feixes de luz se projetando pela estrada de terra que leva à fazenda. Eu os observo por um segundo e engulo em seco. As cordas do piano relaxam, ainda que pouco.

— Por quê?

Posso ver o olhar que Stella está me lançando daqui. Uma sobrancelha delicada erguida, os lábios em uma linha fina. Layla bufa e Luka balança a cabeça.

— Se você vai cavar, então todo mundo vai cavar — rebate ela. O calor em sua declaração é ligeiramente atenuado por um bocejo exagerado, bem no meio da fala. Ela estremece e Luka dá um beijo na nuca dela, o braço envolvido em seu ombro. — É isso que os sócios fazem.

20

EVELYN

Eu odeio este lugar.

Odeio este lugar. Odeio este carro. E odeio esta rota secundária ridícula que meu GPS achou que passaria por lugares mais panorâmicos. Odeio ter achado que um cenário com uma paisagem pitoresca parecia uma boa ideia, em vez de ir pela estrada principal. Já poderia estar de volta a esta altura.

Ou ao menos poderia tomar um milkshake no caminho.

Se estivesse na estrada.

Olho para o campo de grama morta e chuto o pneu furado. Não há nada de pitoresco neste trecho de estrada mal conservado ou no posto de gasolina abandonado a dez metros de distância, uma família de corvos olhando fixamente para mim de seu poleiro no estabelecimento fechado com tábuas. Estou sentindo uma vibe meio Hitchcock, e pressiono dois dedos entre as sobrancelhas, desejando em silêncio por uma energia mais positiva. Parece que desde que saí do escritório da Coligação dos Pequenos Negócios Americanos em Durham, tudo o que tive foi azar. Tento não pensar demais nisso.

O café derrubado. O retorno que perdi. Outro retorno que perdi. O celular sem sinal. E agora isso. Um pneu furado.

Ao menos tem um estepe neste carro de aluguel. Eu só preciso... me lembrar de como trocar um pneu.

Minha mãe me ensinou alguns trabalhos de emergência cotidiana quando eu estava no colegial. Substituir canos velhos e enferrujados embaixo da pia e trocar o óleo do carro. Dizia que era importante que eu aprendesse a ser a minha própria super-heroína.

Você nunca vai precisar pedir para um homem, ela dizia, com graxa até os cotovelos e por toda a testa, um sorriso no rosto enquanto ajustava o macaco hidráulico. Ria com tanto orgulho e tanto gosto na nossa garagem pequena, rugas se formando na pele escura ao redor dos olhos. O calor do braço apoiado nos meus ombros enquanto nossa minivan retornava para o lugar. *Mulheres autossuficientes criam mulheres autossuficientes,* ela dizia.

Estaria de cara feia para mim agora se pudesse me ver encarando o pneu apoiado na roda.

Cubro os olhos com a mão e observo a longa estrada sinuosa em que estou parada. Não consigo ouvir um único motor de carro roncando a distância. Verifico meu celular de novo e noto a falta de barrinhas no canto direito superior. Sem sinal.

— Vamos lá, então... — Talvez eu consiga me lembrar por memória muscular. Com certeza não há mais nada que eu possa fazer no momento.

Tiro o macaco pesado do porta-malas do carro, coloco perto do pneu traseiro e começo a trabalhar. Ao menos me lembro dessa parte. Desconto toda a minha frustração enquanto giro as porcas teimosas, cada uma delas rangendo conforme seguro o metal com firmeza na palma da mão e viro.

Apesar de todo o azar que tive desde que saí do escritório, a entrevista com a Coligação dos Pequenos Negócios Americanos correu bem. Muito bem. Theo foi simpático e acolhedor — e um pouquinho esquisito —, ofereceu café e uma bandeja cheia de pãezinhos doces assim que cheguei, o prato coberto balançando de forma perigosa na ponta de uma mesa lotada.

— Muitos dos seus conteúdos envolvem comida — comentou ele, ajustando os óculos com os nós dos dedos —, e eu tinha esperança de trazer você para o nosso lado com um pouquinho de açúcar.

Ele não precisou de açúcar, café ou qualquer outra coisa para me trazer para o lado deles. Começou a apresentação de imediato, a voz baixa parecendo mais viva por causa da empolgação conforme listava todos os pequenos negócios que faziam parte da associação. Seu escritório era bagunçado, abafado. A pequena janela acima de sua mesa dava para um beco estreito e uma parede de tijolos. Quase não havia luz natural ou espaço extra. Uma única cadeira em frente à sua mesa, um telefone antigo de fio emaranhado logo ao lado da bandeja de pães doces.

Fiquei encantada no mesmo instante. Com tudo. A caneca meio vazia na estante de livros ao lado da porta e a pilha irregular de papéis que se mexiam a cada vez que ele se movia em sua cadeira barulhenta. Aquele lugar tinha cara de trabalho árduo e entusiasmo, ideias surgindo de cada canto. Eu me peguei examinando as fotos penduradas em pequenos grupos ao longo da parede conforme ele falava, uma linha do tempo incompatível de pessoas e lugares em cores vivas. Uma barraca de comida em um parque pequeno. A frente de uma loja com um toldo vermelho e azul, letras grandes e curvas na janela. Uma foto menor, logo abaixo, dele e de um homem bonito, com as mãos entrelaçadas e uma garotinha agarrada aos joelhos.

— Tenho certeza que você vai receber ofertas bem mais sofisticadas — confessou ele. Não pude deixar de pensar em Sway, nas frutas aromatizando a água e aquela miscelânea de coisas sem importância alguma. — Mas acho que você não vai encontrar outro trabalho que te deixe mais feliz do que esse.

Mais feliz. Entre todas as palavras que ele poderia ter escolhido.

Não precisava dizer mais nada.

Os detalhes a respeito da vaga foram como a cereja do bolo. Trabalhar com pequenos negócios, ajudando-os a se estabelecerem digitalmente em seus canais — essa nova composição é exatamente o que tenho feito, mas agora melhor. Mais tempo para construir relações. Melhores recursos para apoiar iniciativas. E uma lista de contatos de proprietários de pequenos negócios ao redor do país tentando se destacar.

Inúmeras histórias para contar.

E apoio para mim. Descanso quando eu quiser.

Estou tão empolgada que, desde que saí da entrevista, não paro de cantarolar, explodindo de uma sensação que achei que tinha ido embora para sempre. Caminhei até meu carro e digitei o número de Beckett, imaginando-o sentado na varanda, um dos gatos no joelho e uma cerveja em mãos, os pés com meias cruzados na altura do tornozelo e as longas pernas esticadas. Imaginei que cara ele faria quando eu contasse a novidade, como suas sobrancelhas se ergueriam. Aquele sorriso discreto na linha dos olhos e a covinha na bochecha.

Mas ele não atendeu.

Viro a chave de roda com um grunhido e afrouxo a última porca, uma gota de suor escorrendo no meio das costas. Apoio a chave no concreto e um dos corvos se lança do topo do posto de gasolina, as penas eriçadas se agitando. Faço cara feia para os amigos dele e depois para o pneu furado.

— Até aqui tudo bem — murmuro.

Começo a relembrar pouco a pouco o que tem que ser feito. A voz da minha mãe em minha orelha, me instruindo como montar o macaco, como manter certa distância do carro, como retirar o pneu e colocar o outro com cuidado. Um arrepio de satisfação percorre meu corpo à medida que executo cada passo até colocar a nova roda no lugar e apertar a última das porcas. Rolo o pneu furado até o porta-malas e abaixo o macaco de novo, o carro emitindo um ruído alto e pesado.

Talvez eu devesse ter trocado um pneu antes. O orgulho queimando em meu peito me deixa sem fôlego, uma forte explosão de energia que percorre todo o meu corpo. Fico ali com as mãos cobertas de graxa e os braços queimando pelo esforço.

Eu me sinto fantástica.

Quase rio quando ouço o ronco de um motor atrás de mim, um caminhão vermelho brilhante avançando na estrada. Ele diminui a velocidade até parar ao meu lado, e um velho com boné de beisebol desbotado enfia a cabeça pela janela, com o braço bronzeado pendurado sobre a porta. Ele olha para todas as ferramentas espalhadas pelo chão e me lança um olhar interrogativo.

— Precisa de ajuda?

Balanço a cabeça. Não preciso. Pela primeira vez em muito tempo, não preciso de mais nada. Estou bem aqui, consciente de quem sou e do que quero.

Sem planejar o que vem a seguir, sem pensar em todas as coisas que estou perdendo por ficar parada. Tudo está exatamente onde deveria estar.

Abro um sorriso que o homem recebe em uma contração confusa de lábios. Uma mulher estranha parada do lado de fora de um posto de gasolina fechado com tábuas, com graxa no rosto, sorrindo para o nada.

— Estou bem, obrigada.

Ligo para Josie de uma locadora de carros a meio caminho entre Durham e Inglewild, uma xícara de café cheia de espuma na mão e uma embalagem de donut velho no braço.

— Ele ofereceu a vaga?

Olho pela janela para o centro de serviços, meu pequeno carro azul recebendo uma substituição adequada de pneus. Estou impaciente para pegar a estrada, faltam mais algumas horas de viagem antes de voltar para a Lovelight. Beckett ainda não atendeu o celular, e não sei o que pensar disso.

Deixei um bilhete na mesa da cozinha quando saí, com uma tentativa fraca de desenho no fim. *Tive que ir embora sem avisar,* escrevi. *Uma entrevista!!! Podemos celebrar com hambúrgueres quando eu voltar.*

Hesitei, a mão pairando sobre o pedaço de papel. *Nos vemos em breve* parecia não dizer tudo. *Saudade* pareceu bobo. Encarei o bilhete e mordi o lábio inferior, sem saber como assinar aquela maldita coisa.

Por fim, optei por um pequeno coração com bordas tortas, um círculo de tulipas na parte inferior.

— Informalmente — respondo a Josie, mordiscando a borda do meu donut com recheio de creme. É impossível não comparar com a massa macia e amanteigada de Layla, e a saudade me atinge como um soco bem no peito. O que eu não daria para estar sentada na padaria dela agora mesmo, as botas apoiadas na cadeira bem à minha frente e Beckett inclinando-se pesadamente ao meu lado, a barba por fazer roçando nos meus cabelos e os dedos brincando com a manga da minha camisa. Suspiro. — Disse que vai me enviar uma carta nos próximos dias com a proposta oficial.

— Isso é bom, não é?

Concordo.

— Sim. É bom.

— Então por que você está esquisita?

— Tenho muita coisa pra fazer — murmuro, olhando pela janela de novo para verificar meu carro. Um cara de macacão está meio enfiado embaixo dele, outro mecânico se aproximando. Deveria ter aceitado o carro que ofereceram em substituição. É ridículo me sentir tão conectada a um carro. — Muitos detalhes pra resolver.

Josie murmura.

— Tipo se você vai ficar em Inglewild ou não?

— Espero que esse não seja um dos detalhes que precisam ser resolvidos. — Assim que eu falar com Beckett. Assim que ele atender o maldito celular. Eu gostaria de ficar. Não na casa dele, é claro. Um lugar novo, talvez mais perto da cidade. Algum lugar em que eu possa sair na varanda e pressionar os dedos dos pés na grama molhada. Flores no jardim. Muitas janelas.

— Vou ter que voar até a Califórnia — digo a ela. — Preciso encerrar o contrato com o Sway. Resolver alguns outros projetos. — Pegar o restante das minhas coisas no meu apartamento pouco usado. Talvez outra visita à loja de empanadas.

— Vou até lá para te encontrar.

— Não precisa.

— E perder você cancelando tudo com o Sway? Nem pensar. — Ela ri do outro lado da linha, e ouço o rangido de uma porta de tela se abrindo.

— Estou orgulhosa de você, sabia? — A voz dela é calma, um sorriso em cada sílaba. — Sei que não tem se sentido você mesma, mas você está... está chegando lá. E estou orgulhosa disso.

Eu pisco com a pressão atrás dos meus olhos. Estou orgulhosa de mim mesma também.

Uma conversa sussurra de volta para mim. O tecido de flanela gasto nos meus ombros e a velha cadeira da varanda, áspera sob minhas mãos. Meias emprestadas em meus pés e Beckett na cadeira ao meu lado.

— Estou tentando.

Quando, por fim, chego a Inglewild e acesso o único caminho de terra que leva até a Lovelight, o sol já está se pondo, o enorme celeiro vermelho perto da estrada em uma cor de ferrugem, desbotado sob a luz minguante. O alívio floresce em meu peito, o calor irradiando até onde minhas mãos seguram o volante. Só dois dias se passaram, e senti falta deste lugar. Senti falta do espaço aberto e de Beckett bem ao meu lado. Dos gatos e das árvores e da leveza que sinto quando a estrada muda de terra para cascalho, meu carro roncando.

É como voltar para casa.

A cabana está escura quando estaciono na garagem, mas a caminhonete de Beckett está em seu lugar de sempre, o brilho fraco vindo da estufa me informando onde ele está. Sorrio enquanto saio do carro, deixando minhas coisas para guardar depois. Estou ansiosa para vê-lo, para abraçá-lo pela cintura e apertar.

Pulo de pedra em pedra pelo caminho que circunda a lateral da casa, contando as placas de madeira no jardim enquanto ando. Mais ervas do que flores neste lado da construção. Manjericão. Tomilho. Hortelã. Alecrim. Eu me pergunto se ele vai fazer canja de novo, se estará com gosto de sálvia quando eu me sentar de lado em seu colo e pressionar minha boca na dele.

Eu o vejo assim que viro a esquina, a cabeça inclinada sobre uma prateleira de plantas perto da frente. Cabelos bagunçados. Braços fortes. Mangas arregaçadas até os cotovelos. Ele parece uma daquelas estátuas antigas — umas que estão sempre sozinhas no meio de praças movimentadas da cidade, os contornos desgastados pelo tempo. Meu sorriso vacila e tropeço em uma raiz de árvore que se projeta ao longo do caminho. Aquelas que parecem tão tristes.

Eu me inclino no batente da porta de vidro, em silêncio, meus dedos coçando com a vontade de alisar aqueles ombros tensos com as mãos. Pressionar meu rosto no espaço entre eles até fazê-lo suspirar fundo, aliviado. Quero satisfazer esse desejo, seja lá o que for.

— Ei. — Inclino a cabeça e observo todo o corpo dele ficar rígido, meio curvado sobre um vaso de flores-de-papagaio ainda florescendo. Está congelado no lugar, e com certeza não esperava que eu viesse. Não queria, pelo jeito. O nervosismo vibra em minhas entranhas e faço uma pausa. — O que você está fazendo?

É bom ver você, quero dizer. *Estou há dois dias longe e senti tanta saudade.*

Ele se levanta e coloca o regador de lado, os movimentos lentos e hesitantes. É como se tivesse se esquecido de onde está, do que deveria estar fazendo. Olha devagar para mim, um leve tremor de confusão marcando sua boca.

— Estou terminando algumas coisas — diz, a voz áspera. Ele limpa a palma das mãos na parte da frente da calça jeans, cerra os punhos e as enfia nos bolsos. — O que você está fazendo aqui?

— Estou hospedada aqui, não? — Dou risada. Ele não ri. O sorriso desaparece do meu rosto. Meu coração vai parar na garganta e tudo no meu corpo se aperta. — Está tudo bem? — Ele permanece quieto. O espaço entre nós parece um abismo. — Aconteceu alguma coisa com as árvores?

— Não. — Ele balança a cabeça e olha por uma das grandes janelas. O céu brilha atrás dele, um laranja ardente e forte. Uma última explosão de cores brilhantes. — Não, não aconteceu nada com as árvores.

— Tudo bem com a sua família?

Ele assente.

— Certo, então. — Olho por cima do ombro para a varanda, as duas cadeiras que parecem um pouco mais distantes que da última vez que sentamos ali. — Por que você está aqui fora tão tarde?

Por que a casa está toda apagada?

Por que você não olha pra mim?

Por que não me beijou ainda?

— Evelyn — suspira, exausto. Ele ergue o olhar do chão e pisca devagar para mim. — O que estamos fazendo?

Evelyn. Dói como um beliscão. Uma cutucada direto no coração. Faz semanas que ele não me chama pelo nome.

— Bom… — Esfrego a ponta dos dedos no peito e me obrigo a me acalmar. — Neste exato instante, parece que você tem algo a me dizer.

— Não foi isso que eu quis perguntar.

— Eu sei que não foi. — Suspiro. Talvez seja melhor voltar para o carro, dar uma volta pela fazenda, então podemos tentar de novo. Estava tão empolgada para vê-lo, tão aliviada por estar de volta. E ele está me tratando como se minha chegada fosse a pior coisa que poderia ter acontecido. — O que foi? Por que você está chateado?

— Eu não estou chateado.

— Beckett. Você mal está olhando para mim. — Ele cerra o maxilar e sinto a impaciência como uma coceira na garganta. — Se você tem algo para me dizer, seria melhor se...

— O que você está fazendo aqui, Evie? — pergunta em um rompante. Dou meio passo para a frente e ele recua, as mãos agarrando a estrutura de metal da prateleira em que está apoiado como se precisasse de uma âncora que o mantivesse com os pés no chão. Em todo esse movimento ansioso, Beckett se assegura de manter o corpo longe do meu. Não estamos nos encostando, e sinto essa ausência como uma mão em meu peito, exigindo que me mantenha distante. Seus olhos procuram os meus, desesperados e um pouco magoados. — Qual é o plano? Você vai ficar ou vai embora?

— Do que você está falando? Achei que eu estivesse voltando pra casa. — Ele faz uma expressão de aborrecimento e não tenho ideia do que está acontecendo. — Quer que eu vá embora? Não estou entendendo.

Ele se afasta da prateleira, mas estendo as duas mãos e o seguro pela camiseta, puxando-o para perto.

— Não. Você vai explicar o que está acontecendo. Agora, Beckett.

— Você foi embora.

— Sim. — Por dois dias. E voltei logo a seguir. Comprei uma camiseta ridícula no posto de gasolina e um porta-latas de presente, para ele colocar as cervejas.

Ele envolve meus pulsos com as mãos e aperta suavemente, um pedido para que eu o solte. Eu o faço e ele dá três passos pelo pequeno espaço, as costas apoiadas na mesma mesa em que me colocou dois dias atrás. Mal consigo distinguir a postura do homem que deu um beijo em meu pescoço e enfeitou meus cabelos com uma flor.

— Você nem pensou em me falar — reclama. — Achei que tivesse ido embora pra sempre.

— Eu deixei um bilhete. — Bem no meio da mesa, ao lado de uma garrafa térmica com café e uma pilha de correspondências.

— Não tinha bilhete nenhum.

— Mas eu deixei. — Penso nos desenhos que deixei no fim da página, na angústia pensando no que escrever. Acho que não teve importância, no fim das contas. — Desenhei flores nele. Tulipas.

Ele não se move um centímetro sequer, nem mesmo flexiona os dedos nas laterais do corpo.

— Não tinha bilhete nenhum na mesa quando cheguei. Não tinha nada.

Sinto um peso enorme no peito.

— Todas as minhas coisas estavam no quarto de hóspedes.

— Eu não fui conferir.

— Bom, você deveria ter ido — protesto. Tudo que ele precisava fazer era abrir a porta para ver minhas roupas jogadas por toda parte.

— Eu não queria encarar um quarto vazio. — A resposta sai como um trovão, o punho batendo contra a mesa. — Não queria olhar para o lugar em que você estava e descobrir que foi embora.

— Você acha que eu iria embora assim?

Ele dá de ombros, e sei exatamente o que vai dizer um momento antes de ele soltar as palavras.

— Você nunca teve problema em ir embora — acusa, e sinto as palavras como um corte em minha pele. — Em me deixar — acrescenta, um pouco mais suave.

Isso foi antes, quero dizer. *Antes de eu estar na sua cozinha, vendo você fazer panquecas. Antes de sentar na varanda dos fundos e ouvir você falar das estrelas. Antes de você me confiar seus sorrisos. Antes de permitir que eu te conhecesse.*

Antes de me apaixonar por você.

— A gente não se conhecia naquela época — respondo. — Naquela manhã no Maine… eu tinha um voo para pegar logo cedo e não queria acordar você.

Não é uma boa desculpa, mas é a verdade. Ele balança a cabeça e sei que não acredita em mim. Acho que eu parti o coração de Beckett mais do que ele me permitiu ver.

— Você vai embora de novo — acrescenta. Eu o machuquei no passado e estou pagando por isso agora. Ele não confia em mim para ficar. Não quando fui embora da primeira vez. Parece exausto, cansado demais. Círculos escuros embaixo dos olhos e uma tensão no corpo que não vejo desde aquela noite no bar, quando tudo estava muito barulhento ao seu redor.

— Você vai embora de novo, Evie. — Seu rosto se contorce na mais pura ânsia. — Por que não iria?

Ah, penso. *É isso.*

— Então me peça para ficar. — As palavras saem da minha boca antes que eu possa pensar a respeito. Elas permanecem no espaço entre nós, impacientes. Suplicantes.

Seus olhos encontram os meus e ele balança a cabeça uma vez.

— Não posso.

— Por que não?

Ele engole em seco, um aperto na linha forte de sua garganta. Ele me encara por um longo tempo. Tanto, que acho que não vai responder.

— Eu sonhei com você — diz ele, a voz rouca. Parece envergonhado de dizer algo tão adorável. — Depois daquelas duas noites que passamos juntos no Maine, sonhei com você o tempo todo. Quando nos encontramos de novo na noite em que você chegou, por alguns instantes achei que fosse um sonho. Você estava tão linda. — Ele engole em seco de novo e olha para as botas, se recompondo. Volta a olhar para mim, os olhos brilhantes. — Era essa a sensação de ter você aqui. Um sonho. Mas acho que nós dois sabemos que precisa acabar, não é? Você tem uma vida importante te esperando fora desta cidade pequena, e não tem problema. É melhor assim, na verdade. Você brilha... você brilha como a porra do sol, e não seria justo ficar enclausurada aqui. Você não deve desperdiçar essa luz. Pensei que eu poderia ser feliz com qualquer pedacinho de você que conseguisse. Achei que seria o suficiente. Mas então você foi embora, e percebi que... que não é assim. Você vai levar um pedaço de mim a cada vez que for embora, até não sobrar mais nada. Não posso ficar parado aqui, vendo você ir embora.

Mas eu vou trazer seus pedaços de volta, quero dizer. *Vou trazer de volta e dar um pedaço de mim.*

O silêncio ressoa entre nós, um leve zumbido em meus ouvidos.

— Há quanto tempo você pensa assim? — pergunto.

Ele parece tão cansado, encostado na mesa. Ele passa a palma da mão pelo rosto.

— O quê?

— Há quanto tempo você espera que eu vá embora? Desde o nosso encontro? — Engulo em seco e desejo que o zumbido no meu sangue diminua. — Desde quando transamos?

Ele está imóvel perto das janelas, as sombras girando em torno de seus tornozelos e cobrindo-o de escuridão. Ele dá de ombros e desvia os olhos para o chão.

— Não sei o que você quer que eu diga, Evie. — Ele esfrega a palma da mão na nuca. — Estou... estou tentando me prender ao que tenho. Você entende?

Balanço a cabeça, uma pressão atrás dos olhos.

— Não entendo.

Suas mãos caem frouxamente nas laterais do corpo.

— Não sei de que outro jeito posso explicar pra você.

Dou um passo mais perto.

— Se eu tivesse esperado você voltar com as árvores... Se você tivesse visto o meu bilhete... você teria acreditado em mim quando eu disse que estava voltando?

Ele não diz uma palavra. Suspira e fecha os olhos com força e então encontra o meu olhar. Vejo a resposta nas linhas de seu rosto. No azul-esverdeado triste, muito triste de seus olhos.

— Por que você não acredita em mim? — pergunto, minha voz embargada. — Eu quero estar aqui.

Com você. Com todos os outros. Onde posso respirar, descansar e pensar. Onde posso ser quem eu quiser.

Ele abre e fecha a boca. Espero que diga alguma coisa, qualquer coisa. Mas ele não diz nada. Fecha a boca com força e olha por cima do meu ombro.

— É isso, então? — pergunto.

Ele olha para o pote vazio sobre a mesa, os pacotes de sementes ao lado. Para todos os lugares, ao que parece, menos para mim. Ele suspira e esfrega a mão na parte de trás da cabeça. Dá de ombros discretamente.

— Você pode... você pode ficar o tempo que quiser. É sempre bem-vinda aqui. Eu só acho... só acho que talvez seja melhor que as coisas sejam como antes. Eu compliquei tudo e sinto muito por toda a situação.

Como se fosse tão simples me livrar de todos esses sentimentos no meu peito, como se eu pudesse sentar ao lado dele naquela varanda e não amá-lo de todo o coração.

— Você sente muito. — Não me preocupo em formular como uma pergunta. Ele está se desculpando por ter complicado as coisas. Sinto um aperto no peito.

Ele hesita.

— Sim — responde, por fim.

Estou sem forças para lutar. Beckett acha que, ao ficar aqui, estou abrindo mão de algo, que não terei tudo aquilo que sempre quis. A chama da esperança que ardia em meu peito enquanto eu dirigia de Durham está começando a se apagar. Restam apenas brasas, na verdade, esfriando no círculo de cinzas que se fixa no espaço aberto entre meus pulmões. Eu me sinto queimar a cada vez que respiro.

— Beckett Porter — suspiro seu nome e pisco rápido demais. Não quero chorar. Não aqui. Não agora. — Você está abrindo mão de mim?

Odeio a hesitação em minha voz. Ele percebe, seus olhos se fixando nos meus. Vejo-o flexionar os dedos, a pequena folha de carvalho na parte interna de seu pulso dançando enquanto seu braço gira.

Ele dá risada, mas não soa divertido. Soa triste, mil coisas não ditas escondidas em um único som.

— Não, meu bem. — Ele me observa com aqueles olhos sérios, como se estivesse tentando memorizar as curvas do meu rosto. Sua boca se retorce para o lado. Não é bem um sorriso, mas também não é uma contrariedade. Algo como resignação, um meio caminho entre um e outro. — Estou abrindo mão de mim.

Eu fico olhando para ele por um longo tempo, memorizando-o de volta. Acho que Beckett nunca chegou a pensar que teríamos um final feliz.

Fico triste por saber que, durante todo esse tempo, ele esperava que eu o desapontasse. Respiro fundo e vejo suas mãos se abrindo e fechando nas laterais do corpo. Como se ele quisesse encostar em mim, mas não confiasse em si mesmo.

É hora de começar a consertar isso.

— Tem algumas coisas que eu preciso fazer — digo por fim, a voz irregular. Não é assim que pensei que nossa conversa seria, mas isso não muda meus planos. Nem um pouco. — Eu vou voltar. Não estou pedindo para você me esperar ou que acredite em mim. Só estou avisando. Eu vou voltar.

Fico na ponta dos pés e dou um beijo suave em seus lábios antes que ele possa responder. Não quero que tenha a chance de me dizer não. Então digo que vamos nos ver em breve e aperto a mão dele na minha. Eu o deixo de pé na estufa, com as flores, as ervas e a terra derramada sobre a mesa.

Meu corpo se move sem que minha mente precise pensar. Vou para o quarto de hóspedes e arrumo minhas coisas. Abro com dificuldade a porta do carro e jogo minha bagagem no porta-malas. Subo as escadas e deixo a camiseta ridícula do posto e o porta-latas perto da porta dele.

Reúno todas as partes de mim que estão se desfazendo e as seguro com força em meu punho trêmulo, respiro fundo duas vezes, as mãos no volante. Olho para a casa e expiro lentamente.

Saio da garagem e desço a pequena estrada que leva à cidade.

21

BECKETT

OLHO PARA O pato.

O pato me olha de volta.

Um dos gatinhos mia além da cerca improvisada que fiz na cozinha. Não que isso os impeça de escapar se de fato quiserem. Ainda não faço ideia de como Empinadora consegue sair de casa todas as manhãs para passear de trator. Examinei cada centímetro da casa e não consigo descobrir por onde ela foge, a não ser que consiga abrir a porta da frente sozinha.

Suspiro e olho para a família de gatos esperando pacientemente atrás da cerca de arame. Eles vieram correndo assim que entrei pela porta da frente com nosso novo companheiro. É a primeira vez que prestam atenção em mim desde que Evelyn foi embora, duas noites atrás. Eles não me perdoaram por deixá-la ir embora.

Eu também não me perdoei.

Encontrei o bilhete dela amassado e meio rasgado na cama de Empinadora, ao lado do sofá, perto de um lacinho de cabelo e de um tubo vazio de protetor labial. Fiquei encarando aquele pedacinho de papel por um longo tempo, as flores rabiscadas na parte inferior, os três pontos de exclamação.

Não importa que ela tenha deixado um bilhete. Não importa que ela tivesse a intenção de voltar. Manter toda a luz dela para mim ainda parece o pior tipo de egoísmo. Não vou fazer isso.

Ao menos é o que repito para mim mesmo. E coloco o bilhete na gaveta da mesa de cabeceira ao lado da cama. Ao lado da maldita flor azul seca e de um recibo amassado.

Suspiro e pego o patinho em minhas mãos, já maior que da última vez que o vi. Dr. Colson ligou esta manhã e me avisou que não havia lugar para ele no centro de vida selvagem local. E que achava que já tinha se passado tempo demais para que o pequenino fizesse uma transição de sucesso de volta para a natureza.

Ele não precisou falar mais nada.

Eu não queria que o patinho ficasse sozinho.

— Tudo bem, pessoal. — Lanço um olhar severo para os gatos alinhados em uma fileira atrás da cerca de arame improvisada. — Vamos nos comportar da melhor maneira possível, certo? Sem mordidinhas ou qualquer coisa ligada aos dentes. — Posso jurar que Empinadora franze a testa para mim, um beicinho em seu rostinho peludo.

Eu me sento no chão e estendo as mãos com cuidado, devagar. Com a recomendação do dr. Colson em mente, mantenho uma mão pairando sobre a bola de penugem amarela em minha palma, pronta para proteger o filhote caso seja preciso. Mas todos os quatro gatos parecem calmos o bastante para conhecer seu novo companheiro de casa, o rosto cheio de interesse.

O pato enfia a cabeça entre meus dedos estendidos, um leve grasnar de cumprimento.

Empinadora olha com ávida concentração e depois mia em resposta. Ela se levanta de onde está deitada no chão e dá uma leve cabeçada na minha mão, o nariz de veludo rosa roçando meu polegar e depois o patinho. Ela mia de novo e os três gatinhos a imitam. O patinho emite um grasnado.

Certo. Parece que... está tudo bem.

Pato e gatos continuam se investigando, e ouço a porta da frente se abrir. Por uma fração de segundo, uma onda de esperança domina meu peito. Mas então ouço Stella e Layla brigando por causa de rolinhos de canela, e meu coração desfalece, a decepção diminuindo o ritmo das batidas.

Olhei na cara de Evelyn e disse que não me contentaria com partes dela. É assim que me sinto, mas gostaria de ter dito isso de uma maneira melhor. Mais suave, talvez. Ainda posso ver o rosto dela enquanto as palavras saíam destrambelhadas da minha boca. O jeito que seu corpo se encolheu, as mãos entrelaçadas com força. Os cílios baixos. Uma única inspiração aguda.

Arrependimento é uma coisa engraçada. Autopreservação também. Tenho oscilado descontroladamente entre os dois sentimentos e pego meu celular mais vezes do que posso contar. Mas não consigo digitar o número dela, o polegar pairando sobre a tela.

Stella e Layla entram cambaleando na cozinha. Eu nem me preocupo em olhar para elas.

— Meu Deus. — Layla respira. — É pior do que eu pensava.

Vejo Cometa cutucar o pato uma vez com a cabeça, um ronronar feliz ressoando entre eles. O pato bate suas pequenas asas na minha mão. Vou precisar dar um nome para ele. Está resolvido.

— Achei que a porta estava trancada.

— Eu tenho a chave — diz Layla em tom suave.

— Eu peguei essa chave de volta três meses atrás, quando você invadiu minha casa e roubou todos os meus biscoitos recheados.

— Como se eu fosse comer biscoitos recheados comprados no supermercado. — Layla se ofende. — Não fui eu.

Stella ergue a mão.

— Foi o Charlie. Ele vai comprar uma caixa nova pra você. — Ela pausa por um segundo e se ajoelha ao meu lado, estendendo a mão para os gatinhos. — Beckett, por que você está sentado no chão?

Pergunta interessante vindo de uma mulher que acabou de me confessar que o meio-irmão invadiu minha casa e comeu todo o meu açúcar processado. Ignoro. Estou cansado demais para saber os detalhes.

— Estou apresentando os bichinhos um para o outro.

— Entendi. — Ela pisca para mim. — E há quanto tempo você está fazendo isso?

— Ficar sentado no chão?

— Sim.

Layla se ocupa com algo no balcão. Ouço o som de papel-alumínio sendo amassado, minhas gavetas se abrindo enquanto ela procura talheres. Raposa está mais interessada em tudo o que ela trouxe do que no novo membro da família e caminha depressa até Layla, se enrolando em seus tornozelos.

Olho para o relógio.

— Há uns dez minutos. Por quê?

Stella parece aliviada.

— Ah, que bom.

— Por quê?

— Porque o Sal nos disse que viu você deitado de costas no meio do celeiro do Papai Noel ontem, durante três horas — interrompe Layla. Ela estende um prato, um único muffin de mirtilo nele, a cobertura crocante perfeita.

Franzo a testa. Não percebi que fiquei tanto tempo no celeiro.

— Eu estava verificando os buracos no telhado. Alguns dos agricultores notaram vazamentos.

Então adormeci, deitado de costas no meio do celeiro do Papai Noel. Acordei cansado e desorientado, com uma dor na boca do estômago.

Sentir falta de Evelyn é como perder o último degrau de uma escada. Continuo esperando que ela esteja onde não está.

Essa expectativa, considero, é o pior de tudo. Entro na cozinha e espero vê-la sentada no balcão fazendo palavras cruzadas. Entro pela porta dos fundos e espio pela janela, procurando por suas longas pernas enfiadas embaixo dela na varanda. Procuro pelo casaco dela no cabide, ao lado do meu. As botas jogadas embaixo da mesa da entrada. Deixo um espaço na geladeira onde ela gosta de colocar o café, bem ao lado do chá gelado.

Estou sentindo falta de cada parte dela.

Quero todas de volta.

Layla se senta do meu outro lado com um prato de muffins para ela e estende para que Stella possa pegar um. Trago o pato para mais perto do meu peito — atrás da proteção da cerca — e o coloco com cuidado no colo. Ele dá um grasnado feliz, faz um círculo e então deixa um pequeno tufo de penas amareladas na minha coxa.

— A Evelyn mandou uma mensagem — comenta Layla, como se aquela única frase não roubasse todo o fôlego dos meus pulmões. Dou uma mordida no muffin para me impedir de dizer algo estúpido. *Quando?* É o que quero perguntar. *Ela parecia tão triste quanto eu?* — Ela queria que a gente viesse ver como você está.

Já é alguma coisa, acho. Arranco um mirtilo seco de cima do muffin. Olhei os perfis dela nas redes sociais outro dia, desesperado por alguma informação. Faz semanas que ela não posta nada. A última coisa que Evie postou foi uma foto dela deitada de costas no campo de flores silvestres, a foto inclinada, pegando apenas a parte de cima da cabeça. Olhos sorridentes iluminados pelo sol, os longos cabelos espalhados ao redor da cabeça como um halo, pétalas de flores torcidas entre os fios.

Fiquei muito tempo olhando aquela foto.

— Estou bem — digo. Quero perguntar mais de Evelyn, porém não consigo dizer o nome dela.

Stella suspira.

— Você não pode ficar sentado aqui o dia todo. — Ela parece querer sair, pegar o carrinho de mão e me jogar nele. — Vamos lá pra casa. O Luka vai fazer nhoque para você.

Ele também vai passar a refeição toda suspirando, murmurando baixinho.

— Não, obrigado. — Dou outra mordida no muffin e ignoro a conversa silenciosa que acontece entre ambas ao meu lado. Sinto os olhos de Stella e Layla como pequenos lasers. — Vou para a casa dos meus pais mais tarde. Vou consertar a rampa da varanda.

O que estou fazendo é evitar meus problemas, sair desta casa que ainda tem o fantasma da risada dela, do sorriso e dos grandes olhos castanhos para onde quer que eu olhe.

— Bom... — Layla estica as pernas no chão da cozinha e franze a testa para seus pés com meias. Deve ter tirado as botas na porta. Ela coloca a cabeça no meu ombro no momento em que Stella segura meu braço, logo acima do cotovelo. Ela aperta carinhosamente. — Vamos ficar sentadas com você até que chegue a hora de você ir.

Solto um suspiro trêmulo e observo os gatos batendo em volta de uma velha caixa de papelão, algo que devem ter tirado da lixeira. Stella cruza os tornozelos e Layla boceja. Nós três ficamos ali sentados em silêncio, grudados no chão.

Sócios de todas as melhores maneiras.

— O pato tem nome? — pergunta Stella por fim.

— Hm?

— O pato — diz ela —, ele precisa de um nome.

Ele precisa. Nós três pensamos a respeito.

— Que tal Picles? — oferece Layla. Ela olha por cima do meu ombro para o pato dormindo profundamente no meu joelho. — Ele meio que parece um picles.

— Como ele parece um picles?

— A marquinha na cabeça dele parece um, não acha? — Ela olha para mim, os olhos se arregalando ao ver minha cara. — Tá bom. Não é Picles.

— Ovoberto? — sugere Stella.

Resmungo baixinho, o som no fundo da garganta. Ainda lembro que Stella queria que Empinadora se chamasse *Guaxinim.*

— Indiana Fontes? — acrescenta Layla.

— Quack? — Stella dispara de volta.

Ignoro as duas.

— Eu gosto de Otis.

Meu pai costumava ouvir Otis Redding pela manhã enquanto nos arrumávamos para a escola. Ele colocava a música nos alto-falantes da sala de estar. Aumentava o volume o bastante para que pudéssemos ouvi-la em nosso quarto. Foi o primeiro artista que Nessa dançou. Ele ainda coloca "These Arms of Mine" para minha mãe todas as quartas-feiras à noite, depois que pensa que todos nós fomos embora. Ela se senta no colo dele e ele cantarola em seu ouvido, uma volta lenta ao redor da entrada com nada além das luzes da varanda acesas.

— Gosto desse nome — diz Stella.

Layla acena em meu ombro.

— Eu também.

Esfrego os nós dos dedos na cabeça do filhote.

— Então vai ser Otis.

Levo Otis comigo para a casa dos meus pais e o coloco em uma pequena caixa na varanda da frente, enquanto começo a trabalhar descarregando a madeira da caminhonete. A casa e o jardim atrás dela estão calmos e silenciosos, as janelas estreitas de cada lado da porta da frente refletem o sol da tarde. Um único feixe de luz cai em cascata, partículas de poeira dançando em ondas douradas.

É estranho estar aqui quando ninguém mais está. Acostumei com a porta da frente aberta, minhas irmãs saindo para o jardim da frente. Risadas altas e o cheiro de algo no fogão. Meu pai implorando para que Nova tatue as costas dele.

Mas planejei esse momento para ficar em silêncio. Vou consertar a rampa, me certificar de que o corrimão está seguro e voltar para casa sem precisar falar com ninguém. É o plano perfeito.

— Você está construindo um deck novo pra mim?

Deixo cair toda a madeira em meus braços enquanto meu pai gira pela lateral da casa, um sorriso no rosto. Pressiono o punho fechado no meu coração acelerado e franzo a testa para o material espalhado aos meus pés.

— Caramba, pai?

Ele ri.

— Quando você vai perceber que estou sempre por perto, garoto?

— Acho que nunca — resmungo. Ele me encontra na traseira da caminhonete e se inclina para a frente na cadeira, pegando um pedaço de madeira que coloco em seus braços. Ele o empilha com cuidado ao lado da minha caixa de ferramentas e me olha divertido.

Estreito os olhos para ele.

— O que você está fazendo aqui?

— Eu moro aqui — responde com uma risada.

Reviro os olhos.

— Por que você está em casa? Pensei que estivesse trabalhando.

Cerca de sete anos atrás, meu pai assumiu um emprego diferente na fazenda agrícola. Agora ele trabalha na recepção, ajudando a gerenciar remessas e acordos com mercados locais e redes de supermercados. Ele também rouba o trator de vez em quando, se Roger Parson deixa as chaves jogadas.

— Tirei o dia de folga.

— Para quê?

— Você é minha babá agora? — Outra risada rouca e divertida sai de seu peito. — O que você está fazendo na minha casa no meio do dia? Com suprimentos suficientes para construir o próprio abrigo antibombardeio, além de tudo.

Olho para a pilha aleatória de madeira. O serrote que peguei emprestado da fazenda.

— Não tem tanta coisa assim — digo.

— É o suficiente. — Ele olha para mim daquele jeito que sempre fez. Olhos estreitados, uma sobrancelha ligeiramente mais erguida que a outra, os lábios em uma linha fina, mas curvados para cima nas pontas, como se tivesse alguma piada que só ele sabe. Toda vez que olha para mim assim, sinto como se eu tivesse sete anos de novo, mentindo para ele sobre o que aconteceu com a janela do galpão dos fundos, meu taco de beisebol escondido em um dos arbustos. Sua mão alcança meu braço, e ele aperta uma vez, no mesmo lugar que Stella se apoiou há menos de duas horas. — Você está bem?

— Estou bem — digo, sem mentir.

Porque estou. Estou bem. Está tudo... está tudo bem. Gostaria que todos parassem de me perguntar isso. Só preciso de algumas horas para não pensar em Evie. Para não repetir aquela última conversa e vê-la abraçando o próprio corpo, os olhos piscando rápido.

Estou cansado de vê-la toda vez que fecho os olhos, estou cansado de sentir falta dela quando ela mal se foi.

Suspiro e levo as mãos aos joelhos.

— Só quero consertar a rampa.

Meu pai examina meu rosto.

— Quer ajuda?

Preciso de muito esforço para não cerrar os dentes. E não o faço. Em vez disso, esboço uma expressão agradável e neutra, organizando algumas das ferramentas aos meus pés. Começo a juntar um pouco da madeira, meu corpo grato pela tarefa.

— Se você quiser.

— O que você quer?

Paro no lugar, os braços carregados de pedaços de madeira.

— O quê?

— O que você quer? — Ele esfrega a ponta dos dedos sobre o lábio inferior, pensativo. — Se alguém apontasse uma arma para sua cabeça agora e perguntasse o que você quer, o que você diria?

— Hm... — Olho por cima do ombro para ter certeza de que uma das minhas irmãs não está por perto com um celular na mão. Ele parece sério demais para quem só me perguntou se poderia ajudar com a varanda. — Quero que não fiquem segurando uma arma apontada para a minha cabeça por cima do parapeito da varanda.

Meu pai não acha graça.

— Beckett.

— O quê? Isso é... — Uma conversa bem estranha. — O que você está me perguntando?

— Você está sempre deixando todo mundo fazer o que quer — diz meu pai depois de uma longa pausa. — Quando fez o que você queria?

— Como o quê?

— A competição de perguntas — responde na mesma hora. Ele ergue o dedo. — Todo mundo sabia que você não queria ir, e você foi mesmo assim.

— Porque a Nova e a Nessa me pediram. — E porque às vezes eu preciso ser arrastado para fora de casa, ou nunca sairei dela. Reconheço que sou assim.

Ele ergue outro dedo e tira o celular do bolso, tocando e lendo na tela.

— Dezesseis de janeiro. Todos nós pedimos pizza, e você comeu uma com cogumelos, por mais que não goste de cogumelos.

Era a única opção, e eu estava com fome.

— Você tem uma lista no celular?

Ele me ignora e rola a tela.

— Vinte e oito de dezembro. Você levou sua irmã a três supermercados diferentes para que ela pudesse encontrar creme de chocolate com avelã.

Eu chuto um pedaço de madeira.

— Ela disse que queria.

Ele deixa cair o celular no colo e olha para mim.

— Você estava prestes a me deixar ajudá-lo com a maldita rampa, por mais que não quisesse.

— Não é nada de mais — respondo. Consigo entender o que ele quer enfatizar. Ele é tão sutil quanto um elefante em uma loja de cristais. — Não há nada de errado em fazer coisas para ajudar outras pessoas. Cogumelos não são tão ruins.

O rosto do meu pai se transforma em uma nuvem de tempestade.

— Podem ser horríveis se não forem o que você deseja.

Eu dou de ombros.

— Não é bem assim.

— Tudo bem. — A palavra sai de sua boca como um tiro. — Tenho mais dois fatos pra você.

Suspiro e giro os ombros.

— Vamos lá, então.

Deve estar relacionado com o galinheiro que construí no quintal da Harper, que ainda não tem galinhas, ou a vez em que fui parceiro de dança da Nessa. Só consegui aguentar dois dias.

— Você deixou sua irmã adolescente tatuar seu braço inteiro só para ajudar. — Ele engole em seco. — Você largou o ensino médio para sustentar a família. Trabalhou sem parar.

E eu faria isso de novo. Cada coisa. Sem hesitar.

Adoro as tatuagens em meus braços. Cada uma é um pedaço da minha família, um pedaço de mim. Elas me protegem quando mais preciso e me fornecem conforto quando preciso também. Adoro olhar para a folha no meu pulso e traçá-la, observando os contornos tortos, me lembrando do rosto de Nova todo iluminado quando concordei em deixá-la tentar.

E a questão do emprego na fazenda. Isso nem foi uma escolha. É claro que eu assumiria o papel de sustentar nossa casa. Foi a decisão mais fácil que já tomei, naquele dia na cozinha. Os Parson vieram visitar meu pai assim que ele chegou do hospital, e a ideia me ocorreu como um raio em uma tempestade de verão. Eu estava ansioso por ter algo para fazer — alguma maneira de ajudar —, e tomar o lugar do meu pai era a melhor forma de ser útil. A *única* forma de ser útil.

— Porque eu amo vocês — digo, teimoso. Não vejo nada de errado com as coisas que ele listou. — Eu amo todos vocês.

— Estou começando a pensar que cometi um erro, então — responde meu pai calmamente, o rosto marcado pelo arrependimento. Ele pisca algumas vezes e limpa a garganta, sem desviar o olhar por um instante. — Quando eu te ensinei como amar.

Algo se quebra em meu peito. Pior do que quando Evelyn saiu pela porta da estufa.

— O quê?

— Se você acha que amar quer dizer sacrificar partes de você mesmo para fazer outra pessoa feliz — explica —, se você tem medo de se perguntar o que quer, talvez eu tenha feito algo errado.

— Eu não... — Minha voz falha, a garganta se fechando ao redor das palavras. Olho para o chão, para minhas botas. Lama respingada do tempo que passei nos campos. Cerro os punhos. Não é isso que estou fazendo.

Não é. Adoro ajudar minha família. Ajudar as pessoas é meu... Caramba. Nessa diria que ajudar as pessoas é minha linguagem de amor. É como eu mostro que me importo. Ações sempre foram mais fáceis para mim que palavras.

— Você pediu pra Evelyn ficar?

Balanço a cabeça.

— Isso não tem nada a ver com o assunto.

— Você pediu?

Eu queria já estar trabalhando na varanda. Ser útil com o martelo em mãos. Despejar toda a energia inquieta que se contorce em meu peito na força do trabalho.

— Não — digo com raiva. — Porque ela não seria feliz aqui. Porque ela iria embora de novo.

Porque não posso ser a razão pela qual ela desiste de alguma coisa. Ela me odiaria, e eu me odiaria.

— E não seria ela quem deveria decidir isso? — Quando abro a boca para responder, meu pai fala mais alto, encobrindo minha voz. — Como ela vai saber que você a quer aqui se não pedir para ela ficar?

Eu fecho a boca.

Pisco.

Pisco de novo.

— Às vezes o amor é ganancioso, garoto. — Meu pai comprime a boca em uma linha firme. — Às vezes é um pouco egoísta também. Você acha que nunca passou pela minha cabeça que sua mãe merece algo melhor que a vida que construímos aqui? Sim, já passou. Um milhão de vezes. Um milhão e mais uma. Mas eu me prendo a ela, seguro com as duas mãos. Confio que ela possa fazer as próprias escolhas. Me escolher.

Ele olha diretamente para mim, um sorriso aparecendo nos cantos da boca. Curva o corpo para a frente e pega um pedaço de madeira. Ele o vira sobre o ombro e se encaminha em direção à rampa.

— Seja egoísta, Beckett. Ao menos uma vez.

22

EVELYN

— O QUE FOI que ele disse?

Olho para Josie por cima da minha coleção de leggings dobradas — uma quantidade alarmante de roupas confortáveis que formam uma pilha ao lado de uma das minhas caixas de mudança.

— Quando?

— Quando você foi embora.

Ele não disse nada. Ficou parado na entrada da estufa, apoiado na porta, observando enquanto eu me movia pela casa em silêncio. Só me permiti olhar para trás uma vez, pouco antes de sair pela porta. Ele estava de costas para mim, as duas mãos enfiadas nos cabelos.

Não posso ficar parado aqui, vendo você ir embora.

Coloco a pilha inteira de roupas na caixa.

— Ele não disse nada.

— E nem sinal dele desde então?

Olho para o celular e balanço a cabeça. O mais puro silêncio.

Não que eu esperasse algo diferente disso.

Já se passaram dois dias, e a única notícia que recebi de Beckett veio de uma mensagem corriqueira de Stella. Um simples *ele está bem* que preferiu não explicar melhor, com a foto de um filhote de pato com um biscoito próximo às patas. *Otis* escrito com glacê no topo.

Apesar de achar que isso, por si só, é uma atualização.

— Preciso que vocês dois se comuniquem — protesta Josie do outro lado do quarto, erguendo um copo de shot de... não faço ideia do que, para ser sincera. Ela revira as coisas em cima do micro-ondas e encontra uma garrafa de uísque tão velha que acumulou uma camada de poeira. Acho que a tampa está fundida na garrafa. — A falta de comunicação aqui é... — Ela para e resmunga baixinho.

— O quê?

— É extremamente frustrante para mim, como espectadora desse relacionamento de vocês.

Ela volta até mim, contornando um campo minado de caixas de mudança e... mais leggings... a garrafa enfiada embaixo do braço. Ela se joga na cama à minha frente e me entrega o copo, tentando abrir a tampa com os dentes. Quando consegue tirá-la, a cospe na direção das janelas.

— Não é falta de comunicação — respondo. É o Beckett achando que é impossível que eu encontre a felicidade em sua fazenda. É ele tomando uma decisão por nós dois em virtude de uma conclusão equivocada de... algo. — São muitos erros pequenos se acumulando e formando um grande erro. — Suspiro.

Consigo ver a cena a cada vez que fecho os olhos. Beckett e o modo como seu corpo todo ficou rígido quando entrei em seu espaço pessoal. A resignação em seu rosto, como se tivesse esperado por isso todo esse tempo.

Josie brinca com a garrafa:

— Você alguma vez disse a ele que queria ficar?

— O quê?

— Sabe, tipo "Beckett, eu quero seu coração gigante e seu corpo gostoso. Eu vou ficar".

Abro a boca e volto a fechá-la.

Josie continua.

— Você me disse quais eram os seus planos com todas as letras. — Ela cheira a garrafa aberta e faz uma careta. — Qual foi a reação dele quando você contou do emprego novo?

— Ele não sabe disso — murmuro.

Josie emite um som de irritação. A garrafa em sua mão quase vai parar do outro lado do quarto.

— Então é mesmo falha de comunicação.

— Sim. — Esfrego a ponta dos dedos na testa. — Pode ser que seja uma falha de comunicação. — Penso nas noites que passamos juntos na varanda, falando de tudo e de qualquer coisa enquanto víamos o pôr do sol. Ao que parece, não falamos de nossos planos para o futuro. As coisas que eu planejava alcançar e o que ele temia que eu escolhesse. Acho que estávamos felizes em existir naquela pequena bolha que criamos para nós mesmos. Não queríamos pressionar para testar nosso limite.

Vamos ver aonde isso vai dar.

Meu Deus, como fomos *idiotas*.

Mas eu demonstrei o que queria, certo? A noite de perguntas com a família dele e meu nome escrito na folha de inscrição para a próxima. As tardes passadas na cidade e as noites ao lado dele. Tenho criado raízes esse tempo todo, cultivando com cuidado cada uma delas para manter algo duradouro e verdadeiro. Ele não conseguiu perceber? Não se deu conta?

Josie serve o líquido âmbar no copo e eu franzo as sobrancelhas.

— O que você quer que eu faça com isso?

Ela ergue as sobrancelhas.

— Beba.

— Não tenho mais vinte e dois anos. — Hoje em dia, tomar shots me causa dor física.

— Precisamos comemorar o novo capítulo da sua vida e resolver essa confusão gigantesca que vocês fizeram. — Ela tira o shot da minha mão, bebe metade e quase cospe tudo na minha cara. Engole a bebida com muito esforço, a ponta dos dedos na boca. — Meu Deus.

— Eu avisei.

— Não avisou coisa nenhuma.

— Achei que o fato de eu me recusar a beber era um aviso.

— Certo, mudança de planos. — Ela pega o celular e rola a tela, clicando e clicando. — Acabei de pedir duas garrafas de vinho e uma pizza.

— Quanta eficiência.

— Tecnologias modernas, gata. Não podemos lançar você rumo ao desconhecido sem gordura, queijo frito e carboidratos. — Ela balança o celular e o coloca de lado. — Certo. Vamos revisar seu plano com o fazendeiro.

É, na melhor das hipóteses, um plano vago. Quero que Beckett perceba que não estou voltando só por causa dele, mas por todas as outras coisas. Acho que ele precisa se dar conta de que estou falando sério.

— Bom, eu vou voltar. — Sempre esteve nos meus planos voltar.

Josie concorda.

— E tem aquela casinha que vou alugar. É estranho que tenha ficado disponível do nada, mas tanto faz.

Não é estranho. Eu sei que ela está disponível desde antes de eu ir para a cidade. Gus me contou quando liguei para fazer meu depósito por telefone. Aparentemente, ele queria tentar reformar casas para vender — além de apresentar as noites de perguntas e comandar o corpo de bombeiros. Um homem de muitos talentos estranhos. Mas, para o azar dele, não havia outras casas para vender dentro dos limites da cidade de Inglewild, e esse sonho foi interrompido de forma repentina.

— E eu... — É aqui que o plano se torna confuso. — Eu vou até a fazenda. Vou mostrar para ele que, apesar de ter ido embora, voltar sempre esteve nos meus planos. — E vou levar hambúrguer e batatas fritas em um daqueles sacos marrons. Talvez espere até depois do pôr do sol, para que as estrelas estejam brilhando no céu noturno. — Se ele não quiser me ver, não tem problema.

Vou ficar de coração partido, mas não vou embora.

— Vou ficar na minha casa e posso visitá-lo, caso queira me receber. Posso levar os biscoitos que ele tanto gosta. Vou continuar aparecendo. Vou ficar. — Solto o ar pelo nariz, trêmula. — Vou dizer que o amo. Que também amo a cidade. Que fui lá procurar algo que realmente me fizesse sentir bem e acabei encontrando um monte de outras coisas. As melhores coisas.

Felicidade e liberdade e pertencimento e comunidade e... biscoitos amanteigados na calada da noite. Estranhas noites de perguntas. A cobertura de creme de manteiga da Layla.

— Acho que você poderia ter evitado alguns problemas e dito tudo isso antes, mas... — Ela segura minha mão. — É um bom plano.

— É?

— Quer dizer, você poderia mandar uma mensagem para ele e dizer que vai voltar, mas gosto do clima dramático e tudo o mais.

— Eu disse que o veria em breve. Quando fui embora.

— Disse?

— Sim. Eu disse que ia voltar.

Mas acho que ele não acreditou. Nós estamos sempre nos desencontrando. A cada vez que nos encontramos, algo parece um pouco fora do lugar. Chocamos um contra o outro e ricocheteamos pelo espaço, milhões de quilômetros de distância entre nós. Um daqueles meteoros.

Falta de alinhamento, talvez?

Uma oportunidade perdida, com certeza.

Espero que seja possível consertar isso.

Josie tamborila os dedos ao longo da garrafa aberta de bebida e mantém o olhar em mim. Parece cogitar mais um shot, e a experiência anterior que se dane. Acho que o vinho que pediu está demorando demais para chegar.

— De qualquer forma — diz —, conta comigo.

— Vou seguir até o fim com os contratos que tenho, mas depois disso quero explorar novas oportunidades.

Olho para uma sala de conferências repleta de rostos inexpressivos. Por algum motivo inexplicável, chamaram todos da agência para a reunião. Vejo Kirstyn no canto chorando copiosamente, o rosto escondido em um lenço estampado. Tem uma xícara pequena de expresso perto do cotovelo e um sanduíche de pepino em miniatura. Desta vez, não tem nenhuma batida de música ecoando do alto-falante no centro da sala, graças a Deus.

Mas aposto que Josie está morrendo de vontade de colocar uma música bem dramática.

— Sou muito grata por tudo que vocês já fizeram por mim — acrescento, sem muita convicção, quando ninguém responde. — Eu, hm, gostei muito de trabalhar com todos vocês.

Josie ri e eu enfio o salto da minha bota em seu All Star por baixo da mesa.

Eu me pergunto o que Beckett está fazendo neste momento. Se está no campo ou na padaria roubando doces da vitrine da frente quando acha que Layla não está vendo. Ele não sabe, mas ela coloca biscoitos de aveia com gotas de chocolate no canto inferior direito só para ele, mal escondidos atrás das barras de limão, para que possa pegar um após terminar suas tarefas da manhã.

Então o imagino ali, encostado no balcão, a camisa de flanela com as mangas dobradas até os cotovelos e o boné virado para trás. Um cacho discreto se formando na ponta das mechas atrás das orelhas.

Desta vez, Josie é quem pisa no meu pé.

Olho para ela, que ergue as duas sobrancelhas em expectativa.

Ah, claro. Estamos em uma sala cheia de pessoas.

Olho acanhadamente para Leon, sentado na ponta da mesa com as duas mãos apoiadas na madeira. Ele parece perdido e um pouco desesperado, os olhos castanho-escuros resignados por trás dos óculos de aro casco de tartaruga.

— Você pode repetir? — digo.

— Perguntei se tem alguma coisa que podemos fazer para convencer você a ficar — diz Leon.

— Não, a menos que você tenha uma barba por fazer, adote cem gatos, faça tatuagens nos dois braços e tenha um tanquinho — murmura Josie baixinho.

Mordo a bochecha por dentro para não rir.

— Acho que não. — Recolho a pequena pilha de papéis colocada na minha frente. Anotações de Josie com discretos rabiscos na parte inferior me dizendo para *ser firme* e *acabar com isso de uma vez*. Um jeito estranho de motivar, mas que acabou dando certo. — E, de novo, obrigada por tudo.

Agora eu só quero empanadas.

E um voo para Maryland.

Todos nós saímos da sala devagar, o caminho bloqueado por duas pessoas logo à frente, ocupadas demais em seu celular para ver para onde estão indo. Estou cercada por pessoas com ombros curvados e rostos tensos, evitando ativamente fazer contato visual. Um cara enxuga o rosto com as costas da mão. Alguém entra na cozinha e apaga a luz neon rosa acima da geladeira. SWAY: NÃO EXISTE LUGAR MELHOR pisca e apaga, a cozinha estranhamente fria sem a luz fluorescente brilhante.

Parece um tanto exagerado.

Josie se inclina para mim enquanto caminhamos em direção ao elevador.

— Você mandou muito bem.

Olho por cima do ombro para Kirstyn, sentada na beira da longa mesa no centro da sala, com a testa encostada na superfície. Franzo as sobrancelhas.

— A sensação não foi nada boa.

Josie dá de ombros e aperta o botão do elevador. Volta a apertar quando ele não acende no mesmo instante. Quando ela acabar, vão ter que substituir a droga do botão.

— Às vezes o que é bom para uma pessoa pode não ser para outra. — Ela se vira e me dá um sorriso. — Ei, sobrou pizza de ontem à noite?

Sobrou. Bem pouco. Prefiro atravessar a rua e devorar todo o cardápio de empanadas. O elevador por fim chega e Josie entra, apressada, murmurando algo sobre pizza com croquetes enquanto procura o celular na bolsa. Passo por trás dela e me viro, então olho para as samambaias que enfeitam o papel de parede. Beckett odiaria isso. *Verdes demais*, ele diria. *As cores estão erradas.* Posso praticamente ouvir a voz dele me dizendo a diferença entre plantas vasculares e... não vasculares. Quanta luz do sol cada uma precisa. A consistência perfeita do solo.

Estou tão imersa no meu mundinho de Beckett que quase não noto.

Algumas coisas começam a acontecer ao mesmo tempo.

As notificações do meu celular disparam no meu bolso. Josie sussurra baixinho, "meu Deus", que vai ficando mais alto conforme ela repete sem parar. Diversas pessoas se levantam na longa mesa de coworking e — o mais chocante — vejo o rosto de Beckett surgir de repente na sala de conferências, dez vezes maior que o normal, projetado na tela que desce do teto.

Seguro a porta do elevador para mantê-la aberta, meu estômago revirando. Parece que o elevador acabou de descer até o porão comigo dentro.

Josie segura meu braço e aperta uma vez.

— Evie.

Dou um passo para fora e depois outro. Observo a boca de Beckett se mover silenciosamente através da janela de vidro industrial. Ele está — meu Deus —, está lindo. Só dois dias se passaram, mas parece que alguns dos detalhes já começaram a desaparecer. Como consegui passar semanas sem vê-lo? Meses?

Como consegui sair da cama dele, para começo de conversa?

— O que é...

Josie surge atrás de mim, o olhar grudado no celular.

— Suas menções estão fora de controle — anuncia.

Assisto por trás da parede de vidro os olhos de Beckett se enrugarem um pouco nos cantos, um sorriso quase imperceptível em seu rosto bonito. Posso ouvir o ressoar abafado de sua voz, o tom baixo dele falando para a câmera, mas não consigo distinguir o que diz.

— Por que tem um vídeo do Beckett passando na sala de conferências?

Josie ergue a cabeça, os olhos estreitos.

— Acho que já chegou aos blogs. Ele deve ter postado enquanto estávamos na reunião.

Assistimos juntas enquanto o vídeo termina e recomeça. Parece que... parece que ele postou um vídeo online. É difícil dizer com todas as pessoas na sala de conferências paradas em frente à tela, assistindo. Nada disso faz sentido. A cafeteira de Beckett só tem um botão, e tenho certeza de que deve ser de 1986. Ele não assina nenhum serviço de streaming. E, pelo que sei, Beckett também não tem conta em nenhuma rede social.

Josie passa o braço pelo meu e me arrasta pelo escritório, de volta à sala de conferências. Ela para abruptamente do lado de fora da porta, observa a tela e parece cronometrar sua entrada com o que quer que Beckett esteja dizendo no vídeo.

Quando o vídeo começa de novo, ela me empurra uma vez — com força — pelas costas. Eu me apoio na beirada da mesa e observo.

É um tanto estranho. O ângulo da câmera parece errado, fazendo com que ele fique torto no centro da tela. Um dos dedos está cobrindo a câmera, um halo de obstrução no canto superior. Mas isso só torna tudo melhor, essas imperfeições.

— Ei — diz ele, fazendo cara feia. Dou risada no mesmo instante. Só Beckett consegue fazer com que uma única sílaba soe tão relutante. Um pouco desafinado. Um resmungo. Sua voz ecoa tão profunda nos alto-falantes dos cantos da sala que quase posso senti-la em minha nuca. Ouvi-la sair de sua boca, me fazendo estremecer quando ele está com o corpo todo pressionado contra o meu. — Sei que isso é... bom, é uma forma um tanto covarde de fazer o que acho certo. De dizer o que quero dizer pra você através de uma tela. Mas me pareceu... me pareceu apropriado que fosse assim. Desconfortável.

Eu o assisto engolir em seco e olhar para a frente, por cima da câmera. Vejo as árvores atrás dele e o imagino no meio dos campos, a palma das mãos suja de terra.

— Não tenho feito isso ultimamente, né? Correr algum risco. — Ele olha para a tela. — Tudo o que fizemos durante semanas foi ficar sentados na minha varanda, Evie. Vendo o pôr do sol. Fizemos tudo do jeito que eu queria.

Eu também queria, tenho vontade de dizer. *Não queria estar em nenhum outro lugar a não ser naquela varanda com você.*

Ele dá um suspiro profundo, a boca se curvando nos cantos de leve. Parece arrependido.

— Então, eu pensei... não sei. Acho que pensei que gravar uma dessas coisas seria um jeito de dizer que sinto muito pela forma como me comportei. Da última vez que estivemos juntos, eu disse que não conseguia mais ver você ir embora. Você me disse pra pedir que ficasse, e eu não pedi. Eu não conseguia aceitar a possibilidade de você querer ficar. Eu me perguntava: "Por que alguém como a Evie ia querer ficar aqui? Comigo?" — Ele para de falar, levando a mão ao coração. O meu acelera em resposta. — Tem tanta coisa que eu não disse.

A esperança domina cada pedaço de mim, o coração indo parar na garganta. Ignoro todas as outras pessoas na sala e dou um passo em direção à tela, olhando para aqueles olhos azul-esverdeados, de alguma forma da mesma cor do céu acima dele e das árvores atrás.

— Então, eu... eu quero pedir pra você ficar — fala com a voz rouca. — Estou tentando fazer a coisa certa. Volta pra casa, meu bem. Fica comigo um pouco. Vou fazer aqueles muffins que você gosta e não vou reclamar se você roubar as minhas meias. Vamos sentar na varanda e eu vou contar tudo sobre as estrelas. Vou trazer flores todos os dias. — Ele coça atrás da orelha e move o celular, um farfalhar de tecido contra o alto-falante.

— Me desculpe por não ter dito antes. — Ele sorri para a câmera, os nós dos dedos apoiados no queixo. — Eu quero você aqui comigo. Pode ir embora quando precisar, mas volte quando acabar o que tiver que fazer.

Eu me seguro no encosto da cadeira à minha frente, minhas mãos agarrando até os nós dos dedos ficarem brancos. Queria estar na frente dele. Queria traçar as linhas no canto de seus olhos e me jogar para cima dele, pressionar a mão em seu pescoço e guiar sua boca até a minha.

Ele pisca e os olhos parecem viajar para outro lugar, outra pausa prolongada. Volta a olhar para o celular, um toque de cor em suas bochechas, o sorriso tímido surgindo pouco a pouco e se acomodando embaixo das minhas costelas.

— Certo, então, acho que é isso. — Ele dá de ombros, um pouco inseguro. — Sei que você voltou porque estava procurando sua felicidade. Mas, Evie, enquanto procurava, você trouxe a minha de volta, e acho que nada mais justo retribuir esse favor. Eu vou estar, hm... — Ele engole em seco e sei que está procurando pelas palavras certas. — Eu vou estar aqui. Você sabe onde me encontrar. — Ele encara o celular como se desejasse que eu estivesse ali. — Tchau.

Beckett tem certa dificuldade de terminar o vídeo, os movimentos um pouco fora de prática, o rosto sério é a última coisa que vejo antes de o vídeo voltar para o início, quando ele estava parado sob o sol.

Fico ali naquela pequena sala de conferências, assistindo ao vídeo de novo e de novo. E de novo e de novo e de novo. Sinto os olhares das outras pessoas na sala enquanto me observam em busca de uma reação. Tenho quase certeza de que algumas delas estão com as câmeras apontadas para mim.

Mas não me importo.

Vejo apenas Beckett e as sombras escuras abaixo de seus olhos, que me dizem que ele não tem dormido bem, a luz do sol batendo em seu cabelo e deixando-o mais claro — um halo dourado no alto de sua cabeça. Registro as linhas de seu rosto e a forma como seus olhos parecem mais escuros quando diz "volta pra casa, meu bem".

Sinto essas palavras se derreterem sobre mim.

Aperto a bolsa com mais força quando um sorriso começa a surgir em minha boca. Como as flores silvestres naquele campo na fazenda, meu rosto se inclina em direção ao sol.

Estou indo.

— Só pra constar. — Josie aparece ao meu lado com o celular dançando em sua mão. Fica pendurado ao lado dela, zumbindo sem parar, enquanto seu queixo encontra meu ombro. Ela o ignora e, em vez disso, suspira feliz enquanto Beckett, de três metros de altura, coça o maxilar uma vez. — Eu gosto mais do plano dele.

23

BECKETT

ESTOU QUASE ARREPENDIDO.

Não por causa do que disse, mas porque...

— Cara, você me fez *chorar.*

Resmungo e ignoro Gus, coloco uma caixa de macarrão no carrinho. Sabe-se lá por que, decidi que hoje seria o dia para quebrar minha regra não expressa de só-fazer-compras-à-noite. Uma tentativa, acho, de me integrar com a cidade como Evie sempre tentou me encorajar a fazer.

Evie, de quem não tenho notícias desde que postei aquele vídeo, doze horas atrás.

Mas já recebi mensagens de todas as outras pessoas nos Estados Unidos. E de outros países também. Meu celular não para de tocar desde que decidi me gravar parado no meio dos campos feito um idiota, mandando uma mensagem que nem sei se Evelyn vai ver.

Queria fazer algo fora da minha zona de conforto. Queria que Evelyn visse aquele vídeo e percebesse que eu... que vou tentar. Fui até o lugar em que ficam os imponentes carvalhos só porque me sentia melhor ali — parado entre eles, me lembrando da aparência de Evie sob a luz do luar. Com os cabelos emaranhados no cobertor e estrelas nos olhos.

Precisei gravar algumas vezes para acertar. Tive que parar de pensar demais, fechar os olhos e fingir que ela estava bem na minha frente. O vento em seus cabelos, a boca de um vermelho-rubi, o sol fazendo sua pele marrom brilhar. Quando fiz isso, ficou fácil gravar.

Não perdi tempo assistindo antes de postar, e ainda não criei coragem para assistir. Tive que perguntar a Stella se fiz alguma coisa estranha. Ela balançou a cabeça sem dizer nada, os olhos cheios de lágrimas. Não foi de grande ajuda para aumentar minha confiança. Não sei explicar os milhares de novos seguidores na minha conta que tem apenas um vídeo. Ou as centenas de milhares de comentários que são, ao mesmo tempo, confusos e aterrorizantes de tanta paixão e entusiasmo egoístas.

Jogo outra caixa de macarrão no carrinho. Gus me segue pelo corredor.

— Foi poético. Só... — Ele faz algum tipo de gesto com a mão que não consigo interpretar. Indicador e polegar unidos e... não faço ideia. Nem quero saber, para ser sincero. — Quem diria que havia tanta eloquência por baixo desses resmungos?

Eu me esforço para não resmungar em resposta e guio meu carrinho corredor afora. Gus me abandona para ir buscar doces e cerveja enquanto decido se levo ou não a geleia de morango. Evelyn gostava, e a minha acabou três dias antes de ela ir embora. Pego um pote e coloco com delicadeza ao lado de uma caixa de suco de laranja e três pacotes de biscoitos cobertos de chocolate. Fico olhando para ele no meu carrinho como o incompetente que me tornei.

Um pouco de esperança nunca fez mal a ninguém, penso.

Por mais que essa esperança esteja descendo pelo ralo com mais rapidez enquanto o silêncio se estende entre nós.

Talvez ela não tenha visto o vídeo? Acho difícil, levando em conta sua profissão e o fato de que todas as outras pessoas vivas no universo já assistiram ao vídeo ao menos três vezes.

Talvez ela tenha visto e deixado o celular cair em outro lago. Ou talvez tenha visto e deixado um comentário. Não descobri como ver se ela comentou ou não, e estou com vergonha demais para pedir a ajuda da Nova.

Talvez ela tenha assistido ao meu vídeo e entrado no primeiro voo disponível.

Ou talvez ela tenha visto e dado risada, guardado o celular no bolso e seguido em frente com a vida.

— Tudo bem aí?

Pisco algumas vezes, afastando o olhar dos cremes para café que estava encarando e vejo o xerife Jones parado ao meu lado. É estranho vê-lo sem uniforme, quase irreconhecível, vestindo uma camiseta velha do Orioles e jeans escuros.

— Oi?

— Faz quase sete minutos que você está encarando a seção de laticínios como se ela tivesse ofendido você e toda a sua família. — Ele mastiga um palito. — Quer registrar uma reclamação formal?

— Não. Eu estou… — Cansado. Perdendo a esperança. Desconfortável que uma mulher em Cincinnati tenha me chamado de pai de gato ursão de jardim nos comentários de um vídeo destinado a outra mulher. Não faço ideia do que isso significa, mas não parece bom. — Bem.

Dane bufa.

— Você já esteve melhor.

Pego uma garrafa de creme de mocha com hortelã-pimenta e a encaro. Acho que isso não deveria mais estar nas prateleiras em pleno abril. Coloco-a de volta e escolho uma caixa de creme puro para adicionar ao café.

— Obrigado?

É de se perguntar por que prefiro fazer compras quando o supermercado está vazio.

Dane pega a embalagem que descartei de mocha de hortelã e a coloca em sua cesta. Quando olho para ele, talvez por tempo demais, Dane ergue as sobrancelhas.

— Alguma coisa contra cremes de estação?

Dou de ombros.

— Quando usados na estação errada… sim.

Dane pega a embalagem e verifica a data de validade no fundo. Deve se sentir reconfortado com o que vê, porque a coloca de volta na cesta.

— O Matty gosta — comenta.

Ótimo. Eu não poderia me importar menos.

Passo por Dane em direção aos caixas e ao maravilhoso silêncio após eles. Não quero ficar aqui jogando conversa fora nem mais um segundo. Estou cansado de pessoas falando comigo. Estou cansado de pessoas me perguntando se estou bem. Estou cansado de conselhos que não pedi. A esta altura, estou até cansado de ver Layla deixar cestas com coisas da padaria na minha varanda todas as manhãs. Todos aqueles muffins cheios de dó na mesa da minha cozinha estão começando a me fazer sentir um pouco patético.

— Ouvi dizer que o Gus alugou a casa dele — Dane grita do corredor. Eu me viro e o encontro fuçando na seção de manteiga. Atrás dele, vejo uma das crianças da pré-escola tentando escalar um display de balões. Roma, acho que é o nome dela. — A amarela, logo atrás da do Matty.

Um suspiro sai de algum lugar no fundo do meu peito. Sei bem onde é.

— Aquela com a varanda coberta, de onde ele caiu do telhado?

Dane ri.

— Essa mesma.

Aquele foi um dia bastante confuso, com as pessoas se perguntando quem deveria dirigir a ambulância quando o paramédico da cidade estava caído em cima de uma pilha de madeira quebrada no jardim da frente da casa dele.

— Toda a papelada foi assinada há alguns dias — acrescenta Dane —, ao menos foi o que eu ouvi dizer.

— Na rede de comunicação?

— Na rede de comunicação.

Dou mais um passo em direção à saída.

— Que bom.

— Ouvi dizer que quem alugou vai se mudar hoje, na verdade.

Eu não me importo. Emito um som, fingindo algum interesse, e continuo andando.

— Talvez você devesse passar por lá. — A voz de Dane atravessa o corredor. Quando me viro para olhar, ele está examinando um recipiente de cream cheese. A careta se acentua ainda mais e as sobrancelhas formam uma linha reta sobre a testa. — Você acha que esse *cream cheese de asinhas de frango* tem gosto de quê?

Estou mais interessado em saber por que ele quer que eu passe na casinha com margaridas no quintal.

— Alguém novo na cidade, então?

Sou a última pessoa que alguém convidaria para um comitê de boas-vindas. Uma chama de esperança ganha vida em meu peito, com uma boa dose de suspeita. Dane joga o cream cheese em sua cesta, bem ao lado do creme.

— Sim. — Ele prolonga a última letra da palavra.

— E eu deveria ir visitar?

Dane me olha feio.

— Você está com problemas de audição, Beckett? — Mas seus olhos estão sorrindo, a boca se retorcendo o mais próximo de um sorriso a que o xerife Dane Jones pode chegar. — Sim, acho que você deveria passar por lá.

Mas não tem ninguém na casa.

Nenhum carro na garagem, nenhum caminhão de mudança na calçada. Ninguém atende a porta quando bato. Eu me sinto ridículo parado ali, ouvindo o chilrear dos gafanhotos na grama alta às minhas costas, arrastando os pés com botas pela varanda nova da frente, que é... bem bonita. Fico feliz por Gus não ter destruído esta parte da casa enquanto tentava se tornar um especialista em reformas residenciais.

Enterro a palma da mão na nuca. Eu me sinto um idiota parado na varanda da frente de uma casa aleatória sob o sol do início da tarde. Suspiro e vou até minha caminhonete, me perguntando do que Dane estava falando no supermercado. Dirijo até a fazenda com um aperto na garganta e um pacote aberto de biscoitos cobertos de chocolate no colo, as janelas totalmente abertas e o fantasma da risada de Evie deslizando pelos assentos. Ela estava tão linda naquele dia, com o vento nos cabelos, o queixo inclinado para cima. Queria beijar cada marca em sua pele. Cada cicatriz, cada corte, cada linha que aparecia com seu sorriso.

Entrei em um ritmo perfeito nos últimos dias. Acordo. Não me permito ficar na cama por mais que alguns minutos. Entro na cozinha para tomar café sem olhar para nada. Então caminho para os campos e deixo o corpo assumir o controle da minha mente. É o único lugar onde posso suportar sentir falta dela — onde há espaço o bastante para que todo o meu desejo saia do peito. Dentro de casa, me sinto preso. Encaro a poltrona vazia ao meu lado, e o anseio quase não me permite respirar.

Acho que já plantei mais na última semana que durante todo o tempo que trabalhei na Fazenda Lovelight. Teremos pimentões pelos próximos setecentos e cinquenta anos.

Pego as compras e subo as escadas, ignorando a bandeja de alumínio de... algo no último degrau. Acho que Layla está convencida de que os altos níveis de açúcar vão me ajudar a superar esse momento difícil. Hesito com a chave na porta e depois me inclino para pegá-la, equilibrando-a em cima de todos os pacotes. Sinto um cheiro de canela, o fundo da bandeja ainda quente.

Pode ser que ela não esteja errada.

Quatro gatos me cumprimentam na porta, um coro de grasnados vindo da pequena área cercada da cozinha. Otis e os gatinhos se deram bem, Empinadora adotou o pequenino como se fosse dela. Passo as noites observando quatro gatos tentando ensinar um pato a miar, cutucando seus ratinhos de feltro até as patinhas dele e depois esfregando a cabeça em sua penugem felpuda. Talvez eu devesse colocar algo assim no estúpido aplicativo de vídeos.

Guardo as compras em meio à minha confusão mental. Leva apenas alguns minutos para que o silêncio se torne opressivo em vez de reconfortante, pesado em meus ombros e causando um zumbido em meus ouvidos. Nunca tive problemas com a quietude, mas agora sinto meu maxilar cerrar em meio ao silêncio da casa. Estou muito acostumado a ouvir os sons dela aqui comigo — as brigas entre os sussurros com Empinadora por causa de um lenço, o tilintar da caneca na bancada.

Esta casa inteira está repleta de lembranças de Evie, e não consigo respirar por causa disso.

Então calço as botas e saio pela porta da frente, metade das compras ainda esperando na bancada. Sinto o peito relaxar assim que meus pés estão no chão lá fora, o aperto diminuindo com o ar fresco e a luz do sol. Ando pela grama alta e observo as árvores balançando com a brisa. A primavera chegou para valer depois de um longo atraso, as flores desabrochando com ela. Margaridas-amarelas com miolo escuro e pétalas fulvas se abrindo para o sol. Acônitos-roxos brilhantes em feixes grossos na base dos carvalhos. Monardas-escarlates e violetas-azuis que brotaram mais cedo.

Estou tão ocupado caminhando com cuidado entre as papoulas, tão pequenas, laranjas e brilhantes, que brotam do chão em manchas coloridas, que quase não noto a princípio. Classifico como um ruído de fundo — força do hábito em uma fazenda em que sempre há alguém fazendo alguma coisa.

Exceto pelo fato de que todos já estão em casa e terminamos o trabalho nos campos há horas.

Inclino a cabeça e faço sombra com a mão no rosto. Percebo uma figura bem nos limites do campo. Alta. Pernas compridas. A parte de trás do pulso pressionada na testa.

Meu coração faz algo complicado no peito. Parece mergulhar ou... uma queda livre. Não consigo me concentrar em mais nada além de...

Evelyn. Parada no meio do campo com uma pá, vestindo uma calça jeans larga e desbotada, os cabelos presos em um rabo de cavalo. Por um segundo, acho que estou alucinando. Uma fantasia causada pelo excesso de açúcar. Talvez esteja sonhando de novo. Mas então ela se endireita, joga a pá por cima do ombro e grita comigo.

— Você sabe há quanto tempo estou aqui removendo pedras?

Estou congelado, minhas botas plantadas no chão, um pé na frente do outro, presos no meio do caminho. A sensação em meu peito é avassaladora, surpreendente, uma explosão mais brilhante que as flores aos meus pés e o sol às minhas costas. Mordo um lado da boca para disfarçar o sorriso.

Ela me olha como se eu a tivesse deixado à minha espera. A sobrancelha erguida como se estivesse chateada com isso.

— Por que você está removendo pedras? — grito de volta. Meus pés continuam se movendo, incapazes de ficar parados. Estou a um braço de distância dela, sem saber para onde olhar primeiro. Para os cabelos bagunçados, a camada de suor na testa. Ela tem terra até os cotovelos, em uma linha na camiseta branca. Parece que foi beijada pessoalmente pelo sol, a pele... brilhando.

Eu estava *morrendo* de saudade dela.

— Os novatos se encarregam das pedras, não é?

Limpo a garganta e ignoro a implicação do que ela está dizendo.

— Andou falando com o Jeremy?

— O Jeremy andou falando comigo — corrige, a voz naquele tom baixo e rouco que amo. — Todo mundo tem muitas ideias.

— Ideias do quê?

— De como eu deveria dizer que te amo — responde ela apenas, como se não estivesse enfiando aquela pá bem no meio do meu peito e abrindo-o totalmente para que toda a sua luz do sol possa entrar. Um sorriso começa a surgir em seus olhos, insinuando-se em seu lábio inferior até que ela esteja ali, parada, rindo para mim, tão parecida com todos os pensamentos felizes que já tive. Dou um passo mais para perto e ela inclina a cabeça para manter os olhos nos meus. — A sugestão da Josie envolvia fogos de artifício.

— Não preciso de fogos de artifício — digo, com a voz áspera e tensa. Minhas mãos doem de vontade de abraçá-la. — Só preciso de você.

— Eu disse que ia voltar — responde. Há um espaço perfeito de sete centímetros entre nós, e quero puxá-la mais para perto, senti-la encostada em meu peito. Ela inclina a cabeça e me considera. — Mas eu não disse o suficiente, e sei que você valoriza mais ações que palavras. Eu vou provar pra você. Estou aqui. Vou ficar bem aqui. Não precisava me perguntar.

— Mas eu perguntei. — Cedo à tentação e arrasto meu dedo mindinho ao longo da mão dela. Todos os seus dedos se contorcem no cabo da pá. — Eu precisava perguntar. Porque as palavras também são importantes. Você merece isso de mim. Estou me esforçando.

Ela sorri para mim, gentil, tímida e insuportavelmente linda.

— Tá bom.

Eu assinto.

— Certo.

— Eu adorei o vídeo — comenta. Um sussurro, um segredo, as bochechas ficando ainda mais vermelhas enquanto abro seus dedos, um por um. — Quem diria que, entre nós dois, você seria a sensação do TikTok, fazendeiro?

Entrelaço nossos dedos e tomo a mão dela na minha.

— Estava com tanta saudade. Acho que sinto saudade de você desde o primeiro dia que te conheci. — Engulo em seco. — E te amo desde aquele momento.

— Bom, você não precisa mais sentir minha falta — retruca, a voz suave. Uma rajada de vento vem arrancar as palavras de seus lábios e afastá-las. Ela aperta minha mão e eu reduzo pela metade o espaço entre nós, minhas botas contra as dela. — Vamos ter que dar um jeito nisso. — Ao ver a confusão em meu rosto, ela explica: — Quando eu disse que ia voltar. Você não acreditou em mim.

— Não.

Para ser sincero, não me lembro de ter ouvido essa promessa. Estava focado demais na expressão do rosto dela quando eu disse que não me contentaria com pedaços. Que o que ela estava disposta a me dar não era o suficiente.

— Para que isso dê certo, você precisa confiar no que eu sinto por você, entende? Eu nunca vou mentir pra você.

Seus olhos castanhos procuram os meus e eu concordo.

— Também estou me esforçando para isso. Pode acreditar.

— Bom. — Ela inclina a cabeça para o lado, me considerando. O sol brilha em sua pele, os cabelos grudados no pescoço. — Eu tenho um emprego novo. Em Durham.

A mudança de assunto me enlouquece. Pisco para ela, confuso.

— Durham?

Eu não me importo se for na Antártida. Vou comprar uma parca e aprender a falar língua de pinguim.

Ela aperta minha mão de novo, uma pressão profunda do polegar bem no meio. Do jeito que faço quando tudo ao meu redor está barulhento demais e preciso me acalmar.

— Foi pra lá que eu fui. O escritório fica em Durham, mas o trabalho é remoto. Preciso de uma mudança, e isso parece… parece o certo a fazer. Até que enfim.

— Ah, é?

— É. — Ela ajeita uma mecha de cabelo atrás da orelha. — Sabe, quando cheguei aqui, eu não fazia ideia do motivo de ter escolhido este lugar.

Mas acho que em algum lugar da minha cabeça ou do meu coração eu sabia que era aqui que precisava estar. Preciso de algo mais calmo, Beckett. Algo mais profundo. Um lugar onde posso recuperar o fôlego e encontrar o equilíbrio. — Ela segura minha mão com força. — Eu preciso estar aqui. Eu quero estar aqui.

— Que bom. — Eu preciso dela aqui também. Quero muito que esteja aqui.

— Tenho mais uma coisa pra dizer.

— Pode falar, meu bem.

Não consigo imaginar nada melhor que as palavras que ela já me deu.

— É um pedido, na verdade. — Seu sorriso é tímido, o rubor ainda mais evidente, o corpo se aproximando mais do meu. Ela apoia a mão livre na minha nuca, a ponta dos dedos acariciando meus cabelos.

— O que você quiser.

Ela fica na ponta dos pés até que seu nariz roce o meu. Até que minha visão fique um pouco embaçada, o foco todo nela. Sua boca paira ali, a menos de um centímetro de distância. Eu quero tanto beijá-la que minhas mãos tremem. Ela roça a boca na minha e sinto o gosto do seu sorriso.

— Pergunte — sussurra.

Não preciso que ela diga mais nada. Parece que estivemos caminhando lentamente para este exato lugar desde que cruzei a porta daquele bar no Maine, meses atrás.

— Meu bem... — Tomo seu rosto em minhas mãos e passo meus polegares em suas bochechas. Dou um beijo na ponta do nariz, na covinha discreta no canto da boca. Fecho os olhos e expiro. — Você encontrou a felicidade hoje?

Sinto seu sorriso quando ela me beija.

— Sim — sussurra em minha boca —, encontrei.

EPÍLOGO

EVELYN

Um ano depois

Abril

— Evie — ele murmura meu nome entre minhas omoplatas nuas, um sorriso escondido em minha pele. — Acorda.

Resmungo e afundo mais a cabeça no travesseiro, ignorando o idiota bonito que paira acima de mim. Meu voo vindo de El Paso atrasou duas vezes, e já passava da meia-noite quando enfim estacionei na nossa garagem, Beckett dormindo na poltrona em frente à lareira. Tinha um livro aberto no peito e um buquê de flores frescas próximo ao cotovelo, uma tradição que criou para quando chego em casa após alguma viagem. Ele diz que gosta de me ver passar pela porta. Que o que mais gosta de fazer é me abraçar pela cintura e enfiar o nariz embaixo da minha orelha, um silencioso "que saudade" pressionado na minha pele.

Palavras e ações, juntas.

Fui mais rápida que ele desta vez, escorregando em seu colo, as palavras roçadas em sua boca. Ele acordou aos poucos, olhos sonolentos e confusos, mas as mãos indo com segurança para minha cintura.

Mas agora. Agora ele não quer me deixar dormir.

— É hora de acordar — ele repete, o nariz apoiado com gentileza atrás da minha orelha. Resmungo de novo, mais alto agora, e deslizo para a frente para mordiscar o pulso dele, uma montanha de cobertores em cima de mim.

— Não.

Um grunhido sai de algum lugar no fundo do peito dele, o corpo relaxado e dócil contra o meu. Estou ainda mais pressionada no colchão, seus quadris me prendendo através do edredom e de dois cobertores que ele insiste em usar para dormir.

— Isso teve o efeito contrário do que você queria, meu bem — diz, a voz em uma promessa rouca. Ele corre os dentes ao longo do meu pescoço, cheio de vontade, e volta a pressionar seu corpo no meu.

Sorrio no travesseiro.

— Não se o meu objetivo for ficar na cama com você.

O pobre Gus teve uma inquilina por apenas dois meses naquela casinha fofa, antes de eu rescindir o contrato e mudar tudo o que tinha para a cabana de Beckett. Estava cansada de fingir que queria estar em qualquer outro lugar que não fosse na varanda da casa dele, com um pote de geleia entre as mãos e os pés enfiados embaixo da perna dele.

Nossa cadeira está bem mais próxima agora.

Beckett puxa o cobertor sobre meus ombros enquanto dá beijos prolongados e indulgentes em meu pescoço. Ele explora até encontrar meu seio nu e apertar com suavidade. Eu suspiro no travesseiro e me viro debaixo dele.

Cabelos bagunçados. Pele quente. Um sorriso suave que é mais bonito que a luz da lua surgindo pela janela.

— Ei — diz para mim, a mão ainda me segurando. Os dedos brincam com meu mamilo e arqueio as costas.

Estico os braços acima da cabeça e ele observa o movimento com interesse. Seguro o ripado da cabeceira com as duas mãos, e ele emite um som de dor vindo do fundo do peito. Eu sorrio.

— Ei.

— É melhor você se trocar — diz ele, com a outra mão no meu quadril, apertando e acariciando e contradizendo sua afirmação.

— Ah, é?

Ele balança a cabeça, mas não move as mãos. Traça a pele macia entre meus seios e seus olhos descem para observar a resposta presa em minha respiração.

— É — responde.

— Tem certeza?

Ele inclina a cabeça, a língua surgindo no canto da boca enquanto se encarrega de acariciar de novo minha pele macia. Passo os dedos sobre seu lábio inferior, e nós dois estremecemos e soltamos um gemido quando ele pega meu polegar em sua boca e morde a parte macia uma vez. Ele fica de joelhos, uma tensão no tecido na frente da calça de moletom.

Ele afasta as mãos e dá um tapinha na minha cintura.

— Você é perigosa.

Eu me sento para segui-lo e dou um beijo na pele quente de seu ombro.

— Foi você quem começou.

Ele segura meu queixo com a mão e guia meu rosto para o dele. Dá um beijo lento e profundo e eu me inclino em sua direção, minha pele nua colada à dele.

— Eu vou terminar também — diz contra a minha boca. — Depois de observarmos o céu um pouco.

É verdade. A chuva de meteoros. A data está colada na frente da geladeira há meses, circulada em vermelho brilhante.

Apoio a testa em sua clavícula e ele passa os dedos pelos meus cabelos.

— Não precisamos ver — diz baixinho, depois que passo um segundo esfregando os nós dos dedos nos olhos. Ele dá um beijo na minha testa. — Se você estiver cansada.

— Não, eu quero. — Beckett está tão animado com isso. Outro bocejo percorre meu corpo e eu estremeço. — Mas vou usar seu moletom.

Ele murmura.

— Tá bom, meu bem.

Eu me visto, toda desajeitada, meias que não combinam e uma calça de moletom velha, o casaco de Beckett fazendo meu corpo ficar menor enquanto o puxo pela cabeça. Tiro o capuz do rosto e vejo que ele está encostado na porta, me olhando.

— Que foi? — Tiro meus cabelos do rosto. Ele está me olhando como se eu fosse tudo o que ele sempre quis. Tudo que pôde um dia querer.

Sei como é a sensação.

— Nada. — Ele estende a mão e inclina a cabeça em direção à porta. — Vem cá.

— Vem cá aonde? — Eu rio, mas minha mão já está na dele.

Eu me lembro da outra noite, nós dois sob as mesmas estrelas. Seguimos juntos pelo corredor escuro e saímos pela porta da frente, as botas silenciosas na grama molhada. A noite está clara, as estrelas tão reluzentes que é como se eu pudesse estender a mão e tocá-las — uma coleção de diamantes em um mar negro. Viro meu rosto em direção ao céu noturno e observo enquanto caminhamos, esperando por um clarão de luz.

Beckett segura minha bochecha, guiando meu rosto para baixo até que eu esteja olhando para ele e não para as estrelas. Então balança a cabeça uma vez.

— Ainda não.

Eu franzo a testa para ele.

— Não era para assistirmos a uma chuva de meteoros?

Seu polegar esfrega atrás da minha orelha enquanto ele me puxa para a frente, me convidando a andar mais um pouco. Faço um som de descontentamento baixinho e ele se esforça para esconder o sorriso.

— Ainda não.

— Eu posso ver o céu muito bem daqui.

— Estamos perto.

Sei para onde estamos indo assim que chegamos à segunda colina, o caminho para um trecho já tão conhecido em minha mente. Desde que me mudei, não passamos uma semana sequer sem ir até ali. Piqueniques durante o almoço e bebidinhas durante a tarde, em um cobertor surrado. Pele nua ao luar, a boca de Beckett quente na minha.

Estremeço de novo, e Beckett me olha por cima do ombro, uma sobrancelha se erguendo em interesse.

— Olhe para a frente — digo e ele ri, entrelaçando os dedos nos meus. Andamos e andamos e andamos até enfim chegarmos à clareira com duas árvores gigantes, os galhos curvados para cima e para os lados, como se estivessem recebendo o céu em seus enormes braços oscilantes.

Beckett me puxa e me coloca na frente dele, envolvendo meus ombros com um braço de cada lado, a palma sobre o meu coração.

— Observe — ele orienta. Inclinamos a cabeça para trás, encarando as estrelas.

O céu não se modifica enquanto ficamos ali, juntos. O farfalhar das árvores e a nossa respiração suave são os únicos sons da noite. Sinto que meus olhos estão arregalados tanto quanto possível, sem querer perder nada. Beckett aperta meu pulso, a outra mão mergulhando na gola do moletom para pressionar contra a pele quente.

— Observe — diz de novo em um sussurro. Sinto seu sorriso em meu ouvido e, de repente, a mágica acontece.

Vejo algo cruzando o céu tão rapidamente que quase não percebo. Uma explosão de luz e um clarão dourado seguido de verde, como uma faísca irrompendo em chamas. Perco o fôlego, e Beckett aumenta seu aperto.

Observo enquanto outro aparece. E depois outro. Outro. Uma cascata de luz dançando no céu acima de nós.

— Me pergunte — diz Beckett de repente, a voz baixa em meu ouvido.

Inclino a cabeça até poder ver seu rosto, um cenário de um bilhão de estrelas formando um halo atrás de sua cabeça. Outro meteoro brilha no céu noturno acima dele, e eu faço meu desejo, exatamente assim, embrulhada em Beckett, as mãos agarrando com força.

Olho para Beckett, que retribui o olhar, aqui neste campo em que ele me beijou como se fosse a primeira vez. Balanço a cabeça, meu cabelo prendendo e puxando sua camisa.

— Não preciso perguntar.

Porque sinto isso toda vez que ele me traz uma xícara de chá na varanda ou coloca meias grossas nos meus pés frios. Em cada bilhete deixado na mesinha de cabeceira, o bule de café na mesa, ou um toque em minha pele nua na quietude da noite. Nos caminhos pelas estradinhas de terra que levam ate a fazenda, com todas as janelas da caminhonete abertas e os cabelos ao vento. Em cada rosto familiar que encontramos no caminho para a cidade, um chamado do meu nome e um aceno feliz, a mão de Beckett quente e reconfortante na minha.

Na pequena tatuagem de limão na parte interna do meu pulso — exatamente onde ele lambeu uma linha de sal da minha pele na noite em que nos conhecemos. Um presente inesperado de aniversário, que o fez gargalhar.

Na tatuagem de algumas tulipas mal desenhadas, logo acima do coração.

Não pergunto porque não preciso.

Ele encontrou sua felicidade em mim.

E eu encontrei a minha nele.

Em nós dois.

Nesta vida.

CAPÍTULO EXTRA

Apresentando alguns novos visitantes da casa,
este capítulo mostra a perspectiva de Beckett
quando Evelyn volta de uma viagem a trabalho.

BECKETT

PENSANDO MELHOR, EU deveria ter conversado com ela antes.

Mas Evelyn estava em Durham a trabalho, depois voou para Portland para visitar os pais, e a decisão teve que ser tomada quando ela não estava aqui. Não sou muito de falar ao telefone, e, se fosse assim, não sei como poderia explicar para ela que…

— Beckett! — A voz de Evelyn entra pela porta aberta da cozinha e atravessa o quintal. Olho para o pato no bolso da frente da minha camisa de flanela e depois para o gato serpenteando pelas minhas pernas. O voo dela deve ter chegado mais cedo. Achei que teria mais tempo.

Bom, não tem muito que eu possa fazer agora.

Acaricio a penugem fofa da cabeça de Otis.

— Oi.

Ouço alguns xingamentos abafados seguidos de cacarejos felizes da família de galinhas que fez da nossa cozinha seu lar temporário, então Evie aparece na porta. Está com os cabelos presos em uma longa trança que cai sobre os ombros, vestindo uma das minhas camisas, uma azul-clara, enfiada na frente da calça jeans preta. Parece cansada após tantas viagens, mas também está linda demais, mesmo com as sobrancelhas franzidas e os lábios contraídos. Algo em meu peito se encaixa no lugar e respiro fundo pela primeira vez em dias. Ela está exatamente onde deveria estar, na nossa varanda dos fundos. Olhando diretamente para mim.

Com uma galinha em mãos.

— Por que a nossa cozinha está cheia de galinhas?

— Está, é?

Evelyn suspira, um sorriso que ela faz de tudo para esconder brincando com os cantos da boca. Ela me olha feio, as sobrancelhas baixas e o nariz enrugado de um jeito fofo. Se a intenção é me intimidar, não está funcionando nem um pouco.

— Beckett.

Dou de ombros e vou até ela, sentindo uma vibração bem no meio no peito. Aqueles olhos castanhos me observam subir os degraus, o rosto se inclinando em direção ao meu quando meus pés encontram a saliência logo abaixo da varanda. Sua pele fica ainda mais lisa no brilho laranja da luz da varanda, sal marinho e jasmins e minha sarda favorita, aquela logo abaixo de sua boca. Esfrego o queixo dela com o nariz e dou um beijo nele, porque estava com saudade. Estava com saudade dela. Saudade dos pés descalços enfiados entre minhas pernas em nossa cama e dos cabelos no meu rosto ao acordar. Saudade dela resmungando para a máquina de café e dos bilhetes que deixa na geladeira, com fita nos quatro lados para que um dos gatos não fuja com o papel.

— Estava com saudade — digo, porque ela merece ouvir essas palavras, e houve um tempo em que não éramos muito bons em compartilhar o que se passava em nossa cabeça e coração. O sorriso relutante dela fica maior. — Que bom que está em casa — acrescento.

Ela estreita os olhos.

— Deixa de ser bajulador.

— Nah. — Passo a mão pelos cabelos. — É verdade. Eu sou pura confusão quando você não está.

Ela bufa.

— Você sabe o que está pura confusão? A nossa cozinha. — Ela ergue a galinha nas mãos em um pedido silencioso de explicação. Delilah, uma linda galinha vermelha poedeira que, graças à negligência do antigo dono, está magra demais, pisca para mim e inclina a cabeça. Evie a encosta em seu peito. — A cozinha está pura confusão porque tem seis galinhas lá.

Olho acima da cabeça dela, para o espaço em que organizei um galinheiro temporário. Deveriam ter oito galinhas ali.

— Tem certeza?

— Certeza do quê? De que tem galinhas destruindo o tapete que comprei faz um mês? Sim, Beckett, tenho certeza.

— Eu posso consertar — falo para ela —, ou comprar um novo. O que você quiser.

— Beckett. — Evie suspira de novo. Ela se inclina para o lado e coloca Delilah na varanda com gentileza. Nós dois observamos enquanto a galinha entra alegre na cozinha para se juntar às irmãs. Otis grasna no meu bolso e eu o tiro de lá, deixando que a siga. Ele aceitou muito bem as novas amigas de pena que chegaram. Evie me olha feio. — Nós já falamos disso.

— Eu sei — murmuro.

Depois que adotei os quatro gatos e o pato, outro pato apareceu. Zelma é, tecnicamente, o último animal que adotei, mas houve um fluxo constante de visitantes temporários desde então. Um cachorrinho que alguém achou no beco atrás da pizzaria do Matty. Uma raposa de três pernas que ficou presa em uma das cercas quebradas nos limites da propriedade. Um carneiro filhote que foi rejeitado pela mãe. E um ganso muito simpático que gostava de visitar a varanda dos fundos em busca de migalhas de pão.

E agora Delilah, a galinha, e suas sete irmãs.

— Era para elas terem ido embora antes de você voltar.

Evelyn resmunga, os dedos caminhando pelo meu peito. Isso me distrai e ela sabe muito bem.

— Você tem o costume de hospedar animais quando estou viajando?

Dou de ombros.

— Não, na verdade não. Só acontece de vez em quando.

Ela deixa escapar uma risada que se instala bem nas minhas costelas. Inclinando-se para a frente, ela apoia o rosto no meu pescoço. Suspira, o corpo todo relaxando. O meu também. Apoio a mão em sua nuca e sinto seu cheiro. Caramba, eu estava com saudade dela.

— Fez boa viagem? — pergunto.

Ela concorda, o nariz cutucando minha garganta, as mãos segurando a frente da minha camisa.

— Sim, foi tudo bem. Mas senti saudade de casa.

Casa. E aí está. A palavra que faz uma onda de satisfação percorrer cada centímetro do meu corpo. Nunca achei que esta casa fosse ser o suficiente para Evie, mas ela continua voltando para cá. Continua me mostrando partes dela que ninguém mais vê, e eu continuo me agarrando a elas, mostrando partes de mim em troca.

Ela dá um beijo na cavidade da minha garganta e eu deslizo a mão por seus ombros, descendo pelas costas até a curva de sua bunda. Aperto uma vez, sua risada quente e rouca me fornecendo um tipo diferente de satisfação. Subo os degraus para ficar na varanda com ela, ansioso para abraçá-la mais. Ela apoia o queixo no meu peito e olha para mim, me abraçando pela cintura.

— Eu até diria que você poderia fazer o que quisesse comigo na cozinha, mas, no momento, ela está ocupada pelas suas crianças de penas.

Passo a língua pelo meu lábio inferior.

— A estufa está disponível.

— Não tem nenhum animal lá?

Olho por cima do meu ombro. Deve ter ao menos um gato lá dentro. Faço uma careta e Evelyn ri.

Ela se apoia no parapeito da varanda e ergue uma sobrancelha.

— E qual é história dessas galinhas?

— Elas foram abandonadas em uma fazenda em Delaware. Justin, o cara que resgata animais lá na costa, me ligou assim que as encontrou.

Ela retorce os lábios.

— Você construiu uma bela reputação, não?

Concordo e dou de ombros. Essa coisa de resgatar animais não foi intencional. Tudo meio que... aconteceu... nos últimos anos. Não consigo ver um animal em dificuldade e não fazer nada. E, antes de Evelyn vir para cá, era bom ter companhia nesta casa enorme.

— Sei que não posso ficar com elas — digo baixinho. — Estou tentando convencer a Layla a construir um galinheiro atrás da padaria. Pensei que os ovos poderiam ser úteis para ela.

O sorriso de Evelyn fica ainda maior.

— E está dando certo?

Não está dando certo, para ser franco. Layla me viu deixar um rolo de tela para o galinheiro na porta de trás de sua casa e deixou bem claro o que achava daquilo. Mas acredito que ainda consigo convencê-la.

Talvez eu faça Caleb aparecer com uma galinha. Tenho certeza de que isso vai fazê-la mudar de ideia.

— Vai... dar certo — consigo dizer.

Evelyn me observa atentamente na luz fraca. Acho que nunca vou me cansar de vê-la assim. Os pés com meias cruzados na altura dos tornozelos e os braços apoiados no parapeito da varanda. Vagalumes dançam no campo atrás dela e estrelas começam a brilhar no céu lá em cima.

Este mundo enorme, tão vasto, e, de alguma forma, consegui encontrá-la.

— Que bom que você está em casa — digo de novo, as palavras escapando.

O sorriso dela é suave, gentil.

— Também fico feliz. — Ela esfrega os lábios um no outro. — Se me der mais um beijo, deixo você ficar mais alguns dias com as galinhas.

Diminuo o espaço entre nós pela metade e a seguro pela cintura, os dedos bem abertos para que meus polegares mergulhem nas laterais da camisa enorme. Eu traço a pele quente de sua barriga e Evie respira mais ofegante.

— Se o beijo for muito bom, posso ganhar uma semana?

Ela murmura, os olhos fechados, à espera.

— Só vendo pra saber, não é mesmo?

Eu sorrio. Esta mulher quase me deixa louco, e eu não queria que fosse diferente. Eu me enfio entre suas pernas até que suas costas estejam pressionadas no parapeito da varanda, fumaça, protetor solar e sal em sua pele. Deixo minha boca pairar sobre a dela, nosso nariz roçando.

Então uma vaca muge atrás da estufa.

O corpo de Evelyn fica rígido contra o meu. Apoio minha testa no ombro dela com um suspiro.

— Beckett Porter, isso é uma vaca?

Agradecimentos

Meu primeiro agradecimento, como sempre, vai para você. Fico tocada com tamanha gentileza e generosidade vinda de pessoas desconhecidas. Não tenho palavras para explicar o que isso significa para mim. Obrigada por dedicar um pouco do seu tempo ao meu livro. Isso é muito importante para mim. Leio cada comentário, cada marcação, cada legenda e cada resenha. Do fundo do coração, obrigada. Espero que este livro tenha sido o abraço de que você precisava.

Sam, obrigada por fazer cada e-mail repleto de palavras vomitadas que envio para você se tornar algo lindo. Você transformou minha capa dos sonhos em realidade, e pode ser que tenha me odiado por alguns dias durante o mês de dezembro.

Annie, cada um dos meus livros começa e termina com você. Obrigada por me ajudar a melhorar, por responder a cada uma das minhas doze mil mensagens cheias de pânico, e por me distrair com coisas que eu não deveria ver enquanto escrevo um livro. Vamos fazer isso para sempre.

Sarah, compartilhar isso com você foi a melhor coisa do mundo. Falar sobre personagens, livros e as teorias dos fãs sempre será minha coisa favorita. Amo você para sempre.

Eliza, você é a melhor líder de torcida que uma mulher poderia querer. Tenho sorte de ser sua irmã.

E, você me faz feliz todos os dias. Amo você.

Ro, você dificultou o meu trabalho, bebê. Obrigada por voltar a tirar sonecas enquanto eu escrevia a segunda parte deste livro. Tenho tanto orgulho de ser sua mãe, mas talvez você possa dormir um pouco mais.

Eu não conseguiria fazer isso sem vocês todos.

Impresso no Brasil pelo Sistema Cameron da Divisão Gráfica da
DISTRIBUIDORA RECORD DE SERVIÇOS DE IMPRENSA S.A.